新編 忠臣蔵
（上）

吉川英治

1万年堂出版

吉川英治

新編

忠臣蔵

上巻

目次

浅野内匠頭《あさのたくみのかみ》

赤穂早打帳《あこうはやうちちょう》

五日韋駄天記《いつかいだてんき》

目次

上巻の舞台

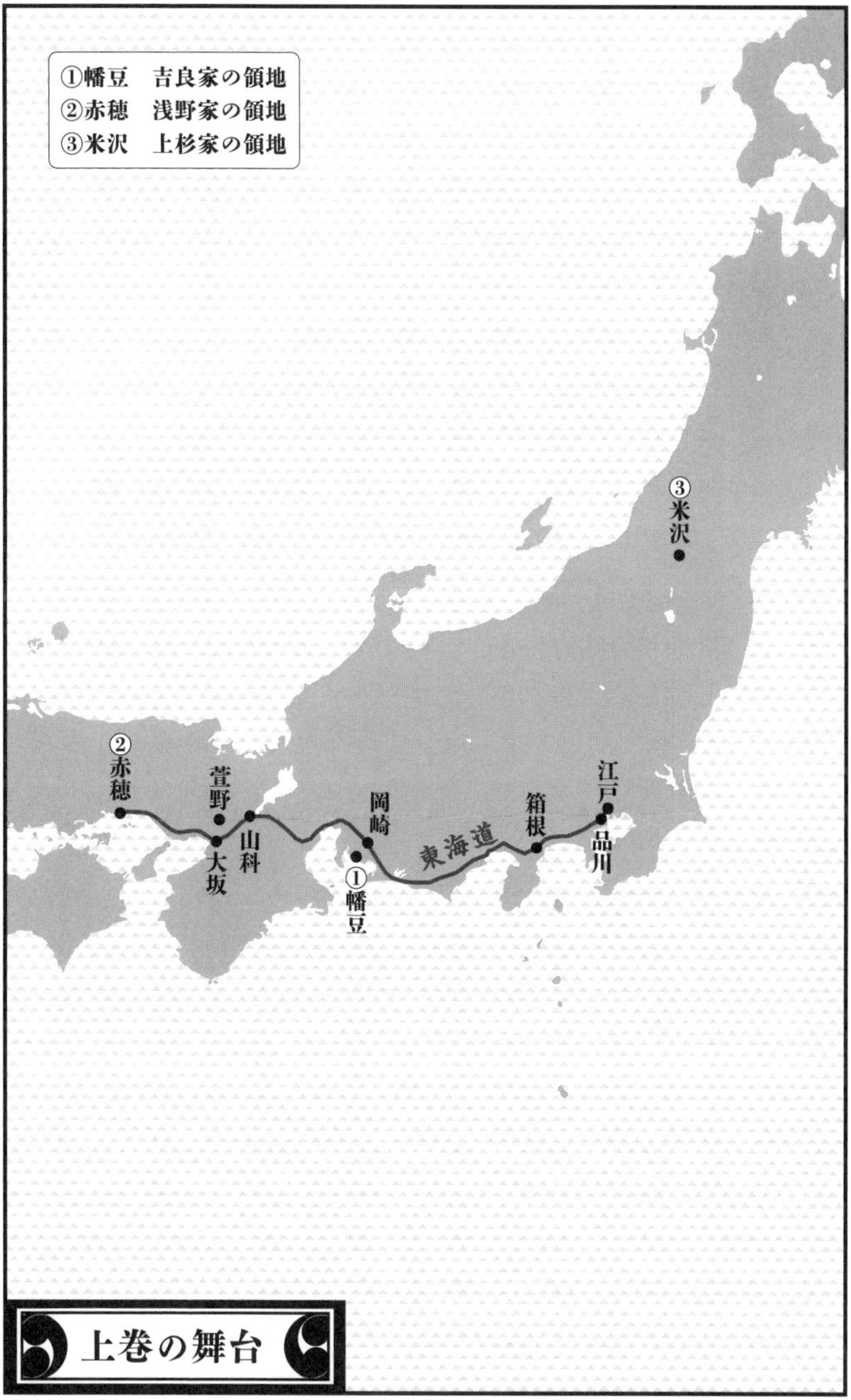
①幡豆　吉良家の領地
②赤穂　浅野家の領地
③米沢　上杉家の領地
③米沢
②赤穂
萱野
山科
大坂
岡崎
①幡豆
東海道
箱根
江戸
品川

主要登場人物

浅野《あさの》内匠頭《たくみのかみ》　赤穂《あこう》藩主。

瑶泉院《ようぜいいん》　内匠頭《たくみのかみ》の夫人。

浅野《あさの》大学《だいがく》　内匠頭《たくみのかみ》の実弟。

大石《おおいし》内蔵助《くらのすけ》　浅野家《あさのけ》の国家老《くにがろう》。

大石《おおいし》主税《ちから》　内蔵助《くらのすけ》の長男。

大野《おおの》九郎兵衛《くろべえ》　浅野家《あさのけ》の城代《じょうだい》家老。

人物紹介

吉良《きら》上野介《こうずけのすけ》　高家《こうけ》筆頭。儀礼の指南役。

清水一学《しみずいちがく》　上野介《こうずけのすけ》に仕える中小姓《ちゅうごしょう》。

上杉憲綱《うえすぎのりつな》　上野介《こうずけのすけ》の実子。上杉家《うえすぎけ》へ養子に入り太守となる。

千坂兵部《ちさかひょうぶ》　上杉家《うえすぎけ》の江戸家老。

徳川綱吉《とくがわつなよし》　徳川《とくがわ》幕府の第五代将軍。

柳沢吉保《やなぎさわよしやす》　側用人《そばようにん》。

梶川与三兵衛《かじかわよそべえ》　綱吉《つなよし》の生母、桂昌院《けいしょういん》づきの用人《ようにん》。

多門伝八郎《おかどでんぱちろう》　幕府の目付《めつけ》。

土屋相模守《つちやさがみのかみ》　老中《ろうじゅう》。

新編　忠臣蔵

上巻

浅野《あさの》内匠頭《たくみのかみ》

つなぎ舟《ぶね》

春の生理のみなぎるような満潮《みちしお》の川波が、石垣の蠣《かき》の一つ一つへ、ひたひたと接吻《くちづけ》に似た音をひそめている。鉄砲洲築地《てっぽうずつきじ》の浅野家《あさのけ》の上屋敷《かみやしき》は、ぐるりと川に添っていた。ぬるい一風ごとに、塀の紅梅や柳をこえて、大川口《おおかわぐち》の海《うみ》の香《か》は、銀襖《ぎんぶすま》や絵襖《えぶすま》などの、間毎間毎《まごとまごと》まで、いっぱいに忍びこんで来る。

すぐ塀一重《へいひとえ》、外には、櫓《ろ》の音《おと》が聞《き》こえるし、大廂《おおびさし》には、海鳥《うみどり》の白い糞《ふん》がよく落ちたりする。

「赤穂《あこう》の浜も、今頃は、さだめし汐干《しおひ》や船遊びに、賑《にぎお》うているであろ」

内匠頭《たくみのかみ》は、脇息《きょうそく》から、空を見ていた。いや、遠い国許《くにもと》の、塩焼く浜の煙を、思い出している眸《ひとみ》であった。
二十五、六歳かと思われる上品な女性のすがたが、次《つぎ》の間《ま》から半分見える。夫人であろう。風炉先《ふろさき》で囲った茶釜《ちゃがま》の前に、端麗《たんれい》に坐《すわ》っていた。茄子色《なすいろ》の茶帛紗《ちゃぶくさ》に名器をのせ、やがて楚々《そそ》と歩んで、内匠頭《たくみのかみ》の前へ茶わんを置いた。そして彼の視線と共に、廂越《ひさしご》しの碧《あお》い空に見入った。
「江戸では、江戸の春と、みな自慢でございますが、お国表《くにおもて》の事をお思い遊ばすと、やはり懐かしゅうて、赤穂《あこう》の御本丸が、恋しゅうおなりでございましょう」

「それはもう、どんな所に、住まうよりは」

と、うなずいて、

「田舎者《いなかもの》は、田舎《いなか》がよいよ」

——隣屋敷の小笠原隼人《おがさわらはやと》の奥では、今日も、大蔵流の小鼓《こつづみ》の音《ね》がしていた。世間、能《のう》流行《ばやり》なのである。

流行《はやり》といえば、能のみでなく、武士も町人も流行事《はやりごと》に追われている。個人に充実がなく、人々に大きな空虚《うつろ》があるのだった。歌舞伎《かぶき》風俗だの、無頼漢《あそびにん》の伊達《だて》が、至上のものに見えた。良家の子女まで、淫蕩《いんとう》な色彩をこのんだ。町に捨《す》て児《ご》がふえ、売女《ばいた》の親たちが、大きな顔して、暮《くら》しが立った。旗本はおろか、勤番者《きんばんもの》ですら、吉原《よしわら》を知らない者はないし、湯女《ゆな》を相手に、江戸唄《えどうた》の一節《ひとふし》ぐらいは弾《ひ》く者が多い。極めて、実直なといわれる町人の中でも、鶉《うずら》を飼うとか、万年青《おもと》に五十金、百金の値を誇るとか、世相の浮わついていることは、元禄《げんろく》の今ほど、甚だしい時はないと云《い》われていた。

（上《かみ》を見習う下《しも》だ――）

と密《ひそ》かに、政道を嘆く者もある。

（寛永《かんえい》頃には、武士道も、町人道も、まだまだ、こんなには腐《くさ》っていなかった）

と当代の将軍綱吉《つなよし》の個性からくるものを、暗に、そしり嘆じる者も多い。

当然、大名生活の内幕は、腐りぬいていた。外観ばかりが、豪奢《ごうしゃ》で絢爛《けんらん》で、内輪では、領民に苛税《かぜい》を加えたり、富豪から冥加金《みょうがきん》を借り上げたり、そのやり繰り算段や、社交に賢い家来が（あれは、忠義者）と、主人に愛されている時世《じせい》なのである。

そういう時世《じせい》の中にあって、浅野家《あさのけ》だけは、ひっそりと、質素であった。名儒、山鹿素行《やまがそこう》の感化も大いにあったし、藩祖以来の素朴な士風が、まだ、元禄《げんろく》の腐《す》えた時風に同調していない。

従って、藩の財政も余裕があった。赤穂塩《あこうじお》の年産も巨額《おお》きなものだったが、要するに、内匠頭《たくみのかみ》夫婦の驕《おご》らないことと、士風の堅実が、何よりも、身代《しんだい》なのである。

「よい湯加減。夫人《おく》――もう一ぷく」

「はい」

夫人は、風炉先《ふろさき》の前に、坐《すわ》り直《なお》す。

夫婦の趣味といえば、茶、香道、書画ぐらいなもの。そして、趣味にも、朝夕の起臥《おきふし》にも、夫婦《ふたり》の仲のよさは、家来の目にも、うらやましく見えるほどであった。

幸福な陽《ひ》ざしである。あくまで、平和で、うららかな三月三日。

ちょうど、今日はまた、節句でもあった。

寝やれ、寝てたも

よいお子よ

宵《よひ》の節句にや、何買《こ》うた

伽羅《きゃら》の糸巻

銀の針

泣くな、いびるな

よいお子よ

宵《よひ》の節句にや、なに縫うた

鉢の木帯に

まろ小袖……

どこかで誰が唄《うた》うのか、哀々《あいあい》とした子守唄《こもりうた》の節と、嬰児《あかご》の泣く声が聞《きこ》えてくる。——邸内であろうはずはないから、塀の外から洩《も》れて来るのにちがいなかった。外の石垣の下には、よく繋《かが》り舟《ぶね》がもやって、どうかすると、船頭の濁《だ》み声《ごえ》などもするから、船世帯の船頭の女房が、乳《ち》ぶさに、泣く子をあやしているのであろう。

湯杓子《ゆびしゃく》を、茶釜《かま》に入れながら、夫人は、思わず聞《き》き恍《と》れていた。良人《おっと》の顔をそっと見ると、内匠頭《たくみのかみ》も同じ気もちに打たれているらしい。じっと耳をすましていた。

(七ツ違いは鉄《かね》の草鞋《わらじ》でさがせ)

という諺《ことわざ》もあるくらいなので、良縁として娶《もら》われたのに、彼女にはまだ世継《よつぎ》の子がなかった。

奉書登城《ほうしょとじょう》

馬廻《うままわ》り兼使役《けんつかいやく》の、富森助右衛門《とみのもりすけえもん》であった。

大股に、庭の隅を、歩いて行って、

「おいっ！」

と、塀の木戸を開けて、裏の川へ、首を出した。

「船頭の女房、なぜ、そんな所で嬰児《あかご》を泣かしているのだ。御邸内の、耳ざわりになるではないか。――お石垣下に、船を繋《つな》ぐべからず――と、立札してあるのが見えないかっ、立ち去れッ」

と、叱りつけている。

すると、小姓《こしょう》が走って来て、

「助右衛門《すけえもん》どの」

「なんじゃ」

「お召しです」

「え――。どちらに」

「お数寄屋《すきや》にいらせられます」

「や！」

と、助右《すけえ》は、しまったというように、自分の頭をたたいた。

「お数寄屋《すきや》にお在《い》で遊ばしたのか。そうとは知らずに、大声を出してしまった」

お茶席は離れである。しかも、そこから近い。

あたふたと、助右《すけえ》は、駈《か》けて行った。利休《りきゅう》風の茶室の庭にひざまずく。

呼んだのは、内匠頭《たくみのかみ》かと思うと、そうではなくて、夫人であったらしい。やさしく云《い》った。

「助右衛門《すけえもん》」

「はい」

「この雛《ひな》の干菓子《ひがし》を、外の、船頭の子に遣《と》らせて賜《た》も」

「あっ、お菓子を……ですか。あ、ありがとう存じまする」

助右《すけえ》は、背に、自恥《じち》の汗をながしながら、船頭の女房にかわって、地へ頭をすりつけた。

押しいただいて、立とうとすると、

「後で、まいちど来い」

こんどは、内匠頭《たくみのかみ》が云《い》った。

助右《すけえ》は、紙につつんだ干菓子《ひがし》を持って、石垣の上から、船頭の女房にやった。そして、奥方の思《おぼ》し召《め》しであるぞと云《い》って聞かせると、船頭の女房は、嬰児《あかご》と一緒に、泣いてしまった。掌《て》をあわせて塀の内を拝みながら、繋綱《もやい》を解いて明石橋《あかしばし》の外へと、流れて行った。

「――いかんなあ、俺はまだ、だめだ。侍になれていない。強がるばかりが、士道ではない。殿も、奥方も、お叱言《こごと》は仰《お》っしゃらなかったが、お心の裡《うち》では、助右《すけえ》も、床しげのない奴じゃと、さだめし、お蔑《さげす》みであったろう」

彼はまったく自分を恥じた。そしてお数寄屋《すきや》の庭へもどって行った。内匠頭《たくみのかみ》から、用向きをいい出されるまでは、自分の無慈悲なことばのみ、胸の中で咎《とが》めていた。

落松葉《おちまつば》を撒《ま》いた庭先へ両手をついて、

「なんぞ、御用にござりますか」

「うむ、助右衛門《すけえもん》か。——明四日は、登城日ではないのに、御老中《ごろうじゅう》連署の奉書が参っておる。何事やら、余に登城せいという仰せ。——其方《そち》は承知しておるか」

「先刻、ご家老から、承《うけたまわ》りました」

「副馬《そえうま》には、いつも、浅月《あさづき》を曳《ひ》いて参《まい》るが、いつぞや、馬場で少し脚を傷《いた》めたらしい故、他の馬に、鞍《くら》の用意をいたしておくように」

用事は、それだけの事だったので、助右衛門《すけえもん》は、ほっとしながら、厩舎《うまや》の方へ、その足で廻《まわ》って来た。

下役や中間《ちゅうげん》をさしずして、二刻《ふたとき》ほどで、万端《ばんたん》の公務をすました。明日《あした》の空模様も、まず、晴《はれ》と見ながら、表方《おもてかた》へ来ると、ちょうど、徒士目付《かちめつけ》の神崎与五郎《かんざきよごろう》も、供廻《ともまわ》りの用意を終《おわ》って、御用部屋の大きな火鉢のそばで一ぷく喫《す》っていた。

「やあ、ご苦労、終《おわ》ったのか」

「お副馬《そえうま》が、変《かわ》ったので、今、急にお鞍《くら》を取り変えたり、手入れをし直したりして、やっと仕舞《しま》ってきたところだ」

「明日《あす》は、例日でもないのに、何のご登城であろう。吉事ならばよいが」

「側用人《そばようにん》の片岡氏《かたおかうじ》から聞いたのだが、或《ある》いは、殿に、御大命が下るのではないかといううわさがある」

「御大命とは」

「勅使御下向《ちょくしごげこう》の、饗応役《きょうおうやく》に」

「そうか。それなれば、御名誉だが」

するど、後ろ向きに、何か机に向《むか》って、帳簿をつけていた、小納戸役《こなんどやく》の田中貞四郎《たなかさだしろう》が、

「馬鹿云《い》わっしゃい。何が御名誉というて、欣《よろこ》ぶことがあるものか。もし、饗応役《きょうおうやく》の御下命とすれば、御当家に取っては、大痛事《おおいたごと》じゃよ。——勅使《ちょくし》の接伴司《せっぱんし》、つまり御馳走人《ごちそうにん》の御役は、一切合財、私費をもって弁じる掟《おきて》になっている。だから、裕福と睨《にら》まれた諸侯か、御老中《ごろうじゅう》に憎まれた藩が、貧乏籤《びんぼうくじ》を引かされるのじゃ」

と、云《い》った。

与五郎《よごろう》は、笑いながら、後ろ耳で聞いていたが、助右《すけえ》は、怪《け》しからぬという顔つきで、

「それが、平時の御奉公ではないか。御質素な藩風も、そういうときのお役に立とうが為だ。めでたい御大任をひかえて、痛事《いたごと》とは何を云《い》うか」

「怒ったのか、助右殿《すけえ》」

「あたりまえだ」

「わるく思うな。わしはただ、お家の財政を案じて申しただけの事じゃよ。ははは、自分の懐中《ふところ》ではないから、お費用《いりよう》もまた、めでたいと云《い》っておく分なら、随分、めでたいでも、お差しつかえはないとしてよい」

と、田中《たなか》は帳簿を片寄せて、気まずそうに、立ち去ってしまった。

若《わか》き太守《たいしゅ》

江戸城の帝鑑《ていかん》の間《ま》には、まだ朝の冷気が、清々《すがすが》とにおっていて、例日《れいじつ》の諸侯たちも、登城の前であった。

ほどなく五刻半《いつつはん》の時計が、奥深い所で、時を刻むと、五名の老中《ろうじゅう》が、そろって、席に着いた。

月番老中《つきばんろうじゅう》の土屋相模守《つちやさがみのかみ》が、

「内匠頭《たくみのかみ》、出頭、御苦労でござる」

といった。

「まかり出《い》でました」

と、内匠頭《たくみのかみ》は、頭《ず》を下げた。

「このたび――」

と、相模守《さがみのかみ》は、おごそかな音声《おんじょう》で、御奉書でも、読み聞かせるように、云《い》い渡《わた》した。

「年頭御答礼として、勅使《ちょくし》、院使、御参向《ごさんこう》に付き、御馳走人《ごちそうにん》仰せつけらる。存じてもおろうが、勅使御接伴《ちょくしごせっぱん》の儀は、公儀御大礼の第一と遊ばさるるところ、諸事、粗略なきように、神妙に、勤めませい」

「はっ……」

「ただし、勅使御饗応《ちょくしごきょうおう》の式事は、例年の事、すべて、後日の例とも相成る故、余り華美にも流れぬように」

「……？」

内匠頭《たくみのかみ》は、裃《かみしも》の肩を低く落《おと》して、じっと、黙考していた。そして、しずかに顔を上げると、列席の五老中《ろうじゅう》へ向《む》って答えた。

「お見いだしにあずかって、かかる大任を、仰せ付けられました事は、一門の冥加《みょうが》ですし、一身の誉《ほま》れ。有難《ありがた》く、おうけいたすべきにはございましょうが、如何《いかん》せん浅学で、堂上《どうじょう》方《がた》の御格式すらも、よう弁《わきま》え申しませぬ。わけても若輩《じゃくはい》の身です、恐れながら、何とぞこの御用は余人《よじん》へ仰せつけ願わしゅうぞんじまする」

「あいや」

相模守《さがみのかみ》は、かろく、言葉じりを取って、

「その辺の御心配は、決していらぬ。堂上方《どうじょうがた》の式事は、誰にせよ、そう弁《わきま》えているはずもない。例年の御馳走人《ごちそうにん》は、いずれも、高家吉良上野介《こうけきらこうずけのすけ》の指南をうけて、滞りなく、相勤めておる。其許《そこもと》も、諸事、上野介《こうずけのすけ》におさしずをおうけなされればよい」

重ねて、辞退するのは、失費を惜しむかのように思われるであろうと、内匠頭《たくみのかみ》は、

「では、何分共《なにぶんとも》、おひきまわしを仰ぎまする」

と、辞令をうけて、退出した。

同じ朝、同じ饗応役《きょうおうやく》をいいつかったのは、伊予吉田《いよよしだ》の城主、伊達左京介《だてさきょうのすけ》であった。

左京介《さきょうのすけ》も、おうけしたという事を、控え部屋で聞いた。

一代の重任である。内匠頭《たくみのかみ》は帰邸の途中からその事で胸がいっぱいになっていた。しかし、年々諸侯の勤めていることだから、自分にだけやれない理屈はないし、それに、大きな修業にもなることだ。精励《せいれい》しよう、誠意をもって勤めよう、そう肚《はら》はきまったそうだ。江戸家老の藤井又左衛門《ふじいまたざえもん》と、安井彦右衛門《やすいひこえもん》の二人に、まず計ってみよう。浅野《あさの》家《け》では先代の長直公《ながなおこう》も一度この大役をお勤めになっている。その書類などもあろうし、あの老人達ならば、記憶の多少はあるであろうし、いわゆる、年寄《としより》の分別もあるはずだ。そう案じたばかりのものでもあるまい。

鉄砲洲《てっぽうず》の邸《やしき》に帰るとすぐ、江戸家老の藤井《ふじい》、安井《やすい》の二人を召《よ》んで次第を告げた。そして、

「自分には自信もないが、そちたちを力に思うぞ。――ついては、さっそくだが、御老《ごろう》中《じゅう》の内意もあること、諸事、御指南を仰ぐ高家衆《こうけしゅう》の吉良《きら》殿へ、挨拶《あいさつ》に出向くように」

と、云《い》った。

「承知仕《つかまつ》りました」

もうその事は、家中に響いていた。用部屋に詰めかけている人々の顔には、大任を拝受した殿の手足《しゅそく》となって、これから忙《せわ》しくなろうという予想が、一種の覚悟と晴れがましさとを交《ま》ぜて、誰の面《おもて》にも湛《たた》えられていた。

吉良家《きらけ》へ、挨拶《あいさつ》に行く事について、安井《やすい》と藤井《ふじい》の二人は、家老部屋を閉じ、膝《ひざ》を接して

永々《ながなが》と、熟議をしていたが、やがて、そこを出て来ると、

「源五《げんご》どの。殿は」

出会いがしらに顔を見合った側用人《そばようにん》の片岡源五右衛門《かたおかげんごえもん》に訊《たず》ねた。

源五《げんご》も、何か、用事をおびて、急ぐところらしかったが、

「ただ今、お召更《めしか》えをすまして、奥方とお話し中です。お取次《とりつ》ぎ申そうか」

「では、お奥でござるな。それならば――」

と、連れ立って、あたふたと、御錠口《おじょうぐち》を通った。

「畏《おそ》れながら、もう一度、お伺い申しあげまするが」

「なんじゃ」

一室の内には、内匠頭《たくみのかみ》のほかに、夫人も侍していた。小姓《こしょう》が襖《ふすま》を静かに引くと、白髪交《しらがま》じりの安井《やすい》の頭と、月代《さかやき》に赤黒いしみが斑《ぶち》になっている藤井又左衛門《ふじいまたざえもん》の頭とが、並んで平伏していた。

「最前、仰せ付けられました、吉良《きら》殿への挨拶《あいさつ》にござりますが」

「うム」

「何せい、先様の上野介《こうずけのすけ》殿は、四位の少将、高家衆《こうけしゅう》でも、歴乎《れっき》とした御方、それへ、参上いたしますに、賄賂《わいろ》がましゅう、進物などは、かえって、不敬に思われますし……とい

うて、ご挨拶《あいさつ》のみでも、相成るまいかと、両名して談合いたしましたが、殿のお思《おぼ》し召《め》しの程は、どうでござりましょうか」

「左様《さよう》？……」

と、内匠頭《たくみのかみ》も、その辺の、世事には、まことに晦《くら》かった。

「そち達の、考えとしては、どうなのか」

「されば、式事の御指南を仰ぐとは申せ、それは、高家衆《こうけしゅう》の当然なお役がらです。公務であって、私事《わたくしごと》ではございませぬ。ご当家の大命が、滞りなく、おすみになった後のお思《おぼし》召《めし》と申すなら格別、当座は、何ぞ印《しるし》だけの物で、よくはないかと心得まするが」

夫人の眸に、心もとなげな影がうごいた。しかし、家老たちの意見である。よそに聞きながら、庭面《にわも》の緑を見つめていた。公《おおやけ》の事については、一切、口をさし挟まないことが、貞淑であり、婦徳とされているのである。

内匠頭《たくみのかみ》は、ちらと夫人の横顔を見た。清廉潔白な士道の君主として、今日まで、公私の行状《おこない》に、些細《ささい》な瑕《きず》も持たない人であった。顔をうなずかせて、すぐに云《い》った。

「そち達の思案でよかろう。要は、礼儀を失わぬことじゃ。計ろうておけ」

吉良家往来《きらけおうらい》

二羽の鍋鶴《なべづる》が、水のほとりで、汚れた翼をひろげていた。青銅《からかね》の大きな燈籠《とうろう》やら、巨《おお》きな伊豆石《いずいし》やらが、泉水をかこんでいる。

今、出入りの骨董屋《こっとうや》が、本阿弥《ほんあみ》の手紙を添えて置いて行った周文《しゅうぶん》の軸を展《ひろ》げて、その画面へ、虫でも覗《のぞ》くように、眼鏡をかけて屈《かが》みこんでいた吉良上野介《きらこうずけのすけ》は、鍋鶴《なべづる》の羽音に、顔を上げて、不機嫌な皺《しわ》を、白髪眉《しらがまゆ》にひそめた。

「おい、おい。孫兵衛《まごべえ》」

「はっ」

用人《ようにん》部屋の返辞と一しょに、縁先へ、跫音《あしおと》がした。

「小ぎたない鍋鶴《なべづる》めが、また水を濁して、燈籠《とうろう》やら、茶室の窓を汚しおる。芸もない生物《いきもの》、餌《えさ》の費《つい》えもうるさい、町の禽商人《とりあきゅうど》を呼んで、幾値《いくら》にでも下げ渡してしまえ」

「仰せではございますが、牧野《まきの》様からの贈り物、売り払ったことが、先へ知れたら気を悪くいたしましょう。——殊には、生類御憐愍《しょうるいごれんびん》という、御法令のやかましい手前にも」

「世の中には、呆痴《こけ》がいる。人へ音物《いんもつ》をよこすに、餌《えさ》を食わせたり、世話がやけたり、その上に、やがては死ぬと極《きま》っている厄介物を贈ってくる奴があろうか、いくら、お上の畜類保護令に媚《こ》びるとは申せ」

「それでも、左兵衛《さひょうえ》様は、よいお慰みと、可愛《かわい》がっていらっしゃいます」

「では、伜《せがれ》めの部屋の裏へでも持ってゆけ。うるそうてならぬ」

孫兵衛《まごべえ》のうしろに、家老の斎藤宮内《さいとうくない》の姿が見えた。宮内《くない》は、次《つぎ》の間《ま》へ入って、平伏した。

「殿様」

「なんじゃ」

「この度の御饗応役《ごきょうおうやく》を拝命した一名、伊達左京介《だてさきょうのすけ》殿のお使者が、ご挨拶《あいさつ》にと申して、参りましたが」

「来たか」

予期していたもののように、上野介《こうずけのすけ》は、眼鏡をはずして、

「孫兵衛《まごべえ》、軸を巻いておけ」

「はっ」

「宮内《くない》、使者は、通したか」

「御書院に」

「そうか、では会おう」

老齢ではあるが、腰も曲がっていない。若い頃は、ずいぶん美男でもあったそうである。いまだに鴨居《かもい》へ髷《まげ》が触りそうな背丈《せい》がある。骨ばって、痩《や》せているのが、かえって、老後の頑健を守っているとみえ、この年齢《とし》で、常に出入りの町人の周旋で、若い娘を召抱《かか》え、よく取り替えるという評判である。

足利一族《あしかがいちぞく》の裔《すえ》である。室町将軍の血統《ちすじ》が絶えたときは、吉良《きら》氏が世継ぎを出すことになっていたものだということが、上野介《こうずけのすけ》のよく持ち出す自慢話であった。中興の先祖には、家康公《いえやすこう》の大伯父《おおおじ》であった吉良義安《きらよしやす》などもあるし、名門には違いなかった。そして当主の役は、高家《こうけ》筆頭、四位の少将、禄高《ろくだか》四千二百石、位階は高いし、特殊な家柄と職権をもっているので、三百諸侯も、

(吉良《きら》に、拗《す》ねられては)

と、一目措《いちもくお》いている風があった。

客間から頻《しき》りと、手が鳴った。

「酒肴《しゅこう》の支度《したく》をせい」

と、主《あるじ》が云《い》う。

使者が、立ちかけると、

「まあ、まあ、心祝いでござる」

茶を代えろ、酒はまだかと、歓待《かんたい》に忙しかった。

馳走酒《ちそうざけ》に、微酔《びすい》した使者が、辞して、玄関へ出ると、上野介《こうずけのすけ》自身が、そこまで送って来て、

「何やら、種々《いろいろ》とお心入れの由《よし》じゃが、痛み入ってござる。堂上方《どうじょうがた》の式法、礼儀、故実《こじつ》などは、それを御指南するのも、お叱りするのも、高家《こうけ》の役目じゃ、何なりと、遠慮のうお尋ねあるがよい。上野介《こうずけのすけ》が存ずるだけはお教え申そう。――まだお目にかからぬが、左京 介《さきょうのすけ》殿へも、よろしゅう、伝えられい」

帰って行くその使者が、呉服橋《ごふくばし》あたりで、すれ交《ちが》ったであろう頃に、また、吉良家《きらけ》の門に、浅野家《あさのけ》の使者が訪れた。

上野介《こうずけのすけ》は、居間にかくれて、たった今、伊達左京 介《だてさきょうのすけ》の使いが置いて行った音物《いんもつ》を開いていた。

加賀絹《かがぎぬ》五十匹
黄金百枚
水墨山水一幅

目録を手に、現品を展《ひろ》げて見較《みくら》べながら、

「ほう。……さすがにな」

と、皺《しわ》の中で、針のように細い眼が、キラと悦に入っていた。

そこへ、踵《きびす》を次いで、浅野家《あさのけ》からの使者という取次《とりつぎ》に、

「鄭重《ていちょう》に、お通しいたしておけやい。——これこれ、浅野家《あさのけ》は、左京 介《さきょうのすけ》殿以上の御大身《ごたいしん》であるぞよ。粗略なく、褥《しとね》を更《か》え、茶器も、よいのを出せ」

それからまた、用人《ようにん》の左右田孫兵衛《そうだまごべえ》には、

「むろん、酒肴《しゅこう》の用意。わしも、衣服を更《か》えて出よう。その間、宮内《くない》を出して、よきように、お執《と》り持《も》ちをいたせ」

こういう客迎えは、吉良家《きらけ》ばかりではない。高家衆《こうけしゅう》は、それが収入で、職業なのだ。家老も用人《ようにん》も、それには万端、手馴《てな》れている。

殊に、上野介《こうずけのすけ》は、先に見えた訪問よりも、播州赤穂《ばんしゅうあこう》の城主という裕福家《ゆうふくけ》の方に、多分な楽しみを持っていた。

(伊予吉田《いよよしだ》の伊達《だて》ですら、これくらいな音物《いんもつ》をもって来た。とすると、浅野《あさの》も、その辺は、あらかじめ当《あた》っておいて、後から使者をよこしたのだろう……)

すると、どれくらいな気前を見せて来るか。——上野介《こうずけのすけ》は、想像がつかない程な期待

をして、いそいそと、客間の方へ出て行った。

ところが、応対は永《なが》くなかった。

何か、手持ち無沙汰《ぶさた》な使者は、妙に、冷たい用人《ようにん》の挨拶《あいさつ》にだけ送られて、匆々《そうそう》と、吉良《きら》家《け》から帰って行くのであった。

その後である。

「なんじゃ！　五万三千石の浅野家《あさのけ》ともあろうものが、巻絹一台の手土産とは、何事だ。高家《こうけ》筆頭の吉良《きら》の玄関を辱《はずかし》めるにも程がある」

露骨な罵《ののし》り声《ごえ》が、上野介《こうずけのすけ》の口から熄《や》まなかった。遣《や》り場《ば》のない不機嫌さは、晩酌の味にまで祟《たた》って、

「酒がまずい」

と、こじれていた。

そして、当《あ》て外《はず》れの苦虫を、嚙《か》みつぶして、

「大名の子一人、林家《りんけ》の塾へやっても、巻絹の一台ぐらいは束脩《そくしゅう》に持たせてやる。それを、幕府第一の大礼とする勅使饗応《ちょくしきょうおう》の重い役目を拝して、故事諸式の作法を、此方《こちら》から指図を仰ごうという大藩の主《あるじ》が、今日の挨拶振《あいさつぶ》りは、何たることだ。人を小馬鹿にするも甚だしい。自体、内匠頭《たくみのかみ》とやらは、吝嗇家《りんしょくか》の物知らずとみえる。こんな、田舎漢《いなかもの》に、堂上方《どうじょうがた》

の歓待役《もてなしやく》が勤まってたまろうか」

側にいる家来達も、面《おも》をそむけたくなる程、いつまでも、ぶつぶつ云《い》っていた。

人間相場《にんげんそうば》

いま、物を買うとき、売るときには、きまって、こんな会話が出る。

(高《たけ》えなア。むかしの金の何十倍だ)

(むかしなら、これで、風呂へ行って、一ぱい飲めた程なのに、今じゃあ、子どもの飴玉《あめだま》三ツも買えないんだよ)

人々は、貨幣にたいする隔世の感を、むかしという語で表しているが、その〝むかし〟とは、わずかここ四、五年の間の変化をさしているのである。貨幣の下落は、それほど庶民を眩《めま》いさせていた。いうまでもなく、物価はハネ上がり、ことしも、上り脚の一方をたどっている。

大天災があったのでもない。戦乱による狂騰《きょうとう》でもない。この経済破壊の起因《おこり》は、わずか二人の人間のせいだと江戸の市民は暗黙に知っていた。口に云《い》わないだけで、知ってはいた。うかと、しゃべればすぐ首がなくなることはそれ以上明らかだからだ。しかし、もすこし深くものを考える有識者は、あながち〝二人〟とは思わなかった。要するに、その二人も入れた一群の司権者と、当然、こんな事態のできるように出来ている組織と、その中のものが、そっくり腐《くさ》り初《はじ》めたのだと考えている。

具体的にいうと、いまの五代将軍の綱吉《つなよし》と、その生母の桂昌院《けいしょういん》が、何しろ非常な濫費《らんぴ》家《か》だった。いや、金の作用というものを知らないのだ。いやいやもっと知らないのは、物資、国材、人間の労力の価値など、全然わからない位置にあるのである。

綱吉《つなよし》の〝柳沢お成り《やなぎさわ》〟といって、町でも評判な柳沢吉保《やなぎさわよしやす》のやしきへ出かけた回数も、五十数回という頻繁《ひんぱん》さだった。この一回の柳沢家《やなぎさわけ》の遊楽行《ゆらくこう》に消費される人力、物資、黄金の額は、庶民の頭では、およそぐらいにも計算はできない。

また、生母桂昌院《けいしょういん》の迷信費も莫大《ばくだい》だ。彼女の護国寺詣《ごこくじまい》りには、日傘行列《ひがさぎょうれつ》と、蒔絵《まきえ》のおかごが江戸を縫い、警固《けいご》の人馬と、迎賓《げいひん》の山門は、すべて人力ずくめ、金ずくめである。しかも、くぐる山門、昇る伽藍堂塔《がらんどうとう》の附属も、みな彼女の寄進で、造られたものである。山門工事にたずさわった幾人かの奉行《ぶぎょう》や棟梁《とうりょう》は、工事中、わずかな落度《おちど》で遠島に処された。

護持院隆光《ごじいんりゅうこう》という精力的な妖僧は、彼女の眼に、生き仏に見えた。隆光《りゅうこう》をめぐる幕府の大官や俗吏のあいだに、政治がささやかれ出した時、世代の民衆の不幸悲惨な生活は、宿命づけられたといっていい。大奥政治なるものが行われ出した。一女人《いちにょにん》の口をもって、将軍綱吉《つなよし》をうなずかせることは、どんな閣老や若年寄《わかどしより》がやるよりも易《やさ》しかった。この間に、柳沢吉保《やなぎさわよしやす》という天下一の出頭人も、勢力をひろげ出した。——が、もう幕府の所有金塊はほとんど消費しきっていた。しかし、吉保《よしやす》を初め、かれらの閥は決して行きづまらなかった。

——貨幣の改鋳《かいちゅう》。旧貨幣の引きあげ、新貨幣の発行。

この手で、幕府は、無い数字の数を殖《ふ》やした。古金銀を民間から引きあげ、質の落ちた悪貨を通用させる。当然、巨額なサヤが手にのこる。この悪政で、勘定奉行《かんじょうぶぎょう》の萩原重秀《はぎわらしげひで》は、有名になった。柳沢《やなぎさわ》閥と、大奥の費用と、将軍家の身辺には、ふたたび費《つか》いきれない程なものが、黄金蔵《おうごんぐら》に積まれた。

物価の単位は、毎年、前年を切りはなして、ハネ上がった。生活難は、下層ほどひどくなる、正直者の運命は、落伍者《らくごもの》ときまっていた。元和《げんな》、寛永《かんえい》以来の、素朴な士風や町人道の反動として、〝世の中は金、女というも金次第〟と、心中物の浄瑠璃《じょうるり》作者すら云《い》う黄金万能が、この世の鉄則となってきた。

そのくせ、この鉄則に倣《なら》えない人間の方が、はるかに多く「この高い米は食いきれない」と嘆き合っている。いや、嘆いたり、こぼしたりしていられる方は、まだ社会のよい方であった。てんで声もしない飢餓《きが》の群は、橋の下にも、浅草寺《せんそうじ》の裏にも、ゴミ捨て場のように、蠅をかぶっていた。当然、それには耐えない野性の持ち主は、押込《おしこ》み、ゆすり、追《お》い剝《は》ぎ、かっさらい、あらゆる食うべきための悪を悪ともせず、市井《しせい》の闇や裏道に跳梁《ちょうりょう》する。

浮浪や、ならず者や、さむらいくずれが、したい三昧《ざんまい》を演じるには、時こそあつらえ向きなれ、と云《い》ってよい。刹那主義《せつなしゅぎ》で虚無的で、そしてびらんした諸〻《もろもろ》の人間くさい刺戟《しげき》と誘惑が、あくどい灯をつらねていた。蔭間茶屋《かげまぢゃや》の色子《いろこ》（野郎《やろう》）風俗だの売女《ばいた》の装《な》り振《ふ》りが、良家の子女にまで真似られて、大奥や柳沢《やなぎさわ》閥の華奢《かしゃ》をさえ、色彩のうすいものにした。

――いや、薄くなったのは、人情とか、義理とか、すべて道義というような観念にも及んでいる。そちらの考えかたは皆、前時代の古い頭の錯覚にすぎないと、時流の人々は信じ初《はじ》めていた。事実、それを容認しないでは、事々に、気色にさわって、生きていられない社会であり、風潮であったのだ。

何が、こうまで、人の根本思念までを、もんどり打たせてしまったか。悪貨の濫発《らんぱつ》や、官閥の腐敗や、物価高の生活苦や、宗教への幻滅《げんめつ》や、男女間の無軌道《むきどう》や、芸術文化などの自殺的服毒や、等々の、あらゆる構成悪を、選《よ》りわけてみても、その原因は、それのどれ一つと云《い》えるほど、簡単ではない。

だが、これだけは確実に、それらの最大原因をなしたと云《い》いきれる社会規定が、元禄《げんろく》の世代には横たわっていた。

戌年生《いぬどしうま》れの、将軍綱吉《つなよし》が、隆光《りゅうこう》や、桂昌院《けいしょういん》の献言をいれて、世の人間たちへ発令した、畜生保護令——いわゆる〝生類《しょうるい》おんあわれみ〟と称する稀代《きたい》な法律の厳行である。

史家のいう「お犬様時代」の現出だ。

食えない人間だらけの地上に、広大な敷地建物を擁する中野お犬小屋だの、大久保《おおくぼ》お犬屋敷などが出来、人間どもの羨ましがる白米や魚類が、費用おかまいなく供せられ、お犬奉行《ぶぎょう》、お犬目付《めつけ》、お犬中間《ちゅうげん》、お犬医師など、大名にかしずくほど人間がそれに奉仕した。

それもそれで、禄《ろく》をもらって食っている人間はまだ、いい。しかし、一般庶民は、町をわがもの顔に吠《ほ》えまわるお犬様の扱いに当惑した。石を投げても、打ち首になる。キャンと啼《な》かせても自身番へしょッ曳《ぴ》かれた。お駕籠《かご》に乗って通る犬を見れば道を避けてつつしまねばならぬ。嚙《か》みつかれた野良犬を、つい蹴《け》とばしただけで、当人は切腹、家は断絶、一族は離散のうき目をみた旗本もいる。犬のおもちゃでも、子どもの手にはうっかり持たせられず、神棚へあげて、朝夕、礼拝しているといえば、神妙の至りと聞《きこ》えて、人間の最善行として、表彰されたりする。——要するに、時の将軍家が、戌年生《いぬどしうま》れだったのが、時の人民全部の、不幸なる生涯を約束してしまったわけだ。貨幣下落以上、人間の値《ね》だんは大下落を来たした。

(人間相場は、お犬様以下さ。どうせ、……畜生以下の人間でさ。何をやらかしたって、ふしぎはねえ)

かなしき江戸人の自嘲《じちょう》はこれだった。かれらは、この裏の心理を吹出腫《ふきでもの》みたいに、世相へ咲かせた。かくて、元禄《げんろく》文化の華やかなる色若衆《いろわかしゅう》やら音曲やら猥画淫本《わいがいんぽん》そのままな世代が、夜は夜の灯となって燃え、昼は昼で、〝世の中は金、一にも金、二にも金〟と、金を追いまわす巷《ちまた》の眼色で——。

(ああ、江戸の繁昌《はんじょう》は、えらいもの。元禄《げんろく》になってからは、日に月に、開けてゆく一方だ)

と、何も知らない地方人や、三年目ごとにその変《かわ》り方《かた》を見る勤番者《きんばんもの》は、あっ気にとられるばかりである。

素《そ》朴《ぼく》と毒《どく》舌《ぜつ》

「滞りなく、一昨日、吉良《きら》殿へは、御挨拶《ごあいさつ》をいたしておきました」

吉良家《きらけ》へ使いした江戸家老の二人から、こう復命のあった朝である。内匠頭《たくみのかみ》は、まず、一時は済んだとして、

「そうか、では今日は、自身推参して、親しく、今後のお近づきを、願っておこう」

供揃《ともぞろ》いをして、駕《かご》を、わざわざ呉服橋《ごふくばし》の吉良家《きらけ》へ向けた。あくまで、師門に弟子入りするような礼をとって、内匠頭《たくみのかみ》は、慇懃《いんぎん》に、指導を仰いだ。その態度が、上野介《こうずけのすけ》には気に食わない。

(口先よりも実ではないか。よこすのは、家来共でも、済む話。なぜ、それよりは、肝腎《かんじん》な所へ気がつかないのか)

田舎漢《いなかもの》は、度《ど》し難《がた》いと見た。だが、それほど愚鈍とも見えない内匠頭《たくみのかみ》と思うと、或《あ》いは、知っていながら、慇懃《いんぎん》と口先だけ、出すべき実質の物を出さないで済ませようとする狡《ずる》い

手ぐちかもしれないと邪推した。しかし、どっちにしても、口には出して云《い》えない事だ。態度にして見せて、気がつくようにするより外はない。

で、冷《ひや》やかに、

「お許《もと》が、内匠頭《たくみのかみ》殿でお在《わ》すか。なる程お若いな。この度は、めでたい事だ。遣《や》り退《の》けたら、一国一城の主《あるじ》として、いちだんと、箔《はく》がつこうというもの。まあ、大事に勤めてみられい」

意地悪そうな眼皺《めじわ》に、薄笑いをたたえて云《い》った。

内匠頭《たくみのかみ》は、何か、第一印象からして、気まずいものを感じた。親しめない老人である。しかし、他家へ行って膝《ひざ》を屈するような事は滅多《めった》にしない大名育ちの自分の気儘《きまま》は出すべきでないと、反省もした。

「身に過ぎた大命を仰せ付けられましたものの、未熟な私、何分とも、後輩と思《おぼ》し召《め》して、お指図のほど、願わしゅう存じます」

「ご謙遜《けんそん》じゃ。それがしなど、年のせいか、近頃は、うるさい故事有職《こじゆうそく》などは、とんと、忘れがちで困る。……ならば、こちらから、音物《いんもつ》を携えて、教えてもらいたいくらいだ。ははは」

それとなく、急所へ、一当て当てて見たつもりであったが、内匠頭《たくみのかみ》には、手応《てごた》えもなか

った。ただ真面目《まじめ》に、熱心に、

「いや、御老中方《ごろうじゅう》よりも、吉良《きら》殿のお心得を仰げと、お口添えのあった事にもございます。若年者、おうるさく、思《おぼ》し召《め》されましょうが、おひき廻《まわ》しの程、平《ひら》に、願わしゅう存じます」

「…………」

上野介《こうずけのすけ》は、身を捻《ひね》って、不作法に、血管の太く這《は》っている皺《しわ》だらけな手を文庫へ伸ばしていた。相手の熱意を、わざと外《そ》らしている風にも受けとれないことはない。

内匠頭《たくみのかみ》は、重ねて、

「さし当《あた》って、何か、仰せ付け下さる儀はござるまいか。通例の柳営《りゅうえい》行事にさえ、まだ心得のうとい私へ、何事なりと、ご遠慮なく」

「公儀のお勤めじゃ。遠慮などはせん。——さて、さし当《あた》ってといえば、まずこれでも見ておかれい」

文庫から出して示したのは、勅使下向《ちょくしげこう》の日程書であった。こういう順序に書いてある。

十一日　勅使《ちょくし》ならびに院使、江戸御着、御旅舎、辰ノ口伝奏屋敷《くちてんそうやしき》
十二日　両使登城、御物《ぎょぶつ》を賜《た》ぶ
十三日　猿楽《さるがく》御見物、諸侯陪観《ばいかん》

十四日　白木書院にて、将軍家奉答
十五日　上野寛永寺《かんえいじ》、芝増上寺《しばぞうじょうじ》、御参詣《ごさんけい》
十六日　休息
十七日　御帰洛《ごきらく》

内匠頭《たくみのかみ》は、謹んで読み返していた。しかし、この七日間の日割などは、高家《こうけ》から示されなくとも、当然拝命の日に、閣老から通牒《つうちょう》が来ているのであって、自分の知らない事ではなかった。けれど、上野介《こうずけのすけ》の好意に対して、初めて承知したように、黙読したまでであった。

「他《ほか》には」

と、それを終《おわ》って、訊《たず》ねると、

「左様《さよう》さ……」

と、上野介《こうずけのすけ》は、勿体《もったい》らしく云《い》った。

「勅使《ちょくし》、御逗留《ごとうりゅう》中は、日々御進物を怠らぬことだな。音物《いんもつ》をじゃよ。何事も、口さきよりは、実意が肝要よの。心得ておられるか」

じろっと、顔を見て云《い》った。内匠頭《たくみのかみ》には、それすら、解けなかった。

礼を述べて、やがて立ち帰った。しかし、勅使《ちょくし》に、毎日進物を贈れという指図は、どうも解《げ》せない事と、頭にのこった。

月番老中《つきばんろうじゅう》の土屋相模守《つちやさがみのかみ》へ、念のため、問合《といあわ》せてみると、

「左様《さよう》な前例はない。何か、聞き違えであろう」

と、いう返辞。

内匠頭《たくみのかみ》は、自分の潔白な解釈に、信念を与えられたように、

「そうであろ。そうなくてはならん」

と、頷《うなず》いた。

高家《こうけ》の吉良《きら》殿が云《い》いだした事だと、その後、どこかでその話が、ちらと、上野介《こうずけのすけ》の耳に触った。

上野介《こうずけのすけ》は、肉の薄いこめかみに、青すじを太らせた。

「いやはや。話せねえ男だ。自分に云《い》われた謎を、御老中《ごろうじゅう》の所まで問合《といあわ》せにゆくとは、呆《あき》れ返《かえ》った馬鹿者だ。それとも、此方《こっち》の無愛想に、ヘソを曲げて、わざと、上野介《こうずけのすけ》を陥《おと》しいれる為に申し出たことか。——ちッ。田舎者《いなかもの》めい！」

かれが、感情まかせな呟《つぶや》きを吐くときは、ひどく、江戸人特有なマキ舌が語気に交じった。ひとを罵《ののし》るのにもよく〝浅黄裏《あさぎうら》〟だの〝勤番者《きんばんもの》〟だのと云《い》うくせがある。要するに、それは彼が、彼自身を洗練された都会人としている誇りからくるものだった。

墨絵《すみえ》

小砂利を掃くお六尺も、お賄所《まかないじょ》の門をくぐる出入り商人《あきゅうど》も、すべて、新しい法被《はっぴ》を着ていた。

饗応役《きょうおうやく》の家臣たちは勿論《もちろん》のこと、君侯生涯の大命である。肌着には穢《けが》れのない晒布《さらし》を裁《た》ち、腹巻には天の加護を祈って、神札《まもり》を秘めている者もあった。

「勅使《ちょくし》、柳原大納言《やなぎはらだいなごん》さま、院使、高野中納言《こうのちゅうなごん》、清閑寺前大納言《せいかんじだいなごん》の御三卿《ごさんきょう》、ただ今、おつつがなく、品川《しながわ》までお着き遊ばされました。高輪《たかなわ》にて、御少憩《ごしょうけい》にございますれば、ほどなく、これへ御着になられましょう」

清掃された伝奏屋敷《てんそうやしき》の門へ、のし目裃《めかみしも》の騎馬武士が、こう先触れを齎《もたら》した十一日の朝。

暁《あ》け方《がた》から、そこに、詰めきって、各〻《おのおの》、持ち役の場所に緊張していた浅野家《あさのけ》の家臣たちは、

「それ」

と、眼顔で色めいた。

するとと、台所方の者が、あわただしく、家老席へ来て告げた。

「ただ今、吉良《きら》様から、急のお使いが見えてござります」

「高家《こうけ》から。——して何と？」

「確《しか》とはわからぬが、本日は、勅使《ちょくし》には御精進日《ごしょうじんび》のように承《うけたまわ》っておる故、料理には、魚鳥の類、お用いなきようにと云《い》って戻られました」

自信のない江戸家老の藤井《ふじい》、安井《やすい》の二人は、それを聞くと狼狽《ろうばい》した。うろたえた顔のまま、内匠頭《たくみのかみ》の前へ出て、

「もはや、時刻の間もございませぬのに、何といたしたものでございましょう」

内匠頭《たくみのかみ》も、愕然《がくぜん》とした顔色であった。今日の料理というものは、実は、三日も前から、精選して、丹精を尽《つ》しておいたものである。どうして、遽《にわ》かに、それを取り替えることなど出来ようか。

策もない。思案も出ない。

しかも、大任第一の朝だ。数日も前から、寝もやらずに、奉公の誠実《まこと》を尽《つ》して、この朝、大賓《たいひん》のために清掃して居並んだ主君も、その家臣も、不安の底に沈んだように、色を失ってしまった。

すると、堀部安兵衛《ほりべやすべえ》が、

「いや、高家《こうけ》の御意見かは知らぬが、ちと、不審がある。たとえ、御精進日《ごしょうじんび》であるにせよ、今日は、朝廷のお使いとして入府せられる公《おおやけ》の御格式。私人の忌み日に、こだわってお る筈《はず》はない。万一の備えに、お料理は、二通りに用意しておいたら如何《いかが》であろうか」

「うむ――」

沈黙から晴れて、内匠頭《たくみのかみ》が、大きく頷いた。

「そうせい。そうせい」

大台所は、裃《かみしも》の武士と、糊《のり》の硬い法被《はっぴ》を着た小者《こもの》たちで、戦場のように、庖丁《ほうちょう》が光った。賄所《まかないじょ》の裏門からは、何度となく、馬が駈《か》け、馬が帰ってくる。

そうした混雑が、ほっと済んだ一瞬に、勅使《ちょくし》の行列が、あやうくも伝奏屋敷《てんそうやしき》の門に着いた。

「嘘《うそ》だっ」

出迎えを了《お》えてから、神崎与五郎《かんざきよごろう》が、真っ赤になって、怒っていた。

「高家《こうけ》の狸《たぬき》め。御当家に何かふくむ所があるに違いない。勅使《ちょくし》のお附添《つきそい》に今訊《き》いてみれば、精進日《しょうじんび》などとは、真っ赤な嘘《うそ》だっ」

台所方にも、各ゝ《おのおの》の詰所《つめしょ》にも、それが伝わった。両家老は、ただもう、勅使《ちょくし》の随臣でいっぱいに溢《あふ》れた宿舎の混雑に、口やかましくばかりあって、目先の事に趁《お》われていたが、心ある家臣のうちでは、そっと、主人の内匠頭《たくみのかみ》の気色をながめて、その顔いろに、不快なものが現《あら》われないことを、祈っていた。

しかし、内匠頭《たくみのかみ》は、常と変《かわ》らない明るい眉《まゆ》をもって、長途《ちょうと》の勅使《ちょくし》に、立派な挨拶《あいさつ》をのべていた。

「………」

神崎与五郎《かんざきよごろう》と、堀部安兵衛《ほりべやすべえ》は、遠くから、その場をさしのぞいて、

(さすがに、わが君)

欣《うれ》しくもあり、主人の気持《きもち》も察して、胸がいっぱいになった。神崎《かんざき》の瞼《まぶた》を見れば赤いし、安兵衛《やすべえ》の眸を見れば熱いものがうるんでいた。二人共、昨夜は、納戸頭《なんどがしら》奥田孫太夫《おくだまごだゆう》たちと共に、什器《じゅうき》諸道具を、鉄砲洲《てっぽうず》のお蔵《くら》から徹夜で運んで、一睡もしていないのであった。

午刻《ひるどき》の食事がすんで、廊下を、続々と、空の膳部が下がってくる頃、品川《しながわ》まで出迎えに出た老中土屋相模守《ろうじゅうつちやさがみのかみ》をはじめ、その以下の諸侯が、駕《かご》、馬を伝奏屋敷《てんそうやしき》の門に埃《ほこり》が立つほど、改めて、ご機嫌うかがいに来ては、戻って行った。

高家《こうけ》の一人、畠山民部《はたけやまみんぶ》も見えた。

「お支度《したく》、見事でござる。七日のご辛労は、たいていな事ではござらぬ。内匠頭《たくみのかみ》殿のお体

を、大事にして上げられい」

民部《みんぶ》は、浅野家《あさのけ》の家来たちを犒《ねぎら》ってすぐ帰った。彼を送って出た奥田孫太夫《おくだまごだゆう》は、老年なので、

「忝《かたじけの》うござる。主人は、至って健《すこ》やかな質《たち》でござる故、その辺はわれらも心づよく、働けますし、式事は、吉良殿《きら》がご親切におさしず下さります故、お蔭《かげ》をもって、万端、整いましてござりまする」

ほろりとしながらも、何度も、繰返《くりかえ》して謝辞を述べた。——そして、詰部屋《つめべや》に戻って、夕刻の諸式を相談している藩士たちの席に列していると、

「奥田様《おくだ》、お越し下さい」

後ろで、手をついていう若侍がある。

見ると、物頭並《ものがしらなみ》の磯貝十郎左衛門《いそがいじゅうろうざえもん》、美男なので、晴れの熨斗目裃《のしめかみしも》がいとどよく似合う。

「磯貝《いそがい》か、何じゃ」

「吉良《きら》どのが、御検分においでです」

「ほ。吉良《きら》どのが」

彼が立つと、相談している席から、二、三名が抜けて、

「お迎えせねば」

と、あわただしく出て行った。

そこを出るとすぐ、何か、荒々しい皺《しわ》嗄《が》れた声が、大玄関の方で聞《きこ》えた。孫太夫《まごだゆう》はもう袴腰《はかまごし》がすこし曲《まが》って見える年齢《とし》である。白足袋《しろたび》のおぼつかない足が、その老軀《ろうく》を、はらはらと、大玄関の方へ運んで行った。

見ると、同じ老人ながら、背丈《せたけ》のすぐれた、そして、利《き》かない鰐口《わにぐち》を、窪《くぼ》んだ頰《ほお》に彫りこんでいる上野介《こうずけのすけ》が、式台の正面にある衝立《ついたて》の塗縁《ぬりぶち》を、扇子で、打ち叩きながら、そこに、頭《ず》を摺《す》りつけて平伏している浅野《あさの》の家中を、頭《ず》のたかい眼で、睥睨《へいげい》しているのであった。

「これは、何じゃっ。――これはよ」

「はっ」

「狩野法眼元信《かのうほうげんもとのぶ》の筆、龍虎《りゅうこ》の図が、ご自慢で飾ったのか」

「はっ……」

「何をいうても、はっ、とだけで、御用が勤まると思うか。この衝立《ついたて》は、そも、誰の指図で出しなされた」

孫太夫《まごだゆう》は、べたっと、板敷へ両手をついて、

「おそれながら、申し上げまする。その衝立《ついたて》は、図柄が、宜しくないとのお叱りでござりまするか、或《ある》いは、位置の事でも」

「そちは、何者じゃ」

「納戸頭《なんどがしら》、奥田孫太夫《おくだまごだゆう》と申す不束者《ふつつかもの》にござります」

「又聞《またぎ》きでは、間違いが多い。主人を呼びなさい。内匠頭《たくみのかみ》どのは、どうなされた」

「只今《ただいま》、申し伝えておりまする」

「やれやれ……」

と、伸びをするように、白い眼を、じろじろと上に向けて、

「天井の塵《ちり》もよう払ってないわ。かような、不作法な玄関へ、勅使《ちょくし》をお迎えしたかと思うと、身の縮むほど畏《おそ》れ多い」

呟《つぶや》いている足もとへ、駈《か》けつけた内匠頭《たくみのかみ》が、手をつかえた。

「何ぞ、不行届《ふゆきとど》きでもございましたなれば、家来の落度《おちど》は、内匠頭《たくみのかみ》の不注意、お叱り置き下さいますよう」

「あ。……内匠頭《たくみのかみ》どのか」

「御検分、御苦労にぞんじます」

「お許《もと》は、勅使《ちょくし》の接待役、上野介《こうずけのすけ》などへ世辞はいらんことじゃ。ところで、この衝立《ついたて》は、

何と心得て出された。晴《はれ》の御大礼、長途《ちょうと》の勅使《ちょくし》を寿《ことほ》ぎまつる大玄関に、墨絵のものを置くとはどういう量見じゃの。なぜ、明るい彩画を出しなさらぬ」

「あいや、おことばではござるが、御老中《ごろうじゅう》土屋《つちや》殿の御内意もあって」

「何。——土屋《つちや》殿は、いつ高家衆《こうけしゅう》になられた。お許は、土屋《つちや》殿のお指図をもって、この度《たび》の饗応《きょうおう》を勤めらるる御所存か」

「決して、左様《さよう》な思慮ではござりませぬが」

「御老中《ごろうじゅう》、御老中《ごろうじゅう》と、よう足まめにお運びじゃな。人は知らず、吉良《きら》家古来の故実《こじつ》には、吉事の大賓を迎える日に、墨絵のものを使用した例はござらぬ」

「恐れ入りました。早速に、彩画の物と置き替えまする。何事も、質素にと、土屋《つちや》殿の仰せがありましたため」

「また、土屋《つちや》どのか。一にも、二にも、土屋《つちや》どのでは、高家《こうけ》は木偶《でく》じゃな」

「悪意にお執りなされては、内匠頭《たくみのかみ》、当惑仕《とうわくつかまつ》りまする。至らぬかど、不束《ふつつか》な節《ふし》は、何とぞ、仮借《かしゃく》なく、仰せくだされますように」

主人の蒼白《あおじろ》い顔が、板敷へつくばかりに伏しているのを見ると、家来たちは、氷のうえに、坐《すわ》っているような危うさと、熱涙《ねつるい》とで胸が塞《ふさ》がれてしまった。

しいんと、漲《みなぎ》り切《き》った一同の頭のうえで、突然、入歯《いれば》をこぼすような皺嗄《しわが》れた上野介《こうずけのすけ》の笑いがひびいた。

「ば、ばかなっ！　木偶《でく》が、生きた人間に、ものを教えたら逆《さか》さま事《ごと》じゃ。ご勝手になされたがよい。随分、ご随意に、おやんなさい」

黒い大紋《だいもん》の袖が、さっと、内匠頭《たくみのかみ》の髷先《まげさき》を払った。と思うまに速い跫音《あしおと》は、ついと向《むこ》うへ立ち去った。檜張《ひのきば》りの厚い板床が、内匠頭《たくみのかみ》の膝《ひざ》の下で、ミシリと鳴った。

「殿……。と、殿！　……」

奥田孫太夫《おくだまごだゆう》の拳《こぶし》であった。ふるえながら、主人の背後に、顔を埋《うず》めて、しっかと、内匠《たくみの》頭《かみ》の印籠腰《いんろうごし》をつかんで放さないのである。全五体を躍りあげて、

（おのれっ！）

と叫ぼうとする主人の激越な血と、歯の根を嚙《か》み、眼《まなこ》を閉じて、堪忍《かんにん》の二字を念じている家来の血とは、一つのもののように、わなわな、骨ぶるいをしたまま、熱涙《ねつるい》を嚥《の》み合《あ》っていた。

うら・おもて

夜は、朧《おぼろ》な月とみえる。

黒い桜花《はな》の影が、障子に雲のような斑《ふ》を映していた。夜霞《よがすみ》のしっとりと感じられる遠くには、櫓《ろ》の音《おと》がする。船唄《ふなうた》がながれて行く。——内匠頭《たくみのかみ》夫人は、独りで坐《すわ》っていた。

人の羨む大名の生活や、その内室の身が、どんなに辛い心のものか、あの大川《おおかわ》に働く船人たちは知るまい、と、沁々《しみじみ》思う。

彼女は、まだ夕食も摂《と》らなかった。昼間、良人《おっと》の実弟にあたる木挽町《こびきちょう》の浅野大学《あさのだいがく》が来ての話では、勅使《ちょくし》御登城の第二日の今日も、つつがなく済んだらしいという事なので、

「ああ……」

思わず、この一室で、暮れて行く日に、掌《て》をあわせて、俯《ふ》し拝《おが》んだ。

だが、その良人《おっと》は、まだ帰らない。

帰ってもこの頃は、食事も勤めのように箸《はし》を取るだけであるし、ゆうべも、眠った様子

はない。

(女の関《かか》わった事ではない)

訊《たず》ねたら、すぐそう云《い》って叱られるであろう。蒼白《あおじろ》い良人《おっと》の顔には、いつとはなく、眉《まゆ》に針が立っている。

女性のもつ真情《まごころ》と、細かな気くばりをもって、身のまわりの事や、心の慰めになろうと努めてはいるが、眉《まゆ》の針は、朝も消えていない。夜も消えていない。

「どうぞ、七日の大命、良人《おっと》の身、無事に、勤《つと》め了《お》えますように……」

神には、御明灯《みあかし》を、仏には香を、ただ一心に念じているより他にない女であり、一室の悩みであった。

「殿さま！　お退城《さが》りでござります」

夫人の気持《きもち》を知っている侍女《こしもと》の末《すえ》までが、御表の物音を聞くと、常には、静かな足も走って、つい、声までが甲走《かんばし》って欣《よろこ》びを告げるのだった。

「はい……」

途端に、彼女の胸は雪解《ゆきげ》のように、がっかりする。喜び立って、良人《おっと》の無事な姿に泣《な》き濡《ぬ》れたい気持《きもち》もする。

だが、静かであった。裲襠《うちかけ》のすそを、音もなく曳《ひ》いて、鏡のまえに一度坐《すわ》る。髪の毛、一すじの乱れも、良人《おっと》を暗くするであろう。臙脂《べに》も、褪《あ》せていてはならぬ。

「…………」

楚々《そそ》と、長廊下をすべって行く姿――。女ごころは女が知る。後に従《つ》いてゆく侍女《こしもと》たちは、奥方の肩がこの数日の間に、薙刀《なぎなた》のように薄く見えて来たのに気がついて、

（おいとしい）

と、思いやりを嚙《か》みしめて泣いた。

内匠頭《たくみのかみ》は、沈痛な足もとを、

「大儀」と、しっかり踏みながら出迎えに云《い》った。

夫人の見上げる眼に、ちらと、無言な眼を酬《むく》いただけで、すぐ表の大書院へ入ってしまった。

晃々《こうこう》と、燭《あか》りと家臣をそこに集めて、すぐ翌日の手筈《てはず》や協議であった。家臣たちの顔もみな硬《こわ》ばっている。誰も、深夜の内匠頭《たくみのかみ》の青白い顔や、食事の量にまでは、気がつかないであろう。

夫人は、そっと、奥から使いをやって訊《き》かせた。

「お湯浴《ゆあ》みは。お食事は」――と。

内匠頭《たくみのかみ》は、一言、

「いらん」

首を振って、

「十五日は、両使、増上寺《ぞうじょうじ》へ御参詣《ごさんけい》の日であるぞ。諸事、準備《したく》はよろしいか。明十三日、高家《こうけ》の下検分があろう。手ぬかりするなよ」

「お案じなされますな。今夕までに、壁、障子、襖《ふすま》、天井洗いその他、終《おわ》りました」

安井彦右衛門《やすいひこえもん》が、答えると、誰かが、

「畳は」

と、云《い》った。

彦右衛門《ひこえもん》は、じろっと、声の方を見て、

「畳更《が》えはしたものか、せぬものか、念のため、その段も、吉良《きら》殿へ出向いて、お伺いいたしましたところ、例年一月にはお取替《とりか》えあるに依《よ》って、それまでには及ばぬというお指図でござりました故、差しおきました」

「そうか」

内匠頭《たくみのかみ》は、まず安堵《あんど》をした容子《ようす》で、やっと席を立った。家臣たちは、自分の呼吸をやすめるよりも、主人が奥へゆく姿をみてほっとした。

急いで、席を抜けた者がある。神崎与五郎《かんざきよごろう》と堀部安兵衛《ほりべやすべえ》であった。暗いお厩舎《うまや》の側《わき》で、

誰か、ざぶざぶと水づかいをしている。そこを覗《のぞ》いて、

「富森《とみのもり》っ」

「助右衛門《すけえもん》はいるかっ」

声を聞くと、襷《たすき》をかけて、馬たわしを持って濡《ぬ》れていた助右《すけえ》が、

「おう、これにおる」

「頼みがある」

「なんだ」

「その馬で、すぐ、殿の御相役《ごあいやく》、伊達左京介《だてさきょうのすけ》どのの御持ち場を見て来てくれ」

「何を見届けてくるか」

「畳だ」

「よしっ」

濡《ぬ》れ襷《だすき》のまま、富森助右衛門《とみのもりすけえもん》は、馬にとび乗った。

朧夜《おぼろよ》を、一鞭《ひとむち》あてて、増上寺《ぞうじょうじ》の伊達家《だてけ》の宿坊へ行って、窺《うかが》ってみると、なんと、青畳の香がぷーんと高い。下部《しもべ》の部屋まで、畳は新しく替えられてあるではないか。

「さてこそ」

と、助右《すけえ》は、息もつかずに、馬を返して、その通りに復命すると、神崎《かんざき》、堀部《ほりべ》の二人は、

顔を見あわせて、

「そうかっ！」

両家老に告げる。家中を呼び集める。

休息する間もなく、寝耳《ねみみ》に水を浴びせられた内匠頭《たくみのかみ》は、

「またしても、上野介《こうずけのすけ》め、当家を騙《たばか》りおったか。下検分は、明日《あす》と申すぞ、今宵《こよい》のうちに、手配をせい」

狼狽《ろうばい》する安井《やすい》、藤井《ふじい》。指揮に、声を嗄《か》らす奥田《おくだ》老人。病後の老軀を、お長屋から這《は》いだして、馬で飛ぶ村松喜兵衛《むらまつきへえ》。

「金だっ。御勘定方《おかんじょうがた》、こんな時は、金の力だ」

そう呶鳴《どな》っているのは、堀部安兵衛《ほりべやすべえ》だった。

現金を懐中《ふところ》にいれて、畳屋を狩り出しに、騎馬で駈《か》けてゆく。

増上寺《ぞうじょうじ》の本堂から、浅野家《あさのけ》持ち場の宿坊は、またたく間に、鷹《たか》の羽《は》の提灯《ちょうちん》で埋まった。

数十人の畳屋職人は、肱《ひじ》が火を出すように、畳針を舞わせている。運び出す者、敷き込む者、武士も職人も、けじめはない。まるで、戦場だった。必死だった。涙ぐましくも、夜の白々と明けた頃には、二百数十枚の青畳が、きっかりと敷かっていた。うれしさの余り、その上で、躍り上がった若侍もある。

やがて、四刻頃《よつ》、上野介《こうずけのすけ》は下検分に来て、青々とした畳の海へ眼をくれた。

「成程《なるほど》――」

洒然《しゃぜん》として、賞《ほ》め立《た》てた。

「かねて、内匠頭《たくみのかみ》殿は、御内福だと聞いていたが、一夜の中《うち》に、これだけの畳数を替えられたとは、お手際《てぎわ》がよい。……何事もな、金銀さえお厭《いと》いなくば、物事は、程よく運ぶものでござるよ」

後ろに立って、睨《ね》めつけている内匠頭《たくみのかみ》へ、怯《おく》れもなく、振り向いて、

「いや、お互いに、御苦労御苦労。疲れる事じゃ」

腰骨を叩きながら、次々と、検分して歩いた。

面影《おもかげ》の水《みず》

妻にも、やさしくありたい。家来たちにも、この顔色は見せたくない。内匠頭《たくみのかみ》は胸いっ

ぱいに周囲の者の気持《きもち》を察しているのであった。

(身を、生《うま》れながら微賤《びせん》と思え。大名という育《そだ》ち癖《ぐせ》があればこそ、武士のしつけがあればこそ、腹も立つ、血も憤《いきどお》る。御奉公のおん為に、七日は、眼をつぶって——)

と、わずかな間を、臥床《ふしど》に入るのである。

けれど、眠れない。眠ろうとすればする程、吉良《きら》の顔が見える。上野介《こうずけのすけ》の錆声《さびごえ》が、耳鳴りに聞《きこ》える。

山鹿素行《やまがそこう》先生は、何と教えた。父長直《ながなお》は常に何と云《い》った。慈母の訓《おし》え、幼少から読んだあらゆる教典の文字。それらを、思い出すことが努力だった。——しかも、それを呼ぶ努力こそが、あらゆる障碍《しょうがい》だとは覚《さと》れなかった。

およそ今の社会には、まったく似ても似つかない新旧ふたいろの思考と生活様式とが、一つ世間に住み、一つ社会を構成していた。浅野家《あさのけ》と吉良家《きらけ》のごときも、まったく対蹠的《たいしょてき》な主人と家風だったのである。

忍《にん》。忍《にん》。忍《にん》。——と、内匠頭《たくみのかみ》は護符のように、念じた。

古語に曰《い》う「百忍自無憂《ひゃくにんおのづからうれひなし》——」

かれは、夜どおし胆《きも》にそれを彫りつけて寝た。殊に、明けて今日の三月十四日は、勅使《ちょくし》、院使両卿の登城があり、将軍家奉答の式日中の大事の式日である。

白む朝を待ちかね、寝所を出た。夫人は、侍女《こしもと》の手も借らずに、嗽《うが》いや、塗りの水盥《みずだらい》をそろえる。

「武士らしくもない……」

ふと、指先を、水に浸《ひた》しかけて、内匠頭《たくみのかみ》は窶《やつ》れた自分の血色をつくづくと水に映して眺めた。

「こんな事で」

と、口惜《くちお》しくも思う。不覚な涙もおぼえる。

が――顔を洗うと、彼は、掌《てのひら》で血色を強くこすった。常のように、礼拝をすましてからは、やや晴々となって、

「夫人《おく》、一ぷく、たてて貰《もら》おうか」

茶道は、こんな時にこそと、胸のうちでいいきかせる。

「はい」

夫人は欣《うれ》しかった。女性《おんな》の真情《まごころ》と、妻のたましいを、緑に掻《か》いて、

「お気に召しましたら、もうお一ぷく」

「いや、もうよい」

内匠頭《たくみのかみ》は、茶碗を下においた。真情《まごころ》の色は眼に見えても、茶の香はしないらしい。

と――、障子の外で、ひそやかに、

「ぶしつけ者二人、そっと、これまで、おゆるしもなく推参いたしました。暫時《ざんじ》の間、お目通りを、おゆるし下さいましょうか」

と、云《い》う者がある。

「誰じゃ」

「源五右衛門《げんごえもん》に、与五郎《よごろう》奴《め》でござります」

「オ、片岡《かたおか》、神崎《かんざき》の両名か。連日の辛労、うれしいぞ、ゆるす、入れ」

「へへっ」

二人は、居ずくまったまま、障子だけを開けた。幼少から自分の側を離れないこの二人が、眼に涙を溜《た》めているのを見ると、内匠頭《たくみのかみ》も瞼《まぶた》がじっと熱した。

「なんじゃ、急用か」

「左様《さよう》にはござりませぬ。実は、畏《おそ》れながら、数日来、めっきりとご血色がすぐれぬやに拝しまする。私共、不つつか者をご手足《しゅそく》に遊ばして連日の御大役、さだめし、もどかしくも思召《おぼしめ》され、また、高家衆《こうけしゅう》との折合《おりあ》いにも、ご不快も数々と、ご推察いたしております。が、早や、今日も十四日、後三日のご辛抱にござりまする。何とぞ、御奉公のおん為、また小さくは私たちをも、不愍《ふびん》と、御堪忍《ごかんにん》あそばされて、じっと、お怺《こら》えくださいますように、お願いに参じましたのでございまする」

「……わかっておる」

内匠頭《たくみのかみ》の睫毛《まつげ》には、あやうい光が、草の葉の露のように、ささえられた。

「よう、云《い》ってくれた。案じてくれるな。──きのうも、余が刎頸《ふんけい》の友、加藤遠江守《かとうとおとうみのかみ》どのから、そち達と同じような忠言を懇々《こんこん》と申された。上野介《こうずけのすけ》めが、無礼沙汰《ざた》は、この度ばかりでなく、遠江守《とおとうみのかみ》どのが、大猷院《だいゆういん》様の御法事を勤められた折も、言語に絶した振舞《ふるまい》があったと申す。また、日光《にっこう》御社参の砌《みぎ》りにも、奉行《ぶぎょう》の大名方は、吉良《きら》の為に、どれほど泣く目を見たか知れぬという。──と聞けば取るにも足らぬ俗人じゃ。吉良《きら》の、四位の少将のと、人らしく思えばこそ腹が立つ。虫螻《むしけら》と思うているのじゃ。……呉々《くれぐれ》も、案じぬがよい。内匠頭《たくみのかみ》とて、浅野又右衛門長勝《あさのまたえもんながかつ》が末《すえ》、赤穂《あこう》の城には、まだまだ、多くの愛すべき家来共もおるに、なんで、高家《こうけ》の老いぼれと、それとを、取り替えようぞ。わかっておる、もう、云《い》うな」

「安心いたしました……。何も、何も申しませぬ」

「不吉だぞ」

源五右衛門《げんごえもん》と、与五郎《よごろう》は、あわてて、顔を横にそむけた。不覚にも、つい、こぼれてしまった涙の痕《あと》を、手で拭き消した。

表方《おもてかた》から、

「お時刻」

と、告げる。

内匠頭《たくみのかみ》は、湯浴《ゆあ》みをして、式服を着けた。刃金《はがね》を鎧《よろ》う気持《きもち》であった。自分の心が危ういのだ。

高家《こうけ》の達しで、式服は長裃《ながかみしも》と定めていた。すでに、それを身に着けてからである。老臣のうちで、疑う者があって云《い》った。

「晴れの大礼に、長裃《ながかみしも》のご着用は、心得ませぬ。吉良《きら》どのの為《な》され方、事毎《ことごと》に、不審ばかり。念のために、途中だけ長く遊ばされて、べつに、大紋御烏帽子《だいもんおんえぼし》のご用意もあってはいかがかと存じまする」

挟み箱《はさみばこ》に、それは、潜《ひそ》められて行った。

果して、殿中にのぼると、すべて大紋烏帽子《だいもんえぼし》でない大名はない。御用部屋へ這入《はい》って、内匠頭《たくみのかみ》は、すぐ式服を着替えた。もし、大紋《だいもん》の用意をして来なかったら——と思うと、冷たい汗が滲《にじ》み出る。

そこを起《た》つと、上野介《こうずけのすけ》の顔が、ちらと、彼方に見えた。顔を見ると、骨髄《こつずい》に抑えているものが、むらっと、うごいて来る。

「あいや、吉良《きら》どの」

「ほう、遅い御出仕」

「お指図によれば今日は長裃《ながかみしも》との仰せでござったが、諸侯、一名の洩《も》れもなく、烏帽子《えぼし》大紋《だいもん》でござる故、それがしも、かように着替えました。悪しからず思召《おぼしめ》しくだされい」

「さようか。いや御念入りは結構。此方《このほう》も、歳のせいか、近来はとかく耳が遠い。それにな、物忘れや勘違いが多うて、閉口《へいこう》でござるよ」

これが人間の咽喉《のど》から出る声か。内匠頭《たくみのかみ》は、冷蔑《れいべつ》の眼をじっと与えた。だが、感じないのである、上野介《こうずけのすけ》は、片眼をつぶりながら、顔の半分を口と共に歪《ゆが》める癖がある。上顎《うわあご》の入歯《いれば》を気にするのだ。もぐもぐと、口の中で舌を動かしながら、大玄関の方へ、平然と歩いて行く。

百《ひゃく》忍《にん》一《いち》断《だん》

勅使《ちょくし》出迎えの刻限が迫った。

三卿《さんきょう》とも、もうやがて登城に近い。内匠頭《たくみのかみ》は、上野介《こうずけのすけ》の姿をさがした。

人混みの中に、黒の素袍《すおう》姿《すがた》が、佇《たたず》んでいる。そっと、側へ行って、

「吉良《きら》どの。……吉良《きら》どのに伺いまする」

上野介《こうずけのすけ》は、そら耳をよそおって、ついと歩みかけた。思わず、素袍《すおう》の袖に手が伸びて、

「あいや」

ぐらっと、内匠頭《たくみのかみ》は、こめかみに焼鏝《やきごて》を当てたような眩《めま》いを感じた。口腔《くち》の渇いている
せいか、声が、かすれていた。

「——暫《しばら》く!」

「な、なんじゃ!」

自分の袖に、眼を落《お》とした。内匠頭《たくみのかみ》は、はっと手を退《ひ》いて、

「お教えを仰ぎまする。御三卿《ごさんきょう》お迎えの節には、大玄関の御箱壇《おはこだん》にて礼をいたしまするか、それとも、御石段まで下って辞儀をいたしまするか。着座の作法、心得ませぬ。何とぞ、御指南のほど願わしゅう存じまする」

手をついて、一息に云《い》った。感情と、理性とが、しどろだった。舌は、針をいっぱいに含んでいるように痛い。熱い耳朶《みみたぶ》には、自分の声すらも聞《きこ》えない心地がする。

上野介《こうずけのすけ》は何か、快味にくすぐられて薄く笑った。つい今の、内匠頭《たくみのかみ》の態度は、内心、彼の胸を十分に憤《いか》らしていた。見ておれと、思っていた機会が、すぐ来たのだ。彼は、ばしっと、扇子で自分の掌《て》を打った。

「役目と存じて、何事にも、唯々《いい》と返辞をしておれば、よい気になって、果てしもない譫言《たわごと》まで問わっしゃる。お許、饗応役《きょうおうやく》ではござらぬか。それしきの事、弁《わきま》えずに、大任を拝受するとは、呆《あき》れたことだ。しかも、両使お見えの時刻に迫って左様《さよう》な作法に、まだうろうろしていてどう召さるかっ。同じ饗応役《きょうおうやく》でも、左京介《さきょうのすけ》殿の方をちと見習いなさい。賢明な仁《じん》と、鈍な仁《じん》とは、こうも違うものか」

質《ただ》した事には、触れないのだ。ずかずかと、彼方《むこう》へ行き過ぎながら、

「途方もないっ。あれで柳営《りゅうえい》の儀式が勤まるなら、苦労はない。あきれた狼狽《うろた》え侍ではある」

聞《きこ》えよがしに、いい散らした。

内匠頭《たくみのかみ》だけではない、吉良《きら》だけではない、曠《はれ》の中《なか》だ。辺りには、正装した諸侯が、声に振り向いて驚きの眼を瞠《みは》っていた。

沸《に》えかえる満身の血が、眸からも、耳の穴からも、流れ出るかと思った。きっと、上《こう》野介《ずけのすけ》の背へ向けた内匠頭《たくみのかみ》の眉《まゆ》に、深く、針のような線が凶を描いた。

「ウウム……」

大名同士の中にも、大名だけの、ふだんの嫉妬《しっと》だの、感情のもつれがある。よい気味とは思わないまでも、冷然と眺めているのもあったし、やや同情を持つ者は、

「若い内匠頭《たくみのかみ》、血気を出さねばよいが」

と、はらはらしていた。

だが、内匠頭《たくみのかみ》は、静かな顔いろに返っていた。衣紋を、そっと正して、立った様子である。気の毒さに、また、何事もなかったことに、大名たちは、ほっと思って、思い思いに、視線をほかへ散らかした。

その時だった。

将軍家の母堂、桂昌院《けいしょういん》づきの用人梶川与三兵衛《ようにんかじかわよそべえ》が、小走りに駈《か》けて来て、

「浅野《あさの》どのは、いずれにおられますか。——浅野《あさの》どのは、見えませぬか」

会う人ごとに訊《たず》ねながら、ふと、上野介《こうずけのすけ》と擂《す》れちがったが、漆《うるし》をなすったように、硬ばった顔つきを見て、それには訊《たず》ねずに、

「浅野《あさの》どの！」

玄関へ向《むか》って呼ぶと、

「おう」

内匠頭《たくみのかみ》が、姿を見せて、近づいて来た。

早口に、与三兵衛《よそべえ》はいった。

「堂上衆《どうじょうしゅう》より桂昌院《けいしょういん》様へも、いろいろ御下賜《ごかし》がありました故、今日、お式後に、大奥からも勅使《ちょくし》に御礼を申しあげたいとの儀でござる。それ故、お打ちあわせに、参りました」

「心得てござります」

「では、後刻」

忙《せわ》しげに、与三兵衛《よそべえ》が、戻ろうとすると、彼方《むこう》で立ち止まって、きき耳をたてていたらしい上野介《こうずけのすけ》が、

「ああ、梶川《かじかわ》殿、梶川《かじかわ》殿」

と呼び止めた。与三兵衛《よそべえ》は、振《ふ》り顧《かえ》って、

「これは、高家《こうけ》様でござるか」

「なんぞ、御用の儀があらば、此方《このほう》に申し聞けられたい、此方《このほう》にな」

「は……」

「高家《こうけ》も、世話がやけて困る。何事も、此方《こちら》が呑《の》みこんでおらぬと、手違いばかり生じるのじゃ。何せい、御作法一つ弁《わきま》えぬ田舎侍《いなかざむらい》に、大紋烏帽子《だいもんえぼし》の面倒を見にゃならぬでのう」

「はい、ご苦労に存じます」

「それじゃもの、内匠頭殿《たくみのかみ》などに、何がわかろう。お手違いを、召さるなよ」

諸侯の稠坐《ちゅうざ》している溜《たま》りの方へ向《む》かって、大声に、喚《わめ》いて捨てたのである。武士にとって最大な良心である恥辱という忍び得ないものが、内匠頭《たくみのかみ》のあたまを焼金のように貫いた。この数日来、彼の精神力のあらん限りでささえていたものが、屋の棟の雪のように、どさっと、瞼《まぶた》の前へ、真っ暗になって落ちた気がした。

「おのれッ！　上野《こうずけ》っ——」

理性はついに感情にやぶれた。大紋《だいもん》の袖を払い上げて、小脇差《こわきざし》の光が振りかぶられた。

「わっ！　……」

振り向いた烏帽子《えぼし》額《びたい》を、途端に、両手で抑えながら、

「狼藉者《ろうぜきもの》っ」

五、六歩、よろめいて、松の間《ま》の閾際《しきいぎわ》に、上野介《こうずけのすけ》は俯《う》ツ伏《ぶ》せに倒れた。倒れたが、す

ぐにまた、夢中に立ち上がりかけながら、

「乱心者じゃっ――内匠《たくみ》がっ……」

「待てッ、老いぼれっ」

二の太刀が、寸足らずに、肩から背を浅く薙《な》ぎ落《おと》した。しかしさっと霧になった血の紅《あか》さは、この幾日の間、暗澹《あんたん》としていた内匠頭《たくみのかみ》の鬱心《うっしん》に、ぱっと、紅《あか》い花かのように、明るく映った。

だが、三太刀とはもう働けなかった。喬木《きょうぼく》のような二本の腕が、むずと背後《うしろ》から抱きついていた。

「誰だっ、放せっ、放してくれい」

「お場所がらを。――お場所をわきまえぬか、内匠頭《たくみのかみ》どの、御乱心召されたか」

「梶川《かじかわ》か、武士の情けじゃ、放せっ」

「なりませぬ！　お鎮《しず》まりなされっ」

「ええっ、仕損《しそん》じる。仕損《しそん》じたわッ。――ざ、残念じゃ、内匠頭《たくみのかみ》、乱心はいたさぬ、それがしも、五万三千石の城主、乱心はせぬっ」

「殿中でござるぞっ！」

佐倉《さくら》の城主戸田《とだ》侯が、ふた声ほど呶鳴《どな》ったが、内匠頭《たくみのかみ》の耳には通らない。もがきながら、大力の与三兵衛《よそべえ》を、ずるッ、ずるッと、三、四尺ほど引《ひ》き摺《ず》り歩いた。

「ご無態《むたい》なっ」

と与三兵衛《よそべえ》は、内匠頭《たくみのかみ》の腕と血刀を、折り曲げるように捻《ね》じ伏せた。だが、その時、もう内匠頭《たくみのかみ》のあたまは、一瞬の燃焼から、水のようなものに回《かえ》っていた。

「官衣着用のそれがしを、膝《ひざ》に組み敷かれては、上《かみ》に不遜《ふそん》でござろう。将軍家に対して、怨みを抱く者ではござらぬ。相手の吉良《きら》を、討ち損じた事だけは、遺恨《いこん》に存ずるが、かくなる上は、もはや女々《めめ》しい振舞《ふるまい》はいたさぬ。お気づかいなく、お放し下さい」

どたどたっと、八方から、雪崩《なだ》れを打って、自分ひとつに集まって来る、大廊下の跫響《あしひび》きを耳にしながら、彼は、鉄砲洲《てっぽうず》にある妻の顔と、遥かな国許《くにもと》の空——赤穂《あこう》一城に住む多くの家来や家族たちの悲しい表情とを、一瞬のまに、頭のすみで描いていた。

梶川与三兵衛《かじかわよそべえ》は、それでもまだ、手を弛《ゆる》めずに、

「あなた様こそ、刀をお放しなさい。刀をっ」

汗になって、呶鳴《どな》り続けていた。

時刻は、巳《み》の刻《こく》過ぎであった。

今の時間でいうと、午前十一時頃の、春は爛漫《らんまん》と天地《あめつち》に誇っていて、微風《そよかぜ》の生暖かく吹いている日であった。

呉越同室《ごえつどうしつ》

黒い素袍《すおう》の肩から背中へかけて、斜めに口を開いていた。そこから迸る《ほとばし》血には、痛いとも斬られたとも、何の感じもないのである。かえって、振向《ふりむ》いた刹那《せつな》、烏帽子《えぼし》の金輪にガキッとこたえたに過ぎない太刀の力と、眸のそばまで来た光に、上野介《こうずけのすけ》は喪神《そうしん》してしまっていた。

もう自分の頭蓋骨《ずがいこつ》が、二つに割られてしまったものと、思い込んだように、

「うッ……う、う、う」

顚動《てんどう》していたが、両手で顔を掩《おお》って、起き上がると、

「キッ、斬られたっ。――ら、らん心者でござるっ」

暗闇を、躓《つまず》くように、

「――お出会いくださいっ。内匠頭《たくみのかみ》が――内匠頭《たくみのかみ》がっ――」

上ずった声を額からあげて、大廊下を、桜の間《ま》の方へと、転《まろ》んでいた。

鶏《とり》の足痕みたいに斑々《はんはん》と、血が零《こぼ》れて行く。――右往左往する人々が、それを踏みつけるので殿中は赤く汚れた。

「吉良《きら》どの、お鎮《しず》まりなされい」

「相手方の内匠頭《たくみのかみ》どのは、すでに、梶川与三兵衛《かじかわよそべえ》が、組みとめましたぞ」

「吉良《きら》どの！　上野《こうずけ》どの！」

追《お》い縋《すが》って、支えているのは、高家衆《こうけしゅう》の品川豊前守《しながわぶぜんのかみ》や、大友近江守《おおともおうみのかみ》たちであった。

だが上野介《こうずけのすけ》は、その人々の顔さえ見境いを失ったらしく、振りもぎっては、

「お医師をっ。――お医師をっ」

とばかり、喚《わめ》いているのである。

それを、人囲いに取り巻いて、宥《なだ》めていると、側を通った播州龍野《ばんしゅうたつの》の城主脇坂淡路守《わきざかあわじのかみ》が、

「ほう、今の悲鳴は、吉良《きら》どのか。甲冑《かっちゅう》の血まみれは武士の誉《ほま》れとこそ思ったが、素袍《すおう》

の血まみれは珍しい。――いや、古今の椿事《ちんじ》」

と、覗《のぞ》いて行った。

鼎《かなえ》の沸くような混乱の渦《うず》から、思いがけない笑い声がどっと流れたりした。人々の中にある日頃からの、上野介《こうずけのすけ》への感情をそれは証明していた。

御目付《めつけ》役の詰めている溜《たまり》の間《ま》にいた多門伝八郎《おかどでんぱちろう》は、

「お坊主、お坊主っ」

と、その席を立って、

「騒がしいが何事じゃ」

通りかかった茶坊主の一人をつかまえて早口に訊《たず》ねていた。

「ただ今、浅野内匠頭《あさのたくみのかみ》様が、高家《こうけ》筆頭の吉良《きら》どのを、刃傷《にんじょう》なされました」

「えっ」

同役の久留十左衛門《くるじゅうざえもん》、近藤平八郎《こんどうへいはちろう》、大久保権右衛門《おおくぼごんえもん》らも、伝八郎《でんぱちろう》の後から、眼いろを変えて駈《か》けて行った。

刃傷《にんじょう》！　刃傷《にんじょう》！　と熱い呼吸《いき》をしていう人々の呟《つぶや》きが、耳のそばを、走り乱れた。

見ると――桜の間《ま》の板縁と、松の間《ま》の角《かど》と、大廊下の二所《ふたところ》に、昂奮《こうふん》で硬《こわ》ばった人々の顔が押し合っていて、その両方から異様な声が聞《きこ》えてくる。

多門伝八郎《おかどでんぱちろう》は、松の間《ま》の方へ走った。梶川与三兵衛《かじかわよそべえ》の膝《ひざ》の下に、鬢《びん》が乱れて、烏帽子《えぼし》の紐《ひも》も外《はず》れた顔を、無残に、捻《ね》じ伏《ふ》せられている内匠頭《たくみのかみ》の血に充ちた耳が、彼の眼へ、飛びこんでくるように映った。

「梶川《かじかわ》っ、大紋《だいもん》の式服へ、何事だっ、無礼であろうっ」

伝八郎《でんぱちろう》の手は思わず与三兵衛《よそべえ》の肩を強く突いた。

はっと吾《わ》れに回《かえ》ったのである。梶川与三兵衛《かじかわよそべえ》は、余りに昂奮《こうふん》していた自分の手荒な処置に気がついたらしく、内匠頭《たくみのかみ》の手を放した。

すぐ、内匠頭《たくみのかみ》は、起き直って、烏帽子《えぼし》の紐《ひも》を結び直した。肩が大きな波を打っている。

しかし、たった今、熱魂の一声に、柳営《りゅうえい》を覆《くつがえ》すような大騒動を起《おこ》したその人とは思えぬような沈着な態度で、

「お目付《めつけ》か」

と、云《い》った。

「溜《たまり》の間《ま》の多門伝八郎《おかどでんぱちろう》でござる。お沙汰《さた》の下るまで、あれにお控え下さい」

「お扱い、かたじけない」

お坊主の関久和《せききゅうわ》のすがたを見て、血刀を渡し、空鞘《からざや》の口から笄《こうがい》を抜いて、鬢《びん》の毛を撫《な》であげた。そして襟元を直すと、すぐ起《た》ち上《あ》がって、

「――お手数《てかず》でござった」

と、俯向《うつむ》いた。

蘇鉄《そてつ》の間《ま》の一隅に、内匠頭《たくみのかみ》を坐《すわ》らせて、大屏風《おおびょうぶ》で囲ってしまう。

すると、続いて、同じ蘇鉄《そてつ》の間《ま》の北の隅へ、吉良上野介《きらこうずけのすけ》が、呻《うめ》きながら大勢に囲まれて来た。

「お坐《すわ》りなされ。――吉良《きら》どの、それに、お坐《すわ》りなさい」

「痛い……。お医師を頼む、お医師を早く頼む」

「医師は、すぐ参ろう程に、とにかく、落着《おちつ》き召されい」

屏風《びょうぶ》で、囲いかけると、上野介《こうずけのすけ》は、まだ落着《おちつ》ききれないような眼をくばって、

「向《むこ》うの隅にいるのは、誰方《どなた》でござるの」

「相手方の浅野内匠頭《あさのたくみのかみ》どのです」

「やっ！」

あわてて、屏風《びょうぶ》内から、這《は》い出《だ》そうとするので、介添《かいぞえ》の人々は、亀の子を抑えるようにつかまえて、叱りつけた。

「どこへお出《い》で召さるか。その為に、吾々《われわれ》どもがついております。相手方が、あのように静かにしておられるのに、醜《みぐる》しいではござらぬか。ちと、恥をお知りなさい」

有《う》情《じょう》・無《む》情《じょう》

下層社会のどん底からは、想像も及ばない一世界がここにある。天井の高く、天人彫《てんにんぼり》の欄間《らんま》から、乳いろの湯けむりの中へ、虹のような陽《ひ》が射しこんでいる。わずか五尺の体を洗う御風呂場である。

犬公方《いぬくぼう》と民間では別名のある五代将軍の綱吉《つなよし》は、檜《ひのき》の香《か》の流れる湯の床に、女性みたいな肌をして、糠袋《ぬかぶくろ》をあてていた。

派手ずきで、名聞《みょうもん》を気にする質《たち》で、また、儀礼を好む綱吉《つなよし》将軍は、きょうのような柳営《りゅうえい》の行事に、忙《せわ》しく数日を暮《くら》すことは、平常《ふだん》が退屈きわまる日々なだけに、甚だ張合《はりあ》いがあるらしいのである。わけても、今日は勅答日だし、式日中でも、最大な曠《はれ》がましさを味わう日でもあるので、指先や鬢《びん》の一すじにも、細かい心をつかって、白いとか柔軟とかいうよりも、むしろ畸形的《きけいてき》にぶよぶよしている自分の肌を、女みたいに屈曲して、たんねんに浄《きよ》めているのであった。

「上様っ、上様っ」

次の御着更《おきか》え部屋の化粧扉《けしょうど》が、がたっと、鳴った。

「なんじゃ」

「畏《おそ》れながら――」

と、側用人柳沢出羽守吉保《そばようにんやなぎさわでわのかみよしやす》の声なのである。

「――本日の目付《めつけ》役当番、溜《たまり》の間《ま》の多門伝八郎《おかどでんぱちろう》と大久保権右衛門《おおくぼごんえもん》の両名が、火急、おさしずを仰ぎたい儀が起《おこ》りまして控えておりまする」

「出羽《でわ》か。――まだ勅使《ちょくし》が御登城の時刻にしては、はやいではないか」

「その御勅使《ちょくし》が見えましては間に合いかねる儀にござります。畏《おそ》れながら、ちと、お湯浴《ゆあ》みをお急ぎあそばして」

と、いかにも云《い》い難《にく》そうに、気がねして云《い》う。

案の定、将軍家は癇《かん》にさわったらしい。返辞はなくて、舌打ちが聞《きこ》えた。あらい湯の音をさせて、暫《しばら》くすると、さっと御化粧の間《ま》へかくれる肌が見えた。機嫌を損ねた将軍家の顔いろに悩々《おどおど》しながら御風呂女中が、衣服を着せ、髪を梳《な》でつける。

済むと、外に控えていた出羽守《でわのかみ》の前には来ずに、ついと休息所へ入った。

その後から、出羽守《でわのかみ》と二人の目付《めつけ》役が、畏る畏る通って行くと、

「火急とは、何じゃ」

「はっ」

多門《おかど》と大久保《おおくぼ》が、出羽守《でわのかみ》の顔を見た。将軍家の感情が苦々《にがにが》とあらわれているので、云《い》い出《だ》しかねた様子なのである。

「申し上げまする」

綱吉《つなよし》も戌年生《いぬどしうま》れなら、柳沢出羽守《やなぎさわでわのかみ》も、戌年《いぬどし》だった。その点でも、この主従には、迷信的な契合《けいごう》がふかいらしいのだ。綱吉《つなよし》の気持《きもち》ならば、底の底まで知りぬいているという風に、彼は、他の臣下のように臆しはしなかった。こういう気まずい顔つきも、至って、扱《あつか》い馴《な》れているらしく、

「――唯今《ただいま》、御表におきまして、赤穂《あこう》の城主浅野内匠頭《あさのたくみのかみ》事、意趣あって、高家《こうけ》の吉良上《きらこう》野介《ずけのすけ》に対して刃傷《にんじょう》に及びました。ついては、両名の処置、また、勅使饗応役《ちょくしきょうおうやく》の跡に代《かわ》る者、何人《なんぴと》に仰せつけられましょうや。そのために、お急《せ》きたて申し上げました段、平《ひら》におゆるしの程を願いあげまする」

と、すずやかな弁舌で事もなげに告げてしまう。

「何！」

綱吉《つなよし》は、耳をうたがうように云《い》った。湯あがりの血を、いっぱいに顔へのぼせて、

「意趣喧嘩《げんか》をして、高家《こうけ》を斬ったというか。馬鹿なっ、何というたわけ者だ。しかも、勅《ちょく》使《し》登城の目前に不埒《ふらち》至極《しごく》、但馬《たじま》を呼べっ」

「はっ」

近習《きんじゅう》が走り出ると、すぐ老中《ろうじゅう》の秋元但馬守《あきもとたじまのかみ》が、愴惶《そうこう》として、そこへ来て平伏する。

但馬守《たじまのかみ》は、はっと思ったまま、顔を上げ得なかった。綱吉《つなよし》の眉《まゆ》を仰いだだけで、その怒気のつよさに、胸を打たれた。

勅使《ちょくし》登城の刻限は、すでに直ぐと迫っているのである。各々《おのおの》が互いに、

（困った！）

という真っ暗な当惑を唇《くち》にむすんで黙りあっていた。

「言語道断な内匠頭《たくみのかみ》の振舞《ふるまい》、但馬《たじま》、疾《と》く糺明《きゅうめい》せい」

「はっ」

「御三卿《ごさんきょう》に対しては、一応、本日の勅答の儀、延期いたしたものか否《いな》か、お伺い致してみい」

「承知仕《つかまつ》りました」

「饗応役《きょうおうやく》、すぐ誰かに、代《かわ》りを申しつけい」

「万端、取り急いで計らいます」

「はやく運べっ。——出羽《でわ》も」

「はっ」

大廊下では、茶坊主たちが、血を拭《ふ》き廻《まわ》ったり、水で浄めたり、塩を掃いたりしていた。

暴風《あらし》の去った一瞬の後は、誰の面《おもて》にも、何か考え事が絡《から》んでいて、事件の起った前よりも遥かに、静粛な気が流れていた。

勅使《ちょくし》、院使の三卿《さんきょう》は間もなく登城して見える。

五老中《ろうじゅう》、揃《そろ》って出て、

「不慮《ふりょ》の椿事《ちんじ》、出来《しゅったい》いたし、勅使《ちょくし》をお迎え申し奉る大礼に、何かのご不審もござりましようが、平《ひら》にお見のがしの程を」

恐縮して、謝意をのべた。

柳原前大納言《やなぎはらさきのだいなごん》は、うなずいて、

「何やら、お取り混みの由《よし》。殿中禁犯の者とは、何人《なんぴと》でござりますな」

「内匠頭長矩《たくみのかみながのり》と申す者」

「武家と武家の事、殿中での刃傷《にんじょう》も、ままある事でおざろうな」

「ない事ではございませぬが、大紋《だいもん》を着用する式日に於《お》いて、かかる刃傷沙汰《にんじょうざた》は、鎌倉《かまくら》将軍以来、殿中はおろか、城外にても、まったく破例の事にござります」

「して、処罰は、どう召されるか」

「刃《やいば》の鯉口《こいぐち》を切っても、家名断絶の掟《おきて》にはござりますが、まだ、内匠頭《たくみのかみ》の儀は、いかがに相成りますやら」

秋元但馬守《あきもとたじまのかみ》を初め五老中《ろうじゅう》のうちには、勅使《ちょくし》か院使か、三卿《さんきょう》のうちの一名が、何か一言《ひとこと》でも救いのことばを洩《も》らしてくれたならば、内匠頭《たくみのかみ》の罪を軽くすることが出来るが——と心で祈っていたが、高《こう》野中納言《のちゅうなごん》も、清閑寺大納言《せいかんじだいなごん》も、

「さてさて、武家法度《はっと》は、きびしいものでござるのう」

と、好奇な眼をして、聞いているだけであった。

勅答延期の事は、

「苦しゅうない」

との答えなので、

「では」

と、遽《にわか》に式場を変更して、黒木書院で滞りなく執り行った。

その間にも、内匠頭《たくみのかみ》の気持《きもち》に、

（自分が、もし内匠頭《たくみのかみ》の立場であったならば、やはり？　……）

と、密かな同情を消しきれないでいる人々は、何とか、三卿《さんきょう》が、将軍家か、将軍家の

母堂の桂昌院《けいしょういん》にでも、

（気の毒な）

とか、

（一時の乱心であろう）

とか、云《い》ってくれたならばと祈って、頻《しき》りと噂《うわさ》をしてみたが、三卿《さんきょう》とも、将軍と大奥からの莫大《ばくだい》な贈り物に気を奪《と》られていたのか、遂に、そんな言葉も出ずにしまった。

人々は、落胆して、

（冷たい公卿《くげ》だ……）

「武士の情けということはあるが、公卿《くげ》の情けという言葉はないとみえる」

と、囁《ささや》いた。

残《のこ》る恨《うら》みは

「すぐに！」

という急ぎの招きである。

多門伝八郎《おかどでんぱちろう》と、近藤平八郎《こんどうへいはちろう》の二人は、老中《ろうじゅう》たち列座の御用部屋へ呼ばれた。そして、

「御上意である。内匠頭《たくみのかみ》、糺問《きゅうもん》の役目、其方《そのほう》共に申しつける。取り急いで、屹度《きっと》、吟味あるように」

と、いい渡された。

伝八郎《でんぱちろう》は、内匠頭《たくみのかみ》が刃傷《にんじょう》につかった小脇差《こわきざし》を取り寄せて手に持った。当然な人間の弱点を考えるのである。これを抜く時と抜いた後の心理とを比較すると、思いやられるものがある。万一、内匠頭《たくみのかみ》が今になって、卑怯《ひきょう》な言《い》い遁《のが》れをしたならば、これを証拠に、極めつけようという伝八郎《でんぱちろう》の気構えなのであった。

医者の詰所《つめしょ》である檜《ひのき》の間《ま》に二人は控えていて、内匠頭《たくみのかみ》を呼び出した。警固《けいご》として徒士目《かちめ》

付《つけ》の屈強なのが、三名ずつ両側に居並ぶ。その中ほどへ、内匠頭《たくみのかみ》は静かに坐《すわ》った。

伝八郎《でんぱちろう》は、じっと、内匠頭《たくみのかみ》の眉《まゆ》を見つめた。さすがに、全身を炎にした熱血を冷《さ》まして、青じろく沈んではいるが、今日の事は、今日だけの鬱憤《うっぷん》ではないのだ、ここに至るまでの幾日かの間の心根こそ思いやられて傷《いた》ましい。

(役目でなければ――)

と伝八郎《でんぱちろう》は、武士が武士の心を酌《く》んでやれない辛さを歯の根に噛《か》みしめながら云《い》った。

「御法通り、言葉を改めます。左様《さよう》お心得下されたい」

「………」

内匠頭《たくみのかみ》は無言のまま、すこし頭《ず》を下げた。

「その方、場所がらをも弁えず、上野介《こうずけのすけ》へ刃傷《にんじょう》に及んだは、故意か、乱心か、仔細《しさい》に申しあげい」

「決して、乱心にはござりませぬ」

「うむ」

思わず、伝八郎《でんぱちろう》は大きく呻《うめ》いて、

「では相手方に、如何《いか》なる遺恨《いこん》あっての事か」

「申し開きござりませぬ。上《かみ》に対し奉り、重々の不届き、唯々《ただただ》恐れ入ってござりまする。

この上は、御仕置仰《おしおき》せつけ賜《たま》わるより他《ほか》に、お詫《わ》びのことばもござりませぬ」

伝八郎《でんぱちろう》は、それから二言三言《ふたことみこと》、誘ってみたが、内匠頭《たくみのかみ》は、上野介《こうずけのすけ》の行為や経緯《いきさつ》などには一言も触れないのである。殿中禁犯の結果は、切腹断絶という一途《いっと》に止まっていることを知って、もう、うごかない運命の座にぴたりと坐《すわ》っている容子《ようす》が、静かなことばの裡《うち》にはっきりと、相手の胸へ沁《し》みてくる。

伝八郎《でんぱちろう》は、万一の証拠になど、用意してきた物が恥《はず》かしい気がした。――だが、こうありたいと他人事《ひとごと》ながら念じていたことでもあった。少しも取《と》り紊《みだ》した容子《ようす》もなく、こういう心境になり得ている内匠頭《たくみのかみ》を見たのは、せめてもの、彼の心やすさであった。

「では、言い分は何もないと申すか」

「されば。――ただ一つ、お伺い申したい儀がござります」

「何か」

「相手方の上野介《こうずけのすけ》は、浅疵《あさきず》でござりましょうや、それとも……」

「うむ、その儀であるか」

伝八郎《でんぱちろう》は、顎《あご》をひいて、じっと、内匠頭《たくみのかみ》の眸を見た。最前からも、屏風《びょうぶ》の内で、同室の上野介《こうずけのすけ》の方の様子を、全神経で知ろうとしていたのではあるまいか。伝八郎《でんぱちろう》はそう思い遣《や》って、

「さよう、傷は二ヵ所、浅傷《あさで》ではあるが、真額《まびたい》の一太刀、老年のこと故、養生は覚束《おぼつか》なかろう」

と、答えた。

「ありがとう存じまする」

残る一恨に、やや満足らしい眼を落《おと》して、内匠頭《たくみのかみ》は、手をついた。

入《い》れ代《かわ》りに、すぐその後へ、上野介《こうずけのすけ》が連れ込まれて来た。眸は、まだ恐怖を消していない。苦痛らしい顔を、土気色に硬《こわ》ばらせて、

「てまえに於《お》いては、一体何の遺恨《いこん》やら、毛頭、覚えのない儀でござった。この度の役目上、此方《このほう》の好意に対して、礼をいわれる覚えこそあれ、刃物三昧《はものざんまい》をうけるなどとは、夢にも思い及ばぬ事。驚き入った乱行者でござる。お場所がらを相心得て、唯々《ただただ》、彼の乱暴を避けんために、背後《うしろ》にまで手疵《てきず》をうけ、面目もござらぬが、不時の災難と申すものは、まことに、避け難いものと相見える」

呻《うめ》きながら云《い》うのであったが、答弁になると、老獪《ろうかい》な饒舌《じょうぜつ》は、立板に水を流すようだった。

双方の訊問《じんもん》は、それで終《おわ》る。

典医の天野良順《あまのりょうじゅん》と、栗崎道有《くりざきどうゆう》のふたりが来て、彼の傷所を手当てしていると、屏風《びょうぶ》ご

しに、

「上野《こうずけ》どの。——とんだご災難であったが、お上には、何事もようご存じであらせられる。心配なく、養生あるように」

通りかかりの者らしく、誰か、声をかけて、立ち去った者がある。

後ろ姿を見ると、側用人《そばようにん》の柳沢出羽守吉保《やなぎさわでわのかみよしやす》だった。

梶川《かじかわ》懺悔《ざんげ》

時計の間《ま》には、ひっきりなしに、表役人が、緊張した顔を持って、出入りしていた。

阿部豊後守《あべぶんごのかみ》を初め、土屋《つちや》、小笠原《おがさわら》、稲葉《いなば》の諸大老以下、若年寄《わかどしより》、大目付《おおめつけ》たちの歴々が、膝《ひざ》をかためて、厳粛に詰めあっている。

午《ひる》さがりの空は、うす寒く曇って、吹上苑《ふきあげ》をつつむ桜花《はな》の蔭《かげ》に、チチ、チチ、と小禽《ことり》の音はあるが、何となく浮いていていない。

勅答の式を済ました三卿《さんきょう》は、今し方、席を移して、大奥の桂昌院《けいしょういん》と対談中の頃あいである。その忙《せわ》しない寸閑《すんかん》を偸《ぬす》んでは、ここに集まって、老中《ろうじゅう》達以下、刻々と、内匠頭《たくみのかみ》の処断をすすめていた。

「糺問《きゅうもん》、相すみました」

多門伝八郎《おかどでんぱちろう》から、内匠頭《たくみのかみ》を調べた結果が、復命される。

上野介《こうずけのすけ》の方を糺《ただ》した、久留十左衛門《くるじゅうざえもん》からも、報告が出る。

若年寄《わかどしより》は、それを老中《ろうじゅう》へ。

老中《ろうじゅう》は、目付《めつけ》役の四名をよんで、直接に、再度、不審な点を細かに訊《き》き取《と》る。

そして、側用人《そばようにん》まで取次《とりつ》ぐ。

側用人《そばようにん》の柳沢出羽守《やなぎさわでわのかみ》は、老中《ろうじゅう》と将軍家のあいだに立つ。

最後の裁断を綱吉《つなよし》に仰ぐ者は彼であった。

「何分のお沙汰《さた》が下るまで、各〻《おのおの》、用部屋に控えられい」

と、ある。

「はっ……」

罷《まか》り退《さ》がって、老中《ろうじゅう》以下、すべて森のようにしいんと坐《すわ》っていた。

時計の間《ま》の、やぐら時計は、刻々と、森厳《しんごん》な生唾《なまつば》をのませていた。

やがて、分銅鎖《ふんどうぐさり》が、ギ、ギ、ギ、ギ、ギ……

七刻《ななつ》を告げて鳴る。

「土屋相模守《つちやさがみのかみ》さま。お召しです」

「あ」

立つと、すぐ、

「稲葉丹後守《いなばたんごのかみ》さま、阿部豊後守《あべぶんごのかみ》さま」

「はっ」

「お召しです！　急いで」

続いて、取次《とりつぎ》が、

「井上大和守《いのうえやまとのかみ》様、御前へ」

と、呼び立てる。

君令は、瞬くまに伝わって行く。

まず第一に、

「浅野内匠頭《あさのたくみのかみ》事、お沙汰《さた》あるまで、田村右京太夫《たむらうきょうだいぶ》方へお預け」

次には、

「吉良上野介《きらこうずけのすけ》事、致し方、神妙なるに依《よ》って、構いなく、引き取って、療養仰せつけらる」

という沙汰触《さたぶ》れであった。

なおまた、刃傷《にんじょう》の節、上野介《こうずけのすけ》を介抱《かいほう》した大友近江守《おおともおうみのかみ》も、同様お構いなし。内匠頭《たくみのかみ》を組みとめた梶川与三兵衛《かじかわよそべえ》には、前例に依《よ》って、新知五百石を賞賜《しょうし》せられる——という事も次々に触れ出された。

その梶川《かじかわ》と一緒になって、内匠頭《たくみのかみ》の刃《やいば》を奪りあげたという偶然にも些細《ささい》な事で、お坊主の関久和《せききゅうわ》へも、銀子《ぎんす》三十枚の賞賜が下がった。

「久和《きゅうわ》、うまくやったな」

「久和《きゅうわ》、奢《おご》ってもよいぞ」

「久和《きゅうわ》、今日は、二度びっくりだろう」

お坊主仲間の羨望に取り囲まれて、彼は意外な福運に相好《そうごう》をくずしていたが、より以上の面目をほどこして、一躍千二百石の大身になった梶川与三兵衛《かじかわよそべえ》は、どうしたのか、憂鬱《ゆううつ》な顔を、そこらにちらりと見せたきりで、桂昌院《けいしょういん》の御用部屋にも、姿がなかった。

同僚の一人が、頻《しき》りと探《さが》し廻《まわ》っていると、柳の間《ま》の柱にもたれて、じっと、何か考えこんでいる。

「梶川《かじかわ》どの！」

呼びかけると、

「お……」

振り向いた睫毛《まつげ》が、キラと、涙に光っていた。

気のつかない同僚は、彼の肩を打って、

「お目出度《めでと》う！」

と、云《い》った。

梶川《かじかわ》は、白髪《しらが》交じりの鬢《びん》を外向《そむ》けて、

「――この年で、出世も、要らぬことでござる」

「とに角、こんな大運は、生涯にも、滅多《めった》にあるものじゃない、ご羨望に堪えぬ。――いずれご披露《ひろう》には、招《よ》ばれて参るぞ」

「………」

「そうそう、用事を忘れていた。桂昌院《けいしょういん》様が、お召しです。すぐ参られい」

「風邪気味か、少々、悪寒《おかん》をおぼえて、お役儀の怠慢、おゆるし下さい。……ただ今、すぐに行きまする」

同僚の者が、先に走り去っても、彼はまだそこの柱から離れようとしなかった。辺りの樹々にも、七刻《ななつ》ごろの日蔭《ひかげ》が濃くなりかけていた。ちょうど、大玄関の脇にあたるお坊主部屋の前まで、今、一挺《いっちょう》の駕籠《かご》が舁《か》ぎ込《こ》まれたのを彼は見ていた。間もなく、数名の武士が、網をかけた駕籠《かご》を囲んで、粛々《しずしず》と平河口《ひらかわぐち》の方へ出て行った。

「ああ、なんの目出度《めでた》い事があろうぞ。――内匠頭《たくみのかみ》殿の胸の裡《うち》を思えば……」

梶川《かじかわ》は、自分の頬《ほお》から冷たい夕風が立つかと思えた。皮膚のたるんだ掌《て》を当ててこすると、涙が老いの顔にひろがった。ぶるると、尖《とが》った肩をふるわして、

「この腕め、うろたえ者め」

自分の腕を、恨めしげに、自分で打って、

「あの時、この腕さえ、要らざることをしなんだら、同じながらも、あの刃先は届いたであろうに……。ええ、この齢《とし》になって、生涯の悔いをのこしてしもうた。……ゆるして下されい、内匠頭《たくみのかみ》どの」

懐紙《かいし》を取り出して、つつむように顔へ押し当てると、梶川《かじかわ》は、老いの弱腰を、べたっと下へくずしてしまった。

清流《せいりゅう》と濁流《だくりゅう》

同朋衆《どうぼうしゅう》の珍阿弥《ちんあみ》から、

「御当番お四名の他《ほか》、お目付《めつけ》役皆様、残らず、若年寄《わかどしより》のお席まで、急いで出頭なされませ」

と呼ばれて、ぞろぞろと出て行った。一同は、やがて、悲痛ないろを眉《まゆ》に湛《たた》えて、自分たちの詰部屋《つめべや》へ戻って来た。

残っていた当番組の多門伝八郎《おかどでんぱちろう》が、すぐ、

「御裁決か」

訊《き》くと、

「そうだ」

黙然《もくねん》と、一同は坐《すわ》りこんで、

「不届につき、即刻、切腹仰せ付けられる――というお沙汰《さた》」

「吉良《きら》は」

「吉田休安《よしだきゅうあん》に服薬方を仰せ付けられ、外科には、栗崎道有《くりざきどうゆう》を遣わされて、大切に保養せいとあるので、はや退出した。他の高家衆《こうけしゅう》に介添《かいぞえ》まで命じられて、随分、ご懇《ねんご》ろなお宥《いたわ》りであったらしい」

「ふうム……」

伝八郎《でんぱちろう》のみではない。

ここにいる微禄《びろく》の少壮な目付《めつけ》たちは、みな意外な顔をした。〝生類《しょうるい》おん憐《あわれ》み令〟をすぐ思い出した。もし内匠頭《たくみのかみ》が犬だったら、戌年生《いぬどしうま》れの将軍家や吉保《よしやす》は、憐愍《れんびん》のなみだを流してやむまいにと、へんな気もちがしてならなかった。まさに、将軍綱吉《つなよし》にとっては、内匠《たくみの》頭《かみ》の生命《いのち》などは一匹の犬にも値していないにちがいない。こういう義憤は、多門伝八郎《おかどでんぱちろう》の眉《まゆ》にもありありと燃えていた。彼は、突ッかかるように、つぶやいた。

「即刻とは、今日中ということか」

「そうだ」

「かりそめにも、五万石の主《あるじ》を、即座にお仕置《しおき》とは、余りにも手軽な処罰だ。かつはまた、上野介《こうずけのすけ》にも、吾《われ》ら、随分と悪評を小耳にしておる。彼にも、落度《おちど》がないとはいえぬ」

「そうだ、殿中の刃傷《にんじょう》は曲直を論ぜず、両成敗が古来からの掟《おきて》。吉良《きら》どのばかりを、神妙なりとは、余りにご偏頗《へんぱ》に聞《きこ》える」

「片手落ちだ」

と、伝八郎《でんぱちろう》は天井へ眼をやった。唇を噛《か》んだままじっと自分を抑えつけていた。

だが、周囲では、まだ囁《ささや》いていた。

「――お側用人《そばようにん》の柳沢出羽守《やなぎさわでわのかみ》と、吉良上野介《きらこうずけのすけ》とは、そんなに、曰《いわ》くのある仲かの」

「気が合うというものだろう。三百五十石の小身から、諸侯の頭を抑える御側用人《そばようにん》まで出世した出羽守《でわのかみ》と、高家《こうけ》の吉良《きら》とは、予々《かねがね》、親しい交際《つきあ》いもしているし、どこか、一脈通じるところがある」

「今日の事件で、出羽守《でわのかみ》の庇《かば》い立《だ》ては、ちと目に余る……。先刻も、屏風《びょうぶ》越しに、吉良《きら》へ何やら云《い》いおった」

「御政道を、私《わたくし》に、うごかすものではないか」

「――と云《い》うてみたところで、将軍家には、誰より、お気に入りの出羽守《でわのかみ》のこと。どうも、なるまい」

まったくどうにもならない事に違いなかった。現状の柳営《りゅうえい》では、五人の老中《ろうじゅう》の言葉よりも、出羽守《でわのかみ》の一顰一笑《いちびんいっしょう》の方が、御表をも、大奥をも、左右している有様《ありさま》だし、将軍家に至っては、まるで彼の操《あやつ》る糸のままに感情があらわされる。

その出羽守《でわのかみ》と上野介《こうずけのすけ》とが、私交上でも役儀上でも、かなり親密な仲だということは、衆知のことだった。処世も人生観も、こう二人は完全に一致するところがある。上野介《こうずけのすけ》の倨傲《きょごう》な日ごろの振舞《ふるまい》も、吉保《よしやす》という重要な地位にある人間の後楯《うしろだて》を意識して、特に、横着ぶりを、押している風もかなり見える。

(この一事だけではない。思えば、柳営《りゅうえい》の紊《みだ》れは久しい。私閥のばっこだ。将来の御政道にとって、おもしろくない事だ)

伝八郎《でんぱちろう》は幾たびか、

(——起《た》とうか、起《た》つまいか)

自制と、義憤に、思い迷っているようであったが、やがて、同役の者には黙って、ついと詰部屋《つめべや》を出て行った。

暫《しばら》くすると、若年寄《わかどしより》の部屋で、伝八郎《でんぱちろう》の烈々たる語気が、襖《ふすま》の外にまで洩《も》れてきた。

「申し上げざるは、かえって、不誠意と存じまして、お叱りを覚悟の上で、愚考を述べるのでござる。——抑〻《そもそも》内匠頭《たくみのかみ》儀は、本藩は大名中の大身、身は、五万石の城主、清廉温厚《せいれんおんこう》の聞《きこ》えはあるも、未だ今日まで、悪評のない人物です。然《さ》るを、家名断絶も覚悟して、今日、刃傷《にんじょう》の禁犯を敢《あえ》ていたしたまでには、よくよく、忍びがたき仔細《しさい》もあればこそと思われまする。——然《しか》るに、拙者共の形式《かたち》ばかりの口書《くちがき》にて、即刻、切腹仰せ付けられ、相手方の上野介《こうずけのすけ》には、かえって、御賞美のお沙汰《さた》とは、余りに、異様なお裁きのように心得られ、世上の論議もいかがかと、心痛にたえませぬ。——何とぞ、両三日の間、切腹の儀御猶予《ごゆうよ》の上、もう一応、御詮議のほどを願い上げまする」

正義と信じるところに、怖いものはなかった。

耳朶《みみたぶ》を紅《あか》くし、眼には、涙をすらたたえて、彼が、情熱をぶつけると、若年寄《わかどしより》の加藤《かとう》越中守《えっちゅうのかみ》も、稲葉対馬守《いなばつしまのかみ》も、じっと、打たれるように聞いていたが、

「うむ、よく分《わか》った」

大きく、頷いて云《い》った。

「——御老中《ごろうじゅう》へ、そちの意見、取次《とりつ》いでとらせる。暫時《しばし》、相待て」

二人は、出て行った。

だが、すぐ戻って来て、

「伝八郎《でんぱちろう》、そちの気持《きもち》はよう分《わか》るが、御老中《ごろうじゅう》のお力にも及ばぬとの事だ。お取次《とりつ》ぎしてみたところで、無益らしいと申される」

伝八郎《でんぱちろう》は、膝《ひざ》をにじり出して、

「上様の思召《おぼしめ》しであり、御老中《ごろうじゅう》の評決とあらば、是非《ぜひ》に及ばぬ事です。しかし、その間《かん》に、何人《なんぴと》かの御一存で決着いたしたものとすれば、正しい御政道とは申されませぬ。外様衆《とざましゅう》

の存じ寄りも如何かと思われますし、世上も、奇怪に考えましょう。諄いようで、畏《おそ》れ入《い》りますが、伝八郎《でんぱちろう》事、強《た》って申し張って、うごかぬ由《よし》を、いまいちど、御進言ねがいます る」

先刻《さっき》のつよい語気ではない代《かわ》りに、諄々《じゅんじゅん》と、正義を主張して、正義のためには、食禄《しょくろく》を賭《と》しても――という覚悟のほどが、静かなことばの裡《うち》に見えていた。

「左程までに申すならば……」

と、若年寄《わかどしより》の二人は、再び起って、御用部屋へ、その旨を伝えた。

老中《ろうじゅう》たちのうちでも、伝八郎《でんぱちろう》の説に、

(至極《しごく》――)

と感動していた者もあるので、

「彼の申し条も、理のある事、この上は、やむを得まい」

と、柳沢出羽守《やなぎさわでわのかみ》まで、ありのままに、彼の意見を取次《とりつ》いだ。案の定、出羽守《でわのかみ》の眉《まゆ》は、ぴりとうごいた。

「すでに、お上において、御決着になられた儀を、兎《と》や角《かく》と、再応の申し立て、奇怪至極《しごく》。お取り上げは、断じて、相成らぬ。――伝八郎《でんぱちろう》には、不埒《ふらち》につき、差控《さしひか》えを申し渡されいっ」

峻烈《しゅんれつ》にいって、老中《ろうじゅう》たちを、退けてしまった。

春《はる》の雷《いかずち》

時はまだ、昼うららかな、午《うま》の刻《こく》の頃へ。

場所は、江戸城外の下馬先《げばさき》へと、話が一転する。

＊　＊　＊　＊

誰の顔も、飴《あめ》のように、伸びていた。

とろんと、眠たげな眼を上げると、昼霞《ひるがすみ》のような薄雲が、時々午頃《ひるごろ》の陽《ひ》をつつんだり、拭いたりしていた。

馬ですら、欠伸《あくび》をしている。

大手《おおて》の下馬先《げばさき》は、朝から、動かない馬と駕籠《かご》と、供待《ともまち》の人間で、埋《うず》まっていた。――見渡すかぎりの人間の霞である。

「おい神崎《かんざき》、そろそろお弁当刻《どき》じゃないか」

「さ……。もう、そうなるかな」

「なるらしい」

と、赤埴源蔵《あかばねげんぞう》はつぶやいて、浅野家《あさのけ》の供待《ともまち》小屋から腰を上げた。

見ると、主人の愛馬「浅妻《あさづま》」の側に、片岡源五右衛門《かたおかげんごえもん》が立っている。退屈なので、馬の眼やにでも取っているのか、鼻面を撫《な》でてやっている容子《ようす》が、常に源五右衛門《げんごえもん》らしくもなく、何となく呆《ぼん》やりして見えたので、

「片岡《かたおか》、弁当を食《や》ろうじゃないか」

と、誘うと、

「お……。午《ひる》か」

「午《ひる》だ。小者《こもの》が見えんから、湯呑所《ゆのみじょ》へ行って、湯を取ってくる」

「夕刻が、待ちどおしいなあ」

「何を、考えこんでいるのか」

「べつに、考えこんでいるわけでもないが、この浅妻《あさづま》が、いつになく、いやな声で嘶《いなな》くのだ。先刻《さっき》から、それを四度も聞いた」

「他《ほか》の馬だって、嘶《いなな》いたり、暴れたりしているじゃないか」

「しかし、声がちがう。——貴公、御馬廻《うままわ》りの役目でありながら、分《わか》らんか」

「気のせいだ。俺はそう思う。あまり吾々《われわれ》が、心をつかい過ぎるのは、殿様のお心を、よけいに研《と》ぐようなものだ。御城外にあっては、為様《しよう》がないじゃないか。飯でも食おう」

「そういうと、一応、講釈《こうしゃく》したくなる。——俺は先頃、音相学《おんそうがく》の書物を見た。顔に、人相がある如《ごと》く、声にも、音相《おんそう》があるというのがその学説だ。……浅妻《あさづま》の嘶《いなな》きが、いつもと、違うように感じたのは、俺が近頃、そんな事に興味をもって、五韻《ごいん》を聞きわけているせいかも知れない」

「ははは、人相と馬相とは、違うぞ。人間の音相学《おんそうがく》を、馬に当てはめようとしても、無理だろう」

「いや、鶏鳴《けいめい》や、犬声は、かえって霊感のはやいものだ。たとえば雉子《きじ》の啼《な》き声《ごえ》で、地震が予知されるという事実もあるように」

「おもしろそうだが、その学説は、弁当を食べながら聞かしてもらおう。待ちたまえ、今、薬罐《やかん》を持ってくるから」

仮小屋では、大釜で湯を沸かしていた。諸藩の中間《ちゅうげん》や小者《こもの》たちが、そこへ押し合って、土瓶や薬罐《やかん》を取りに来ていた。

浅野家《あさのけ》の小者《こもの》の顔も、その中に見えたので、源蔵《げんぞう》は、人混みから手を上げて、

「おいっ、ここへ、一つよこせ」

呶鳴《どな》っていたが、なかなか渡って来ない。

すると、誰かその時、

「たいへんだぞっ」

喚《わめ》いた者がある。

もうばらばらと、駈《か》けてゆく者があった。広い下馬先《げばさき》を眺めると、潮《うしお》みたいに、人間が揉《も》めている。

「なんだッ」

「御城内で、刃傷《にんじょう》があったそうだ」

「うそつけ」

「嘘《うそ》なものか。平河口《ひらかわぐち》から、伝奏屋敷《てんそうやしき》へ、早馬が出た」

「ほんとか！」

熱湯を注いだ薬鑵《やかん》を、今、人間の頭ごしに受け取っていた源蔵《げんぞう》は、

「えっ！　御城内で、刃傷《にんじょう》があったと？」

「ア、熱《つ》ッ」

誰か、さけんだ。

源蔵《げんぞう》は、さっと顔いろを変えて、

「素破《すわ》」

とばかり、大薬罐《おおやかん》を、抛《ほう》りだして、駈《か》けだした。

「熱いっ」

「ア、熱《つ》、熱《つ》、熱《つ》」

湯を浴びて、騒ぐのもあるし、

「刃傷《にんじょう》だっ」

「刃傷《にんじょう》っ」

「刃傷《にんじょう》」

各〻《おのおの》が、もしやと、自分自分の主人の安否に胸を打たれて、蜂の子のように、わっと八方へ散らかって行く。

「——八幡《はちまん》！　護《まも》らせ給え」

源蔵《げんぞう》は、こみ上げる不安と祈念を、歯に嚙《か》みしめて、

「片岡《かたおか》っ、片岡《かたおか》っ」

浅野《あさの》藩の供侍を見まわした。

「神崎《かんざき》っ――」

その神崎与五郎《かんざきよごろう》もいない。片岡源五右衛門《かたおかげんごえもん》も、もう見えない。他藩の人々も怒濤《どとう》のように、何処《いずこ》へとはなく走って行くのである。濛々《もうもう》と、黄いろい砂ばかりが舞っていた。白馬浅妻《あさづま》が、杭を抜いてしまいそうに、砂を蹴《け》って、嘶《いな》いていた。

「赤埴《あかばね》じゃないか」

何処《どこ》にいたのか、打《ぶ》つかるように駈《か》けて来たのは、堀部安兵衛《ほりべやすべえ》であった。

「おっ、聞いたか」

「聞いた。――しかし、あわてるな」

「俺も、万一と、念じてはいるが……」

「他の者は」

「見えん」

「桜田門《さくらだもん》か、平河口《ひらかわぐち》だろう。あれへ参れば、御番士へ、実否《じっぴ》が聞ける」

まるで、戦場だ。万丈《ばんじょう》の埃《ほこり》である。

春の雷《いかずち》に震《ふ》り落《お》された花のように、お濠端《ほりばた》を、諸藩の家臣が駈《か》けてゆく。

堀部《ほりべ》、赤埴《あかばね》の二人も、

(どうか、間違いであるように)

眼に砂を入れて走った。

怒濤《どとう》になった群衆は、桜田門《さくらだもん》に、ぶつかっていた。

「御番士に、承《うけたまわ》る！」

「ご開門っ、ご開門」

「承《うけたまわ》れば、御城内において、刃傷《にんじょう》があった由《よし》でござるが、何人《なんぴと》が禁犯《きんぱん》いたしましたか」

「相手方は、誰でござるかっ」

「お教えねがいたいっ」

「吾々《われわれ》ども、主人の安危《あんき》を、一刻もはやく承知仕《つかまつ》りたいのでござる」

「武士の心情、お酌《く》みとりないか」

「御番衆《ごばんしゅう》っ」

発狂したような怒号《どごう》であった。

しまいには、

「馬鹿っ」

と罵《のの》しる者もあったが、それでも、万一の騒擾《そうじょう》を怖れてか、門扉《もんぴ》は、固く閉じたまま、開きもしなければ、答えもしないのである。

やむなく、長柄門《ながらもん》へ行ってみると、そこも閉鎖《へいさ》されているし、鍮鉐門《ちゅうじゃくもん》も、同様だった。

流言が飛ぶ、臆測が伝わる。不安は真っ黒な渦を描いて、声の暴風《あらし》が城内にまで届いた。

「捨て置いては――」

と、目付《めつけ》役の鈴木五右衛門《すずきごえもん》が、大手門《おおてもん》の上に、突っ立ちあがって、

「鎮《しず》まれい！　鎮《しず》まれい！　殿中にての喧嘩《けんか》は、浅野内匠頭《あさのたくみのかみ》、吉良上野介《きらこうずけのすけ》の両名なるが、双方とも、生命《いのち》には別条なし。――唯今《ただいま》、お調べ中であるっ。鎮《しず》まれいっ」

白扇を振って、必死と、呶鳴《どな》ってみたが、海嘯《つなみ》に向《むか》って、声を嗄《か》らしているようなものであった。

「駄目だ」

と見て、今度は、作事場にいいつけて、大慌てに、杉板数枚を削らせる。それへ、筆太に、目付《めつけ》役たちが、黒々と書いて、大手門《おおてもん》やその他の下馬下馬へ、掲げだしたので、ようやく、群衆は静粛に復《かえ》った。

浅野内匠頭《アサノタクミノカミ》儀、吉良上野介《キラコウズケノスケ》へ刃傷《ニンジョウ》ニ及《オヨビ》両人共取糺《トリタダシ》中《チュウ》ニ付諸供方《ツキショトモガタ》騒動致ス間敷者也《マジキモノナリ》

一番早駕《いちばんはや》

疾風《しっぷう》のように、その側へ飛んで来た騎馬の武士も、それを仰ぐと同時に、
堀部《ほりべ》と、赤埴《あかばね》の二人は、掲示の下に、べたっと、腰をぬかしてしまった。

「や、やッ」

「あっ！」

と、蹄《ひづめ》を立てたきり、茫然《ぼうぜん》として、紅葉山《もみじやま》の森を、うるんだ眼で、凝視していた。

片岡源五右衛門《かたおかげんごえもん》である。

わらわらと、寄って来て、そこらへ俯《う》つ伏《ぶ》してしまった者は、皆、浅野家《あさのけ》の家臣であった。

「うーむ……」

と云《い》ったのみで、腕を拱《く》んで、樹《こ》の間《ま》に遠く見える本丸の狭間《はざま》を睨《にら》みつけている者もある。

崩れるように、源五右衛門《げんごえもん》は、馬の背からすべった。

「方々《かたがた》」

「………」

悲痛な顔が、地上から、源五右衛門《げんごえもん》の方へ一斉に向いた。源五右衛門《げんごえもん》も、膝《ひざ》を折った。

「遂に、来るものが来ただけだ。殿様にも、お覚悟の上であることは、云《い》うまでもない。

――この上は、一刻もはやく、お国表《くにおもて》の大石《おおいし》殿へ、一番早駕《いちばんはや》を立てることが急務だが、誰がよいか？」

見廻《みまわ》しながら、同僚へ計ると、

「私が、参りましょう」

萱野三平《かやのさんぺい》が、遠くで云《い》った。

すぐその後から、

「拙者も！」

と、早水藤左衛門《はやみとうざえもん》が云《い》う。

「では、ご両所へたのむ。――すぐこの場から即刻ですぞ」

「勿論《もちろん》です」

「殿様の御処分や、その他、分《わか》り次第に、刻々、二番早駕《はや》、三番早駕《はや》と、後を追ってご報告申し上げるが――と大石殿《おおいしどの》へ申されたい」

「承知しました」

と、早水《はやみ》と萱野《かやの》の二人は、その日の裃《かみしも》熨斗目《のしめ》のまま駒に飛び乗って、町へと鞭《むち》を打った。そして八ツ山口《やまぐち》の問屋場から早駕《はや》を仕立てさせ、

「夜でも、昼でも、雨や風でも、一刻も休まずに、肩継《かたつ》ぎいたせ。――播州赤穂《ばんしゅうあこう》の城下まで」

今朝は夢にも思わなかった故郷の空へと、そして、かかる事とは、夢にも知らない故郷の人々へと――空虚《うつろ》な身と、顫《おのの》く魂を乗せて、すでに、東海道をまっしぐらに駈《か》けさせているのであった。

その一番早駕《はや》を立たせた後――。

片岡《かたおか》、堀部《ほりべ》、神崎《かんざき》、その他の人々は、まだ、藁人形《わらにんぎょう》のように凝然《ぎょうぜん》として、大手御門《おおてごもん》下に立ちつくしていた。

主人の内匠頭《たくみのかみ》に従《つ》いて、城内のお玄関控えまで入っている同僚がある。その人々が出て来たら、更に詳しい実相がわかるであろうと、暗澹《あんたん》たる心のうちに、強《し》いて一縷《いちる》の頼りをもって、待ちわびているのだった。

と――程なく。

お供先の建部喜六《たてべきろく》、磯貝十郎左衛門《いそがいじゅうろうざえもん》、中村清右衛門《なかむらせいえもん》などが、悄然《しょうぜん》として城内から揃《そろ》って出て来た。若い磯貝十郎左衛門《いそがいじゅうろうざえもん》の瞼《まぶた》が、紅《あか》くなっているのを見ると、誰もが、はっと、恐怖的な動悸《どうき》に打たれた。

しかも、その磯貝十郎左衛門《いそがいじゅうろうざえもん》は、主人が今朝帯びて行った大小を、胸に抱《いだ》いて来るのであった。

あやうく、ほろりとしかけそうな同僚の眼が、同僚を迎えて、共に、暫《しばら》くは言葉がない。

「供方は、屋敷にひき取って、後刻の沙汰《さた》を相待てという仰せ付けです……」

十郎左《じゅうろうざ》は、そう云《い》って、主人の大小を、源五右衛門《げんごえもん》の手に渡した。骨にこたえる程、刀の重さが感じられる。まざまざと、主人の形相の見える気がするのである。

「是非《ぜひ》のない儀……」

それを、空《むな》しい殿の駕籠《かご》に移して、総《すべ》ての供道具を下に伏せ、一同は、力のない足を揃《そろ》えて、鉄砲洲《てっぽうず》の屋敷へ引き揚げて行くのであった。誰が、今日の帰りを、空駕籠《からかご》に供して戻ると、予期していたろうか。

「――世は綯《あざな》える縄《なわ》のごとし……と、誰が云《い》ったか。春が、身に沁《し》みる」

ひとりが呟《つぶや》くと、

「まだ、辛いことがある。……夫人様《おくがた》のお驚きを考えるとな」

「うむ……。思うても胸が傷《いた》い」

誰の足も、進まなかった。一歩でも遅ければ、一歩のあいだ、夫人《おくがた》の悲しみを短くするように思えるからであった。

凶変戦《きょうへんせん》

だが――夫人《ふじん》は既に知っていた。

木挽町《こびきちょう》の別邸に住んでいる内匠頭《たくみのかみ》の実弟浅野大学《あさのだいがく》が、紙のような顔いろを持って、

「姉上っ。……大変事が起《おこ》りました」

と、彼女の部屋へ転《まろ》んで来たのは、供方の者の帰り着く頃より、半刻も前であった。

夫人は、大学《だいがく》のあらい息づかいへ、眸を向けた、もうその時、すべてを知ったのであった。それが分《わか》らないような夫婦の生活《いとなみ》は、一日とて過《すご》した事のない彼女である。

浅野《あさの》一門の血は彼女にも濃い。三次《みよし》の城主、浅野因幡守長治《あさのいなばのかみながはる》の娘で、輿入《こしい》れをする前ま

では、

（栗姫《くりひめ》さま）

と呼ばれていた。

深窓の人にめずらしい思いやりを下々に持っていた。また、聡明で、美眸《びぼう》であった。内匠頭《たくみのかみ》とは何としてもふさわしい夫婦だと、一門からも羨まれていたものである。

さすがに、恟《ぎょ》ッとしたらしく、はや美眸《びぼう》の睫毛《まつげ》に、露のような戦慄をさせかけたが、もの静かに、

「大学《だいがく》様、おしとねを、お敷《あ》て遊ばしませ」

「それどころではありません。……あ、兄上には、殿中で、刃傷《にんじょう》に及ばれたそうです。――即座に、田村《たむら》右京太夫《うきょうだいぶ》殿へお預けになられたとのこと」

夫人の顔は、象牙《ぞうげ》のように、白くなった。

「して、相手方は、どなたですか」

「まだ、その辺までは」

「殿様の御生死は、どうでございますか」

「つい、聞《き》き洩《も》らしました。――老中《ろうじゅう》のお召しで、慌てて行ってみると、右の次第。屋敷の者一統へ、心得違いのないようにというお諭《さと》しを受けて、駈《か》けつけたものですから」

澄み切って、涙もうかべない夫人の眼差《まなざ》しが、きりっと、少し腹立たしげにうごいた。

「弟御《おとどご》様のおん身として、お兄上が、大事の場合、いかに慌てておいで遊ばしたとはいえ、相手方の名も、御生死も、お質《ただ》しなく、ただ家中取鎮《かちゅうとりしず》めのお申し渡しだけを受けて、お立ち帰りなされるとは、何としたことでございますか」

「……そうでした。……気がつかない事をいたしました」

「口惜《くちお》しゅう思いまする。浅野《あさの》の御一門には、主《しゅう》にも家来にも、左様《さよう》な不覚な方は、いらっしゃらない筈《はず》でございますのに」

「申しわけありません」

赤面して、うろうろと、表方《おもてかた》へ立ったり、奥へ来て、坐《すわ》っていたりしているうちに、供方一同が、ひっそりと帰ってくる。

すぐその後へ、お目付天野伝四郎《めつけあまのでんしろう》、近藤平八郎《こんどうへいはちろう》が、使者として来る。水野監物《みずのけんもつ》が見える。

また、親族の戸田采女正《とだうねめのしょう》や浅野美濃守《あさのみののかみ》などが駈《か》けつける。

すべて、幕府の意をふくんだ、使者であった。

（――家中の者、心得違いのないように）

と、先手を打った諭告《ゆこく》なのである。

親戚の采女正《うねめのしょう》と美濃守《みののかみ》を差向《さしむ》けてきたのも、幕府の巧みな抑圧《よくあつ》だった。血族を以《もっ》て血族を制する策に出たものである。

「今夕中《こんせきじゅう》に、鉄砲洲《てっぽうず》の藩邸を引き払って、一同立ち退《たの》くべしという厳命でござる」

従兄弟《いとこ》の采女正《うねめのしょう》から、夫人へ、こう言い渡されたのであった。

切腹に、家名断絶と、領地の没収は、当然な附随条件である。夫人は、悪びれた容子《ようす》もなく、家臣の代表者と共に承知の旨を答えた。

同時に、美濃守《みののかみ》の人数と、戸田《とだ》家の臣が、屋敷の内外と、要所要所へ、厳しい警固《けいご》についた。

足もとからもり上がった海嘯《つなみ》のように、混雑は、急であった。変事を耳にした時から、殆《ほとん》ど、嘆息《ためいき》もさせておかない急《せ》き方《かた》である。しかもこの驚愕《きょうがく》と紛乱《ふんらん》の間に、刻々と暮色は迫るし、傾きかける陽《ひ》を追って、浅野《あさの》の臣下たちには、捨てて措《お》けない急務の処理がいくつもある。

第一は、辰《たつ》ノ口伝奏屋敷《くちてんそうやしき》の引継《ひきつ》ぎと、諸道具の取《と》り纏《まと》め。

第二は、田村右京太夫《たむらうきょうだいぶ》邸へ、主人の遺骸《いがい》引取り。即時、泉岳寺《せんがくじ》へ埋葬のこと。

第三、刻々、国許《くにもと》へ事態の急報。

第四、青山《あおやま》別邸、鉄砲洲《てっぽうず》本邸の引揚《ひきあ》げ。

第五、夫人の立退《たちの》き。

次にあるものは離散である。主《しゅう》を失い、禄《ろく》に離れ、行く的《あて》もつかない当惑の裡《うち》に、一夜にすべての処理をしなければならない。――しかも取り乱して世の笑いぐさにならないような武士的な秩序の中に。

ここに、困った事は、安井彦右衛門《やすいひこえもん》と藤井又左衛門《ふじいまたざえもん》の両家老である。一藩の上席でもあり、年長でもあるから、当然、真っ先に立って万端の指揮に任じなければならない立場にあるのに、二人共、もう自分一身の事のみ案じているらしく、うろうろと、足も地につかない様子で、まるで、物の役に立たない。

夫人ですら、凜々《りり》しく、奥仕えの腰元《こしもと》たちを指図したり、用人《ようにん》達へ心得を諭《さと》したり、自身は、良人《おっと》の居間を片づけたりして、心の処理を保っているのに――。

「何という家老共だ」

憤然と、神崎与五郎《かんざきよごろう》は、呟《つぶや》いていた。

すると、奥田孫太夫《おくだまごだゆう》に、村松喜兵衛《むらまつきへえ》の二老人が、

「源五《げんご》は、どうした」

足早に来て、訊《たず》ねた。

「片岡《かたおか》は、今し方、後を頼むぞと云《い》って出て行きました」

「ム。……お見届けに」

「そうです」

「では――誰がよいか。原惣右衛門《はらそうえもん》は」

「おりましょう」

「呼んでくれ」

「原《はら》っ」

与五郎《よごろう》が、廊下に立って呼ぶと、

「おうっ」

足軽頭《あしがるがしら》の惣右《そうえ》は、汗の顔に、藁《わら》ごみを取ッつけて駈《か》けてきた。村松《むらまつ》、奥田《おくだ》の二老人は、早口に、

「原《はら》か。伝奏屋敷《てんそうやしき》に参って、諸道具引揚《ひきあ》げと、お役代《やくがわ》りへの明渡《あけわた》しの件、貴公に一任する、すぐ行けっ」

「承知しました」

惣右衛門《そうえもん》は駈《か》けて行った。大川《おおかわ》に面している裏門をひらき、足軽《あしがる》、船手の人々を呼んで、十幾艘《いくそう》の小舟に、みな櫓《ろ》を番《つが》えさせた。

「急げっ」

と、自分も跳び乗る。

千鳥の泳いでゆくように、舟の列は、道三橋下《どうさんばしした》へと漕ぎ上ってゆく。

人夫、足軽《あしがる》、舟子まで狩り立てて、数百人が河岸《かし》から伝奏屋敷《てんそうやしき》の門の中まで両側に立ち並ぶと、

「よし」

と、惣右衛門《そうえもん》は、役宅の中から、三卿饗応《さんきょうきょうおう》のために持ちこんであった浅野家《あさのけ》の什器《じゅうき》を、いわゆる手玉渡しに奥からどしどしと運びだした。

膳箱《ぜんばこ》、陶器箱、褥《しとね》、屏風《びょうぶ》、置物《おきもの》、衝立《ついたて》、幕、提灯《ちょうちん》、傘、飾《かざ》り槍《やり》——あらゆる器物が手から手へと、激流のように吐かれて行く。

最後に、塵《ちり》を掃き、水を打った。

竈《かまど》の灰までを、きれいに掻《か》いて、

「主人内匠頭《たくみのかみ》に代《かわ》って、饗応役《きょうおうやく》に就かれる戸田能登守《とだのとのかみ》どの御家中に申し入れる。什器《じゅうき》一切、引払《ひきはら》いました故、お引継《ひきつ》ぎねがいたい。後役の御就任、ご苦労に存じます」

迅《はや》かった。

一糸紊《いっしみだ》れない態度だったし、短時間のうちに引揚《ひきあ》げて行った行動の迅速さに、能登守《のとのかみ》の家臣たちは、思わず、

「見事っ」

と、驚嘆を送った。

まだ、春の夕雲は赤かったが、惣右《そうえ》は、十幾艘の舳々《へさきへさき》に提灯《ちょうちん》を用意させて、八代洲堀《やよすぼり》を矢のように漕がせて去った。

ちょうどその頃――。

一方には、主人の遺骸《いがい》引取《ひきと》りの使いとして、お留守居《るすい》建部喜六《たてべきろく》、用人糟谷勘左衛門《ようにんかすやかんざえもん》、小納戸《こなんど》田中貞四郎《たなかさだしろう》、中村清右衛門《なかむらせいえもん》、磯貝十郎左衛門《いそがいじゅうろうざえもん》などの同僚たちは、もう鉄砲洲《てっぽうず》の藩邸を出て、早くも噂《うわさ》の伝わった江戸の町々の人目に見まもられながら、芝《しば》の田村右京太夫《たむらうきょうだいぶ》の邸《やしき》へと、真っ暗な滅失《めっしつ》を、粛々《しゅくしゅく》と踏んで、かなしくも何処かの橋を、渡っている頃なのであった。

田村屋敷《たむらやしき》

花の愛宕山《あたごやま》に、夕雲が紅《あか》かった。

網をかけた一挺《いっちょう》の乗物が、足軽《あしがる》の棒と、厳しい槍組《やりぐみ》の武士に囲まれて、江戸城の平河《ひらかわ》口《ぐち》から、日比谷御門、桜田の辻《つじ》を通って、芝愛宕山下《しばあたごやました》の田村《たむら》屋敷へ着いたのは、もう申《さる》の下刻《げこく》に近い。

邸内には、すでに、大工《だいく》が来て、板囲いの一室が出来ていた。玄関からずっと、不浄《ふじょう》筵《むしろ》を敷いて、網乗物《あみのりもの》のまま、そこへ舁《か》きこむ。

「内匠頭《たくみのかみ》どの。お出なさい」

網と、駕籠戸《かごど》を払われて、

「……御大儀」

微《かす》かに、一言洩《も》らして、内匠頭《たくみのかみ》は、外へ出た。

「お持物《もちもの》、式服を、頂戴《ちょうだい》する」

「…………」

黙然《もくねん》と、うなずいて、彼はまだ着たままであった大紋《だいもん》を脱ぎ、烏帽子《えぼし》、鼻紙、小《ち》さ刀《がたな》、扇子などすべてを揃《そろ》えて、田村家《たむらけ》の家臣に渡した。

小袖一重《ひとえ》である。

囲いは、まるで罪囚の牢舎《ろうや》にひとしい。隅には便所までついているし、襖《ふすま》の外には、番人達のきびしい気勢《けはい》がするのだった。

間もなく、膳が出る。

最後の箸《はし》を取って、湯漬《ゆづけ》をかろく三膳食べた。高窓には、もう夕星《ゆうずつ》が見え、辺りには暮色が立ちこめてきた。

箸《はし》にかける白い飯粒も、軒端《のきば》の星も、すべてが、終《おわ》りのものである。内匠頭《たくみのかみ》は、今日の朝と夕べとが百年の隔たりがあるように思えた。一瞬の後には消えてゆくと極《き》まった身というものは、思いのほか、心やすい気がするのであったが、ふと、思いを妻の上に馳《は》せ、臣下の者の誰彼《たれかれ》にめぐらすと、卒然と、五体が涙に溺《おぼ》れる気がした。

（済まない！）

という気もち。

（ゆるせ）

と心で掌《て》をあわせる程な気もち。

そして、密かに自らを慰めるものは、

（あの妻だ、あの家来達だ。わかってくれるに違いない！）

という事であった。

唯《ただ》、唯《ただ》、唯《ただ》。

何としても掻《か》き消《き》えない一点の心残りは、かほど犠牲を抛《なげう》ったひと太刀も、空しく、あいてを逸して、どうやら、浅傷《あさで》の程度に過ぎないことだ。

多門伝八郎《おかどでんぱちろう》という心ある武士は、自分の心情《こころ》を見抜いて、吉良《きら》の容態を、

(養生はかなうまい)

と云《い》ってはくれたが、江戸城からここへ移るまでの間、幽室の壁も、密閉された駕籠《かご》も、自分の全神経そのものとなって、諸士の気勢や囁《ささや》きを聴きすましていたのである。吉良《きら》が、つつがなく退出したこと、御前ていもよく、見舞の典医まで派遣された事——。なんで分《わか》らずにいるであろうか。

「残念」

呼吸《いき》のある限り、その一念だけはどうすることもできなかった。聖《ひじり》でも君子でもない。凡人の煩悩《ぼんのう》である。

「挨拶人《あいさつにん》、おらるるか」

囲いの外へ、声をかけると、

「これに居ます。何ぞ御用でござるか」

田村家《たむらけ》の生田孫惣《いくたまごそう》が外から云《い》う。

「されば、生前に、家来共へ、一書つかわしたく思うが、苦しゅうあるまいか」

「お待ちを」

と、返辞が途切れて――しばらくしてから、

「唯今《ただいま》の願い事、主人一存にては、取り計らいかねる由《よし》でござる」

と、膠《にべ》もなく突《つ》っ刎《ぱ》ねた。

「……では」

内匠頭《たくみのかみ》は、唇を噛《か》んだ。無限の感慨が、その面に漲《みなぎ》っている。他家の陪臣ずれから、こんな酷薄《こくはく》な言葉を投げつけられたのは、三十余歳の今日まで、初めて身に沁《し》みた事なのであろう。

が――更に辞を低くして、

「恐れ入るが、一言、口上をもって、お伝え賜《たま》わるまいか」

「お上へ、伝達の上でなくては、何事も致しかねる」

「然《しか》らば……覚え書一通、お書きとり願って、目付《めつけ》衆まで、伺っていただきたい」

やむなく、挨拶人《あいさつにん》は筆を執って、

「仰せられい」

と、渋々《しぶしぶ》、聞き書きを認《したた》めだした。

「――此段《このだん》、予而《かねて》」

内匠頭《たくみのかみ》は、眼をとじながら云《い》う。

「それから」

「——知らせ申す可《べく》候《そうら》え共《ども》、今日」

「次」

「——已《や》むを得ざる事の候故《そうろうゆえ》、知らせ不申候《もうさずそうろう》。不審に存ず可《べく》候《そうろう》」

と、文言《もんごん》を切って、

「それだけでござる、右を、家来片岡源五右衛門《かたおかげんごえもん》、磯貝十郎左衛門《いそがいじゅうろうざえもん》、と申す者へ、お伝え願わしゅう存ずる」

後に、彼の思いは届いて、この云《い》い写《うつ》しの遺言は、源五右衛門《げんごえもん》の手から、国許《くにもと》の大石《おおいし》内蔵助《くらのすけ》の胸にまで運ばれた。

「おゆるしあるや否《いな》や、分《わか》らぬが、預かり申しておく」

挨拶人《あいさつにん》の生田孫惣《いくたまごそう》が、硯箱《すずりばこ》へ筆を落《おと》した時、玄関の方が騒《ざわ》めいて、

「御検使！」

「お出迎えを！」

という声が、氷をわたる風のように、ぴいんと冷たく聞《きこ》えた。

水裃《みずがみしも》

大目付《おおめつけ》荘田《しょうだ》下総守《しもうさのかみ》を大検使として、副使多門《おかど》伝八郎《でんぱちろう》、大久保《おおくぼ》権右衛門《ごんえもん》の三名は、介《かい》錯人《しゃくにん》、その他十人を従えて、

「御免《ごめん》」

と、真っ直ぐに、大書院まで通った。

右京太夫《うきょうだいぶ》が、挨拶《あいさつ》に出て、

「用意は、整いました」

と、云《い》う。

「さらば——」

大検使以下の者は、すぐ、その場所へ行ってみた。——白い幕が、黄昏《たそがれ》の庭に揺らいでいた。畳三枚に、毛氈《もうせん》が敷いてある。

「これは、腑《ふ》に落ちぬ御用意……」

と、検使の伝八郎《でんぱちろう》は、眉《まゆ》をひそめた。

彼は先刻、殿中で直諫《ちょっかん》した為、謹慎を命じられていたのであるが、当番役ではあるし、初めから吟味にも当《あた》っていたので、譴責《けんせき》を解かれて、副使として臨んだのであった。

「右京太夫《うきょうだいぶ》どの」

「はっ」

「今日のお預け人《あずけびと》は、一城の主《あるじ》でござるぞ。官位を召し上げられた訳ではなく、武士道のお仕置《しおき》を仰せつけられた者、それを下人《げにん》同様、庭先において、切腹させるお心得か」

「はっ」

「武門の作法にあるまじき扱いと思う。御所存があらば、承《うけたまわ》りたい」

極めつけると、

「あいや――」

と、下総守《しもうさのかみ》が横から引き取って云《い》った。

「庭先でも差しつかえござるまい」

「なぜ?」

怫然《ふつぜん》と、伝八郎《でんぱちろう》が、問い詰めると、

「大検使たる此方《このほう》が、差しつかえなしと申すからには、無用な贅言《ぜいげん》、お控えなさい」

上役の権威を誇示して、睨《ね》めつけるのであった。伝八郎《でんぱちろう》は、争うことの愚を悟った。荘田下総守《しょうだしもうさのかみ》といえば、柳営《りゅうえい》でも人の知れる柳沢出羽守《やなぎさわでわのかみ》の股肱《ここう》である。吉良《きら》を庇《かば》うために感情的になっている出羽守《でわのかみ》の代弁者と、いかに、争ってみたところで、軽輩の云《い》い分《ぶん》が通るはずはないのである。

ところへ、表方《おもてかた》の取次人《とりつぎにん》が、

「殿にまで」

と、右京太夫《うきょうだいぶ》の側へ寄って、何か、低声《こごえ》で告げた。

右京太夫《うきょうだいぶ》は、当惑げな顔いろをしながら、

「御検使まで、伺いまする」

「何でござるの」

「先刻から、内匠頭《たくみのかみ》の家中、片岡源五右衛門《かたおかげんごえもん》という者、邸外に立ち迷っており、何と申すも、いっかな立ち帰らず、是非是非《ぜひぜひ》主人に一目会わせてくれいと云《い》い張《は》って、当家の者共も、当惑の由《よし》にござりますが、願《ねが》い出《いで》の儀、如何《いかが》いたしたものでございましょうか」

「さ？　……」

下総守《しもうさのかみ》は、横を向いて、答えない。

伝八郎《でんぱちろう》は彼の顔を見て、返辞を求めたが、要領を得ないので、よしっ明日《あした》に官禄《かんろく》を捨て

るとも、せめてこの一つはと、意を決して、

「よろしかろう、武士の情け、拙者が承《うけたまわ》っておく。会わせておやりなされい」

「はっ、では」

と取次人《とりつぎにん》は、足早に戻って行った。

床几《しょうぎ》や、福草履《ふくぞうり》が、庭先に出される。検使役三名は、内匠頭《たくみのかみ》を小書院に呼びだして、

「上意――」

の奉書を申し渡した。

すぐ、検使以下、すべて各〻《おのおの》の位置につく。

内匠頭《たくみのかみ》は、謹んで上意をおうけした後、水裃《みずがみしも》に、同じ無地の水袴《みずばかま》をつけた。

袴《はかま》の紐《ひも》を、三度まで結び直していた。――少しでも乱れていては、恥辱である。また、死骸となって相見《あいまみ》えるであろう家来共に、やはり最期には心が乱れたかと思われては恥《はず》かしい。健気《けなげ》な妻にも、こう結んだぞと、見せて欲しい。

「よし」

と、気に入った結び目をながめて、内匠頭《たくみのかみ》は坐《すわ》った。

ふしぎな程、清々《すがすが》しい。

ふと、妻が立ててくれるいつもの淡茶《うすちゃ》の味を思いうかべた。――今頃である。つかれて

帰る夕方を慰めてくれる一服の茶。何年のあいだの夫婦の習慣であったろう……。

「浅野内匠頭《あさのたくみのかみ》！」

静寂《しじま》を破って、呼び出しの声がかかる。

「——お支度《したく》っ」

峻厳《しゅんげん》な声が、どこからか促した。

静かに、検使一統の席へ、目礼して、

「……ご案内を賜《たま》われ」

すっと、水裃《みずがみしも》が、水のように立った。

導かれて、小書院の廊下を、五歩、十歩、袴《はかま》の紐下《ひもした》に両手をあてて、やや俯向《うつむ》き加減に、運んでくると、藍《あい》を落《お》したような縁先の夕闇に、何者か、じっと、飛《と》び縋《すが》らないばかりな二つの眼をもって、大地に手をついているのであった。

（あっ？　……）

内匠頭《たくみのかみ》は、ぶるると、脚の関節《つがえ》をふるわせた。湖のごとく澄んでいた心のうえに、突然、暴風《あらし》のような欣《よろこ》びと、おお、とさけんで、全身を与えたいような疼《うず》きとが、鬢《びん》の毛の先まで駈《か》けて、怺《こら》えようとしても怺《こら》えきれない戦慄になるのであった。

「と！　……殿！　……」

ひくい、強い、声とも、嗚咽《おえつ》ともさだまらない、声であった。

内匠頭《たくみのかみ》は、しばらく、無言のままである。欣《よろこ》びと云《い》っていいか、悲しみといっていいか、人間の血液が奏でる最高な愛熱と、複雑な感激の暴風《あらし》に心を吹かれて、唇をひらくことが出来ないのである。もし感動のままにものを云《い》えば、どんな叫びが咽《のど》を衝いて出たかわからないであろう。

やがて、常と変《かわ》らぬ、穏やかな語音《ごいん》で云《い》った。

「源五《げんご》か」

「……は。……はいっ」

春の夕べは、もう闇である。

チラ、と廂《ひさし》のあたりから、白いものが舞い落ちてきた。

風に送られてきた愛宕山《あたごやま》の花か、そこら辺りの吉野桜か。源五《げんご》の背にも、一片《ひとひら》とまっていた。

「よう……尋ねて参ったの」

源五《げんご》の骨ぶしが鳴るのが聞《きこ》える。源五《げんご》の涙の音が聞《きこ》える。——その眼へ、きっと、最後のつよい眼を与えて、

「……さらばだぞ」

内匠頭《たくみのかみ》は、しずかに胸をのばした。
ス、ス、ス、と耳から抜けてゆく水袴《みずばかま》の衣《きぬ》ずれへ、源五《げんご》は、嬰児《あかご》のような惜別にもがいて、わっと声のかぎり、泣きたかった。

風《かぜ》さそう

死の座には、白い二方幕が、春の無常と、この夜のあわれを、地上三枚の畳に囲んで、それへ、音もなく坐《すわ》った人を、宵の星が、見つめていた。

警固《けいご》の者、検使役、介錯人《かいしゃくにん》など、人は邸上にも邸下にも満ちてはいるが、咳声《しわぶき》する者はない。

（……明るい夜だの）

何となく、内匠頭《たくみのかみ》は、そう思う。

邸内の灯と、空の星とが、何か自分を迎えている。なるべくは、にこッと、笑顔をもって死んでやりたい。

そんな事も、ふと思うのである。

源五右衛門《げんごえもん》の顔を一目見たことは、予期していなかった事だけに、最大な欣《よろこ》びであった。眼から眼へと、自分の伝えたい意志はそっくり彼へ預けてしまったように、心がかろくなっていた。

たった、一つの残恨も。

（それさえ……それさえ、家来共に届けば）

と、眼をとじたが、すぐ左右を見て、

「お手数《てかず》ながら、料紙と硯《すずり》を」

そして風にうごく懐紙《かいし》の耳を小指で抑えながら書きながした。

　風さそふ
花よりもなほ
われはまた
春のなごりを
いかにとやせむ
下に置いて、

「もう一儀、最後のご仁恕《じんじょ》を仰ぎまする。私、差料《さしりょう》の刀を介錯人《かいしゃくにん》へおさずけねがいたく、使用後はそのまま介錯《かいしゃく》の者へ遣わしたく存じますが」

大検使は相かわらず頷《うなず》かなかったが、両検使が、

「苦しゅうあるまい」

といったので、内匠頭《たくみのかみ》の望みはかなった。

と同時に介錯《かいしゃく》の磯田武太夫《いそだぶだゆう》はそれを提《さ》げて、

「御用意」

と、内匠頭《たくみのかみ》の後ろに立つ。

彼は、人々へ、目礼を送って、徐々《じょじょ》と、作法していた。水裃《みずがみしも》の前を外《はず》して、三方をいただくと、すぐ、小刀を執って、

「御介錯《ごかいしゃく》、ご苦労に存ずる」

と、云《い》った。

鞘《さや》を出る刃の音が、背なかで、そっと辷《すべ》る。

からと、水桶《みずおけ》に柄杓子《えびしゃく》が鳴った。

「御用意、よろしいか」

武太夫《ぶだゆう》が、二度目の声をかけた時には、もう内匠頭《たくみのかみ》の髻《もとどり》は自分の胸を噛《か》むように俯《う》つ

伏《ぶ》して、水裃《みずがみしも》の肩先が、蟬《せみ》の羽《はね》のように打ちふるえていた。
一瞬の真っ暗な瞼《まぶた》に、無数の玉虫《たまむし》のような光が、赤く、青く、白く、紫に、緑に、おそろしい迅《はや》さで渦を描いた。その斑《ふ》の一つ一つが、妻の栗姫《くりひめ》の顔であり、赤穂《あこう》の城であり、父の義直《よしなお》であり、まだ幼い内蔵助《くらのすけ》の丸い笑顔であり、故郷の本丸に実《な》っている柿の実であり、そしてまだ乳母《うば》の懐《ふところ》に抱かれていた頃の自分のすがたであると見たせつなに、
びゅるんッ！——
白い刃は、水玉をちらして、三十五年の生と、永劫《えいごう》の死との間を、通りぬけた。

＊　＊　＊　＊

大検使以下公儀の者が、ぞろぞろと退出した後、

「こちらから——」

と、田村家《たむらけ》の家来が、内からひらく脇門の戸を、遅しとばかりに、庭内へ走りこんで来たのは、まだ外の明るい頃から待ちしびれていた浅野家《あさのけ》の人々だった。

「庭石が多うござる、お躓《つまず》きなさるな」

ゆらゆらと、提灯《ちょうちん》の明《あか》りが、先に立って導いてゆく。——白い二方幕の上に、高張提灯《たかはり》が掲げられていた。

「おお！」

「殿ッ」

わらわらっと、その中へ、駈《か》けこむがはやいか、磯貝十郎左《いそがいじゅうろうざ》も、建部喜六《たてべきろく》も、片岡源五右衛門《かたおかげんごえもん》も、がばっと俯《う》つ伏《ぶ》したきり、地へ食い入るような嗚咽《おえつ》をしていた。

白い蒲団《ふとん》の下に、遺骸《いがい》は、平べったく横たわっていた。離れた首は、左の肩先に横向きに添えてある。涙ながら、人々は、柩《ひつぎ》に納めた。

田村《たむら》邸から、遺物《かたみ》として受け取った、小さ刀、懐紙《かいし》、扇子、足袋《たび》なども。

磯貝十郎左《いそがいじゅうろうざ》は、その足袋《たび》を持って、顔に押し当てながら泣いていた。十四歳の時からお小姓《こしょう》に上がって、

（洟《はな》を垂らすな）

（帯が解けておるぞ）

と、主人に仕えるというよりは、主人に育てられたこの身であった。しかも、この足袋《たび》は一度でも、家来を蹴《け》られたことがない。

蜻蛉頭《とんぼあたま》のむかしに回《かえ》って、十郎左《じゅうろうざ》は、声をだして泣いていた。

「叱《し》ッ」

と、誰かに、叱られるまでは。

源五右衛門《げんごえもん》が、また、

「見ぐるしい」

と云《い》った。そして、浅野家《あさのけ》の提灯《ちょうちん》を先に、柩《ひつぎ》に従《つ》いて、歩きだした。路地路地の暗がりから、密かに、見送るものは誰だろう。それも、公儀を憚《はばか》って、明らさまに、顔も姿も見せることはできない。

泉岳寺《せんがくじ》では、わずかに家臣の通夜《つや》で、しめやかに誦経《ずきょう》の弔《とむら》いが済まされたに過ぎなかった。

帰《かえ》る片鴛鴦《かたおし》

「殿様には、唯今《ただいま》、お見事にすみました」

田村《たむら》邸の様子を見届けて来た家来の者から、そう聞くと、夫人は、

「安心しました」

と、微《かす》かな声で答えた。

今宵《こよい》のうちに明け渡す鉄砲洲《てっぽうず》の屋敷は、塵《ちり》一つないように、夜までに、清掃されていた。

今朝良人《おっと》の見ていた軒の桜花《さくら》がこぼれてくる。ゆうべ、良人《おっと》も聞いたであろう屋敷の裏の川波の音が、今宵《こよい》もひたひたと石垣を打っている。

いつまでも、彼女は、そこに坐《すわ》っていたい気がしてならなかった。

表方《おもてかた》では今し方、第二の急使として原惣右衛門《はらそうえもん》、大石瀬左衛門《おおいしせざえもん》の二名を、赤穂《あこう》へ立たせて、自分の立《た》ち退《の》く支度《したく》をしているが、すでに、自身の離散を急いだ者もあるらしく、常よりは人数もぐっと減って、開け通した屋敷の中には、川風が、往来のように吹きぬけてゆく。

「妙《たえ》。……妙《たえ》……」

呼ぶと、十六、七の侍女が、夫人の前に、指をつかえた。

「お召しでございますか」

「後ろへ、廻《まわ》って賜《た》も」

「はい」

お妙《たえ》が、うしろへ坐《すわ》ると、夫人は、膝《ひざ》においていた懐剣を彼女へ持たせて、

「この黒髪を、切ってください」

「えっ……。それは、夫人《おくがた》さま、お実家《さと》へお帰りあそばしてからでも」

「何日《いつ》かは、切る髪。せめては、殿さまのご生害《しょうがい》の今宵《こよい》に切りましょう。……なぜ、手を退《ひ》くのですか」

「はい」

お妙《たえ》は、夫人《おくがた》の背へ涙をはふり落《おと》しながら、黒髪を切ると共に、ばさっと、それを握ったまま畳のうえに泣き伏した。

「あっ……」

そこへ来た奥田孫太夫《おくだまごだゆう》は、眼を瞠《みは》った。けれど、何もいわずに、迎えの来たことだけを告げた。

実家は、南部坂《なんぶざか》の浅野土佐守《あさのとさのかみ》である。今宵《こよい》からは、片鴛鴦《かたおし》の独り住む一室を、そこと定められたのだった。

（さらばです……）

川波の音よ、庭の木々よ。

彼女は、半生の住居《すまい》へ、心のうちで、別れを云《い》って、実家から来た迎えの駕籠《かご》のうちへ隠れた。

さびしい提灯《ちょうちん》の光の下に、その人々も今宵《こよい》かぎり、行く先を定めずに離散する。老臣から若い小者《こもの》の端までが、地に手をつかえて、見送っていた。

先には主人との死別。——今は若き夫人《おくがた》との生別を、一夜のうちにしようとは。

「では……お身を御大切に」

家来一同のことばと共に、駕籠《かご》は上がった。——そして二足三足《ふたあしみあし》、静かに揺れ出した時である。閉じこめてある青い塗扉《ぬりど》のうちから、初めて、泣くのを許されたかのように、彼女の咽《むせ》ぶ声《こえ》が、春の夜の闇を、かすかに洩《も》れて行った。

難所折所《なんしょせっしょ》

深夜の小田原《おだわら》の町を、六枚肩《ろくまいがた》で二挺立《にちょうだ》ての早駕《はや》が、汗に嗄《か》れた声をあげて、真っ黒に通った。

夜半《よなか》ではあるし、喧嘩《けんか》でも通るような跫音《あしおと》に、大戸を卸《おろ》していた商家の潜《くぐ》りや覗《のぞ》き窓《まど》が、方々で開いて、明灯《あかり》が洩《も》れた。

「ほ……。今度は、浅野《あさの》様の御家来らしい」

「えらい事になったなあ」

噂《うわさ》は、早駕《はや》よりも迅《はや》かった。この辺でも、今日江戸にあった事件をもう知っていた。

　宿場宿場で人足の肩継ぎをするので、交代の手間を費やさないため、早駕《はや》よりも前に、足達者なのが一人、絶えず先へ先へと駈《か》けているので、未曾有《みぞう》な江戸の事件は、疾風《はやて》のように東海道へ伝わった。

　駕籠《かご》のうちは、事変の直後、一番使者として江戸を立った早水藤左衛門《はやみとうざえもん》と萱野三平《かやのさんぺい》が、駕籠《かご》の天井から晒布《さらし》の吊手《つりて》を下げて縋《すが》り、頭には白鉢巻、腹にも白布《しらぬの》を巻いて、乗っていた。

「駕籠屋《かごや》っ、駕籠屋《かごや》っ」

　波のように揺れる駕籠《かご》の中で、藤左衛門《とうざえもん》が先刻《さっき》から呼んでいたが、大勢《おおぜい》の掛声《かけごえ》に消されて、駕籠屋《かごや》の耳へ入らないのである。

　誰も彼も、気が立っていたので、

「聞《きこ》えないかっ」

　藤左衛門《とうざえもん》は、駕籠《かご》の中で、足踏みをした。

「おうっ、お小用ですか」

「止めんでもよい。駈《か》けろ」

「駈《か》けています」

「今、ちらと、町家《ちょうか》の者の声を聞けば――今度は浅野《あさの》の家来だといったが――今度はといえば、吾々《われわれ》の先にも、早打ちが通ったのか」

「そんなこと云《い》ったかなあ」

「何藩《どこ》の早駕《はや》だ」

「おおかた、御本藩じゃござんせんか」

「いや、芸州様《げいしゅう》でも、左様《さよう》に早手廻《はやてまわ》しはないはずだ、合点がゆかぬ事ではある」

「それじゃ、他の御藩かな」

「他家の急使よりも、遅着したとあっては、国許《くにもと》へ対し、面目がない。もっと急げ」

「無理だア、旦那」

「無理は承知じゃ、乗り手の身を、気づかいせずと走れ」

「江戸の伝馬《てんま》問屋を立ったのが、かれこれ、昼の八《や》つ刻頃（二時）ですぜ」

「そうだ」

「冗談じゃねえ、小田原《おだわら》まで二十里二十一町を、半日半夜で来ているのに、まだ遅いと云《い》われちゃ馬に生《うま》れ代《かわ》って来なけれや追いつかねえ」

「どこの藩か知らぬが、吾々《われわれ》より一足《ひとあし》でも迅《はや》いものがある以上、此方《こっち》は、遅れているわけだ。追い越せっ」

「旦那あ！　助けてくれっ」

「拙者を、振《ふ》り落《お》としてもかまわぬと思って駈《か》けろ。金はくれるぞ、酒代《さかて》ははずむぞ」

おなじように、後から来る萱野三平《かやのさんぺい》も、駕籠《かご》のうちから、人足たちを激励していた。

湯本《ゆもと》の立場《たてば》に着くと、もう先触れが通っているので、肩継ぎ人足が二十人近く、息杖《いきづえ》をそろえて待ちかまえている。それへ、

「えッさっ」

と云《い》って渡すと、

「ほいっ」

と新手《あらて》の人数が受ける。

駕籠尻《かごじり》を地にもつけず、人間の肩から肩へと移されて、途端にまた、駈《か》けて行くのだった。

三枚橋《さんまいばし》から山道になる。

街道第一の難所なのだ。人数もずっと増し、舁《かつ》ぐというより持ち上げるように、真っ暗な嶮路《けんろ》を登って行く様は、この箱根山《はこねやま》でも滅多《めった》にない非常事だった。えいや、えいやという汗の声が、谷間に谺《こだま》を呼んで物々しい。

畑宿《はたじゅく》の伝馬宿《てんまやど》でも、高張《たかはり》提灯を出して起きていた。ここでは使者の二人へ粥《かゆ》をくれた。

どこかで鶏《とり》が啼《な》いていた。まだ夜明けにはだいぶ間のある筈《はず》だ。今が天地の真の闇であ

るように、須雲川《すくもがわ》の水音ばかりが轟《ごう》と遥かに耳につく。

一椀の粥《かゆ》をすする間にも、ふと、今日の大変をおもうと、藤左衛門《とうざえもん》も、三平《さんぺい》も、胸がつかえた。昼間からの事々が、走馬燈《そうまとう》のように頭の芯を翔《か》けめぐる。それから幾刻《いくとき》も経たないうちに、こうして箱根山《はこねやま》の深夜にあって、都会《みやこ》とは比べものにならない春の寒風《さむかぜ》が身に沁《し》みている自分達が、どうしても夢の中にあるような気がしてならない。

「それっ、駕籠《かご》をやれ」

粥《かゆ》が胸を落ちないうちに、もう体は激しく揺れだした。割石坂《わりいしざか》、女転坂《おんなころびざか》と、道はいよいよ嶮《けわ》しくなったが、畑宿《はたじゅく》から頂上の箱根宿《はこねじゅく》までは、もう一里八丁。

「ひと辛抱だ」

人足達は励まし合った。

藤左衛門《とうざえもん》は幾度となく、駕籠《かご》の後ろや天井へ頭をぶっつけた。白鉢巻はしているものの、元結《もとゆい》が刎《は》ねて、髪はざんばらに解けかけている。

「出た、出た」

権現坂《ごんげんざか》の最後の嶮《けん》を登りつめて、箱根宿《はこねじゅく》の屋根越しに、湖水の光を見ると、

「お頂上だ」

歓呼して、関所前までの、平地を躍った。

日没から日の出まで、関所は掟通《おきて》りの門限だった。まだ、仄暗《ほのぐら》いので、無論、そこの柵は閉まっていた。

打《ぶ》つかるような勢いで来た人足達は門の際《きわ》まで来ると、わっといって、一斉に肩を抜いた。

「旦那方、まだ、往来が開くまでにゃ、少し間がありますぜ。今のうちに少し土を踏んでおきなすっちゃあどうだね」

人足達がすすめるのを、藤左衛門《とうざえもん》も尤《もっと》もだと思った。三平《さんぺい》を促《うなが》して、駕籠《かご》の外へ身を伸ばした。しかし大地に立ってみると、大地が波のように揺れる気がして、物に摑《つか》まっていないと蹌《よろ》めくような眩《めま》いを覚えた。

「あっ？　……早水氏《はやみうじ》、あれに、来ておるぞ」

駕籠《かご》につかまりながら、三平《さんぺい》がそっと横へ顎《あご》を指したので、何かと思って、藤左衛門《とうざえもん》が振り向いてみると、自分たちの群れから五、六間離れた柵の際《きわ》に、提灯《ちょうちん》を消して空脛《からすね》を抱えながらうずくまっている四、五名の雲助と、一挺《いっちょう》の早駕《はや》とが、同じように、往来の開くのを先に来て待っているのであった。

半《はん》分《ぶん》道《みち》

「いったい、どこの藩だろう？」

二人は考えあぐねた。

内匠頭《たくみのかみ》の従兄弟《いとこ》が美濃《みの》大垣《おおがき》の城主にあたるから、それか、芸州《げいしゅう》藩か、さもなければ、勅使《ちょくし》に礼を欠いた件で、京都へのぼる公儀の急使か。

しかし、それにしては余りに簡単過ぎると、藤左衛門《とうざえもん》が云《い》った。公儀や大名の使者ならば、一人という筈《はず》がない。またいくら敏速な藩にせよ、浅野家《あさのけ》以上に今日の事変を国許《くにもと》へ早く報《し》らせようとする藩があろうとは考えられない。

「じゃあ、吾々《われわれ》の急用とは、関《かか》わりのない旅人かも知れぬ」

「そうだよ。偶然、早打ちと早打ちとが、ぶつかったまでかもしれん」

それならば気にかける程の事はなかったと、二人は口を閉じて空を見ていた。待つ夜明けはなかなか白んで来なかった。眠ろうとしても眠れるものではないが、柵《さく》を叩いて関守を起《おこ》してみたところで、無駄は分《わか》っている。

二人は、足馴《あしな》らしに、そこらを少し歩いてみた。その戻りに、そっと、疑問の駕籠《かご》のわきを、さりげなく通って見ると、中から微《かす》かに鼾声《いびき》が洩《も》れてくる……。快げに、誰か、眠っているのだ。

すると、鼾声《いびき》がやんだ。中の男は、身ゆるぎして、同時に、

「駕籠屋《かごや》っ、肩を入れろ」

と、もういいつけた。

刎《は》ね起《お》きた駕籠屋《かごや》は、途端にまた、息杖《いきづえ》を立てた。柵の内で関所役人の跫音《あしおと》がして来る。

気がつくと、湖水のほとりは、いつのまにか白々と朝凪《あさなぎ》をたてている。

「あっ、開くぞ」

藤左衛門《とうざえもん》と三平《さんぺい》は、颯《さっ》と、駕籠《かご》へ入った。

何という敏感でまた敏速さだろう。鼾声《いびき》をかいて眠っていた駕籠《かご》は、柵が開くと共にもう先に、駈《か》けこんでいた。そして役宅の方へ向《むか》って、駕籠《かご》のまま、

「お聞き及びでもござろうが、昨日巳《み》の下刻《げこく》、江戸城内に於《お》いて、浅野内匠頭《あさのたくみのかみ》事、主人吉《き》良上野介《らこうずけのすけ》へ刃傷《にんじょう》に及ばれ、そのため、主人の知行所《ちぎょうしょ》、三州幡豆郷《さんしゅうはずのごう》まで、急命を帯びて出向く者でござる。拙者儀は、吉良家《きらけ》の中小姓《ちゅうごしょう》清水一学《しみずいちがく》と申す者、輿中《よちゅう》のまま往来ご免

くだされたい」

と、明瞭な音吐《おんと》で云《い》った。

すぐ後に続いて入って来た三平《さんぺい》と藤左衛門《とうざえもん》とは、その声に、あっと耳を打たれた。吉良《きら》の領地は上州《じょうしゅう》碓氷郷《うすいごう》に千石、三河《みかわ》の幡豆郷《はずのごう》に三千三百石あるとはかねて聞いていた事である。わけても三河《みかわ》の地は吉良《きら》発祥の領土で、祖先代々の領民もあれば代官所もあり、当然、国元詰《くにもとづめ》もいるわけだった。

「不覚」

と思いながら、彼の通った後、藤左衛門《とうざえもん》はすぐ役所の前へかかって、意味は同じだが、立場は全く反対な口上を述べた。関所役人たちは、十分な同情を眼に湛《たた》えながら、

「通れ」

と云《い》った。

道は下りへ向《む》かって行く。

吉良《きら》と聞いては、二人とも感情が激さないではいられなかった。意地でもと、人足たちを叱咤《しった》したが、三島《みしま》までは、追いつく事が出来なかった。

伝馬《てんま》問屋に着くと、朝の雑閙《ざっとう》の中に、再びかの駕籠《かご》を見かけた。驚いた事には、その駕《か》籠《ご》を出て、清水一学《しみずいちがく》とよぶ吉良家《きらけ》の男は、悠々と、問屋茶屋の床几《しょうぎ》に腰を下ろしこんで、

茶など啜《すす》っているのである。身装《みなり》も平素のままで、早打ち扮装《ごしら》えなどは何処《どこ》にも見えない。三十歳を出たか出ないかの年頃だった。中高な鼻ばしらに一曲《ひとくせ》をしめして、苦み走った唇を太くむすんでいる。足も草履《ぞうり》だった。

「婆《ばば》、飯をな、すこし塩味《しおみ》を辛く握ってくれ」

と茶店の奥へ云《い》う。

問屋の前は、今着いた二挺《ちょう》の肩代《かたが》わりで人間が埋まっていた。それに刃傷《にんじょう》事件の真相を少しでも知ろうとする往来の者だの、宿場役人だのが、浅野家《あさのけ》の者と聞いて、がやがやと取り囲んで来て何かと訊《き》きたがる。——それを冷《ひや》やかな眼で清水一学《しみずいちがく》は見ているのであった。

がぶと、茶を飲んでは、握飯《むすび》を食っていた。

「旦那みてえな方は、見たことがない。駕籠《かご》じゃあ寝るし、飯は食うし……」

一学《いちがく》を下ろして、駄賃《だちん》を受け取っていた駕籠屋《かごや》は、呆《あき》れ顔《がお》をして、彼の態《さま》を見まもっていた。

問屋の軒先では、藤左衛門《とうざえもん》と三平《さんぺい》が、

「粥《かゆ》は要らん、湯もよい、はやくやれ」

と急《せ》きたてていた。

一学《いちがく》を追い越して、早打駕《はや》は並木に白い埃《ほこり》を立てて行った。しかし藤左衛門《とうざえもん》は決して、それで心が済んではいなかった。清水一学《しみずいちがく》とか聞いた侍の落着《おちつ》き払った眼ざしに、此方《こっち》の狼狽《ろうばい》ぶりを見透かされた気がしてならない。——それと、上野介《こうずけのすけ》のような主人にも、あんな小憎い面《つら》だましいの侍がいるのだろうかと、意外にさえ思われた。

二日目と三日目が長途《ちょうと》の早打ちには最も苦しい時だという。頭脳《あたま》は何も考えられなくなって、揺れ方がわるいと、嘔吐気《はきけ》がつきあげてくる。三平《さんぺい》は時々、気付薬《きつけ》を口に頬《ほお》ばっていた。前の駕籠《かご》の藤左衛門《とうざえもん》が、

「三平《さんぺい》、大丈夫か」

と訊《き》くと、元気に、

「大丈夫です」

と答えてはいたけれど、顔は、二日目の昼頃から蒼白《そうはく》になって、苦しげだった。

陽《ひ》の舂《うすず》きかけた富士川《ふじかわ》の水が、松の木《こ》の間《ま》から赤銅《あかがね》いろに見えて来た頃、吉原《よしわら》方面から、鞭《むち》を上げて来た騎馬の男があった。

「御免《ごめん》」

と云《い》い捨てて先へ駈《か》け抜《ぬ》けた。

後ろ姿を見ると、清水一学《しみずいちがく》なのである。彼の迅《はや》い理《わけ》はそれで知れた。つまり随時に、駕《か》

籠《ご》になり馬になり、場合によっては、徒歩《かち》にもなって、江戸表《おもて》からおよそ八十四、五里の三河国《みかわのくに》幡豆郷《はずのごう》横須賀村《よこすかむら》の領地を指して、変事と同時に、一気に急いで来たものであろう。ちょうど、早水《はやみ》、萱野《かやの》の目的地たる播州《ばんしゅう》赤穂《あこう》までの道程《みちのり》に比べると半分の里程に過ぎないが、それにしても一学《いちがく》の早打ち振りは精悍《せいかん》である。騎馬、歩術の修練も積んでおき、平常に身体をそなえている侍でなければ、なかなかああは成り難いものであると、早水藤《はやみとう》左衛門《ざえもん》は追い越された敵に、むしろ敬意に似たものを感じていた。

富士川《ふじかわ》の渡舟《わたし》にかかると、愈々《いよいよ》追い越された距《ひら》きは取り戻せなくなった。なぜならば早駕《はや》はどうしても渡舟《わたし》に拠《よ》らなければならないが、清水一学《しみずいちがく》は、浅洲《あさす》を拾って馬を乗り入れ、無碍《むげ》に対岸へ渡ってしまったからである。

「何やら、忌々《いまいま》しゅう存ずる。此方《こっち》も早駕《はや》を捨てて宿継《しゅくつ》ぎに、馬を代えて走ろうか」

三平《さんぺい》はそう云《い》って、青白く疲労した眉宇《びう》に焦燥《しょうそう》を湛《たた》えたが、藤左衛門《とうざえもん》は年上だけに、渡舟《わたし》の上にある間も、なるべく休息を摂《と》っておくことの方が賢明であると諭《さと》して、

「先は、八十里の道、此方《こっち》は百六十余里の行程、日数や体のことも考えねば相成らぬ。まあ負けておこう」

と、嗤《わら》っていた。

吉良《きら》の氏子《うじこ》

十六日もまだ薄暗い未明の頃だった。――江戸を出てから約三十七、八時間後――急使の早駕《はや》は不眠不休のまま、三州《さんしゅう》額田郷《ぬかだごう》藤川《ふじかわ》の宿場と、岡崎《おかざき》の城下の間にあたる松並木を、えいえいと、駈《か》けつづけていた。

小豆坂《あずきざか》を登りつめ、ふかい朝霧の中の岡崎《おかざき》の城を、夜明けの下に見出《みいだ》した時、まだ戸も開いていない茶店前で、

「やろうぜ」

「やろうやろう」

云《い》い合《あわ》していたように人足達は、駕籠《かご》を地に置いて、腕を拱《く》んでしまった。

剃刀《かみそり》の刃の如《ごと》く気の立っている萱野《かやの》三平《さんぺい》は、垂《た》れを刎《は》ねて人足たちを叱った。

「これっ、やろうとは何だ、迅《はや》く出せっ」

「一ぷく吸《や》ろうってんだ、煙草休《たばこやす》みよ」

「不埒《ふらち》を申せっ、宿継《しゅくつ》ぎ早駕《はや》の掟《おきて》を知らんか。次の問屋まで休むことはならん」

「駄賃《だちん》はそっち物《もの》、体はこっち物《もの》だ。自分の体で自分が休むのに、文句をいわれて堪《た》まるものか」

「おのれっ」

と、刀を摑《つか》んで、

「――其方《そち》たちは、故意に遅らす気かっ」

「遅らす気じゃない、通さぬ気だ」

「何っ」

三平《さんぺい》が駕籠《かご》の外へ、躍り出したので、藤左衛門《とうざえもん》は驚いて、

「待てっ、逸《はや》まった事をするな。大事な使いの途中だぞ」

「はっ……。ですが……余りといえば」

「何か仔細《しさい》があるのだろう、拙者にまかせろ。人足共、金が欲しいのか」

藤左衛門《とうざえもん》が穏やかに云《い》って人足の顔を見まわした。しかしいつの間にか、駕籠《かご》の周囲には人足以外の百姓ていな男だの、老人だの、町人だの、郷士《ごうし》らしい者だの、およそ四、五十人も集まって来ているのであって、藤左衛門《とうざえもん》は自分の与えた言葉が、不用意でもあり、不適当でもあった事を知って、改めて、事態を正しく見直さなければならなかった。

「宿場の衆、この侍が浅野《あさの》の家来かい？」

杖《つえ》を携《たずさ》えた老人が、泥のついた杖《つえ》の先で二人を指して、駕籠屋《かごや》に訊《たず》ねた。

人足たちは、口を揃《そろ》えて、

「うむ、此奴《こいつ》だよ、赤穂《あこう》へ行く奴あ」

と云《い》った。

無礼な視線を二人に浴びせかけて、群がっている雑多な人々は、ちょっと意味の酌《く》めない方言で、口から口へ、何かガヤガヤと云《い》い合《あ》っていたが、そのうちに河童《かっぱ》のような頭をした素裸足《すはだし》の少年が、

「馬鹿野郎ッ」

と、罵《ののし》って手に握っていた土を、三平《さんぺい》の顔へ投げつけて、大人の後ろへ隠れた。

少年の罵倒《ばとう》が口火になって、それまでは、単に憎悪の眼で道の邪魔をしていただけの男女が、一斉に、

「赤穂《あこう》武士じゃで、阿呆顔《あほうがお》しとるわ」

「あの眼はなんじゃ、殿中で、人を斬りくさった、阿呆《あほう》大名の家来めが」

「内匠頭《たくみのかみ》やて、おおかた、気狂《きちが》い筋であろう」

「ようも、上野介《こうずけのすけ》様を、斬りくさったの」

「御領主様の相手じゃ」

「相手の片割れじゃ」

「この街道通したら、他国に笑われるぞ」

「通すな、通すな」

「ここを通ろうというのが、押しが太い」

「頓馬《とんま》ッ」

「撲《なぐ》ってしまえ」

八方から口汚い罵倒《ばとう》の暴風《あらし》だった。百姓も云《い》う、町人も喚《わめ》く、女や洟垂《はなた》らしの子供までが、面罵《めんば》を浴びせかけて、云《い》わしておけばきりがない。

その人々の興奮の程度に、三平《さんぺい》も興奮していた。刀の柄《つか》をにぎって、怖い目をすえているので、藤左衛門《とうざえもん》は万一を惹《ひ》き起《おこ》してはならないと、その腕首を捕《とら》えて、自身を面罵《めんば》の前へ押し向けていた。

「土民ども、静かにせい」

「土民とは何じゃ。浅野家《あさのけ》の米一粒食ったわしらじゃないぞ」

「まあ、穏やかに聞こう。一体、其方どもは、何処《どこ》の者だ」

「吉良家《きらけ》の領民じゃよ」

と、寺子屋師匠らしい杖《つえ》を持った先刻《さっき》の老人が、昂然と答えた。

その杖《つえ》を、また上げて、一方を指しながら、

「ここから南へ一里半、幡豆郷《はずのごう》、乙川《おとかわ》、小宮田《こみやた》、横須賀《よこすか》、鳥羽《とば》、岡山《おかやま》、相場《あいば》、宮迫《みやはざま》の七村は、足利《あしかが》氏の昔から吉良《きら》氏の領地じゃ——知らぬようだから教えてやろう。郷《ごう》の北に八《や》ツ面山《おもてやま》というのがある。そこから雲母《きらら》を産するので、遠い昔からこの地方を、吉良《きら》の県《あがた》とよび、吉良《きら》の庄とも唱えてきたのじゃ。——御当代、上野介義央《こうずけのすけよしなか》様まで、十八代七百余年、一度も、領主を替えたことのない吉良家《きらけ》の領民じゃ。戦国で成り上がった新しい大名の分家筋などとは、ちと違うぞ。わかったか」

「うむ……してそれから？」

「聞けば、其方の主人内匠頭《たくみのかみ》とやらいう浅慮者《あさはかもの》が」

聞くに堪えかねたとみえて三平《さんぺい》が、

「老いぼれッ、無礼だぞっ」

と、弦《つる》のように、柄手《つかで》の肱《ひじ》を張った。

藤左衛門《とうざえもん》は制して、

「黙っておれ三平《さんぺい》。何か云《い》い分《ぶん》でもあるらしい、朴訥《ぼくとつ》な領民の声だ、聞いてやるくらいな寛度は持ってもよい」

寺子屋師匠の老人は、老人らしくない激越《げきえつ》な語気ですぐ云《い》いつづけた。

「御領主が、江戸城で、馬鹿者の刃《やいば》にかかって、御重体だという噂《うわさ》が、わしらの耳に入ったのは、ゆうべの真夜半《まよなか》だ。――それからの領民共の騒ぎ……いや、悲しみ……なかなかこんなものじゃない」

訥々《とつとつ》と、痛心を吐く言葉には、どこか迫るものがあって、同じように、主家の崩壊に立っている藤左衛門《とうざえもん》は、敵の民とはいえ、惻々《そくそく》と、情に於《お》いて、共に、この悲しい出来事を悲しむ気もちにならないではいられなかった。

「……御領主は老年じゃ。真額《まびたい》の傷、背の傷、浅傷《あさで》とは聞いたが、御養生はどうであろうか。……折から、横須賀村《よこすかむら》の御菩提所《ごぼだいしょ》、華蔵院《けぞういん》には、御先祖法要のために、江戸表《おもて》から夫人《おくがた》の富子《とみこ》様に侍臣小林平八郎《こばやしへいはちろう》様が従《つ》きそうて、先頃から御逗留《ごとうりゅうちゅう》中でいらせられた。――そこへの悲報じゃ、夫人《おくがた》のお驚き、また、百姓町人共の怒り方、この暁方《あけがた》へかけての騒ぎは、貴様たちに、見せてやりたいくらいなものじゃ」

三平《さんぺい》は、渇《かわ》いた口をむすんでいた。藤左衛門《とうざえもん》も黙然《もくねん》と、老人の説くのに任せた。

「それだけでも分《わか》ろうが、人は知らず、わしらが御領主は、わしらにとっては親のように思うているのじゃ。――七百年の永《なが》い間、民も変《かわ》らず領主も替えられず、土に結ばれた君民じゃもの。それにはまた、上野介《こうずけのすけ》様の御仁政もあずかって力があった。一つ二つを云《い》えば、矢作平《やはぎだいら》の水害を治《ち》せられたり、莫大《ばくだい》な私財を投じて、鎧《よろい》ケ淵《ふち》を埋め立てて良田と化し、黄金堤《おうごんづつみ》を築いて、渥美《あつみ》八千石の百姓を、凶作の憂いから救い、塩田の業《わざ》をお奨《すす》めあそばすなど、どれほど、民の生活《たつき》に、心を労せられたお方か知れぬのじゃ。その他、上野介《こうずけのすけ》様の御代になってからは、寺の荒れたるは繕《つくろ》い、他領のような苛税《かぜい》は課せず、貧しきには施《ほどこ》し、梵鐘《ぼんしょう》を鋳《い》て久しく絶えていた時刻《とき》の鐘も村になるようになった程じゃ。その御恩徳が身にこたえている百姓が、江戸での大変を聞いたので、夜も明けぬうちから、氏神へ祈願に詣《まい》るもあり、華蔵院《けぞういん》にある吉良家《きらけ》の御先祖の木像へ、上野介《こうずけのすけ》様のお手当《てあて》がとどくようにと祈りに行くもあり、領土をあげての悲しみじゃ、恨みじゃ……」

縷々《るる》として、老人の言葉は尽きないのであった。

更に、声を励《はげ》まして、

「その憂いと怒りに、さわいでいる幡豆郷《はずのごう》から、目と鼻の先にあたるこの街道を、浅野《あさの》の早駕《はや》が通ると聞いて、何で、村民どもが黙って見ていようぞ。この藤川《ふじかわ》の宿場へは、常に、助郷《すけごう》にも出ていれば、荷持ちや馬方の稼《かせ》ぎにも、村から出ているのじゃ。気の毒ながら、吉良《きら》様の敵の臣《けらい》を、大手を振って、通すわけにはまいらぬわい。貴所がたも、折角《せっかく》の使いに立って、怪我《けが》をしては役目が勤まるまい。後へ戻って、ほかの裏道でも廻《まわ》って行くがいい」

自分たちの言い分を代表して貰《もら》ってでもいるように、老人の弁じている間だけじっと大人しくしていた土民たちは、彼が言葉を切ると共に、

「いや、そんな事では腹が癒《い》えんわ」

「憎い奴の片割れじゃ、袋叩きにしてしまえ」

と、一せいに犇《ひし》めき出《だ》して、棒切れを持ち直したり、小石を摑《つか》んで、狂的な眼つきをする者もあった。

無《む》刀《とう》禅《ぜん》

早水藤左衛門《はやみとうざえもん》は、大勢の激昂《げっこう》した眼《まな》ざしへ、手をあげて、

「言い分はよく判《わか》った。だが、しばらく待て」

「ものなど云《い》わすこたあない。卑怯者《ひきょうもの》の家来め、殿中で、不意討ちするとは何じゃッ、意趣があるなら、なぜ他《ほか》の場所で男らしゅう喧嘩《けんか》せぬ。作法知らずは、犬にも劣るわ、犬

じゃ、畜生じゃ、手前《てめえ》らの主人は」

誰の顔よりも深刻に傷《いた》んでいたのは萱野三平《かやのさんぺい》だった。血走った眼をあげて、

「な、なんと云《い》った、云《い》ったか」

「畜生と云《い》うた、云《い》うたが悪いか」

「ちッ、貴様たちに、何がわかる。わが君の御刃傷《ごにんじょう》には、やむにやまれない理由があっての事だ。上野介《こうずけのすけ》の酷薄貪欲《こくはくどんよく》なことは、世上の定評に聴けッ」

「やかましいわいッ」

牛の草鞋《わらじ》が飛ンで来て、三平《さんぺい》の胸に穢《きたな》いものをつけた。赫《かっ》として、

「こやつらッ」

大喝《だいかつ》すると、

「馬鹿ッ！」

と、また飛んで来た。

三平《さんぺい》は、土を被《かぶ》せられて、愈〻《いよいよ》感情的に、

「無智な土民と思うて、怺《こら》えていれば、つけ上がって、悪口雑言、ゆるさんぞッ」

藤左衛門《とうざえもん》の手を振り捥《も》ぎって、前へ出ようとすると、土民たちは少し後ずさって、動揺しながら、

「叩きのめせ」

と、かえって、気勢を昂《あ》げた。

途端に、ばらばらと、小石や棒切れや草鞋《わらじ》などが、二人へ集まって来るのだった。藤左《とうざ》衛門《えもん》は、殆《ほとん》ど当惑したように、また自分までが、雰囲気に巻き込まれるのを、心のうちで惧《おそ》れながら、

「待て、鎮《しず》まれ。其方どもの言い分もさることながら、ご刃傷《にんじょう》に就《つ》いてとあらば、浅野《あさの》家《け》の側にも、十分言い分のある事。要するに、主君を思う心は双方同じことじゃ。われらとても同様、おそらく、内匠頭《たくみのかみ》様御切腹、城地お召しあげの沙汰《さた》はまぬがれまい。その悲報をもって、何も知らぬお国許《くにもと》の人々へ、この大変を、一刻をも惜しんで報《し》らせに急ぐ生涯一期《しょうがいいちご》の場合にあるのだ」

すると、前や後ろで、

「自業自得じゃっ」

「あたりまえだわっ」

唾《つば》するように、口々で猛《たけ》る。

藤左衛門《とうざえもん》は、動じない姿だった。無智な者ほど純真なことを信じていた。諭《さと》すように、群衆の顔いろを計って云《い》い足《た》した。

「後の御成敗は、偏《ひとえ》に、お上様のお裁きにあろう。家来や、領民同士が、私闘をしたら、限《き》りもなく、血で血を洗うことになる。――それでも、これが他の場合なら、おぬし達の言い分にまかせ、この街道を戻れというなら戻りもしようし、また、手をついて通れというなら手もつこう。しかし、君公の大変を身に帯び、一藩の大事を担《にな》って使いする火急の途中、しかも、事を構《かま》えた相手方の領民に阻《はば》まれて道を迂回《うかい》したと聞《きこ》えては、天下の衆に、また国許《くにもと》の人々に、われら何として面《おもて》が立とう。赤穂藩《あこう》としての面目も欠く。されば、武士として一命を賭《と》しても、ここは一歩も退《ひ》けぬ。強《た》って、通さぬとあれば、刀にかけて通るほかはない。しかしそうしては、この度の大変を、いやが上にも事大きくして、世上に嗤《わら》いの種を蒔《ま》くばかりだ。聞き分けてくれい」

「勝手なこと、云《い》いさらすわっ」

「其方共とて、無益な怪我《けが》をしてもつまるまいが」

「脅《おど》しくさるぞ。何といおうが、通すなよ、皆の衆」

明々《あかあか》といつか夜明けの雲は展《ひら》けている。やがてもう往来も繁かろう。時刻は遅れるのみである。

事ここに迫っては、無難にすもうとも思われない。藤左衛門《とうざえもん》も遂に、やむを得ない事態を認めないわけにゆかなかった。

だが、飽《あ》くまで、気色は静かに、

「然《しか》らば、宿役人をこれへ呼べ。或《ある》いは、岡崎《おかざき》まで同行いたして、立会《たちあ》いを乞うてもよい。何としても、一刻を急ぐ体、もはや、言葉の争いに、関《かま》ってはおれぬ」

「痴《たわ》けた事。宿役人の立会《たちあ》いしようなど、常の争いと思うていくさるのか」

「どうあっても、其方共は、聞き分けぬと申すか」

初めから穏やかな藤左衛門《とうざえもん》が、少し胸を張って、鋭い眼を光らすと、これは萱野三平《かやのさんぺい》が刀の柄《つか》へ手をやったよりは、ぎくとしたとみえて、群衆は浮き腰になって、

「通すなっ、通すな」

叫び合いつつ、石を投《な》げ初《はじ》めた。早駕《はや》の人足達もまた、息杖《いきづえ》を振りかぶって、

「この野郎っ」

一つの杖《つえ》は、三平《さんぺい》の背後《うしろ》から来たし、三平《さんぺい》は藤左衛門《とうざえもん》に肱《ひじ》をつかまれていたので、ぴしっと、肩を打たれた。

藤左衛門《とうざえもん》は、三平《さんぺい》の手を放した。そして、

「斬るなっ、投げ飛ばすのだ！」

と云《い》って、身を翻《ひるがえ》した。

棒だの、息杖《いきづえ》だの、竹槍《たけやり》だの、小石だの、わあっと、旋風《つむじ》になって、草埃《くさほこ》りを巻きあげ

た。藤左衛門《とうざえもん》と三平《さんぺい》は、身をもってその中へ突っ込んでいったが、十歩押せば、十歩押し返して来る。触れる者は、投げつけたり、蹴《け》ったり、突いたり、六臂《ろっぴ》になって働いてはみるが、それとても、眼に余るほどな人数であるし、騒ぎを知って加わる弥次馬が殖《ふ》えるとても減りはしない。

脅《おど》かしに白刃を見せたら、或《ある》いは脆《もろ》く逃げ散るかも知れないと思ったが、土民とはいえ、領主の身を思っての赤誠《せきせい》であってみると、案外、そうでないかも分《わか》らない。万一、それでも頑強に抵抗して来たら、勢いの赴《おもむ》くところは、自分でも推し量り難い。

小豆坂《あずきざか》

(一滴の血でも、ここで流してはならない)

と、藤左衛門《とうざえもん》は、臍《ほぞ》に誓った。血を見たら、衆は衆を呼ぶだろうし、駅路の規定にも触れ、吉良《きら》方に加担の役人でも出たら猶更《なおさら》の事だ。遅れた上にも、日数《ひかず》に暇どってしまうだろう。

と云《い》って、この真っ正直で、頑迷《がんめい》で、領主思いな土民を、どうしたら血を見ないで追うことができよう。長途《ちょうと》の早駕《はや》に、体は綿のごとく疲れているし、わるくすれば、此方《こっち》が危ない。百難の渦と泳ぎ闘っている気持《きもち》だった。この際、藤左衛門《とうざえもん》の丹田《たんでん》にあった信念は、唯《ただ》、侍の道の、「善を尽《つく》して後やむ」であった。生死はほかの問題である。

捨て身になって、彼と三平《さんぺい》とが、土民たちを痛めつけるほど、純樸《じゅんぼく》は、野性に返る。凶暴になり、盲目的になって、

「たたっ殺せ」

「撲《なぐ》り殺《ころ》せ」

と、凄《すさま》じいものをあらわした。

すると、その真っ黒な人数の一ヵ所から、

「退《ひ》けい、退《ひ》かぬかッ。退《ひ》かぬ奴は、この方が相手にするぞ、しずまれ！」

呶鳴《どな》りながら、格闘の中心へ、逞《たくま》しい体を割りこんで来た者がある。藤左衛門《とうざえもん》と三平《さんぺい》の前に、両の手を大きくひろげ、血相の変《かわ》った大勢の顔を睨《ね》めまわした。

土民たちは、侍の姿を見ると、あわてて獲物《えもの》を退《ひ》いた。

「帰れっ」

と、侍は厳格に云《い》った。

「情は酌《く》むが、其方どもの立ちさわぐ筋合《すじあ》いではないのだ。殊に吉良家《きらけ》としては、御領地も安全なら、殿様も御一命にさし障るほどではない。むしろ、不愍《ふびん》なのは、浅野《あさの》の臣下だ。その使いをここで酷《いじ》めちらしたとてどうなろう。――通してやれ、わしの顔に免じて通してやってくれ」

「………」

「な、分《わか》ったか。半日の間も、畑の耕作や、各〻《おのおの》の仕事を休んでくれるな。百姓あっての御領主だ。おまえ達がこんな事で、鍬《くわ》を捨てて騒いだ日には、世間が枯れてしまう。――わしに任せて帰れ、な……帰ってくれ」

初めは、峻厳《しゅんげん》だったが、語尾には、やさしい感謝をこめて諭すのだった。土民たちは自《おのずか》ら首を垂れ、そして、棒切れや竹槍《たけやり》を捨ててしまった。何か、密々《ひそひそ》と云《い》い合《あ》うと、その侍へ一礼して、端の方から立ち去ってしまった。

それを見送りながら、口の裡《うち》で、

「可愛《かわい》いものだ」

と、侍はつぶやいた。

そして、一揖《いちゆう》しながら、改めて、藤左衛門《とうざえもん》と、三平《さんぺい》の二人へ向《むか》って、

「――その可愛《かわい》いものを持つ大名であるにつけても、この度の浅野内匠頭《あさのたくみのかみ》殿の致され方は、まことに遺憾《いかん》だった。御家中方のお気持《きもち》も、お察し申しあげる」

と云《い》った。

そう云《い》う顔をじっと見て、藤左衛門《とうざえもん》も三平《さんぺい》も、心で、あっと思った。

「其許《そこもと》は、清水一学《しみずいちがく》殿ではないか」

「道中では、度々、失礼いたしました」

「ううむ……」

思わず藤左衛門《とうざえもん》は呻《うめ》いてしまった。

ここの領民といい、この侍といい、羨ましいものだと思った。同時に、今まで自分達の頭にあった吉良上野介《きらこうずけのすけ》という人物を、一応も二応も、考え直してみなければ、分《わか》らない気がして来た。

「しまった」

清水一学《しみずいちがく》は、二人へ挨拶《あいさつ》をすると、すぐ早駕《はや》の方へ、眼をやって、舌打ちをならした。

「うっかり、帰れ帰れと、追いやったので、宿継《しゅくつ》ぎ人足までが、去《い》んでしもうた。――ご両所、どう召さるか」

「お計らい、辱《かたじけな》い。はや見えている岡崎《おかざき》の城下、問屋場まで、徒歩《かち》で駈《か》けても、仔細《しさい》はござらぬ」

「では、お急ぎなされたがよかろう」

「然《しか》らば、通っても？」

「天下の大道」

一学《いちがく》は、顔を上げて、明るく笑った。青い顎鬚《あごひげ》の剃《そ》り痕《あと》の中に、健康そうな歯並みを、奥まで見せた。

三平《さんぺい》は、その顔を、じっと見ていたが、

「拙者は、浅野家《あさのけ》の小臣、萱野三平《かやのさんぺい》と申す者、お扱いの儀、有難《ありがと》う存ずる」

と、感激して、名乗った。

早水藤左衛門《はやみとうざえもん》も、名を告げて、

「それでは、火急の場合故《ゆえ》」

空駕籠《からかご》から、持物《もちもの》を出して、脇に抱えると、

「左様《さよう》とも、一刻もお早く」

と一学《いちがく》は、促した。

「ふたたび、お目にかかる折もなかろうと存ずるが……」

「いや」

一学《いちがく》は、うすく笑って、

「また、会う折が、あるやも知れぬ」

「御免《ごめん》」

と、二人が走りかけると、

「萱野氏《かやのうじ》、萱野氏《かやのうじ》」

一学《いちがく》が、呼びかえした。

「はっ、何ぞ？」

「袴腰《はかまごし》が、解けかけておりますぞ」

と教えて、踵《くびす》を廻《めぐ》らすと、もう小豆坂《あずきざか》の方へすたすたと歩いて行く一学《いちがく》の後ろ姿であった。

この世《よ》の辻《つじ》

食物も、眠りも、あらゆる意欲のない空間を、ただ揺られに揺られて行く早駕《はや》の中の昼夜が続いた。

まったく、病人の顔色である。心得のある藤左衛門《とうざえもん》も、さすがに、晒布《さらし》の吊手《つりて》にすがったまま、三日目は、眼を閉じたきりだった。

「浅野《あさの》だ、浅野《あさの》の早駕《はや》だ」

と何処を走っていても、人のある所にはそんな声が聞《きこ》えた。城下は勿論《もちろん》、世評は挙げて、江戸で勃発《ぼっぱつ》した刃傷《にんじょう》事件で持ち切っている。

内匠頭《たくみのかみ》のした事を、武士として、当然だとする者もあるし、短慮である、世間知らずの坊《ぼ》ンチの癇癪《かんしゃく》だと、非難する者もかなり多い。

殊に、京都を横ぎる際には、

「不敬者の家来や」

と云《い》う、痛い声が耳を突いた。

勅使《ちょくし》の御馳走人《ごちそうにん》でありながら、刃傷《にんじょう》に及ぶなどとは、近世の大名が、平素に、幕府のあることを知って、朝廷をわすれているから、こんな事も出来《しゅったい》するのだという評なのである。

吉良《きら》へ対しても、

「あれは、公卿《くげ》扱いに狎《な》れた、摺《す》れっからしやで」

と反感は昂《たか》まっていたが、不敬という譏《そし》りは、加害者の内匠頭《たくみのかみ》の方へ、当然傾いていた。

藤左衛門《とうざえもん》は、愕然《がくぜん》として通った。

まだ、正しい噂《うわさ》ならいいが、上方《かみがた》には、ずいぶん飛んでもない誤報が伝わっているらしく、駕籠《かご》へ、石をぶつけた往来人もあった。そうかと思うと、戦《いくさ》でも始まるような風説を流す者もある。その説は多く、何か世間の乱れを待っている不平や浮浪者の群れから出ていた。

とにかく、世界は異様に興味をもった。眼をそばだてて二挺《ちょう》の早駕《はや》を見送った。二人は天下の眼の中を、眼を閉じて、駈《か》けるのだった。

三平《さんぺい》の駕籠《かご》の内では、時々、嘔吐気《はきけ》につきあげられるような声がしていた。平常《ふだん》から神経質な性《たち》で、健康な方ではないらしい。か細い肉体に、情熱の方が勝っていた。それだけに優美な青年でもあったので、内匠頭《たくみのかみ》にも、十三歳の頃から小姓《こしょう》として愛されていたし、友人間からも好ましがられていたが、今度の急使のお役目には、藤左衛門《とうざえもん》は自分の身よりも、絶えず彼の身の方が、案じられていた。

その萱野三平《かやのさんぺい》の生《うま》れた家は、摂州萱野村《せっしゅうかやのむら》にあった。代々の郷士《ごうし》であって、屋根に草の花が咲いている古い土塀門の構えが、ちょうど、東海道の往来に向《むか》って建っていた。

「おお……故郷《ふるさと》だ」

早駕《はや》が、その街道へかかると、三平《さんぺい》は、無量な感に打たれていた。

覚えのある柿の木がある。幼い時に見たままの味噌《みそ》屋の土蔵だの、綿屋の暖簾《のれん》が、平和な春の風にふかれて見える。

ここのお陣屋の大島出羽守《おおしまでわのかみ》の推挙で、赤穂《あこう》へ御奉公に出たのが、十三の年の、ちょうどやはり今頃だったと思う。町は、その頃と、ちっとも変《かわ》りがない……。

その十年一日のような故郷《ふるさと》を、主家の激変に遭《あ》って今、ここを早駕《はや》で通る息子があろうとは、恐らく、生家に余生を送っておられる父も知るまい。母上も、ご存じあるまい。

そんな事を、混沌《こんとん》と、眩《めま》いの頭で描いている間に、小溝に沿った粗土《あらつち》の土塀が、駕籠《かご》の外に、ちらと見えた。

（わが家だ！）

彼は、垂《た》れを刎《は》ねあげて、思わず外へ首をのばした。

茶褐色の塀が、眼の前を惜しく流れてゆくと、すぐ、表門が、顔の前へあらわれた。

その門前には、造花の蓮華《れんげ》だの、白張《しらはり》の提灯《ちょうちん》だのが出ていて、小紋の短か羽織を着た田舎人《いなかびと》だの、編笠をかぶった紋服の人々だのが、大勢、陽溜《ひだま》りの往来に佇立《たたず》んでいた。

「やっ？　……。わしの家に」

ぷうんと、香華《こうげ》のにおいが、三平《さんぺい》の顔をかすめてくる。

白無垢《しろむく》を着た人々の泣いている姿が、暗い門の蔭《かげ》に、ちらと見えた。葬式の輿《こし》をささえた人足たちが、ちょうど、それを今、担《にな》い出《だ》そうとしているところだった。

「早駕《はや》が通る」

「あぶない」

会葬者が、制し合って、道を避けた。すると、僧のうしろで、涙を拭いている白無垢《しろむく》姿《すがた》の若い娘が、

「あれっ――兄さん！　……」

会葬者は、吃驚《びっくり》した。

娘はもう三平《さんぺい》の早駕《はや》に飛びついて、人目もなく泣《な》き仆《たお》れているのである。気が狂ったのではないかとさえ人々は疑った。

「妹かっ」

三平《さんぺい》の声も調子外《はず》れに響いた。

「兄さん！　……兄さん！　……。下りてください」

「誰が死んだのだ」

「お母様が……」

「げっ、母上が」

よよと、妹は泣《な》き顫《ふる》えた。

弓のように腰は曲がっているが、まだ頑健《がんけん》さを、肩の骨ぐみに失わない老武士が、紙緒《かみお》の草履《ぞうり》を静かに運んで来て、

「三平《さんぺい》か」

と、覗《のぞ》き下《お》ろした。

「おお、父上にござりますか」

「どうしてここへ来た」

「御公用で、ゆくりなく」

「あらそわれないものだ、ゆうべが、おまえの母の通夜《つや》だった。今年、五十二よ。まだ死ぬ年じゃないが、おまえに似て、細っこいでな、病死じゃ」

「御孝養も申し上げず」

「何、よろこんで、死んだわさ。貴様も、内匠頭《たくみのかみ》様の中小姓《ちゅうごしょう》とまでなって、追々《おいおい》と、お覚えもよいと聞いてな……」

「は、はい」

「だが、早駕《はや》とは心がかりな。殊に貴様の血相も、ただ事《ごと》とは思えん。何か、あったか」

「まだ、お耳には」

この辺にも、当然、噂《うわさ》は来ている筈《はず》だ。思うに、近親の者たちが、連れ妻《つあい》を失ったこの老父に、更に息子の仕えている藩の大変を知らせては、余りにも傷《いた》ましいと考えて、秘していたのかもわからない。

「――いずれ、その儀に就《つ》いては、後より詳しく、御書面で申しまする。一刻を争って、お国表《くにおもて》へ急ぐ途中、母上の御棺側《ごかんそく》をも仕《つかまつ》らず、心苦しくは存じまするが」

「御奉公が大事だ、行け」

「はい」

三平《さんぺい》は、駕籠《かご》も出ずに、駕籠《かご》の中から、母の柩《ひつぎ》に掌《て》をあわせた。藤左衛門《とうざえもん》も、前の駕籠《かご》にて、同じように、そっと掌《て》を合せていた。

煙硝番《えんしょうばん》

山は暢気《のんき》だと云《い》っては、みなよく来る。ゆうべも、家中の若侍たちが、一升提《さ》げて、やって来たので、この番小屋で、平家琵琶《へいけびわ》を弾じるやら、陣中節を謡《うた》うやら、大賑《おおにぎわ》いをやった。久しぶりで、横川勘平《よこかわかんぺい》は、浩然《こうぜん》と、無聊《ぶりょう》を慰められた。

「寒い」

気がついて、身ぶるいを覚えながら、小屋の中を見まわすと、有明燈《ありあけ》の油は絶えなんとしているし、一升徳利は横に寝ているし、人も非ず、炉《ろ》に火の気もあらず、自分は、着たままで、うたた寝をしていたらしい。

涎《よだれ》が、肱《ひじ》に濡《ぬ》れていた。

「ああ、渇いた」

むっくりと、起き上がって、伸びをする。

毛の生えている拳《こぶし》が、小屋の天井を突きぬけそうだ。

横川勘平《よこかわかんぺい》は、身長《みのたけ》六尺ある。十人力という評判であるが、実際それぐらいはあるかも知れない。この番所住まいではとにかく、窮屈《きゅうくつ》に出来上《できあが》っている体格だ。丸っこい顔に、どこか子供っぽい眼をしていて、それで毛が強《こわ》いので、髯《ひげ》を剃《そ》った後は、よく顎《あご》に血をふき出している。

独りで、愉快そうに云《い》って、どす、どすと土間の方へ歩いてゆく。

「わあっ、寝た、寝た」

下駄を、足で探って、突っかけると、番所小屋の戸をがらりと明けた。

「なんだ、まだ暗いのか」

明けただけの空に、星がいっぱいだった。しかし、面《おもて》に触る空気はもう夜明けを感じさせる。

ここは、赤穂《あこう》城《じょう》のうしろにある脇山《わきやま》の頂《いただき》だ。藩の煙硝庫《えんしょうぐら》があるので、見張人《みはりにん》が詰めているわけである。横川勘平《よこかわかんぺい》は、五両三人扶持の軽輩で、役名は徒士《かち》、仕事は、この山の上の煙硝番《えんしょうばん》だった。

小屋の横に、小屋を建てる時に切り崩した崖がある。そこから冷たい清水が湧いていて、筧《かけひ》で台所へ引いてあった。

勘平《かんぺい》は、竹樋《たけどい》を外《はず》して、

「がぼっ……」

と、水を鳴らして、口へ入れた。

嗽《うが》いをして、虹みたいに吐いた。

「あ、わ、わ、わ、わ」

それから、番所の前の崖際《がけぎわ》に立って、両方の手で、大きな脇腹を抑えた。屈《かが》んでみたり、反《そ》ってみたり、首を振ってみたりしている。何をやっているつもりか、彼の料簡《りょうけん》はわからない。

雲の裂け目が、鰹《かつお》の皮のように青く光っていた。

闇の底から白いすじが、幾すじもゆるやかに立っているが、それは、赤穂《あこう》の浜の塩田で塩を焼く煙であった。その辺りから、備前《びぜん》の国境《くにざかい》の方へ、白く蜿蜒《うねうね》と果てを消しているのが、海岸線と見て間違いはあるまい。

「おやっ？」

勘平《かんぺい》の丸っこい眼が、何か見つけた。

「――何だろう？　今頃」

本街道なら珍しくもないが、播州路《ばんしゅうじ》から岐《わか》れて高取越《たかとりご》えを経た上、千種川《ちぐさがわ》の渡船《わたし》をこえてこの城下へと入る赤穂《あこう》街道を、一かたまりの提灯《ちょうちん》が、暁闇《ぎょうあん》の中を走って来るのである。

随分、宵も、夜半《よなか》も、ここには立つけれど、横川勘平《よこかわかんぺい》はまだ、こういう現象を見たことがない。

「提灯《ちょうちん》だとすると、すくなくも十二、三……はてなあ?」

片目をつぶって、眸《め》の前に指を立てた。その方法で、灯のすすむ速度を測ると、ただ歩いているのではなくて、およそ人間の脚としては、最大の速さで城下へ来るものらしい。

更に、じっと、耳をすましていると、近づくに従って、えい、えい、というような声が風の絶え間に微《かす》かにするようである。

「早駕《はや》だっ」

勘平《かんぺい》は、小屋の中へ、駈《か》けこんだ。

そして、隅にもう一人寝ている男の蒲団《ふとん》をめくって、

「同役、起きろ」

「む……横川《よこかわ》か……眠い」

「番の座につけ」

「なんだ、急に」

「俺は、御城まで、行ってくる」

「行ってこい」

「すぐ起きて、役目につけよ。御城はまだ、開いていまい。御城代《ごじょうだい》の大石様《おおいし》をたたき起《おこ》してくる」

「何かあったのか」

「今日は、十九日だな、たしか」

「そうだ」

「…………」

勘平《かんぺい》は、指を折って、日数を繰《く》りながら、

「江戸表《おもて》の殿様の御大任は、十二、十三、十四、十五、十六日までの五日間。誰もが、ご無事にお済ましあるようにと、祈っているところだ。早駕《はや》とはおかしい」

「早駕《はや》だって」

「胸騒《むなさわ》ぎがする」

「おいっ、提灯《ちょうちん》を持って行かんか」

「馬鹿っ、もう夜明けだ。——御家老の大石殿《おおいし》じゃあるまいし」

草履《ぞうり》に足を乗せると、彼は、その巨《おお》きな体格にふさわしい大刀を腰に加えて、日々歩《ある》き馴《な》れている山笹《やまざさ》の小道を、飛ぶように麓《ふもと》へ駈《か》けて行った。

赤《あか》蓼《たで》草《そう》紙《し》

名《めい》水《すい》説《せっ》法《ぽう》

寝ごこちの快《よ》い春の暁《あかつき》である。赤穂《あこう》の城下町はまだ薄暗かった。波音の静かにきこえる海辺の方には、刈屋城《かりやじょう》の天守閣が屹然《きつぜん》と松の上に沖の海光をうけて聳《そび》えていたが、町の辻々《つじつじ》には、まだゆうべの闇が澱《よど》んでいて、会所の軒行燈《のきあんどん》にも、ぼんやりと灯が消え残っているし、野良犬の遠い声がいんいんと喧《やかま》しい。畜生保護令は、江戸だけではないので、全国どこの城下にも、お犬様の横行はひどかった。赤穂《あこう》でも、人間は、お犬様以下に置かれていた。

「――紙屋《かみや》。もうええ、もうええと云《い》うに」

橋本町《はしもとちょう》の曲《まが》り角《かど》である。誰なのか、愉快そうに、こう大きな声で言った者があると思うと、蹌踉《そうろう》として、草履《ぞうり》ばきの僧形《そうぎょう》の男が、あぶない足つきで、一人の町人に、背中を支えられながら歩いてきた。

見ると、新浜《しんはま》の良雪和尚《りょうせつおしょう》なのである。いつも、飄々《ひょうひょう》と、人生を一人で楽しんでいるかのように見える、禅門の風流人であった。微醺《びくん》をおびて歩いていると、よく町の子どもらが、彼のうしろから尾《つ》いて来て、

正福寺《しょうふくじ》の和尚《おしょう》さんは

酒がつようて、碁《ご》がよわい

塩なめて、酒のんで、碁《ご》にゃ負ける

と、からかったりするのであるが、城下の大町人でも、藩士のうちでも、彼との交わりを好む者が多かった。良雪《りょうせつ》のどこかにそうした風格があって、彼と遊んでいると屈託も忘れ、ありのままに人生を楽しむことを教えられる気がするのであった。

ゆうべも、旅籠《はたご》の紙屋四郎右衛門《かみやしろうえもん》の家へ行って、その碁《ご》で更《ふ》けて、酒で明けてしまったのである。ひきとめたのは主人なので、その責任感で途中まで送ってきたものとみえる。壊れ物でも支えるように後ろから良雪《りょうせつ》の背中を押しながら、

「まちっと参りましょう。まちっと、真っ直ぐにお歩きなされませ」

「そうは歩けんよ」

「なぜでございます」

「誰やらが云《い》うた。――真っすぐにあるけば人に突《つ》き当《あた》り……と。世間はとかく、程よく、よろけて歩くのがよろしいよ」

「でも、誰も通りはいたしませぬ」

「それ、犬が通る。――いや、お犬様がお通りじゃ」

哄笑《こうしょう》しながら、路傍《みちばた》の石井戸へ寄って、

「紙屋《かみや》、酔《よ》い醒《ざ》めが欲しゅうなった」

「いろいろなことを仰《お》っしゃる。汲《く》むのでございますか」

「一杯汲《く》んでおくりゃれ。この上水井戸は、藩祖《はんそ》長直公《ながなおこう》が、常陸《ひたち》の笠間《かさま》からお国替《くにが》えになった折に、領民のため、こうして城下の辻々《つじつじ》に掘っておかれた有難《ありがた》い恩水なのじゃ。わしの父、日光屋安左衛門《にっこうややすざえもん》なども、常陸《ひたち》から長直公《ながなおこう》に従《つ》いて、この赤穂《あこう》に入部した一人じゃでな、上水の工事にもたずさわり、わけても、塩田の開拓には、君民一致で、寝食を忘れて、働いたものじゃ。――それから藩主も御代もかわり、五穀は豊饒《ほうじょう》だし、塩は増産されるし、風土はよし、物質《もの》にも、天然にも、余りめぐまれているので、おまえ達、町人始め、百姓も、藩士も、貧困を知らずに少しのんびりしすぎておるよ。だが、決して、この国も初めから今のように豊かなものじゃなかった。それを、今日あらしめたのは、まったく長直公《ながなおこう》の努力と、常陸《ひたち》から移住して来たわれわれ祖先の艱苦《かんく》の賜物《たまもの》なのじゃ。……わしは、この井戸水《いどみず》をのむたびに、郷土の恩というものを、舌にも心にも沁《し》み入《い》って味わうのだ」

「和尚《おしょう》、またお説法ですか。さ、汲《く》みましたから、たくさん、味わったらよいでしょう」

「おまえも飲め」

「私は、結構です」

「そう云《い》うな。今も云《い》った通り、関東の常陸《ひたち》あたりから比べると、この赤穂《あこう》などは、瀬戸《せと》内《うち》の風光と、天産と、よい気候と、あまりに自然の恩恵にめぐまれ過ぎている。だから、おまえの家の家族なども、贅沢《ぜいたく》で惰弱《だじゃく》で我儘《わがまま》で、先人の艱苦《かんく》などは夢にも知らん。時々、連れて来て、家族共にも、飲ませるがよいぞ」

「まだ、酔っていらっしゃる。そんな説教を長々としているものだから、彼方《むこう》から何か参りました。はやく飲《あ》がっておしまいなさい」

「何が来たか」

良雪《りょうせつ》は、紙屋《かみや》の指さす方を振《ふ》り顧《かえ》って、しばらく黙然《もくねん》と眼をこらしていたが、やがて、あっと云《い》って、紙屋《かみや》の袂《たもと》をひいた。

千種川《ちぐさがわ》を越えて来た十数名の人影と、その人々の手に疲れたように持たれている提灯《ちょうちん》の光であった。咽《むせ》るような潮の香の白く漂っている暁闇《ぎょうあん》を衝《つ》いて、えいえいと、呼吸《いき》を弾ませながら城下へ入って来るのであった。

「紙屋《かみや》、あれは早駕《はや》ではないか」

「早駕《はや》でしょうか」

「はてのう？　……」

するともう、汗と疲れに汚れきったその人数と、あらい掛け声とが、すぐ前まで迫って来た。そして辻《つじ》の曲《まが》り角《かど》まで来かかったと思うと、

「水っ！　水をっ！」

と、触れば切れそうな声が、二挺《ちょう》のはや駕籠《かご》の裡《うち》からひびいた。

どさっと、駕籠尻《かごじり》を道ばたへ置いたとたんに、すべての人々が、そのままそこへ坐《すわ》ってしまったような大きな呼吸《いき》をつき合って、

「ああ、赤穂《あこう》だっ――」

「着いたぞ」

口々に云《い》いながら、町を眺めたり、ほの明るくなった空を仰いだりした。

五、六名の駕籠《かご》人足が、ばらばらと駈《か》けて来て、すぐ上水井戸を占めてしまった。一人が、腰柄杓《こしびしゃく》に冷水を汲《く》んで駕籠《かご》のそばへ持ってゆくと、

「うまいっ」

という声がそこで聞《きこ》えた。

人足たちも、後から後から、釣瓶《つるべ》に顔をつけて、渇きを癒《いや》したり、手拭《てぬぐい》をしぼったりしたが、やがてまたすぐに駕籠《かご》をあげて、通り町からお城の方へ向《むか》って、いっさんに駈《か》けて行った。

樹蔭《こかげ》に身を退《ひ》いて、黙然《もくねん》と見送っていた良雪《りょうせつ》は、思わず大きな嘆息をもらして、

「大事到来」

と、呟《つぶや》いた。

紙屋《かみや》は、その顔を見つめながら、

「和尚《おしょう》、いったい何が起《おこ》ったのでしょうな?」

「おまえには分《わか》るまい」

「わかる筈《はず》がございません」

「杜子美《としび》が歌ったような事にでもならなければよいが……」

　漆《うるし》は用を以《もっ》て割《さ》かれ
　膏《あぶら》は明を以《もっ》て煎《に》らる
　蘭《らん》は摧《くだ》く白露《はくろ》の下《もと》

桂《かつら》は折るる秋風《しゅうふう》の前

連れの者を忘れたかのように、早駕《はや》の曲《まが》った方へ、良雪《りょうせつ》も独りで曲《まが》って行った。

すると、――大きな体をした藩士だった。肩を前に出して、宙を飛んで来たのであったが、その勢いと体格で、前に行く良雪《りょうせつ》へぶつかった。藩士は、弾んだ呼吸《いき》で、

「あっ、御免《ごめん》っ」

と謝まったが、しかしそのまま、駈《か》け去《さ》った。

良雪《りょうせつ》は、蹌《よろ》めきながら、

「煙硝山《えんしょうやま》の横川《よこかわ》殿じゃないか。おい、勘平《かんぺい》殿、勘平《かんぺい》殿」

と、呼んでいた。

けれど、先の者は、ふり向きもせずに、もうお堀へ突《つ》き当《あた》っている。そしてやがて、国《くに》家老大石内蔵助《がろうおおいしくらのすけ》の屋敷の長屋門のうちへ鐺《こじり》を上げたまま、大股に入って行くのであった。

国難来《こくなんらい》

いつもならば奥の主《あるじ》の寝屋《ねや》の戸はまだ開いている時刻ではないが、母屋も客間も、清掃されているばかりでなく、長屋門の両翼《りょうよく》の扉はいっぱいに開かれていた。

十四日の七《なな》つ刻下がりに、江戸表《おもて》を立った早水藤左衛門《はやみとうざえもん》と萱野三平《かやのさんぺい》のふたりは、百七十五里の長途《ちょうと》を、不眠不休で、たった今ここへ着いたのである。

時刻は正に寅《とら》の下刻《げこく》（午前五時頃）だった。わずか四日半で着いたわけになる。二人は勿論《もちろん》、瀕死《ひんし》の病人に等しいものだった。

大石《おおいし》家では、早駕《はや》がつく少し前に、先触れの人足が、門をたたいて、

（江戸表《おもて》から、御急使が着きまする）

と告げたので、

（何事？）

と、家族たちは、一人のこらず起きて、早駕《はや》の着くのを胸とどろかせながら待ちうけて

いたのである。

厨《くりや》では、粥《かゆ》を煮、式台には、妻女のお陸《りく》だの、主税《ちから》だの、召使《めしつかい》たちもこぞって出ていた。

そして駕籠《かご》を見ると、

「早水《はやみ》様に、萱野《かやの》様か」

と、初めてその人を知り、用意しておいた薬湯《やくとう》を与えるやら、草鞋《わらじ》の緒《お》を解かせるやら、手をとって式台へ上げるやら、真心をこめて労《いたわ》ったが、内蔵助《くらのすけ》は声もせず、そこに、姿も見せない。

「御子息、勿体《もったい》ない。……御挨拶《ごあいさつ》は後に」

藤左衛門《とうざえもん》は、主税《ちから》に向《むか》って会釈をしたり、お陸《りく》に対しても、気丈さを示して、よろめきながらも自身で通ったが、三平《さんぺい》の方は、まったく、呼吸《いき》があるだけの容体だった。召使《めしつかい》が、背に負って畳の上まで運んだ程で、その畳へ、べたっと手を落《おと》すと、

「ああ……」

あやうくそのまま意識を失ってしまいそうにすら見える。

藤左衛門《とうざえもん》は、三平《さんぺい》の気を励ますように、わざと大きな声で云《い》った。

「御家老は、はや、お目ざめでございましょうか」

「はい、書院にひかえて、最前から、お待ち申しあげております」

と、お陸《りく》が答えた。

ぴんと、弦《つる》をかけたように、三平《さんぺい》は胸を上げた。脇差《わきざし》の笄《こうがい》をぬいて、手ばやく、四日半の乱れ髪を梳《な》でつけ、また、襟元《えりもと》の衣服の皺《しわ》を、袴《はかま》の下へきちっと引きのばして、

「……お取次《とりつ》ぎ下さいましょう」

と、初めて云《い》った。

奥の書院は、いつもの朝のように新鮮な夜明けの光と、静かな気配《けはい》がながれていた。しかし、膝行《にじ》り入《い》るようにそこへ通った二人の使者は、仮面《めん》のように、怖い顔をして坐《すわ》っている内蔵助《くらのすけ》の顔を仰ぐと、今にも、何か大きな叱咤《しった》を浴びせられるような気に打たれて、はっと、心を醒《さ》ました。

内蔵助《くらのすけ》は、その顔つきのまま、

「何事も余事は申すに及ばぬ。早駕《はや》の儀、心もとのう存ずる。それのみを、一言にて仰せられい」

「去る十四日、江戸城に於《お》かれて、殿様、御刃傷《ごにんじょう》に及ばれました。あらましは、片岡源五右衛門《かたおかげんごえもん》殿からの、この御書面にござりますが、私ども両名は、騒ぎの勃発《ぼっぱつ》と同時に、即刻、江戸表《おもて》を発しましたゆえに、殿様、御処分のこと、その他は、さらに、後より追《お》い早駕《はや》を以《もっ》て、何人《なんぴと》か、到着いたす筈《はず》にござります」

藤左衛門《とうざえもん》のさし出した書面を手に取って、内蔵助《くらのすけ》は黙読していた。一行ごとに、彼の面色は血の気を沈めて行くのであったが、凪《なぎ》の底を荒れている土用波のように、噪《さわ》がしい容《よう》子《す》は小肥《こぶと》りな体のどこにも現《あら》われては見えないのである。

唯《ただ》、読《よ》み了《おわ》って——

「ううむ」

と、結んだ唇のうちで呻《うめ》くような嘆息がひくく聞《きこ》えた。濃くて太い眉《まゆ》が、遽《にわか》に、遠くでも見るように庭面《にわも》へ向《むか》って、きっと動いたことだけは確かだった。

チチ、チチと小禽《ことり》の声に、廂《ひさし》の外はもう曙《あけぼの》いろの朝にかがやいていた。彼が鍾愛《しょうあい》して措《お》かない枝垂《しだ》れ桜《ざくら》の巨木は、わけても、この庭の王妃のように咲き誇っていたが、常とちがって、今朝は、内蔵助《くらのすけ》の眸に、その白い花の一つ一つが、不吉な妖虫の簇《むらが》りのようにすら映ってくる。

「大儀でござった。退《さ》がって、十分に休養なされい」

二人へ向《むか》って、こう労《いたわ》りの言葉をかけると、内蔵助《くらのすけ》は立ち上がって、自身の居間へ入った。家族揃《そろ》ってする朝の食事は、それからであったらしく、お城の六刻《むつ》が鳴ってから暫《しばら》くすると、やがて登城の支度《したく》をした彼の姿が、妻や、主税《ちから》の憂わしげな顔に送られて、玄関を踏みだしていた。

と——煙硝番《えんしょうばん》の横川勘平《よこかわかんぺい》が、玄関脇に立っていて、彼のすがたを見ると、あわてて辞儀をした。

内蔵助《くらのすけ》は、じろっと、不機嫌な眼を、その頭《ず》へ投げて、

「横川《よこかわ》ではないか」

「はっ……」

「何しに山を降りて来られた？」

「今晩、脇山《わきやま》から見ておりますと、ただならぬ早駕《はや》の灯が、千種川《ちぐさがわ》をこえ、御城下へと入りました。心にかかって、お屋敷まで駈《か》けて参りましたが、唯今《ただいま》、主税殿《ちから》のおはなしでは、江戸表《おもて》において、殿様御刃傷《ごにんじょう》との御注進にござります由《よし》、やはり虫の知らせでございました。御家老の御心痛、また一藩の驚き、思いやられまして、つい茫然《ぼうぜん》と、ここに立ち迷うておりました」

「お身は、脇山の煙硝庫《えんしょうぐら》を預かる大事なお役目のものではないのか」

「はっ……」

「なぜ、無断に役目の持場を離れて来たか。左様《さよう》な非常の折と分《わか》っておれば猶更《なおさら》のこと。はやく、山へ帰られいっ」

いつに似あわない叱言《こごと》であった。主税《ちから》やお陸《りく》の耳にもひびいた程だし、召使《めしつかい》たちも、

自分たちに云《い》われたように胸へこたえた。

藩士総登城のふれが廻《まわ》ったのは、それから一刻《いっとき》とも経たないうちであった。

突然の召集に、

「素破《すわ》、何事が？」

と取るものも取りあえず、在国藩士の二百有余人は、続々と、刈屋城《かりやじょう》の大手へ踵《くびす》をついで出仕して来た。

城下外の地方にいる郡奉行《こおりぶぎょう》や出役人へは、早馬や、急使が駈《か》け、陽《ひ》の三竿《さんかん》にかかる頃には、一抹の妖雲にも似た昼霞《ひるがすみ》が、刈屋城《かりやじょう》の本丸を灰色に刷《は》いて、昂奮《こうふん》した全藩の空気をひとつにつつんでいた。

早打ち人足の口から、江戸の大変は、城下の町人たちの間へも、またたく間に伝わっていた。

侍たちが、すぐ戦《いくさ》を連想するように、町人たちは、本能的に、

「――藩地がお召し上げになったら、わしらの持っている藩札《はんさつ》はどうなるのじゃ」

という当然な不安に、騒ぎだした。

「領主がお取《と》り潰《つぶ》しになったら、これは、反古《ほご》も同様になるのじゃないか」

目いろをかえた小商人《こあきんど》や百姓や大町人は、町年寄《まちどしより》の家へ殺到した。だが、埒《らち》があかない

ので、辻々《つじつじ》にむらがり、一団一団とかたまっては、札座奉行《ふだざぶぎょう》の役所へ押しかけた。

「金と引き換えてくだされい」

「藩札《はんさつ》は、一体、どうして下さるのじゃ」

「換えてくれい。使える金と、換えてくれい」

奉行《ぶぎょう》も横目《よこめ》役も、もちろん城内なので、小者《こもの》が、役宅の門をかたく閉めきって、為《な》すがままに黙っていると、取付《とりつけ》に殺到した町人たちは、刻々に人数を加えて、

「金と換えろっ」

遂には、石を抛《ほう》ったり、柵《さく》を壊《こわ》したりして、暴動にもなりかねない勢いを呈してきた。

浪々《なみなみ》の中《なか》の巌《いわ》

家老上席から、城代《じょうだい》以下、軽輩《けいはい》の士《さむらい》にいたるまで、これだけの人数が、城内の一室に集まるようなことは、よほど、戦時か何かでなければ見られない。

赤穂《あこう》の士として、藩籍に名をおく者は、すべてで三百余人であるから、江戸の常詰《じょうづめ》をのぞくと、約二百何十名かの頭数が、今朝の総登城の布令《ふれ》に驚いて、眸《ひとみ》に不安な光をたたえ、本丸へ詰め合っていたわけである。

やがて、用部屋の方から、重い足どりをもって、家老上席の大石内蔵助《おおいしくらのすけ》、城代《じょうだい》の大野《おおの》九郎兵衛《くろべえ》、用人《ようにん》の田中清兵衛《たなかせいべえ》、目付《めつけ》の間瀬久太夫《ませきゅうだゆう》、植村与五右衛門《うえむらよごえもん》の五人が、木彫《きぼり》のような、硬《こわ》ばった顔をそろえて出て来た。

着座すると、内蔵助《くらのすけ》から一同へ、江戸の急変について話があった。それから今暁《こんぎょう》着いた早打《はや》の使者がもたらした書面を、沈痛な態度で、読んで聞かせ、

「まだ、その以後の事は、一向に判明せぬが、やがて、次の早打《はや》も入ると思う。とまれ、事態はあきらかに、最悪を告げておる。各〻方《おのおのがた》にも、軽忽《けいこつ》なく、平常《ふだん》のお覚悟のほどを固められい」

と云《い》いわたした。

凝然《ぎょうぜん》と、生唾《なまつば》をのんだまま、自失した無数の顔は、しばらく声をすら、出せなかった。

(殿が、あの殿が……御刃傷《ごにんじょう》とは?)

と、まだ疑っているように——そしてやがて、うごかし難い事実に、心の底から衝《つ》き崩《くず》されてくると、

「うーむ……。即日御切腹とは」

悪夢にでも魘《うな》されるように、重くるしい呼吸《いき》が交わされ、はや悲痛な眼をした顔や、驚きに打たれて蒼白《あおじろ》く変《かわ》った顔が、

「吉良《きら》は——相手方は——どうなったのだろうか」

一人が、肩ぶるいして、云《い》うと、

「御家老っ」

衆座のうちから、続いて、乾いた声が走った。

「相手方の上野介《こうずけのすけ》については、唯今《ただいま》の御文面には、一言もないようでござるが、早打《はや》の者の口上にも、何とも判《わか》っていないのでござりましょうか」

人々の眸も一斉に、

（それが知りたい！）

と射るように、内蔵助《くらのすけ》の方を見た。

内蔵助《くらのすけ》は閉じていた眼をあいて、その眼で、無言の答えを示した。すると、側にいた九《く》郎兵衛《ろべえ》が、その不明瞭な態度を補うように、袖口にふかく入れていた腕を解いて、

「今朝着いた早水《はやみ》、萱野《かやの》の一番早打《はや》につづいて、次々に、飛脚が江戸表《おもて》を発《た》っておる筈《はず》じゃ、追ッつけ、二番早打《はや》が見えよう。——何分にも遠い江戸の空、待つよりほかに、知る

術《すべ》もないで」

——語尾の終《お》わらぬうちに、衆座は、騒々《ざわざわ》と私語の声で掻《か》きみだされてしまった。この場合に、静粛でおれとか、じっと次の報告を待てとか云《い》っても、それは感情と血液のある人間に無理なことであるとするように、九郎兵衛《くろべえ》も、内蔵助《くらのすけ》も、黙る者や、囁《ささや》く者や、悲憤する者や、うろうろと眼をうごかす者や、沈鬱《ちんうつ》に呻《うめ》く者や、個々さまざまの心にまかせて、しばらくは、全藩士がうけた大きな驚愕《きょうがく》の浪《なみ》のなかに、自身というものを、巌《いわ》のように据《す》えていた。

台所方の小役なので、この席にいなかった三村次郎左衛門《みむらじろうざえもん》が、その時、畳廊下から次部屋《つぎべや》をのぞいたが、誰もいないので、

「御城代《ごじょうだい》！　御城代《ごじょうだい》っ」

と大きく呼びたてていた。

九郎兵衛《くろべえ》は、皺首《しわくび》を振り向けて、すぐ起《た》ち上《あ》がった。もう弓腰に曲がっているが常に養生のいい老人で健康が自慢であった。つつつと次部屋を越えて、

「三村《みむら》か、なんじゃ」

と云《い》った。

次郎左衛門《じろうざえもん》は、膝《ひざ》まずいて、

「御城下の騒ぎ、一方《ひとかた》ではございません。御櫓《おやぐら》から御覧なされませ」

「騒ぎとは、なんの騒ぎ？　——。町人共には、関わりもないことじゃに」

彼が櫓の狭間《はざま》に顔をだした時、誰からともなく伝えられたとみえ、広間を出て来た藩士たちが、四、五人ずつかたまって、城下の方を凝視していた。

町には、黄色い埃《ほこり》があがっていた。蟻《あり》のような群衆の列が、辻々《つじつじ》にみえる。札座《ふだざ》屋敷の門を中心に、塀を囲んで騒いでいるのだ。それを遮《さえぎ》ろうとする町年寄《まちどしより》や、会所の者との間に、小競り合いが始まっているらしく、暴動的な殺気さえ漲《みなぎ》って見えた。

「あれや、町人共が、お家の凶変を早耳に聞いて、藩札《はんさつ》を引き換えよと騒いでいるのじゃな。……不都合な！」

九郎兵衛《くろべえ》だけではない、それを見て広間へもどって来た藩士の幾人かは、苦汁をのんだように不快な眉《まゆ》をしかめて、

「多年、領主の御庇護《ごひご》によって、安穏《あんのん》に生業《たつき》を立てて参ったのに、御恩も忘れ、殿の凶事に際して、すぐ損徳を考え、藩札《はんさつ》の取付《とりつ》けに押しかけるなどとは憎《にっく》い行為だ」

「誰か行って取り抑えねばなるまい。あの様子では、町年寄《まちどしより》や会所者では、制止がつかん」

「町人とは申せ、許しがたい。きっと、首謀者があろう。こういう時には、そいつらを五、

六名引《ひ》っ縛《くく》ってしまえば自《おのずか》ら鎮《しず》まるものだ」

と、藩の立場と、自分たちの昂奮《こうふん》から、こう云《い》い放《はな》つものもある。

百七十里彼方《かなた》の江戸表《おもて》で、突忽《とっこつ》として、地殻の一部面が崩れたと思うと、もうその波及は、江戸表《おもて》以上の狂相をあらわして、赤穂《あこう》の大地へ湧き上がってきたのであった。

江戸の驚きは、制度の震動であったが、ここの実相は、生活の戦慄だった。領主が切腹すれば、城地は官収され、藩士は離散する。そして浅野家《あさのけ》の発行《だ》している藩札《はんさつ》は値を失って、反古紙《ほごがみ》になるかもしれない。

まずい物を食い、汗して働き、利のためには百遍でも頭をさげ、爪に灯をともすようにして蓄《た》めた金だの、親や女房や子を養うための唯一の小資本だのが、ただの紙になったら、町人は、発狂するかもしれない。当然、この火は、暴動になる性質のものである。

内蔵助《くらのすけ》は、はっとしたように、座中の顔を見まわしていたが、

「岡島《おかじま》！　勝田《かつた》！　杉野《すぎの》！」

つづけさまに呼んで、その人々の顔が立つのを見て、

「前原《まえばら》っ」

と、さらに呼んだ。

四人は、彼の前へ出て、彼のきびしい眉《まゆ》の緊《しま》り方《かた》を見つめた。もう吩咐《いいつ》けられる使命を

察したもののように、

「御家老、御城下へ参りますか」

と、前原伊助《まえばらいすけ》が云《い》う。

「それもあるが――」

内蔵助《くらのすけ》は、四名を見て、どれもすこし若いと考えたらしかった。呼びよせた人々をそのままにして、顔を横に向けると、すぐ近くに、千葉三郎兵衛《せんばさぶろべえ》が坐《すわ》っていた。

「三郎兵衛《さぶろべえ》がよい。御城下の騒擾《そうじょう》、殿の御信威《ごしんい》にかかわる。すぐ馳《は》せ参《まい》って、取《と》り鎮《しず》められい」

「はいっ」

「不破《ふわ》も行け」

と、彼のうしろにいる数右衛門《かずえもん》をも指名し、

「――町人どもの喧騒《けんそう》は、むりもない。当然、彼らを先に安堵《あんど》させてやらねばならぬ、騒ぎを見てから馳せつけるは、すでに此方《このほう》どもの手ぬかりでもあった。十分、得心いたすように、――くれぐれも威圧するな、明日中《あすじゅう》には、必ず藩札引換《はんさつひきか》えをいたすであろうと、よう諭《さと》して帰すように」

「畏《かしこ》まりました」

千葉三郎兵衛《せんばさぶろべえ》は五十ぢかい分別者であるし、不破数右衛門《ふわかずえもん》は浜辺奉行《ぶぎょう》の役柄にあるので民情には詳しく、町人たちと親しみもある男である。その二人を遣《や》れば——と、まず安心したように見送ってから、

「四人とも、御用部屋まで、参ってくれい」

と促《うなが》して、席を立った。

両家老《りょうかろう》

藩札《はんさつ》台帳だの、御金蔵《おかねぐら》台帳だの、また浜方御貸金《はまかたおんかしきん》の控えだの、無数の帳簿が、内蔵助《くらのすけ》のまえに積まれた。

「大野氏《おおのうじ》にも、お立会《たちあ》いを願いたい」

九郎兵衛《くろべえ》は、黙然《もくねん》と、帳簿の山を、見ていたが、

「あわただしく、何を召されようというのか」

「一刻も捨《す》て措《お》かれますまい。藩札《はんさつ》の引換《ひきか》えを行います」

「ふ……藩札《はんさつ》だけの額の金があろうかしらて」

「あろうはずはない」

札座横目《ふだざよこめ》の勝田新左衛門《かつたしんざえもん》が、机をすえて、厚ぼったい帳面を繰り、要所に折り目を入れては、内蔵助《くらのすけ》のわきへ積んでいた。

勘定奉行《かんじょうぶぎょう》の岡島八十右衛門《おかじまやそえもん》は、杉野《すぎの》、前原《まえばら》の二人を連れて、台帳を手に、金蔵へ入って行ったが、やがて、用部屋へもどって来て、

「書きあげて参りました」

と調べ書を見ながら、

「藩の御在金《おありがね》は、すべてで七千両ほどにございます。——そして藩札《はんさつ》の出札高《しゅっさつだか》は、今日までに一万二千余両にのぼっております故、およそ、この差額、五千両の見当にあたりまする」

「ふウむ……」

九郎兵衛《くろべえ》はそばから呻《うめ》いて——

「一万二千両の出札高に、在金は七千両、それでは、どうにも相なるまい」

投げ出すように云《い》って、内蔵助《くらのすけ》の顔をみたが、内蔵助《くらのすけ》は、新左衛門《しんざえもん》が弾《はじ》いている算盤《そろばん》へ

眼をやりながら、やがて、それに示された数字を読んで、

「六歩《ろくぶ》換《が》えにはできる」

と、やや愁眉《しゅうび》をひらいて云《い》った。

「六歩《ろくぶ》換《が》え？」

九郎兵衛《くろべえ》は、聞《き》き咎《とが》めて、

「――それでは、藩の御在金《おありがね》は、一両も残らぬことになるが、この後の一藩の進退、諸入費、いかがなさるおつもりじゃ」

「後は後のこと。そう考えるよりほか、この場合はいたし方ない。あわれな彼らの生活こそ、何事よりも、先に見てやらねば……のう」

「滅多《めった》なことなされては困る」

上席家老ではあっても若い内蔵助《くらのすけ》へ対しての彼の態度は、常に、年上として高く臨んでいた。人間的には、両方とも、好きでも嫌いでもない程度につきあっているし、藩務も円滑《えんかつ》に行っているが、九郎兵衛《くろべえ》の眼から見ると、どこやら内蔵助《くらのすけ》はまだ乳くさい気がしてならない。平常の仕事ぶりも切れ味がわるいし、物腰はどことなく鈍重で家柄なればこそ上席と立てているものの、自分がなければ五万三千石の締めくくりができる男ではないがとは、いつも彼が内蔵助《くらのすけ》を見る常識であった。

その内蔵助《くらのすけ》が、感情の昂《たか》ぶっているせいもあろうが、ひどく独断的で、ものをいうにも、相手に反対を云《い》わさぬような力を語尾にこめているので、九郎兵衛《くろべえ》は、大人気ないと思いながらも、彼に対して初めて、反感らしい反感をもって、

「大石殿《おおいしどの》、平常とは違いますぞ。後でというて、後でどう召さる。藩の整理、家中の退料《ひきりょう》、何もかも金じゃ。しかも、後の利《き》かない凶変に際して、そんな、無謀なまねしたら、動きがつくまい」

老人のことば癖として、激すと、いかにも若輩《じゃくはい》を叱るようになる。けれど内蔵助《くらのすけ》は、その一句ごとに頷《うなず》いて、

「おことばはご尤《もっと》もでござる。しかし、此方《このほう》一存ではござらぬ。殿のお心をもって、殿のなさるであろうように、計らうまでのことでござる」

「――何時《いつ》、殿が左様《さよう》な儀を、云《い》い置かれた。詭弁《きべん》を吐かっしゃる！」

「…………」

「笑い事ではござらぬぞよ！　大石殿《おおいしどの》。こういう時こそ、家老たるおん身やわしは、平常の重任にこたえねばならぬ」

「もとよりです」

「前後の思慮もなく、御在庫の現金を、みな払い出すのが、殿のお心をもてする事だなど

とは、頭が、ちとどうかしておられはせぬか」

「熟慮のうえでございます。失礼じゃが、大野氏《おおのうじ》には、先大殿《せんおおとの》の御代より、また内匠頭様《たくみのかみ》の御幼少より今日まで、輔佐《ほさ》の重職にあって、殿の御気質もよくご存じのはずなるに、この場合、もし殿がここにお在《わ》したら、どうせいと仰せられるか、お心が、わかりませぬかな」

「殿がいたら？　……。殿がいたら、かような事の起《おこ》るはずはないではないか」

杉野《すぎの》、前原《まえばら》、岡島《おかじま》など周囲の者は、だまって、両家老の横顔を見つめていたが、殿の心をもてするという内蔵助《くらのすけ》と、ここにいない殿の声がわかる筈《はず》はないとなじる大野九郎兵衛《おおのくろべえ》との間に、大きな人間的な差を、今はっきりと見せつけられた。

ふだんは至って円満に行っているこの両家老が、実は、まったく懸隔《かけへだ》てた性格の持主《もちぬし》であったことを知って、人々は、思わず眼を瞠《みは》ってしまう。

けれど一般的には、内蔵助《くらのすけ》の方が常々不評であって、大野《おおの》に心服しない若侍でも、彼に対して、

（煮えきらない人だ）

と云《い》うし、ひどいのは、昼行燈《ひるあんどん》などとさえ云《い》う者もあるくらいなので、この場合も、九《く》郎兵衛《ろべえ》の意見に押されて、

（それでは、御意《ぎょい》に）

と、自己の主張を引っこめてしまうかと思っていると、めずらしく、

「いや！」

と、ねばり強く、反撥《はんぱつ》した。

しかし、顔いろまでは変えてはいない。先刻《さっき》、九郎兵衛《くろべえ》に叱られた微笑をまたちらと見せて、

「後々の儀も、心得ぬではございませぬ。内蔵助《くらのすけ》に、おまかせねがいたい」

と云《い》い張《は》った。

相手の異議が出ない間に、

「新左衛門《しんざえもん》、辻々《つじつじ》へ、板を立てるのじゃ。大工《だいく》共へ、十枚ほど削《けず》らせい」

筆を執って、藩札六歩《はんさつろくぶ》換《が》えの布令書《ふれがき》の文案を認《したた》め、それを岡島八十右衛門《おかじまやそえもん》の手へわたして、

「立札へはこのように書いて、各所へ打て。――早くじゃぞ」

一刻をも急《せ》くように吩咐《いいつ》けた。

板が削れたと知らせてくる。

岡島《おかじま》や、組の者が、あわただしく立ってゆくと、入れちがいに、城下から離れた土地に

いためた遅ればせに馬で駈《か》けつけてきた加東郡《かとうぐん》の郡奉行《こおりぶぎょう》吉田忠左衛門《よしだちゅうざえもん》が、汗まみれな額に埃《ほこり》をつけたまま、用部屋の入口に姿を見せ、

「おうっ……」

と、内蔵助《くらのすけ》の振向《ふりむ》いた顔へ云《い》った。

「おお……吉田《よしだ》氏か」

それまでは忘れていたかのような一個の感情が、忠左衛門《ちゅうざえもん》の姿を見ると、急に胸から揺りうごかされて来て、内蔵助《くらのすけ》の眼がしらに、熱いものがつきあげた。

暮色《ぼしょく》の底《そこ》

六十歳とは見えない吉田忠左衛門《よしだちゅうざえもん》の骨ぐみであった。腰も曲がっていないし、いまだに背は六尺もあるという、唇が大きくて、老人のくせに甚だ朱《あか》い。髪は白髪《しらが》になりきらず玉蜀黍《とうもろこし》の毛のようだし、田舎《いなか》にばかり役勤めをしているせいか、皮膚の黒いことは百姓に

劣らない。容貌《ようぼう》どことなく魁偉《かいい》なのである。

けれど、気は女のようにに優しい。任地の百姓は、慈父のようになついていた。城下へ出てくる時には、いつも陣笠《じんがさ》に馬乗りで、馬の背には、自分の菜園で作った芋や人参牛蒡《にんじんごぼう》をくくりつけて来て、それはいつも泊《とま》ると極めている内蔵助《くらのすけ》の家への土産物《みやげもの》とする。

彼が泊《とま》る夜は、二人は、役柄を脱いで、よく話した。内蔵助《くらのすけ》も酒をたしなむし、忠左衛門《ちゅうざえもん》も好《い》ける口である。べつにこうといって改まって心を打明《うちあ》けたというではないが、内蔵助《くらのすけ》の性格をある程度まで覗《のぞ》いているのは忠左衛門《ちゅうざえもん》であったし、忠左衛門《ちゅうざえもん》が加東郡《かとうぐん》の田舎《いなか》代官だけの人物か否《いな》か、その奥行《おくゆき》をかなり深く見ている者は、内蔵助《くらのすけ》よりほかになかった。

いわゆる、許し合っている心友であった。

内蔵助《くらのすけ》が今、彼の姿を見たとたんに、何か、ほろりと弱い感情に揺すりあげられたのは、そのせいであろう。

「待っていた……」

そう云《い》って、忠左衛門《ちゅうざえもん》と対した時には、すでに、この大危局を肩にのせて、巌《いわ》か人間かのように坐《すわ》っている国家老《くにがろう》の内蔵助《くらのすけ》ではあったが——。

「何もいえん……。何もいえん……」

忠左衛門《ちゅうざえもん》はそう云《い》ったきりで、後はじっと、畳のひと所を睨《にら》んでいた。

「何よりは、お家の禍《わざわ》いを、領民の禍《わざわ》いにまでしとうないと存じて、たった今、藩札引換《はんさつひきか》えの急策を立てたばかりのところでござる」

「ようなされた。——加東郡《かとうぐん》より浜方、御城下と、途々《みちみち》に見かけ申した百姓町人の顔つきでも、真っ先に胸につかえたはそれでおざった。——殿のお旨にもかのうたご処置」

忠左衛門《ちゅうざえもん》と内蔵助《くらのすけ》と、どちらも、ことば数の少ない者同士が、二言三言《ふたことみこと》に、万感を語りあっていると、九郎兵衛《くろべえ》は用ありげに、その間に広間の方へ立ち去っていた。

その広間には、もう暮色がこめていた。台所方の小役は、夜を見越して、其処此処《そここ》に一群れずつかたまったまま動こうともしない人々の間へ、鮨桶《すしおけ》へ握った飯を配ってあるいたが、誰も手をふれようともしない。

お坊主が、網雪洞《あみぼんぼり》を灯《つ》ける、紙燭《ししょく》を広間へくばる。——だが、それすら今日に限って、なんとなく薄暗い気がしてならない。

なす事もなく、各〻《めいめい》が各〻《めいめい》の臆測やら前後の対策に、大なり小なり必死に考えこんで、沼のように濁《ど》す黒《ぐろ》く沈澱《ちんでん》しているここの空気とひきかえて、御用部屋の方では、内蔵助《くらのすけ》を中心に、算盤《そろばん》の音だの、帳簿を繰る音だの、そして緊張しきった勘定方《かんじょうがた》の顔が蠟燭《ろうそく》に赤く揺らいで、夜になったのも忘れている。——

「よろしい」

やがて内蔵助《くらのすけ》が、ほっとしたように云《い》ったのは、漸《ようや》く、未収納の年貢金や、浜方の製塩業者たちへ廻《まわ》してある貸金高や、藩の蔵米《くらまい》現在高などが、一応調べ上がった時であろう。

ぬる茶を一口ふくんで、

「大野氏《おおのうじ》は」

と、訊《き》く。

「諸士の中におられます」

内蔵助《くらのすけ》は、自分で立って行った。そして、九郎兵衛《くろべえ》を誘って、別室へ入ったが、暫《しばら》く出て来ない。人々は、両家老が何か重大な相談をしているにちがいないと、そこの杉戸を見まもっていた。

「外村《とむら》殿、御家老が、呼んでおられる」

誰か、注意した。

組頭《くみがしら》の外村源左衛門《とむらげんざえもん》は、広間の隅から、あわてて杉戸へ入った。程なく出てくると、何か、火急な用を吩咐《いいつ》かったらしく、表方《おもてかた》へ迅足《はやあし》に退出した。

広島の浅野芸州侯《あさのげいしゅう》へすがって、金子《きんす》四千五百両の無心を願いに行かせたのであった。

その一方に、領下の年貢未進《ねんぐみしん》や御貸金《おんかしきん》を取りたてる——という内蔵助《くらのすけ》が半日の間に立てた解決策を、数字によって、細かに示されたので、九郎兵衛《くろべえ》も、

「それなら、六分換《が》えで、藩札《はんさつ》の引替《ひきかえ》を始めても苦しゅうはござるまい」

と初めて同意した。

すると、戌《いぬ》の下刻《げこく》（九時過ぎ）墨のように広間で沈んでいた諸士の顔に、ぽっと、灯の色がさわいで、

「二番早打《はや》が着いた！」

と、表方《おもてかた》の知らせにざわめきだした。

大石《おおいし》、大野《おおの》の両家老が、早足にその人々の前を通って行った。

殿の即日切腹という第一報にも、藩士たちは、まだまだ一縷《いちる》の望みをつないでいるのであった。

勅使《ちょくし》に対しては、当然そうなければならない幕府の裁断は裁断として、他にまた、何らかの活路をつけて、御一命だけは、真際《まぎわ》にお救いがあるかも知れない——。

（そんな事はあり得るわけがない。御助命の余地があるくらいなら、即日切腹などという異例な裁断が下される筈《はず》もないのだ）

ということは、誰にもまたすぐ考えられて来るのであったが、そうと口に出す者はなかったし、各々《めいめい》も自分で自分の常識を打ち消してまで、唯《ただ》、

（もしや？……）

と、その一縷《いちる》の希望へ、禱《いの》りをこめて、待ちかねていた第二の使者だった。

落葉百態《らくようひゃくたい》

程なく表方《おもてかた》から戻って来た内蔵助《くらのすけ》と九郎兵衛《くろべえ》の顔いろをながめて、一同は、途端に、はっと不吉なとどめに胸を刺し貫かれた。

（御切腹だな——）

ふしぎなほど冷《ひや》やかな一瞬が諸士の硬直した顔面をながれ、ただ幾つもの燭《しょく》だけが、大きな息をついている。

果《はた》して、内蔵助《くらのすけ》の口から読み聞かせられた書面と、使者によって伝えられてきた第二の報告は、人々の直感のとおり、赤穂《あこう》一藩の運命を、絶望の闇へつき墜《おと》すものであった。

自《おのずか》ら、うなだれて聞き入っている二百有余の頭の上に、内蔵助《くらのすけ》の縷《る》々《る》と述べる報告のことばが終《おわ》ると、今度は、勃然《ぼつぜん》として、

「ふ、腑《ふ》に落ちん、御処罰だっ」

「喧嘩《けんか》両成敗は、江戸幕府の、殿中における鉄則ではござらぬか！」

「しかも！　吉良《きら》は、吉良《きら》は一命も、無事な上に、御優諚《ごゆうじょう》をうけて、退出したという
……」

「片手落ちだっ」

上ずった声が、方々から激発して、中には、主君の御無念さを思うと、じっとしていられない、慟哭《どうこく》して、人蔭《ひとかげ》に沈んで嗚咽《おえつ》する者もあった。

「御家老！　御城代《ごじょうだい》！　すでに大事は定まった、このうえのお覚悟は何となさる御決心か」

はやくも膝《ひざ》を詰めよせる若侍があるし、

「迂闊者《うかつもの》っ、そんなことを、この期《ご》に糺《ただ》す要があろうか。士道にふた道はない、藩祖以来の城を枕に死ぬだけのことじゃないか」

と、同僚の愚を、うしろの方から罵倒《ばとう》する声もあった。

渦まく瀬へ、一抱えの落葉《おちば》を投げこんだように、その奔激《ほんげき》の相《すがた》は、同じであっても、落《お》ち葉《ば》の一葉一葉の驚きや、動作や、意思は、各〻《めいめい》違ったものであった。極度に充血した顔と、極度に血の気を失った顔と、また無表情に茫然《ぼうぜん》としている者と、自分の一身に汲々《きゅうきゅう》と捉

われている眼つきと、何ものも考えずにただ怒ってのみいる感情と——殆《ほと》ど、瀬の渦に巻かるる落葉《おちば》の片々たる浮沈《ふちん》のすがたのように、収拾のつかない、ここの喧々囂々《けんけんごうごう》さであった。

「当然、受城使《じゅじょうし》が来る。だが、われわれは、一歩でもこの城を退《ひ》かないことだ。退《ひ》いたら、赤穂《あこう》の名折れだぞ」

「死のう！　君侯のお後を追おう」

「同じ死ぬなら、城受取《うけと》りのよせ手をうけて、思うさまの弔《とむら》い合戦をやり、赤穂《あこう》にも、骨のある人間はいたといわれて死にたいぞ」

「よく言った、異存のある者は、出てもらおう」

激越な若侍たちの言語は、あたりの老人や、黙りこんでいる者たちを喝殺《かっさつ》した。それらの一部の血気者たちには、もう内蔵助《くらのすけ》や九郎兵衛《くろべえ》の存在すら見えなかった。

九郎兵衛《くろべえ》は、ちょっと苦い顔をして、何か発言しようとしたが、

（手がつけられんわい）

と思い返したように黙っているし、内蔵助《くらのすけ》はといえば、これも策が無いような有るような——時には放心したような眼をもって、沈むか流れるか、瀬の石にかかるか、落葉《おちば》の渦まく相《すがた》を水のなすがままにまかせて見ているのであった。が、彼だけは、独り水を離れた

樹の枝にとまって水を眺めている翡翠《かわせみ》のように、傍観者の顔つきにも見える。

その顔も、果てしのない喧噪《けんそう》に、少し倦《う》んだかのように、

「大野氏《おおのうじ》、またの評議といたそうよ。――夜も更《ふ》けたし、今後の身は、お互い、一層に大切じゃ」

九郎兵衛《くろべえ》は、至極《しごく》とうなずいて、

「いずれも、鎮《しず》まれい。お家の重大事を、私憤とおまちがい召さるまいぞ。私議、我執《がしゅう》は慎《つつし》まれたい。かかる際には、一藩一体となり、挙止もの静かなるこそ他《よ》そ目《め》にも見事と申すもの。各〻《めいめい》気ままの紛論《ふんろん》は、主君のお在《わ》さぬがために、はやあのざまと他藩に嗤《わら》われもしよう。……ともあれ、今宵《こよい》は火之見《ひのみ》、御蔵方、それ以外の者は、すべていったん御帰宅のことじゃ。追って、二度目の総登城の布令《ふれ》が参るまで。――その日には、万事、御評議申そうで」

と云《い》い渡《わた》した。

立《た》ち渋《しぶ》っている態《さま》を見て、

「どれ」

九郎兵衛《くろべえ》が立ち上がると、広間の彼方此方《あちこち》でも、思い思いに立つ者があった。内蔵助《くらのすけ》は、次部屋で吉田忠左衛門《よしだちゅうざえもん》と立ち話をしていたが、忠左衛門《ちゅうざえもん》は、城に泊《とま》って、火の元や、夜警

の任にあたるというので、玄関まで歩きながら話を続けて別れた。

大手を出ると、星は美しかった。

皇土《こうど》の畏《おそ》れ

濠端《ほりばた》から、家路へと散らかってゆく藩士たちの姿を見ると、内蔵助《くらのすけ》は、その一つ一つの影には、なお幾人もの家族や縁類や、養う家の子があることを考えて、胸が痛くなった。

（あの殿が……。あの温厚な御気性に……魔がさしたとでもいうものか……）

彼にはまだどうしても、君侯の気持《きもち》になってみることができなかった。──涙が出ないのである。涙を感じるのは、七石、十石の小禄《しょうろく》を食《は》みつつ、老母や病人や妻子を養っている軽輩のいじらしい家族たちに対して、より強く悲しみを揺すぶられる。

第三の報告、第四の報告と、江戸表《おもて》の情報がもっと審《つぶ》さにあつまれば、主君のお気もちも、相手方の吉良《きら》との関係も、十分にわかってくるに違いない。──しかし彼はまず、絶対な自己の正義感と、士道の常識から見て、今度の主君のなされた行動を、世上に向《むか》って相済《あいす》まないことと、主君に代《かわ》って詫《わ》びたい気もちでいっぱいであった。——また、貧しい軽士や、足軽《あしがる》たちの妻子に対してもである。

わけて、身が竦《すく》むような気がするのは勅使《ちょくし》に対しての不敬である。こればかりは、弁疏《べんそ》の余地がない。赤穂《あこう》一藩の生命《いのち》をあげて召され、刈屋《かりや》一城をうずめて墓としても、なお罪を償うに足りないほど畏《おそ》れを感じるのであった。

「小野寺十内《おのでらじゅうない》に会わぬうちは、この儀も安堵《あんど》がならぬ。ああ、十内《じゅうない》に、はよう会いたいものだが……」

濠《ほり》の唐橋《からはし》に立って、彼は水面《みずも》を見ていた。ぶつぶつと泡だつ潮が、水門の方から上げてくる。水に押されるように、彼は岸に沿ってあるいた。

屋敷は、そこからいくらもない。

——吉良上野介《きらこうずけのすけ》といえば、二十二歳の若いころから、幕府の使いとして幾度となく上洛し、仙洞御所《せんとうごしょ》の造営にもかかわったことがあるし、後西院《ごさいいん》天皇の御譲位にも、父の義冬《よしふゆ》とともに朝幕のあいだに働き、また践祚《せんそ》の賀使《がし》にも立ったりして、六十歳の今日にいたるまで、堂上の公卿たちには、数知れない知己《ちき》と、近親者とをもっている。したがって、吉《き》良《ら》が、その方面に、先《せん》を越して策をなそうと思えばなすこともできるし、吉良《きら》自身が求めなくとも、朝廷を繞《めぐ》るそういう公卿たちが事実の表面と感情だけにうごいて、不敬の罪を鳴らしたら、赤穂《あこう》一藩は、いかにして、申しひらきが立つか、大罪を謝してよいか。

思うと、内蔵助《くらのすけ》は、背すじへ戦慄が走ってくる。

「籠城《ろうじょう》――自刃《じじん》――退散――。どうするも、その一点が心がかり。十内《じゅうない》に会《お》うての上じゃ」

そう自分で結論をつけた時に、はっと、彼は立ちどまった。いつか自家の長屋門に突《つ》き当《あた》っているのである。

すると、その土塀の裾を、蝙蝠《こうもり》のような黒い人影が、ひらりと後へ戻って行った。

「…………」

内蔵助《くらのすけ》が、振向《ふりむ》いて、一瞥《いちべつ》をあたえると、図々《ずうずう》しく、塀にはりついていたその男は、居たたまれなくなったか、つつつと、角から横へかくれてしまった。先刻《さっき》、濠端《ほりばた》の途中から後を尾《つ》けて来た男である。

その男が、何のために自分を尾《つ》けているかも、内蔵助《くらのすけ》は知らないでもなかった。

八年前に、松山城《まつやまじょう》の城受取《うけと》りの大命をうけて出向いたときには、自分もこういう小策を行《や》ったものである。何よりはやく、相手がたの藩地へ入り込むものは、隠密者《おんみつもの》だ。

「地上のもの、宇宙のもの、すべては転《めぐ》り巡《めぐ》っている。した身が、今は、される身となったか」

家族は、みな不安の裡《うち》に起きているとみえ、母屋の灯《あか》りが明るかった。

内蔵助《くらのすけ》は、わが家の明《あか》りが怖《おそ》ろしかった。

しかし、同時に彼は、一家の主《あるじ》としての足を踏み直した。そして、玄関へかかろうとすると、物蔭《ものかげ》から、

「旦那様かッ」

と、跳びついてきた者がある。

八助《やすけ》という尾崎村《おざきむら》の農家の老爺《ろうや》だった。内蔵助《くらのすけ》がまだ少年のころから屋敷に下男奉公をして、永年忠実につかえてきたが、もう荷担《になない》の水桶《みずおけ》が体にこたえるようになっては、駄目だと云《い》って、二、三年まえに、尾崎村《おざきむら》の息子の家へ帰ってしまった老僕である。

「おうッ、爺《じい》やか……」

懐かしい。内蔵助《くらのすけ》は親にわかれた後は、この朴訥《ぼくとつ》な爺《じい》やがいつも親のように思われる。

「……遊びに来たか、よう来たな」

「何をいわっしゃるっ、旦那様のお心は、それどころじゃござるまいが。……なんてえ災難と云《い》おうやら、この年になって、八助《やすけ》は、こんな情けねえ御領地の様を眼に見ようとは思わなんでござりましたに」

手拭《てぬぐい》を顔に押し当てて男泣きに泣くのであった。——主《あるじ》の帰りを知って、式台には雪洞《ぼんぼり》の明《あか》りがさしている。妻のお陸《りく》をはじめ、長男の主税《ちから》、次男の吉千代《きちちよ》、まだ乳を離れないおるりまでが、母に抱《いだ》かれて出迎えていたが、いつものような父でないし、いつものような母でないし、無邪気な子たちも寒々として見えた。

黄塵《こうじん》

こんどの大きな衝撃で、何よりもはっきりしたことは、武士と町人と、二階級の立場の差であった。二つの日常生活の差異が露《む》き出《だ》しに事件の表面に現れたことである。一方は、城地と名を思う以外は、絶対に生命《いのち》はないとしなければならない人々であったし、一方は、途端に自己の打算に立ち、個々の生活を町の騒ぎへ持ち出して、露骨に機敏に、利害を主張すればそれでよかった。

しかし、握っていた藩札《はんさつ》が、みな紙屑《かみくず》になってしまうかと恐れた町人たちも、後では彼等《ら》自身、すこし気恥《きはず》かしくなったように落着《おちつ》き込《こ》んだ顔に回《かえ》った。辻々《つじつじ》に藩札六歩換《はんさつろくぶが》えの立札を立て、現金を積んで待ちかまえていた札座奉行《ふだざぶぎょう》が張合《はりあ》い抜《ぬ》けを感じる程であった。きのう今日の二日ほどを、屋敷にいて案じている内蔵助《くらのすけ》の命をうけて、様子を見に来た勘定方《かんじょうがた》の岡島八十右衛門《おかじまやそえもん》は、そこの閑散ぶりを眺めて、

「町人共は、六分換《が》えという額に、不満なのであろうか」

と不審がった。札座横目《ふだざよこめ》の勝田新左衛門《かったしんざえもん》が机から、

「いや、それどころじゃない、引換《ひきか》えに来る者はみな、詫《わ》びたり、涙をながして帰る。大《おお》石殿《いし》の処置を、称《たた》えないものはない。引換《ひきか》えに来ないのは、むしろ安心しきっているのだ」

「それでは却《かえ》って、残務の処理が遅れて困るという大石殿《おおいし》の仰せだ。町名主《まちなぬし》に日限を示し、こちらから督促《とくそく》しても、藩札《はんさつ》の方は、両三日中に一切極《きま》りをつけるようにというお言葉だった」

「そうでもしなければ埒《らち》は明《あ》くまいが、まだ、御本家の方へお縋《すが》りに行った使者が帰って来ぬうちは」

「いや、芸州侯《げいしゅう》へご合力《ごうりき》を願いにやった使者は、途中からお呼び戻しになった。塩税の未納金やらその他のお取立《とりた》てが、案外に順調に集まるので、この分ならばと、大石殿《おおいし》も、愁眉《しゅうび》をひらいていらっしゃる」

「そうか、では早速、町名主《まちなぬし》に督促させせよう」

と、ここでは話している。

藩庫の経済力に安心を見きわめた城下町の町人心理は、もうその日あたり、べつな方へ、敏活にはたらいていた。武器の密売が活潑《かっぱつ》になり出したのだ。どこへ需要されてゆくのか、古道具屋の塵《ちり》に埋まったまま永年一朱《いっしゅ》か一歩《いちぶ》でも買手のなかった鈍刀や錆槍《さびやり》までが、またたく間に影を潜めてしまった。また今朝の便船では、首に現金をつけた上方《かみがた》筋の道具買いが、何十人も浜から上陸《あが》って、赤穂《あこう》の城下で捨て売りにされるだろうという、思惑から、入り込んだということだった。書画、古着、手道具、骨董《こっとう》、武具、紙屑《かみくず》に至るまで、それぞれを専門とする上方訛《かみがたなまり》の商人の声が、屋敷町の裏をうるさく訪れて廻《まわ》っている。何処《どこ》で払った物か、天草陣《あまくさじん》の時に使われたという大砲を買った一組が、それを、車にのせて通るのを往来の者はもう不思議とも見ていない。

「馬を買おう、いい馬なら何両でも出すが」

ふだんは田馬も買えない博労《ばくろう》までが、俄《にわか》に大口をきいて歩くのも何か自信がなければやれない事だ。貧しい藩士の屋敷へ行って、金には当然渇いている妻女をつかまえ、首財布から不相応な金をだして見せびらかしたりする。鞍附《くらつき》でも買えば町の中を得意げに轡《くつわ》を鳴らして曳《ひ》いて通るのだ。それを、人間性のおもしろさ、社会相の自由さと眺めれば、尽きない興味であるにちがいない。浜辺の方はと見れば、ここでも、艀《はしけ》や伝馬船《てんません》が払底《ふってい》を告げて、廻船問屋《かいせんどんや》は血眼《ちまなこ》で船頭をひっぱり合っているし、人夫や軽子《かるこ》の労銀は三割方も暴騰《あが》ったというが、それでも手をあけている労働者は見あたらなかった。この需要力がどこにあって、何処《どこ》へ物と人とが吸引されてゆくか見当もつかなかった。だが、とにかく一藩の崩壊を中心として急激に経済方面の変動も起《おこ》って来たことは争えないことだった。波に乗って機を摑《つか》もうとする町人達の捷《はし》こい投機心は、もうその方へ奔命《ほんめい》を賭けていて、藩札《はんさつ》の引《ひき》換《か》えにわざわざ札座《ふだざ》へやって来る時間さえ惜しくなっているらしいのである。

蓼《たで》の味《あじ》

変事の第一報が入った十九日から二十五日までの、ここ七日間ばかりのうちに、庶民たちのあり方は、そんな形にあらわれて、露骨に町人精神の動きと、彼等《ら》の生活力の旺《さか》んなこととを見せて来たが、藩士側の屋敷町区域は、まったく対蹠的《たいしょてき》に音もない沼のようだった。残務のために歩いたり、騎馬を駆り立ててゆく藩士の影が、町人たちの眼には、ただ気の毒なものに見えた。そして侍でなかった自分達の身分を、平常とは反対に感謝しあった。

江戸表《おもて》からはその後、二回の町飛脚《まちびきゃく》が着いて、浅野大学《あさのだいがく》の閉門の事と、藩邸立退《たちの》きの終《おわ》った報告があったのみである。そして城中への召集もなかった。残務に当《あた》っている一部の者は、極端な劇務《げきむ》に趁《お》われ、閑役《かんやく》の者は、門扉《もんぴ》を閉めきって、主君の喪《も》に服しているほか、なす事もなかった。同族の三次《みよし》の浅野家《あさのけ》でも、芸州《げいしゅう》の広島でも、鳴物停止《なりものちょうじ》があったというから、勿論《もちろん》、ここでは享楽的な音響は一切しない。すべての世間音《せけんおん》というものが、すっかり変《かわ》ったように、人心も一変したかのように見える。けれど、百姓は百姓道に、町人は町人道に、生活の迷いはなかった。何といってもこの際、試されているものは武士だった。今の社会の中堅と統治力は、実は、将軍家にも領主にもあるのではなかった。旧制度の中で忠実に、粗衣粗食《そいそしょく》している武士というものの力である。江戸へ出れば勤番者《きんばんもの》だの、浅黄裏《あさぎうら》だのと、野暮《やぼ》の代名詞にされている人々の支えだった。それらの人々のうちにはまだあった武士道と呼ぶものに、一般庶民の信頼も残っていたのである。もしそれが日頃の誓約《せいやく》や態度とちがって、裏切るようなことでもあったら、嘲笑《わら》ってやろうという気振《けぶ》りさえ見えないこともない。

しかし、町筋や屋敷小路の往来からすこし裏へ入ってみると、そこはまた世間とまるでかけ離れた麗《うら》らかな日がいっぱいに麦の穂や菜の花を育《はぐく》んでいて、畦《あぜ》の緋桃《ひもも》は見る人もなく燃えているし、昆虫はじいっと背から沁《し》みとおる太陽に腹を膨《ふく》らませていた。

有年山《うねやま》から城下を通って海へ注ぐ静脈のような細い流れが幾筋《いくすじ》も耕地を縫っていた。その一筋の水に沿って、弟を連れて大石主税《おおいしちから》は歩いていた。弟は吉千代《きちちよ》といって彼より三ツ年下の十一歳だった。両手を泥田へ入れたらしく、真っ黒にして何か藁苞《わらづと》に容《い》れて持っている。

「捨てておしまいなさい」

主税《ちから》はしきりと云《い》うし、吉千代《きちちよ》はかぶりを振って、

「嫌だ」

と、云《い》い張《は》って来るのだった。

「父上は、そんな物、召喰《めしあ》がりはしない。持って帰っても、無駄ではないか」

「嘘《うそ》、お父様は、お好きだよ。吉田《よしだ》の小父《おじ》様も、好きだというた」

「いつもは召喰《めしあ》がるが、今は、決してお喰《あ》がりになる事はない」

「なぜ」

「あんなに話したのに、汝《そち》にはまだ分《わか》らないのか。御領主内匠頭《たくみのかみ》様が、御切腹なされたと

いう事を」

「それは分《わか》ってるけれど、御領主様がお亡《な》くなり遊ばしたから、田螺《たにし》を喰《た》べてはどうして
いけないの」

「わからない児《こ》だの、そちの祖父《じじ》様や祖母《ばば》様の御命日でも、精進《しょうじん》をするではないか」

「でも、田螺《たにし》は、魚とはちがう」

「生き物じゃ」

「生き物といえば、菜でも、大根でも」

「理屈をいうものではない。よい子だから、捨てて、そこの流れで手をお洗いなさい」

惜しそうに吉千代《きちちよ》は田螺《たにし》の苞《つと》を捨て、手を洗ってその手を袴《はかま》でこすった。

「お、正福寺《しょうふくじ》の和尚《おしょう》様がいる」

二人は十間ほど大股に歩いて立ちどまった。朽葉色《くちばいろ》の汚い法衣《ころも》は、法衣《ころも》の形をしていないほど着古されている。例の良雪和尚《りょうせつおしょう》なのであった。少年達が後ろへ立ったのも知らないで小川の岸の若い草を摘んでは片方の法衣《ころも》の袂《たもと》へ入れていた。

「良雪《りょうせつ》さん、何してんの?」

吉千代《きちちよ》がよぶと、

「ほう……」

振向《ふりむ》いた顔は、一目で少年たちの心を吸い寄せてしまう。明るく和《やわ》らかで、そこらを漂っている春の風は、この童顔の人のふところから吹いてくるのではないかしらと思われる。

「どこへ行ったんじゃ?」と、良雪《りょうせつ》が問う。

吉千代《きちちよ》は、城下町の背を囲んでいる山の影を指して、

「大鹿谷《おおがや》へ」

「何しに」

「帆坂峠《ほさかとうげ》と鷹取越《たかとりごえ》の方に、姫路《ひめじ》や岡山や高松や、諸国の兵が、たくさんに押し襲《よ》せて来たというから、兄様《にいさま》と一緒に見に行って来たの」

「はは、物見《ものみ》か」

「海にも見えた」

「そうじゃろう、讃州《さんしゅう》丸亀《まるがめ》の京極《きょうごく》、阿波徳島《あわとくしま》の蜂須賀《はちすか》、姫路《ひめじ》の本多《ほんだ》、伊予《いよ》の松平《まつだいら》など海には兵船をつらね、国境には人数を繰出《くりだ》し、この赤穂《あこう》領を長城《ちょうじょう》の壁のように囲んで、鏃《やじり》や砲筒《つつ》を御家中へ向けている」

「戦《いくさ》だね、和尚《おしょう》さま」

「さあ、この雲行き次第ではな」

主税《ちから》は、弟と良雪《りょうせつ》の話している間、黙って微笑していたが、良雪《りょうせつ》の手もとを眺めて、

「正福寺様《しょうふくじ》はそこで、何を採《と》っているのですか」

と、訊《たず》ねた。

「わしかい」

良雪《りょうせつ》は、爪の中に入った土をながめながら、

「芹《せり》を摘んでいるのじゃがよ、この辺りには蓼《たで》ばかりじゃい」

「お要用《いりよう》なら、私たちも手伝《てつど》うて、摘んであげましょうか」

「いやいや、もうええ。そんなには要らんのじゃ。大石大夫《おおいしたいふ》はおらるるじゃろうな」

「父は屋敷におりますが」

「この間からいちど訪ねとう思ってな、やっと出向いて来たのじゃよ。いつもご馳走《ちそう》になるで、きょうは肴《さかな》だけは持参しようと、芹摘《せりつ》みを始めたが、芹《せり》は少ない、蓼《たで》ばかりじゃよ、赤蓼《あかたで》が、ほれ、そこにも彼方《かしこ》にも」

云《い》いながら腰をのばす。そして歩きだすとまた、

「あるなあるな、赤蓼《あかたで》が。——どうして赤穂《あこう》にはこんなに赤蓼《あかたで》が多いか知っているか」

「存じません」

「わしが悪い、問い方があべこべじゃった。——この地方はの、古来からこのように赤蓼《あかたで》が多いので、それが地名となって、赤穂《あこう》というようになったのじゃ」

「初めて伺いました」

「そんな事は知らんでもいいがの——知らんではならぬ事があるぞ」

「なんですか」

「奉公ということよ」

「父から訓《おし》えられております」

「聞いているか、大夫《たいふ》のことじゃ、存分、鍛ち込《うちこ》んであろう、侍は、奉公じゃ、ほかに仕事はない。山鹿《やまが》先生の士道を読んだか」

「はい」

「あるの、あの書《なか》にも。あいだは、昼行燈《ひるあんどん》でも。昼間の月でも、かまやせん。喩《たと》えば、この蓼《たで》にしても馬さえ喰《く》わぬが、土壌《どじょう》の恩と、陽《ひ》の恩には、ちゃんと報じておる。千種川《ちぐさがわ》で鮎《あゆ》が漁《と》れる頃になれば、鮎《あゆ》の味噌焼《みそやき》にはなくてはならぬつまではないか。ぴりと辛《かろ》うて、舌を刺しおる。又、腹中の虫をくだし、暑気あたりの薬になる、立派な奉公だ。平常《ふだん》は、能もない雑草に見え、蓼喰《たでく》う虫も好きずきだなどと云《い》われているが」

良雪《りょうせつ》はその蓼《たで》の葉を唇で弄《もてあそ》んでいたが、そのうちに甘い味でもするように歯で嚙《か》みしめている。

「——赤穂《あこう》武士は、赤蓼《あかたで》武士じゃ、そうありたいのう。だが元々《もともと》、藩士の性骨《しょうぼね》は、この五穀豊饒《ごこくほうじょう》で風光のもの和《やわ》らかな瀬戸内《せとうち》の潮風や中国の土だけに出来上《できあが》ったものじゃない。家中の者の気性骨《きしょうぼね》には争われない祖父、曾祖父《そうそふ》からのものがまだ沁《し》みこんでいる。これがもう御三代も後だったら、よほど稀薄《きはく》になっておろうが、まだあるな。それが何であるか知っているか」

「山鹿《やまが》先生の教えでございましょう」

「素行《そこう》先生の感化はいうまでもないわさ。しかし、わしが問うているのは、自然の人間に及ぼす感化、土と人間とだ。その素行《そこう》先生もこの国の人ではない。会津《あいづ》のお方じゃった」

「殿様も、長直公《ながなおこう》の御代《みよ》の半ばまでは、常陸《ひたち》の笠間城《かさまじょう》にいらっしゃいました。私たちの祖父良欽《よしかね》、曾祖父《そうそふ》の良勝《よしかつ》、みんな常陸《ひたち》から移って来たお方だと聞いています。ですから父は、私を見ると、そちには、関東骨があるの、といつも笑います」

「内蔵助《くらのすけ》殿は赤穂《あこう》で生《うま》れたが、あの仁にしてからが、既に関東骨をそなえている。上方《かみがた》から西は天産に富み、風光はよし、文化もひらけ、従って遊惰《ゆうだ》に流れる風も多分にあるが、智恵の光が人間を磨いておる。常陸《ひたち》はずんと風もあらい、地も粗《あら》い、人も荒削《あらけず》りじゃが、剛毅《ごうき》というやつが骨太《ほねぶと》に坐《すわ》っておる。こう二つのものの中庸《ちゅうよう》を行って、よく飽和《ほうわ》しているのが大石大夫《おおいしたいふ》の人がらじゃと、わしは思うが」

主税《ちから》は、どうして良雪和尚《りょうせつおしょう》が、永年親しくしている父に対して急にそんな仔細《しさい》な眼で見たり性格を分解してみたりしようとしているのか、その気持《きもち》を薄々知ることができた。

良雪《りょうせつ》は、父が好きだからだ。父を信頼しているからだ。そして誰よりもこの際に於《お》ける父の立場の重大なことを案じていてくれるからだと思った。

一方《いっぽう》向《む》き

知己《ちき》というものほど言葉かずの要らないものはない。おうと云《い》い、おうと応《こた》えればそれですべてを語ってしまっている。

良雪《りょうせつ》が碁盤《ごばん》を出せといつもの如《ごと》くいうので、家族の者は二人のあいだへ盤と石を備えた。パチ、パチというもの静かな烏鷺《うろ》の音が、すぐその部屋から洩《も》れてくるのである。内蔵助《くらのすけ》の気持《きもち》を思いやりながら茶を酌《く》んで運んで行く家人にも、書院の南を横にして盤を挟んでいる主客のあいだに、いつもの二人と何処かちがっているという所は微塵《みじん》も見出《みいだ》し得《え》なかった。

時々、内蔵助《くらのすけ》がわらう。

良雪《りょうせつ》の笑い声はわけても大きい。

ざらざらと石を崩す音のした折である。

「御内助《ごないじょ》、御内助《ごないじょ》」

良雪《りょうせつ》が呼ぶと、

「はい」

お陸《りく》の答えがして、しばらく間を措《お》いてから、姿がそこに見えた。

じろりと、良雪《りょうせつ》は、彼女の青白い顔のつやを見た。お陸《りく》はうつ向いた。髪はほつれてもいなかった。

「あのな、奥方《おくがた》」

「はい」

「さっき、わしが台所へ渡しておいた芹《せり》のう、あれ、しいたし物か、胡麻《ごま》あえにして下さらんか」

「申しつけてございます」

「次に、例によって、一酌《いっしゃく》はいうまでもないが」

「はい」

しかしお陸《りく》は、良人《おっと》の顔いろを見て、すこし憚《はばか》るらしい容子《ようす》があった。

その視線を奪って、良雪《りょうせつ》が、

「大夫《たいふ》、酒はいかんじゃろうか」

と云《い》った。

内蔵助《くらのすけ》は、良雪《りょうせつ》の圧《お》してくる眸へ刎《は》ね返《かえ》すような眸をちらと向けた。次にはむっつりと顔を横にし、この四、五日のうちにすっかり色の褪《あ》せた枝垂《しだ》れ桜《ざくら》へ向《むか》って、唇を結んでいるのだった。

「いかんじゃろうか。大夫《たいふ》の御服喪《ごふくも》はもとより存じての上じゃが、大夫《たいふ》が飲《あが》らんじゃあ坊主のわしは、なお飲めんが」

内蔵助《くらのすけ》は、碁石《ごいし》へ手を入れて、

「もう一局」

「お……」

「お陸《りく》、その間に支度《したく》を。肴《さかな》も常のとおりでよい」

良雪《りょうせつ》は、パチと石を布《し》き、

「承知か」

「承知」

何の意味もなげにいう。

日永の春である。榧《かや》の盤面に、白と黒が根気よく目を埋めて行った。いつか側に来ている膳部《ぜんぶ》から芹《せり》のにおいがしきりとするのであったが、それはもう忘れ果てている。

「大夫《たいふ》、どう召さる」

「待たれい」

「待とうが、この期《ご》の肚《はら》は」

「籠城《ろうじょう》か」

「さての」

「明けわたすか」

「滅多《めった》には」

「まず、ご悠《ゆる》りとじゃな」

「その如《ごと》く」

芹《せり》の香に、良雪《りょうせつ》はふと膳へ顔を向ける。杯《さかずき》を取って一献《いっこん》という余裕を相手に見せたが、それを内蔵助《くらのすけ》の考えこんでいる顔の前へ出して、

「息つぎに」

「いただこう」

「飲《あが》られるか。——酌《つ》ぐか」

銚子を持ちながら、良雪《りょうせつ》は念を押すのである。自分があんなに云《い》って酒を出させておきながら、その酒が出ると、

「御主君の服喪《ふくも》にある其許《そこもと》に、こう酌《つ》いだら、悪かろうな、よそうか」

と、云《い》うのである。

「注《つ》いでいただこう」

「よろしいか」

「不自由な身はもちません。さむらい暮《ぐら》しは、ひろびろと」

良雪《りょうせつ》はふとい喉を仰《あお》に伸ばして膝《ひざ》をたたいた。天井で笑っているような愉快な声が部屋にいっぱいになった。そして内蔵助《くらのすけ》の杯《さかずき》へは注がないで、銚子の酒を自分の湯呑《ゆのみ》にあけて飲んでしまった。

「それだわさ。坊主の道もひろく、武士道もひろびろがいい」

何のための碁《ご》なのであろうか。彼の袂《たもと》で石の目はもう崩れている。盤の下へこぼれたのを拾ってざらざらと惜し気もなく仕舞《しま》いこんでしまう。そして何度も繰返《くりかえ》しながら、

「ひろびろと、それだわさ、安心した。これで安心した」

汚い踵《かかと》を草履《ぞうり》にのせて、飄々《ひょうひょう》と裏庭から帰ってゆくのである。内蔵助《くらのすけ》は見送りに立ったまま縁端《えんばた》に背を見せていたが、その背に何かあらい人声を遠く感じて振《ふ》り顧《かえ》った。

我《われ》は見《み》ぬ花《はな》

よく使い込んである九尺柄《え》の槍《やり》を杖《つえ》にしてである。背に鎧櫃《よろいびつ》を負い、袴《はかま》の股立《ももだち》を高くからげて草鞋《わらじ》ばきの浪人者が昨日もここの長屋門を訪れた。今日もまた、それと同じような身支度《みじたく》をし、陽《ひ》に焦《や》けた顔にまばらな髯《ひげ》を持って逞《たくま》しい浪人が、やはり槍《やり》を杖《つえ》に、きびしい眼を光らして、大石《おおいし》家の門内へのっそりと入って来た。

「たのむうッ!」

玄関へ向《むか》って、胸を張って云《い》ったが、家の中からは答《いら》えがなく、その声に吃驚《びっくり》したように奥の植込《うえこ》みの蔭《かげ》で人影が木の葉をうごかした。

客書院に近い窓の下である。狡猾《こうかつ》な盗っと猫のように屈《かが》みこんでいた男の挙動が凡《ただ》ではない。遠く眸《め》を見あわせたと思うと、ぱっと植込みを斜めに駈《か》け抜《ぬ》けて、長屋門の外へ逃げ出そうとした。

紺脚絆《こんきゃはん》を脛《すね》に当てて、腰に分銅秤《ふんどうばかり》を差している。もちろん町人で、しかもこの頃入って来た旅の者らしい。浪人の槍《やり》は途端に横になって、樹木の間を走る男の影に添ってツツと横歩きに追いながら、

「突くぞ」

相手が躍り出した鼻先へそれを伸ばした。

土気色な顔を持った町人は立《た》ち竦《すく》んでしまった。槍《やり》を一方の手に立てると、一方の手はもう男の襟がみをつかまえて、

「他国者だな」

と睨《ね》めすえた。

「へ、へい、上方《かみがた》の商人《あきんど》でおますが、なにも、怪態《けたい》なもんや、おまへんで」

「うそを云《い》え」

「なんで嘘《うそ》云《い》うたりすることがおますかいな。道具屋の彦兵衛《ひこべえ》いうたら、順慶堀《じゅんけいぼり》でも老舗《しにせ》の方やで聞いてみなはれ。この通り鑑札《かんさつ》持って、諸国を道具買《こ》うて歩いてまんのや」

喚《わめ》いて、襟がみの手へ手をやってもがいていると、長屋の側の十坪ほどの畑に、鍬《くわ》を持

って土をかえしていた老僕の八助《やすけ》が、

「あっ？」

振向《ふりむ》いたと思うと、鍬《くわ》を持って、駈《か》けて来た。

男は、跳び上がったが、鍬《くわ》が片足をつよく打った。八助《やすけ》は、もいちど振りかぶりながら、

「こやつ、隠密《おんみつ》じゃっ」

と罵《ののし》った。

「隠密《おんみつ》か」

浪人が、襟がみを離すと、男は、

「あ痛っ」

と、大地へのめった。

「それみろ、四国訛《しこくなまり》じゃ」

槍《やり》の石突きで腰ぼねをつかれて、男は、三つほど転がった。苺《いちご》のように真っ赤に摺《す》りむけた鼻をして跳び上がると、抛《ほう》られた猫みたいに、門外へ逃げてしまった。

「老爺《おやじ》、あんなのが、ちょいちょい来るのか」

「どうして、油断も隙《すき》も出来たものじゃございませぬて。おう、それはそうと、弥太之《やたの》丞《じょう》様、ようお越しなされましたな」

「御家老は、在宅か」

「おいでなされます。昨日も昨日とて、御当家浪人の井関紋左衛門《いぜきもんざえもん》様や徳兵衛《とくべえ》様、また、岡野治太夫《おかのじだゆう》様も大岡清九郎《おおおかせいくろう》様もお訪ねなされましての、種々《いろいろ》と、お話しでございましたわい」

「あの衆も、駈《か》けつけて来たか」

「浪人しても、浅野家《あさのけ》の御恩は忘れておらぬと仰《お》っしゃって」

八助《やすけ》はもう眼を拭うのだった。

「老爺《おやじ》、畑打ちか」

「菊の根分けをしておけと、いいつかりましたで」

「異《い》な事をしているの。御家老には、ことしの秋も、このおやしきで、菊の咲くのを見るおつもりなのだろうか」

「わしも、おかしいことと、念を押して訊《き》いてみましただ。すると、御家老様の仰《お》っしゃるには、いずれ秋には浅野家《あさのけ》の後へ、お国替《くにが》えしてくる何処《どこ》かの御家中が見るだろう、誰が見ようと咲く花にちがいはなし、萎縮《いじけ》た花は残しとうないからと仰《お》っしゃる。これあ道理じゃと思って、菊ばかりじゃない、胚子《たね》を蒔《お》ろすもの刈るもの、すっかり落葉《おちば》も焼いておこうと思いますのじゃ」

話しながら八助《やすけ》は玄関へ取次《とりつ》いで、自分は井戸から洗足盥《ゆすぎだらい》へ水を汲《く》んできた。すぐ上れという奥からの言葉である。中村弥太之丞《なかむらやたのじょう》は、槍《やり》と鎧櫃《よろいびつ》とを式台へ置いて通った。

「しばらく」

多くを云《い》い得《え》ないで、弥太之丞《やたのじょう》はそれだけを云《い》って手をついた。もう家中の人々からも遠い記憶になっている旧同藩の人々で、今度の変事を聞いて訪れて来るのがこれで五人目であった。亡君の徳というものが、沁々《しみじみ》と思い直されて来て、内蔵助《くらのすけ》はうれしかった。

「すっかり支度《したく》をして来たのでございます。妻にも子にも思い残すことのないように。——お役には立つまいと存じますが、浪人こそいたせ、旧家の御恩は、夢寐《むび》にも忘れてはおりませぬ。この体を、何とぞおつかい願いたいのでござる。参る途中にも、鷹取《たかとり》、帆立《ほたて》の国境の峠には、諸藩の兵が、もう二、三千は固めておりました。御領内の馬匹《ばひつ》や武具が、敵のほうへ持ち行かれるのをなぜ早速にお取締《とりしま》りにならぬのかと不審に思われるのでござった。どうあろうと、赤穂《あこう》の者は、籠城《ろうじょう》の一途に出るであろうとは、道路の風評でもあり、諸国一統の見定めでもござりまする。古鎧《ふるよろい》に錆槍一筋《さびやりひとすじ》持って駈《か》けつけ参りました、微衷《びちゅう》をおくみとり下さって、籠城《ろうじょう》の一員にお加えねがいとうござる。烏滸《おこ》ながら、一死を以《もっ》て、亡君の御恩にお応《こた》え申したいので……」

咄々《とつとつ》と云《い》うことばの底には、何か、人間の真を打つものがこもっている。内蔵助《くらのすけ》はこんな場合、どうも出来ない脆《もろ》いものを持っていた。いかにも困る顔をするのである。膝《ひざ》の手も、曲げる背なかも、その為にもじもじとうごく。そして、対手《あいて》のことばが終《おわ》ると、相手の誠意に対して、下げ足りないような気持《きもち》をもってふかく頭《ず》を下げて、

「――御高義のほど」

と低い声でいう。

「なんと申そうか、ことばがない、欣《うれ》しゅう存ずる。しかし、各〻《おのおの》はすでに、浅野家《あさのけ》の家士ではござらぬ。義は、個人として称《たた》えようが、天下の御法は、浪人を集めて公儀へ弓を引くと云《い》おう。先君の御名が立たぬ、お志の段は忝《かたじけな》いが、お城へ、お袂別《わかれ》を告げて引きとられい。岡野《おかの》、井関《いぜき》、大岡《おおおか》の諸氏へも、昨日そう申して御得心していただいた事であった」

それ以上は、昨日も、半日に亘《わた》って押し合っても、言葉を変えることのない内蔵助《くらのすけ》だった。困ったような初めの顔つきは、巌《いわお》のように横から見ても縦から見ても動きそうにもないものに見える。

「今夜はよく寝ておかなければならぬから」

弥太之丞《やたのじょう》に夕飯を与えるように吩咐《いいつ》けて、彼は早くから寝所へ入ってしまった。その翌日の二十七日には、全藩士の向背《こうはい》を一決しようとする城内大会議の予定が胸にあったのである。

立《た》つ鳥《とり》の記《き》

越《こ》え行《ゆ》く川《かわ》

汗は袷《あわせ》の裏をとおして、古い書物の汚れみたいに、茶無地の表に、白い斑《むら》を描いていた。

村松三太夫《むらまつさんだゆう》は、父の背中をながめて、その汗塩《あせじお》から後光が映《さ》していると思った。六十歳の老体からこれ程な汗をしぼらせているものは何かと考えると、眼がしらが熱くなってくる。

「——父上、書写山《しょしゃざん》が見えます」

「うむ。見える」

峠の上りでは、だいぶ喘《あえ》いだが、下り坂にかかると、老体の喜兵衛《きへえ》は、若い三太夫《さんだゆう》を常に背後《うしろ》において、急いでいた。たとえ父子《おやこ》のなかでも、この通りに、負けず嫌いなのだ。

いま越えて来た鷹取峠《たかとりとうげ》の上には、姫路《ひめじ》藩の兵が、四百人ほど屯《たむろ》していて、戦時のように関を備えたり、槍《やり》や銃をならべて往来を威嚇《いかく》していたが、その中を通って来るのでも、悠々と、そこらの兵を睥睨《へいげい》して、頭を一つ下げるではなく、

「江戸常詰《じょうづめ》の家中村松喜兵衛《むらまつきへえ》、同苗三太夫《どうみょうさんだゆう》」

と一言、名乗り捨てて手を振って来たものであった。

相当な身分らしい物具《もののぐ》を着けた、姫路《ひめじ》藩の将が、

「江戸から御帰国でござったか」

と、長途《ちょうと》のつかれを劬《いた》わるように、声をかけたのに対しても、

「されば」

膠《にべ》なく挨拶《あいさつ》して、

「御出兵とお見うけするが、とかく近所に事なかれと申すとおり、各〻《おのおの》にも御苦労に存ずる。縁あらば、戦場でお目にかかれるやも知れぬ」

と云《い》って、すたすたと敵の陣地を通って来たのだった。うしろで愉快そうに笑った姫路《ひめじ》藩の将の声が、まだ耳に残っている。

「見える！　見える！」

こんどは喜兵衛《きへえ》の方で指さした。——赤穂《あこう》の城下である。千種川《ちぐさがわ》である。御崎《おんざき》の磯《いそ》である。

ふたりの足は早くなった。

麓《ふもと》へ出る。やがて、千種川《ちぐさがわ》の河原だった。

「せがれ。休もう」

喜兵衛《きへえ》は石の上に腰かけた。さすがに、百六十里のあいだを張りつめてきたものが、ほっと息づいているらしく見える。手拭《てぬぐい》をつかんで、肋骨《あばら》の汗を拭っていた。

「さて、三太夫《さんだゆう》」

「はっ」

「そちは、ここで帰れ」

「えっ?」

「帰れ、江戸表《おもて》へ」

三太夫《さんだゆう》は心外な顔をして、膝《ひざ》を折って、父へ詰め寄った。

「それでは、お約束がちがいまする」

「どうしても連れて行けいと申す故、そちの熱意に負けて、ここまでは同行したが、足一《ひと》度《たび》、御城下に入れば、もう帰るよしもない。この川が境だ。——思い直して、江戸表《おもて》に帰れ。わしに代《かわ》って、老母の孝養をたのむ。弱い弟の面倒を見てやってくれい」

「意外なことを仰《お》っしゃいます。母上や弟とも、すでに今生《こんじょう》の別れをして参ったのではございませんか。父上の死を見すてて、何でここから引っ返せましょう。拙者は帰りません」

「その志だけで、武士の義も、父子《おやこ》の道も、立派に通っておる。御城下の土を踏めば、籠城《ろうじょう》か殉死《じゅんし》か、いずれは死の一途に極《き》まっているものを、そちまでが、散りにゆくには及ばんことだ。——帰れ、ここから帰れ」

「いやです。嫌でござります」

「父が申しつけを——」

と云《い》って、喜兵衛《きへえ》は曇《くも》った眼を反《そ》らしながら、

「なぜ守らんか——」

と、鋭く叱った。

三太夫《さんだゆう》には分《わか》りすぎるほど分《わか》っている父の心もちではあった。しかし、こうあれと教えられて来た家庭の子である、父と争っても、ここから帰ることはしまいと決心した。そして猛々《たけだけ》しい心を固めながら、瞼《まぶた》は反対に、止めどない涙を子らしく草にこぼしているのだった。

後ろの木蔭《こかげ》でその時、誰か、馬を繋《つな》がせていた。喜兵衛《きへえ》がその方へ面《おもて》を向けて、あっと口の裡《うち》で云《い》うと、先方《むこう》からも、

「おう」

という錆《さび》のある声がした。

馬の背には、鎧《よろい》櫃《びつ》と行李《こうり》とを振分《ふりわけ》に着けている。そこからにここと赭顔《あからがお》に笑みをたたえて来る白髪の老武士は、陣笠をかぶり、手甲脚絆《てっこうきゃはん》のきびしい旅扮装《たびいでたち》に体をつつんでいた。京都留守居《るすい》役の小野寺十内《おのでらじゅうない》なのである。

「御帰国ならば、どうせ通り道、なぜ京都表《おもて》の拙宅へ立ち寄ってくれなんだか」

十内《じゅうない》が云《い》うと、喜兵衛《きへえ》が、

「いや、とうに御留守居《おるすい》は、引き払ったという沙汰《さた》じゃったで」

「なんの、朝廷のお膝下《ひざもと》に住居《すまい》するものが、そう周章《あわて》ふためいて、夜逃げのように出立がなるものか。後始末やら、堂上衆《どうじょうしゅう》への挨拶《あいさつ》やら、やっと、滞りなく了《お》えたので駈《か》けつけてきたような有様《ありさま》じゃ——。ところで、お汝《こと》らは、何しておらるるのじゃ、三太夫《さんだゆう》殿を叱っているような様子だが」

「さればよ」

と老人同士である。喜兵衛《きへえ》はよい相手に行き会ったように仔細《しさい》を話した。すると一言の

下に、

「それや、親父《おやじ》のほうがいかんわ。わしは三太夫《さんだゆう》殿に加担する、連れて行ってやんなさい」

と、十内《じゅうない》は云《い》うのである。

十内《じゅうない》と喜兵衛《きへえ》とは、同じ六十歳だった。また、十内《じゅうない》の養子の小野寺幸右衛門《おのでらこうえもん》も、三《さん》太夫《だゆう》と一つちがいの二十八歳で、まだ部屋住《へやず》みではあるが、藩の向背《こうはい》に依《よ》って、殉死《じゅんし》にも、籠城《ろうじょう》にも、加わらせる考えでいると云《い》ったので、喜兵衛《きへえ》はもう我意《がい》を張るわけにゆかなかった。

「喜兵衛《きへえ》殿は、よい子を持って、藩の人々へも顔向けがよいぞよ。さあ、参ろう、三太夫《さんだゆう》殿。若い者は使えじゃ、わしが馬の口輪を持ってくれ、泣き顔持って御城下へ入ったら笑わるるぞ」

千種川《ちぐさがわ》を越えた時は、もう父子《おやこ》とも虚心だった。すずやかに、枕をならべて死ぬことだけが考えられた。

悧《り》巧《こう》武《ぶ》士《し》

二十七日、二十八日、二十九日と一藩の者は、城内の大広間に大評議をつづけ、この三日間に、生涯の感情も燃やしきったかのような昂奮《こうふん》の坩堝《るつぼ》にあった。

第二回めの評議あたりから、大体、藩士の色は二つに、はっきりと、分《わか》れたことが看《み》て取れた。

(公儀に矢を研《と》いで何の益があろうか。徒《いたずら》に逆徒《ぎゃくと》の汚名を求め、殿の死後までをけがすものだ)

という前提に拠《よ》って、穏便《おんびん》に城を明け渡した後、然《しか》るべき策を講じようという平和論者と、また、

(――君辱《はずかし》めらるれば臣死す。武士道にふた道はない。この際、われらには死があるのみだ。籠城《ろうじょう》か、殉死《じゅんし》か。たとえ大学様《だいがく》のお取立《とりた》てを願うにしても、この城を渡して屈するわけにはゆかぬ)

と硬論を執ってうごかない者との二派であった。

その間にも、取るに足らない枝葉の問題を持ちだして、ただ口賢《くちがしこ》く、そのくせ信念はなく、自分のもってゆきたい所を巧みに糊塗《こと》して、介在している世俗的に頭のよいのがあることも勿論《もちろん》だったが、そういう偽装《ぎそう》は、この熱烈な雰囲気からはすぐ看破されてしまって、双《ふた》つの派のどっちからも、当然に無視されてしまっている。

公儀に手数《てかず》をかけずに、とにかく、城を明け渡してからという穏当派の主体は、大野九《おおのく》郎兵衛《ろべえ》であった。

「まあ少し、冷静に返ってみてはどうじゃな。お互いが、いわばこの際は、逆上《あが》っている。炎から一歩退《しりぞ》いてみるも、必要じゃないかの」

と、彼は世故《せこ》に馴《な》れた落着《おちつ》きをもって、凄《すさま》じい顔つきの人々へ水をかけるように云《い》う。

「老台《ろうだい》のおことばにも、一理はある」

と、内蔵助《くらのすけ》もまた、敢《あえ》て、その常識論に、反対はしない。

しかし、肯《き》こうはずのないのが、血気派だった。頑然《がんぜん》と首を振る。額にすじを走らせて、それを大野《おおの》の狡智《こうち》である、臆病である、またいやしむべき武人の態度だと罵《ののし》って、

「逆上《あが》っているとは何事だ。この主家の大凶事に、冷然としていられぬことは、決して恥ではない。城受取《うけと》りの寄手《よせて》をひきうけて、三世の御恩顧に酬《むく》ゆる以外に吾々《われわれ》の存念はない

のだ。臆病者は、退席しろっ」

と、満座に悲壮な気を漲《みなぎ》らすのであった。

それに対しても、内蔵助《くらのすけ》は、顔いろでうなずきを見せている。この家老は、果たしてどっちなのか。確かな信条をもっているのだろうかと疑う者のあったのは当然である。むしろ九郎兵衛《くろべえ》の、はっきりした態度に好意をもつ傾きの方が濃くて、席の大半を、その派が占めていた。

「だまんなさい」

と九郎兵衛《くろべえ》は怒号へ向《む》かって、怒号をもって答えた。彼は自分の説が、義のない言だとは決して思っていなかった。城代《じょうだい》としての重任も、武士の立場も、年少な軽輩などから教えられるまでもなく、腹に蓄《たくわ》えてあるつもりなのだ。

ただ彼には、もう若い感激は素枯《すが》れている。それと、情熱だけでものに当《あた》ることは、昔から嫌いな性《たち》でもある。一応は何事も——たとえば「武士道」とひと口にいう自分たちの鉄則に対しても十分に、智恵の光と理論をとおしてみた上でなければ、頷《うなず》けもしないし、行動にも現《あら》わせないのであった。

その点で、平常《ふだん》の彼は弁才といい、社交といい、遥かに内蔵助《くらのすけ》よりは上手《うわて》の人物と見られていたし、自身でも、ずっと年下の内蔵助《くらのすけ》よりも自分のほうが劣る人材とは、この期《ご》においても、決して思ってはいないのである。

で、無論、彼は怒った。

「籠城《ろうじょう》がなんで、忠節になるか。本多家《ほんだけ》や、松平家《まつだいらけ》や、その他の寄手《よせて》に、当藩と何の遺恨《いこん》があるのじゃ。憎めもせぬ人間と戦えるほどおぬしらは野蛮なのか。しかもこの上、領民を苦しませ、御本家を始め、親藩に累《るい》を及ぼし、逆徒の汚名を求めて、それが、亡君への忠義になるとは、九郎兵衛《くろべえ》にはどうもわからん。わしは与《くみ》せんよ。左様《さよう》な愚挙《ぐきょ》に与するくらいなら、この席は立ってもよい。しかし、城代《じょうだい》としてはここは立てぬわしだ。同時に、断じて無謀な籠城《ろうじょう》などは相成らぬ」

「うぬっ」

末席《ばっせき》で不意に立った者がある。憤怒《ふんぬ》の眉《まゆ》が刀のつかを摑《つか》んで跳びかかって来そうな顔を示したが、

「これっ」

と、周囲の者が、抑えつけてしまった。

九郎兵衛《くろべえ》は老人特有なきかない顔で、その方を凝視《みつ》めた。両派の者が、はっきりした沈黙の陣を示して、白けわたった。

「しかし――」

内蔵助《くらのすけ》がその時、面《おもて》を九郎兵衛《くろべえ》に向けていた。九郎兵衛《くろべえ》は、きっと眸《ひとみ》にうけて、

「わしの言い条は、ちがうであろうか」

「理に長《た》けてはおざるがの。義においてはどうであろう」

「なぜ」

「赤穂《あこう》藩は、小なりと雖《いえど》も、常州《じょうしゅう》笠間《かさま》以来、士を養うことここに三世、御恩顧をうくる者三百余士、この際、おめおめ、城を明け渡して、どう武門の名分の実があがりましょうか」

「では、其許《そこもと》までが、籠城《ろうじょう》をよいとお考えか」

「よいとは思わぬ。ぜひがないと思う。——しかし、拙者の存念は、殉死《じゅんし》にある。最上の一策は、一同、大手御門内に座をならべて、亡君のお後を慕いまいらすことじゃ」

「えっ、殉死《じゅんし》」

九郎兵衛《くろべえ》は内蔵助《くらのすけ》の面《おもて》を見なおした。こんな事を、この男がほんとうに考えているのだろうか。

「死んでどう召さる?」

「誠心《まごころ》をもって、大学様《だいがく》のお取立《とりた》てを、哀願申しあげるのでござる。公儀も、さすれば臣子の心根を、或《ある》いはお酌《く》みとり下されようも知れぬ」

九郎兵衛《くろべえ》は沈黙した。何か口先で反対のできないものが彼の本心にもあった。しかし、殉死策《じゅんしさく》は消極すぎると言いだす者が、前の硬論派の面々からやがて云《い》い出《だ》された。で、結局、

第一に、嘆願使《たんがんし》を出して、大目付《おおめつけ》にすがってみる。万一、それが絶望となったら、籠城《ろうじょう》とする。こう決まったのが最後の評定《ひょうじょう》で、大凶月の三月は暮れた。

四月に入ると、何か人の心が、がたっと滅入《めい》り落ちたように、城内はひっそりしてしまった。城下の侍町を見わたしても、沛雨《はいう》の後のような淋《さび》しいものが、昼間でも漂っていた。

（それみろ）

九郎兵衛《くろべえ》は、ひややかに笑った。

誓約《せいやく》

五日の日である。

きょうは、藩士へ対して、穀倉《こくぐら》の残り分と、金子《きんす》の配分があるということで、集合の布令《ふれ》があった。

ここ七日ほど会わない顔が集まった。心境も変《かわ》ったろう。それに、きょうの頭には金というべつな意識が入っている。九郎兵衛《くろべえ》の眼でも、いつぞやは激越《げきえつ》な議論を吐いた者で、きょうは、醒《さ》めたように沈黙している顔を、幾つも見出した。

挨拶《あいさつ》がわりに、九郎兵衛《くろべえ》は、個人的に、ぼつぼつ言って歩いた。

「どうじゃな、まだ、死ぬが忠義とお考えかの。弾《はず》みなら、誰でも死ねるが――」

答えない者もあるし、遽《にわか》に、今日は九郎兵衛《くろべえ》に同意を示す者もあった。

公金の分配でも、だいぶ異論が闘わされた。

その割当ては、

「身分の高下なく、人数割に」

という内蔵助《くらのすけ》の意向であったが、九郎兵衛《くろべえ》を始め、外村源左衛門《とむらげんざえもん》、岡林朴之助《おかばやしぼくのすけ》、伊藤《いとう》五左衛門《ござえもん》、玉虫七郎右衛門《たまむししちろうえもん》などの組頭《くみがしら》たちが、

「知行割《ちぎょうわり》に」

と、主張して譲《ゆず》らない。

内蔵助《くらのすけ》の言い分では、大身には、武器家財を売っても余裕がある。小身の者ほど、こう

いうときは、厚くしてやるのが目上の義務である――という理由をとり、九郎兵衛《くろべえ》は、大身には眷族《けんぞく》の負担がある。また、軽輩のようにすぐ身の処置もできぬ、社会に対して、旧家の面目も考慮しなければならない、等々、幾らでも反説をあげてくるので、これも果てしがなかった。結局、「高知減《こうちべ》らし」というところで妥協がついた。

知行割《ちぎょうわり》でゆくと、百石について、十八両当《あて》の分配であったから、千石では百八十両になるが、「高知減《こうちべ》らし」は、百石を増して禄《ろく》が上へのぼるごとに、二両宛《ずつ》の減配をする。つまり二百石からは十六両、三百石となれば十四両という計算に、上を薄くしたのである。あくまで、下に厚く、上に薄く、というのが内蔵助《くらのすけ》の主張だった。

そのほか、浅野家菩提所《あさのけぼだいしょ》の寄進金と、亡君の内室瑶泉院《ようぜいいん》の化粧料（輿入《こしい》れの折の持参金）とは、べつに手をふれずにわけてある。

内蔵助《くらのすけ》は、自分の分配金には、目もくれなかった。

彼はひそかに、

「これでおよそ篩《ふるい》がかかった」

と、見た。

金を持ってみてから今日帰る人々が、またどの程度に変化を見せるか。彼は、能動的になんの策もしていないようでいて、いつのまにか、自分の手に、もう二十名近い者の血判した誓紙《せいし》を納めていた。

神文《しんもん》の表には、殉死《じゅんし》とも、籠城《ろうじょう》とも、約束してなかった。ただ、進退一致だった。

――内蔵助《くらのすけ》の料簡《りょうけん》次第にと、認《したた》めてある。

いつのまに、彼がそんな誓紙《せいし》を語り、誓紙《せいし》を手に納めていたのか、知る者は、彼と、それを差出《さしだ》した者だけだった。

（まだ、人間はいる筈《はず》だ）

内蔵助《くらのすけ》はこう見ている。

しかし、見わけ難いのが人間だ。九郎兵衛《くろべえ》のような利巧者は語るに足らない。すべて理論家はその場だけの者が多い。感激の人生を知らないからだ。と云《い》って、感激を外にあらわし過ぎているのもあぶないと思う。そう見てゆくと人間は少ない。決して、軽忽《けいこつ》に洩《も》らし難い大事なのだ。彼の眼は、おそろしく鈍いものみたいに気長だった。

十一日。

先にやった嘆願使は帰ってきた。てんで受けつけられなかったのである。親藩の戸田家《とだけ》から、かえって、開城の諭告書《ゆこくしょ》を持たせられて帰ってきたような始末だった。

その結末と、籠城《ろうじょう》の準備を評議するという名目で、翌日、再集合の布令《ふれ》をまわしてみると、登城人数は前の半分にも足らなかった。

（おや、あの男が）

と、意外に思われる男までが、欠けているのである。

九郎兵衛《くろべえ》は、勿論《もちろん》、来ていた。

この頃では、自然と、彼の周囲には彼と同意の者が坐《すわ》って一つの色を作っていた。そしてきょうは予《あらかじ》め、前の夜にでも協議してきたように、口をそろえて、その一派から籠城《ろうじょう》の愚《ぐ》であることを反駁《はんばく》してきた。

「幾度言っても同じ事じゃが、わしは、城代《じょうだい》として、年長者として、最後まで云《い》う。各〻方《おのおのがた》は、自分一個の名分の方が、今では、捨て難くなっているらしい。怪《け》しからぬ武士道だ。自分が満足をするために、亡家の御名も、四隣の迷惑も、蹂躪《ふみにじ》ろうとするも同じではあるまいか。わしとて、君家のかかる末路に対して断腸《だんちょう》の思いはある。しかしすでに瓦解《がかい》した物へ、さらに炎をかけ血を注いでそれが何になろう、阿呆《あほう》らしい、狂気沙汰《きちがいざた》と人が嗤《わら》おう。やめなされ、悪いことはいわん、いや、九郎兵衛《くろべえ》一身を以《もっ》ても、思《おも》い止《とど》まらせねばならぬと、今日は覚悟して登城したのじゃ」

嘘《うそ》には叫べない声だった。彼にも彼だけの信念はあった。そして士道はそれと信じている。また、他の人々が籠城《ろうじょう》して討死《うちじに》した場合、自分が無事に生きていることは心苦しいとも思う。こう説くのは自己の為でもあった。今日ほど九郎兵衛《くろべえ》の眼が血ばしって見えた事はなかった。

それに反して、籠城《ろうじょう》と一決している人々のほうは、殆《ほと》ど、無言で聞き流していた。肚《はら》のうちで笑殺しているかのような沈黙の陣だった。

「うるさいっ」

突然、その中から起《おこ》った声だった。この前の集合には見えなかった小野寺十内《おのでらじゅうない》が、村《むら》松喜兵衛《まつきへえ》と並んでそこに在《あ》った。

ずかずか、老人は立って来て、

「大野氏《おおのうじ》」

と、前に坐《すわ》る。

「なんじゃ」

九郎兵衛《くろべえ》はふるえていた。眼に涙があった。自分だけで信じる正義感がふと彼を悲しませ怒《いか》らせた。

「お立ちなされ。臆病者は、ここにいても益のないことじゃ。残る者だけが残る――。それでよい」

憤然と九郎兵衛《くろべえ》は突っ立った。何か、内蔵助《くらのすけ》へ挨拶《あいさつ》をしたが、舌がもつれていて、意味がとおらなかった。

「御免《ごめん》っ」

と、続いて、外村源左衛門《とむらげんざえもん》が立つ。玉虫七郎右衛門《たまむししちろうえもん》が立つ。

立ちよくなったように、以後の者も、続々、室外へ出て行くのである。清々《すがすが》しい空席が見るまに殖《ふ》えた。半分以上の者が去ったが、一本の歯が抜けたようにも惜しまれなかった。

「風通しがよくなりましたなあ」

吉田忠左衛門《よしだちゅうざえもん》が、内蔵助《くらのすけ》のそばで大きな前歯をむいて笑った。

(——もう立つ者はないか)

猶予を置くように内蔵助《くらのすけ》は他所《よそ》を向いていた。みっしりと、何か凝結した感じが後に残った人達だった。

内蔵助《くらのすけ》は、後ろの者に、

「暮れてきた、燭台《しょくだい》をもらおうか」

と云《い》った。

その燭台《しょくだい》が来るまでの間に、内蔵助《くらのすけ》は初めて、本心の一端を一同へうちあけた。——ここでは死ぬまいという事だった。

すでに、誓紙《せいし》の上で誓った者には、改めていうまでもないが、篩《ふるい》にかけて残った者へは、今初めて囁《ささや》く大事なのである。

(ここでは、死ぬまい)——ということ。

その無言の意味が、誰の胸へもすぐに来た。遽《にわか》に紅《あか》い血のさした顔が、唾《つば》をのんで、内蔵助《くらのすけ》の面《おもて》を見た。

「——が、飽《あ》くまで、われらの力の及ぶかぎりは、たとえ、千石であろうと、大学様《だいがく》に御《ご》家督下《くだ》し賜《たま》わるよう、公儀へお縋《すが》りすることは当然。それが成る成らぬは天意でござる。またいかように相成ろうとも、われら、侍《さむらい》奉公の者が、この後とも歩む道は、一筋でしかない。右顧左眄、要らぬことじゃ。侍に生《うま》れたれば侍に死ぬ。それでしかない。死場所は、暫《しばら》くこの内蔵助《くらのすけ》におまかせ願いとう思うが、異存なござろうか」

およそ五十人ほどいた。粛《しゅく》として、影に影を寄せ合わせている。そこへ、燭台《しょくだい》が運ばれた。

硯《すずり》をとり寄せて、人々は皆、同文の誓約を認め、血判して内蔵助《くらのすけ》の前にさしだした。その中に、台所方の小者《こもの》、三村次郎左衛門《みむらじろうざえもん》の名があった。また、まだ前髪のとれない十五歳の矢頭右衛門七《やとうえもしち》も書いて出していた。

内蔵助《くらのすけ》は、その二枚を、べつに除いた。そして二人を呼んで諭《さと》したが、二人とも、涙をたたえるだけで、肯《き》かないのである。一同はうごかされて、

「かほどに申すものを、加えてやらぬのも不愍《ふびん》だ。御家老、その誓紙《せいし》をうけてやって下さ

い」

共々、口を添えて加盟を願った。

内蔵助《くらのすけ》の重い口からゆるしが出ると、右衛門七《えもしち》はニコとした。色の白い、つぶらな眼をもった美少年だ。誰もこの少年を殺したくないと思ったが、本人は、嬉々《きき》としたものである。

台所方の三村次郎左衛門《みむらじろうざえもん》は、たった七石二人扶持の軽輩で、評定《ひょうじょう》の席へも今日までは列していなかった程だが、士道の研《みが》きは高禄《こうろく》の者にだけあるものではなかった。むしろ、最後の日まで残ったこの顔ぶれを見ると、上級の侍よりは、微禄《びろく》の組に、真実に生きようとする者が多い。

「何もございませぬが、皆様の御誓いが結ばれた欣《よろこ》びに、粗献《そこん》を用意して参りました」

次郎左衛門《じろうざえもん》が、それへ冷酒《ひやざけ》と朱杯《さかずき》を運んできたので、

「おう、よく気がついた」

内蔵助《くらのすけ》は杯《さかずき》を手に上げて、順にまわした。「欣《よろこ》び」という言葉を耳にしたのは幾日ぶりだろうかと、人々は、この二十日ほどを遠い月日のように振りかえった。

立退《たちの》き梱《ごり》

「おいッ、大津屋《おおつや》じゃないか」

と誰か呼ぶ。お城用達《しろようたし》の町人大津屋《おおつや》十右衛門《じゅうえもん》は、せかせかと大胯《おおまた》に歩いていた足を止めて、濠端《ほりばた》の暗がりから歯を見せて近づいて来る笑い顔を、振り向いた。

「あ、八十右衛門《やそえもん》様でございますか」

「どこへ参った?」

「浜方《はまかた》まで、ちょっと、急用を生じまして」

「貴様たちは、金儲《かねもう》けに忙しいのじゃろう。町人はよいなあ」

顎《あご》に剃刀《かみそり》の痕《あと》が青かった。原惣右衛門《はらそうえもん》の弟の岡島八十右衛門《おかじまやそえもん》は、たった今、城を退《さ》がって、兄の惣右衛門《そうえもん》や、杉野十平次《すぎのじゅうへいじ》や、前原伊助《まえばらいすけ》などの同役たちと、すぐそこの大手前で別れて来たばかりだった。

「どういたしまして、御領主様の凶変に、なかなか金儲《かねもう》けなどという不埒《ふらち》な考えは出もいたしませぬ」

「うそをいえ」

八十右衛門《やそえもん》の笑い声には、城内で一同と酌《く》んだ酒のにおいが残っていた。

「何も、遠慮せんでもいいわさ。こういう一国の急変には、物資がうごく、物資がうごけば町人は儲《もう》かる。すこしも、憚《はばか》るには当《あた》らんじゃないか。武士は武士、町人は町人、自らの立場がある。正道を踏むというのは、その立場に揺《ゆら》ぎや誤魔化《ごまか》しのないことを云《い》うのだ」

「ご尤《もっと》もで……」

「この際、町人は町人道を守ればよい。武士にはまた、武士の態度がある。俺は思うのだ、百姓でも、町人でも、その道の職に成り切っている奴が一番偉いと」

「では、町人は、儲《もう》けてもかまいませんか」

「ただし、不義、暴利はならんぞ。正しく儲《もう》けろ。これから先も、他から領主の国入りがある。祝事《いわいごと》がある、人心が一新する、随分、其方《そのほう》たちにはよい風向きだ」

「何か、皮肉を云《い》われているような気がいたしますな」

「ははは。案外、貴様も正直者だな。浜へ参ったのも、商用であろうが」

「ところが、つまらない頼まれ事で、多年の御縁もあること故、いやとも云《い》えず、町人共も、この騒動では、随分、ただ奉公もいたしおります」

「藩の御用か」

「藩の御用なれば、たとえ、どう損がゆこうと身を粉にしようと、愚痴《ぐち》などは申しませぬが、あの吝《しわ》い大野《おおの》様からの吩咐《いいつ》けなので」

「大野《おおの》から、何の吩咐《いいつ》けだ」

「大坂表《おおさかおもて》へお立退《たちの》きになるんで、家財諸道具が荷梱《にごり》で七十個、箱と菰《こも》で二十荷《か》余り、それを今夜のうちに船積みしろという無理な註文《ちゅうもん》じゃございませんか。それでなくても、荷船の払底《ふってい》しているところ故、船問屋にかけ合って、やっと今、半分ほど積みましたが、後は明日《あす》になるらしいので、そう云《い》ったらまたあの御老体が、権柄《けんぺい》な肩を怒らして、勝手なことを吐《ほ》ざくだろうと思って、気を腐らして帰って来たところです」

「九郎兵衛《くろべえ》は大坂落《おおさかお》ちと肚《はら》を決めたか。――して、その半分の荷物は、どこにある」

「まだ、御子息の郡右衛門《ぐんえもん》様の分が、五十梱《こり》もありますので、手前共の店の土間と土蔵に、今夜一晩は積んで置くつもりでございます」

「そうか、俺に、見せてくれ」

「御覧になっても、つまらないではございませんか」

「いや、見たい。あの蓄財家《ちくざいか》の九郎兵衛《くろべえ》が、髪の白くなるまで、爪の垢《あか》を貯えて、それがどれくらいな嵩《かさ》になっているか、話の種に、見ておきたいのだ」

従《つ》いて来る者を拒《こば》むことも出来なかった。大津屋《おおつや》は自分の家へ案内して、店先で茶をすすめると、

「折角《せっかく》、久しぶりで頂戴《ちょうだい》した酒がさめる。冷酒《ひや》でよい、一杯くれい」

と、八十右衛門《やそえもん》は上がり框《がまち》に腰かけたまま、そこの大土間に山と積まれている荷物をながめていた。

「さすがに、心がけの違った男だ。惜しむらくは、大野九郎兵衛《おおのくろべえ》、なぜ町人に生《うま》れなかったかだ」

茶碗の酒をのみほして、

「ああ、よい心もちになった。大津屋《おおつや》」

「へい」

「この荷梱《にごり》は、一箇《こ》でも、船積みすることはならんぞ。土蔵のほうにあるという伜《せがれ》の郡右衛門《ぐんえもん》の家財も同様、何と云《い》って参っても、渡しては相成らん」

「とんでもない事を。左様《さよう》なことは、私共、町人には言い張れません」

「安心せい。原《はら》の弟、岡島八十右衛門《おかじまやそえもん》がそう云《い》ったと断れ。強《た》って欲しくば、大石殿《おおいし》のおゆるしの上でと申せ」

「どうも、迷惑仕《つかまつ》ります。先は、御家老だし、御子息はあの通りな郡右衛門様《ぐんえもん》。そんな事を申したら、手前共が無礼討《ぶれいうち》にされるかも知れません」

「ははは。その前に、俺が、九郎兵衛《くろべえ》を封じて来る。今日の彼奴《きゃつ》の態度といい、また、このような抜け目ない手廻《てまわ》しといい、いわゆる、武士にして武士道を阻《はば》めるものだ。風上に置けぬ人間だ。——それだけでも、癪《しゃく》に障《さわ》ってたまらないのに、彼奴《きゃつ》め、自分の非をわすれて、先頃、お金蔵の金子《きんす》が台帳と少々合わないのを楯《たて》に取って、この八十右衛門《やそえもん》が着服でもしたようなことを世間へ云《い》ったという噂《うわさ》も耳に入っておる。かたがた、一度は訪れようと考えていた矢先、ちょうどよい、ここへは苦情の来ぬように俺が禁厭《まじない》をして来てやる」

青貝柄《あおがいえ》だの、樫《かし》だの、朱柄《あかえ》だのの槍《やり》が十本程、一束にして藁苞《わらづと》に巻いて荷の中に立てかけてあった。八十右衛門《やそえもん》は、酔い頃に染まった顔を撫でながら、側へ行って、縄の束ねを切り解《ほど》いた。そして、樫《かし》の九尺柄を一本抜いて、

「大津屋《おおつや》、かたく申しつけたぞ」

蔀《しとみ》の油障子を開けて、槍《やり》の穂から先に、往来へ出て行った。

人《ひと》の居《い》る空家《あきや》

「度し難いたわけ揃《ぞろ》いじゃ。――その馬鹿にもふたいろある、馬鹿に見える馬鹿と、馬鹿に見えない馬鹿と」

もう目ぼしい家財は何もない屋敷の内である。小者《こもの》部屋の行燈《あんどん》と、食台と安物の食器だけを残しておいて、大野九郎兵衛《おおのくろべえ》の家族は、身拵《みごしら》えまでして、そこに集まっていた。

「乳母《うば》、泣かすな」

杯《さかずき》を、伜《せがれ》の郡右衛門《ぐんえもん》に渡しながら、九郎兵衛《くろべえ》は、乳母《うば》の膝《ひざ》にいる疳《かん》のつよい孫の頭を見た。

「おぬしに似て、毛が赤い」

と笑った。

郡右衛門《ぐんえもん》は、父へ酌《しゃく》して、

「孫は、たいがい、祖父に似るそうですな」

「わしに似れば、大したものだが、おそらく、これから浪人が何年つづくか知らんが、これで、凡物《ぼんぶつ》ができあがると、大野家《おおの》も、まあ、わしの代で峠じゃろうて」

「そんな事はあるものですか」

「でもまあ、こういう場合に際会しても、死ぬのなんのと、血まようほど逼迫《ひっぱく》をしていないほどの心掛けはしておいた。上方《かみがた》へでも出て、気楽に晩年を過ごそうよ。わしも初手は、こころから大学様《だいがく》の将来を思い、たとえ、殿は亡《な》いまでも、御家名と四隣への名分はまっとうしたいと考えてずいぶん憎まれ役にも立ったが、今日という今日は、なんだか、城内で笑いたくなって来た。大石《おおいし》という人間は、あれで極《ご》く人が良いのだ。軽輩の困窮者《こんきゅうしゃ》や、主《しゅう》を離れたら食うすべのない若侍が、一時の激情で、武士道の何のというと、自分でも、これはあぶないとおもいながら、足が抜けない破目になっているのじゃ。家老とか、一方の将とかいわれると、ああいう目にはよく遭うものだ。かつがれない用心だけは、わしは最初から注意してかかったから、まず死神《しにがみ》につかれることだけはまぬがれたわけさ。——死んでどうなるのじゃ。今夜あたり、大石《おおいし》などは、寝床の中で考えとるじゃろう」

「岡島《おかじま》の配下が、どさくさ紛れに、お金蔵の金子《きんす》を着服して、逃亡したという話じゃありませんか」

「うむ、だいぶ帳尻《ちょうじり》があわなかった。しかしな、戦場ですらある例だ。あまりいうな」

「目先の利いた奴ですな」

「褒《ほ》めるわけにもゆくまい」

郡《ぐん》右衛《え》門《もん》は、酒瓶《ちろり》を上げて、

「酒がないぞ」

「待て待て」

「もう、およろしいので？」

「いや――」

と、耳を澄まして、

「なんじゃ。誰か、表門を叩いておるようではないか」

「大津屋《おおつや》でしょう」

「あれなら、裏門から来るはずだ」

「…………」

今夜の立退《たちの》きは、家中には勿論《もちろん》、町の者にもかたく秘密にしていたのである。疚《やま》しいものが九郎兵衛《くろべえ》の気を弱くしていた。郡《ぐん》右衛《え》門《もん》もぎょっとした。

門を叩いている音はだんだん激しくなる。ただの訪問者でないことはすぐ分《わか》った。大きな閂《かんぬき》が揺れているのだ。

「開けろっ！　留守ではあるまい、大野九郎兵衛《おおのくろべえ》に会おう！」

たった今、噂《うわさ》をしていた原《はら》の弟の声にまちがいない。岡島八十右衛門《おかじまやそえもん》なのだ。九郎兵衛《くろべえ》は酔《よい》のさめた顔をしてその部屋から歩みだした。

「およしなさい、父上」

郡右衛門《ぐんえもん》はあわてて父の袂《たもと》をつかんだ。九郎兵衛《くろべえ》は、眼をすくめて、

「会《あ》やせん。……誰が……」

と、呟《つぶや》いた。

二人は、玄関の出窓へ行って、そっと外を覗《のぞ》いた。門を跳《おど》り越《こ》えて来たらと、あらかじめの隠れ場所も、その間に考えていなければならない。

八十右衛門《やそえもん》は、隣屋敷まで鳴り響くような声で、呶鳴《どな》っていた。

「燈火《ともしび》の見ゆるからには、まだ当家は空家ではあるまい。九郎兵衛《くろべえ》も郡右衛門《ぐんえもん》もそこにいるものと存ずる。耳あらば聞けっ。一藩の城代《じょうだい》たる身でありながら、世々の御恩顧もうち忘れ、匹夫《ひっぷ》同様、夜陰に乗じて、立退《たちの》こうなどとは見下げ果てた根性。それでも武士かっ、城内で申した汝《なんじ》のことばには何とあったか。亡君の御名を穢《けが》すものとは、其方《そのほう》ごとき者をいうのだ。生命《いのち》だけは助けてつかわすが、二度と、吾々《われわれ》の眼にふるる所へ出てうせると、その分にはさし措《お》かぬぞ。よいかっ、覚えておけ」

門屋根を越えて飛んで来た槍《やり》が、脇玄関の戸ぶくろにぶすりと突ッ立った。

九郎兵衛《くろべえ》は苦い生唾《なまつば》をのんでいた。しばらく措《お》いてから門の外で、八十右衛門《やそえもん》の笑い声が大きく響いた。

遠林寺茶話《おんりんじさわ》

きのうから祈願所の遠林寺《おんりんじ》に、藩務からすべてが移されて、そこが残った藩士たちの会所ともなり、残務を執る所ともなって、持ち込んだ書類の箱や机の位置が定《き》まらないうちに、内蔵助《くらのすけ》は坐《すわ》っていた。

城内には、吉田忠左衛門《よしだちゅうざえもん》や、小野寺《おのでら》、原《はら》などの老練が残って、もう今日あたりから、天守、本丸、藩庫などの整理に当《あた》っている筈《はず》である。

「このお城を離れても、俺たちはきっと、このお城の夢ばかり見るだろうな」

そんな事を呟《つぶや》きつつも、藩士たちの顔はふしぎと昨日から明るかった。

籠城《ろうじょう》から――開城となったからだ。

殉死《じゅんし》か、討死《うちじに》か、どっちを向いても死の策だったものが、開城と一決して、幾日でもここに生きのびられる欣《よろこ》びだろうかといえば、決してそうではない。それ程、生命《いのち》を主とする考えならば、いつでもあの評議の席を立てば立てたのだ。この赤穂《あこう》から外へ出るのを阻《はば》める関所はないのである。

また、最後の日に、盟約が結ばれて、内蔵助《くらのすけ》の口から、はじめて、

「開城」

という底意が打ち明けられ、

「――後図《こうと》のことは、一先《ひとま》ず、此方《このほう》の存意におまかせ下さるまいか」

となって、それを誓文の一行に書き加えて承諾してある以上は、今捨てない生命も、決して永《なが》い間というわけでないことは分《わか》っている。

いずれは近いうちに死ぬのだ!

これ程、はっきりと先の見えていることはない。それだのに、遽《にわか》に、各々《おのおの》の面《おもて》につつみきれない明るさがさして来たのは、取りも直さず、大きな心の変化でなければならない。

絶望が希望へ一転したのだ。

惨憺《さんたん》たる敗地から勝利者への位置へ立ち直ろうとして来たのだ。

ただでは死なぬという生命力の現《あら》われて来たものが、昨日《きのう》から、藩士たちの生々とした
その眉《まゆ》なのである。

こう一昨日《おととい》までの黒い喪服《もふく》を脱ぎ捨てたような人々の変《かわ》り方《かた》の中にあって、相かわらず、
初めての評定《ひょうじょう》の時から今日まで、どう眺めても変《かわ》りの見えないのが内蔵助《くらのすけ》であった。

今も、華岳寺《かがくじ》の使僧と、忙しい中に、世間ばなしを交わしている。

それが帰る。

また、高光寺《こうこうじ》の住職が来る。

寄進の目録が届いたので、礼に見えたのだった。大蓮寺《だいれんじ》からも同様な挨拶《あいさつ》があった。

「勝田《かった》、とてもおかしいことがあるぞ、聞いたか」

若い連中の一組がかたまっている本堂の隅に来て、外から戻って来た杉野十平次《すぎのじゅうへいじ》が大
きな声で云《い》った。

勝田新左衛門《かったしんざえもん》や、矢頭《やとう》、間瀬《ませ》などの人々が、

「何だ、何があったのか」

「一昨夜、夜逃げをした大野九郎兵衛《おおのくろべえ》な」

「また、大野《おおの》の話か。大野《おおの》の事なら、きのう、笑ってしまったぞ」

「ところが、また一つ、茶話《ちゃばなし》がある。八十右衛門《やそえもん》の脅《おど》しがききすぎたため、よほど狼狽《ろうばい》

したとみえ、乳呑《ちの》み児《ご》の孫を、乳母《うば》の手にあずけたまま、便船の外へ、忘れて行きおった」

「まさか」

「いや今、見て来たのだ」

「どこで」

「その乳母《うば》が、町へ子を捨てて姿を隠してしもうたらしい。町家の土蔵路地《どぞうろじ》でひいひい泣いておる。人が集《たか》って、何処《どこ》の子じゃと騒いでいるのだ。近所の商家の内儀に、乳をもらっていた」

「主《しゅう》が主《しゅう》なれば、乳母《うば》も乳母《うば》だな。八十右衛門《やそえもん》も罪なことをする」

耳に挟んだとみえて、内蔵助《くらのすけ》が一室から振り向いて云《い》った。

「杉野《すぎの》、その子を寺へ抱いて来て、守《もり》してやれ」

「九郎兵衛《くろべえ》の孫でござるが」

「わかっておる。その嬰児《あかご》とて、亡君の御恩のかかった者の一人じゃ」

杉野《すぎの》が、本堂の階段を降りて大股《おおまた》に出て行ったと思うと、すぐ、あわただしく戻って来て、

「御家老、御家老。江戸表《おもて》の面々が見えましたぞ」

「誰が？　……」

と内蔵助《くらのすけ》は内陣《ないじん》の脇の部屋から山門の方へ眼をやった。

浅黒い顔が三つ、逞《たくま》しい肩をならべて真ッ直ぐに本堂へ向《むか》って来るのが見える。

右の端が、堀部安兵衛《ほりべやすべえ》、中に奥田孫太夫《おくだまごだゆう》、左に立って来るのが高田郡兵衛《たかだぐんべえ》で、もう此方《こっち》の人々の顔を認め、やあ、と云《い》いたそうに階段の下へ来た。

内蔵助《くらのすけ》は、咄嗟《とっさ》に、

（来たな）

という面持《おももち》であった。

取次《とりつぎ》の右衛門七《えもしち》へ、

「通せ」

と、その声も無表情である。

先に江戸表《おもて》から来た村松喜兵衛《むらまつきへえ》や、片岡《かたおか》、磯貝《いそがい》などから、この三名の消息はつたわっている。まだ江戸表《おもて》に残っている安兵衛《やすべえ》の養父堀部弥兵衛《ほりべやへえ》老人からも、きびしい文面をつい二、三日前にうけとっていたばかりのところ。

塵《ちり》を払って、三名は内蔵助《くらのすけ》のいる一室へ来た。庭先の大きな蘇鉄《そてつ》に陽《ひ》ざしが青かった。

後《のち》のふくみ

「只今《ただいま》お着きか」

内蔵助《くらのすけ》の最初の挨拶《あいさつ》だった。

「いや、昨夜おそく」

郡兵衛《ぐんべえ》は、小坊主の運んできた茶をぐっと服《の》んだ。何となく、険《けわ》しい眼をそろえている三人だった。共にこの三名は江戸で有名な当時の剣豪堀内源太左衛門《ほりうちげんたざえもん》の高足《こうそく》だった。わけても、安兵衛《やすべえ》の刀《とう》に至っては藩地以上に関東で重視されている。風流子の多い江戸詰《づめ》の中で、

(俺は武骨者)

で通しているところも一特色だった。

消息の伝えるところに依《よ》ると、この三士は、事変後、早くも、

(賢《さかし》げな百説、どれもこれも採るに足らぬ。吉良《きら》は無事に生きているのだ。ただ、亡君の

怨敵《おんてき》たる彼の首を申《しるし》うければそれで足る)

と、堀部弥兵衛《ほりべやへえ》老人を首領に仰いで、在府の者だけで、行動に出ようとした急激派の発頭人たちであるという。

どれ程、その事に就《つ》いて、今日まで内蔵助《くらのすけ》は、人知れず胸を痛めていたか知れない。

不幸に似て幸いであった事には、江戸表《おもて》にも、大野《おおの》一派のように冷静家の多かったことだ。江戸家老の安井彦右衛門《やすいひこえもん》、藤井又左衛門《ふじいまたざえもん》からして先《ま》ずそれである。

いくら切歯《せっし》してみても、また、腕に自信があっても、わずか三名では、吉良《きら》の門内へ斬り込んで幾十歩駈《か》け込めるかに問題は止まる。

(この上は、赤穂《あこう》と合体して、共々、城を枕に――)

と、一途《いちず》に百六十五里をやって来たに違いない。内蔵助《くらのすけ》は三名の眼のうちに、その急激な意気を読みとって、

(はて、困ったものだ)

というように、模糊《もこ》とした態度と面持《おももち》のまま、暫《しばら》くだまりこんでいたが、やがて、所在なげに、煙管《きせる》をとりあげて、かるくたたく。それから、机の端の紙きれを取って、紙子縒《かんじより》に縒《よ》っている。

「御家老。――承《うけたまわ》ればすでに、公儀御使《こうぎおつかい》の大目付荒木十左衛門《おおめつけあらきじゅうざえもん》まで、開城のお受けを差《さし》

出《だ》された由《よし》でござるが、それは、噂《うわさ》でござろうか、それとも、真実でござろうか」

「もう、お聞きか」

「お城で、吉田忠左衛門《よしだちゅうざえもん》殿から」

「ならば、くわしゅう申しあげるまでもない。そのとおりでござる」

端にいた奥田孫太夫《おくだまごだゆう》の白髪《しらが》まじりの長い眉《まゆ》が、窪《くぼ》んだ眼のうえでびりっとうごいた。

「大夫《たいふ》」

開き直った声音である。

血相ではどんな大喝《たいかつ》が出るかと待っていると、孫太夫《まごだゆう》の手の甲が、その眼を抑えた。はらはらと落涙《らくるい》しているのである。五十六歳にもなる男が――武士が――泣いているのだった。

内蔵助《くらのすけ》は蘇鉄《そてつ》の葉へ、ふっと、眼を反《そ》らした。大きなおはぐろ蝶《ちょう》が一羽ゆらいでいる。

――それを見ている。

「ぶっ、武士かっ、おん身はっ」

高田郡兵衛《たかだぐんべえ》の口を破って遂に出た声だった。肩をふるわしているのだ。脇の下に、ぴったりと大刀を摺《す》りつけて、

「開城とは、何だっ。せめて、お国元には骨のある人間もあるかと来て見れば、上席家老

たる貴公からして、平然と、よくも云《い》われた口だ。隣国の兵に怯《お》じ召されたか。それ程、生命《いのち》が惜しいか。――な、なんだっ、この場合に、寺になど机を構えこんで書類いじり、それが、主家の滅亡を見ている武士の所作《しょさ》でござるかっ」

安兵衛《やすべえ》もまた、膝《ひざ》を詰めよせて、

「父弥兵衛《やへえ》が申し条にも、内蔵助《くらのすけ》殿こそ、この折は頼むべき人物とあったに、意外な言葉に、呆《あき》れたというより他はない。大学《だいがく》様お取立《とりた》ての嘆願も、所詮《しょせん》、望みはないと承《うけたまわ》る。それ以上、何の憚《はばか》る必要があって、おめおめと、城を明け渡されるのか。御所存な承知いたしたい。返事によっては、吾々《われわれ》三名、徒《いたずら》に赤穂《あこう》へ帰って来たものでないことを断っておきますぞ」

内蔵助《くらのすけ》の指に、紙子縒《かんじより》がぴんと縒《よ》れていた。甚だ好ましくない気《け》ぶりを太く結んだ唇が無言に答えている。――こういう過激な感情家は、大野《おおの》、玉虫《たまむし》などの輩《やから》より困る。――と彼は思っているのであろう。悲憤慷慨《ひふんこうがい》ということが抑々《そもそもきら》嫌いなのだ。涙をすらうっかりは買わない内蔵助《くらのすけ》なのである。自分がそれに脆《もろ》いために、こういう際はよけいに心構えの緻《ち》密《みつ》になるのはぜひもなかった。相手が声高になったり、眼に充血を持ったりすればする程、彼は、自分の冷観を必要とする。心の底で、

（これが、冷《さ》めるのだ――）

と思ってみる。そして自身を漠然とした自分の顔いろでつつんでしまうのだった。

「――ご尤《もっと》もじゃ」

やがて答えた。よく出る彼の口ぐせの一つである。

「だが――」

と、その後につけ加えて云《い》う。

「――ご両所、開城いたしたからというて、それで、何事も終《おわ》るというわけのものでもあるまい。後のふくみもある。すでに公儀へも、戸田采女正《とだうねめのしょう》様へも、お受けの由《よし》を申しあげてしまったものを、ぜひもないじゃござらぬか」

尖った肩のあいだに、首を俯向《うつむ》けていた奥田孫太夫《おくだまごだゆう》が、きっと、眼をあげて、

「今仰せられた――後のふくみとは？」

「さ」

煙管《きせる》を持った。しかし、煙草《たばこ》をつめるではなく、膝《ひざ》に遊ばせて、

「大学様《だいがく》の御安否のほども、是非是非《ぜひぜひ》、見届けたいし……」

「それだけでござるか」

「ともあれ、おまかせ願われぬかの」

摑《つか》まえどころがない、怒《おこ》り栄《ば》えがない、安兵衛《やすべえ》は、眼くばせをして立ち上った。この男、

共に事を成すに足らないと見切りをつけたかのように蔑《さげす》む眼を捨てて行った。そして三名背をならべて、本堂の縁に草鞋《わらじ》の緒を結びあいながら囁《ささや》いた。

「この上は、番頭《ばんがしら》の奥野将監《おくのしょうげん》殿に計ろう、将監《しょうげん》の胸をたたいたらすこしは音《ね》がするだろう」

奮然と出て行くと、山門の外から、杉野十平次《すぎのじゅうへいじ》が、嬰児《あかご》を抱いて戻って来た。火がつくように泣いているのを、不器用な腕の中に揺りうごかしながら歩いて来るのだった。

「もうお帰りですか」

十平次《じゅうへいじ》の丸い顔は、青年らしい愛嬌《あいきょう》をもっていた。

「どこの子だ」

郡兵衛《ぐんべえ》は、その事よりも、この際、嬰児《あかご》などを手にしている彼の暢気《のんき》さを咎《とが》めるような語調だった。

「大野九郎兵衛《おおのくろべえ》の孫ですよ。ひどい祖父様《じいさま》や親父《おやじ》があったものです。立退《たちの》く時、あわてて、乳母《うば》と一緒に忘れて行ったという不愍《ふびん》な子なので」

郡兵衛《ぐんべえ》はちょっとのぞいて、

「似ているわ」

いやしむように呟《つぶや》いて、先へ行く安兵衛《やすべえ》の後へ追いついた。そして、大きく嘆息しなが

ら、
「駄目だ、武士道はもう元禄《げんろく》のものじゃない」
と、地へ唾を吐いた。

清掃《せいそう》

大工《だいく》の鑿《のみ》の音が、濠《ほり》の水へよい音をひびかせている。大手の刎橋《はねばし》の朽《く》ちた部分を修繕《なお》しているのだ。二の丸の堤《どて》には、草摘み女の菅笠《すげがさ》が沢山にたかっている。松には庭師が登っていた。道路には足軽《あしがる》が指図して箒目《ほうきめ》を立てている。

城内の整理は終《おわ》った。清掃もやがてすむ。

備えつけの武器什器《じゅうき》、民政の諸帳簿類から国絵図、すべて目録にして、きちんと、置くべき所へ置いて、公儀の使者を待っていた。

幕府の命をうけて、城受取《うけと》りの副使として赤穂《あこう》の旅舎に着いている荒木十左衛門《あらきじゅうざえもん》と榊《さかき》原采女《ばらうねめ》の二人は、正式の明渡《あけわた》しが行われる前の日、下検分として、城内を見《み》て廻《まわ》った。

本丸、二の丸の広い区域を巡見して、その人々の白い足袋《たび》の裏は汚れもしなかった。大廊下は、照りかがやいていた。武器の飾りは見事だった。郷帳《ごうちょう》、塩田絵図、年貢《ねんぐ》台帳、一目でわかるように備えてある。

「粗茶を一服さしあげとう存ずるが」

内蔵助《くらのすけ》から申し入れると、

「左様《さよう》か」

使者たちは、鷹揚《おうよう》に導かれた。

そこは、内匠頭《たくみのかみ》の世にいた頃の居間だった。茶のかおりが漂うと、居ならぶ藩士たちの瞼《まぶた》には、主君のすがたを思《おも》い泛《うか》べずにはいられなかった。

その時、内蔵助《くらのすけ》は両使へ向《むか》って平伏しながら、

「主人内匠頭《たくみのかみ》儀、不調法に依《よ》って、城地お召上《めしあ》げの上命《じょうめい》謹んでおうけ仕《つかまつ》りまする。すでに、主君は歿《ぼっ》し、国亡《ほろ》び、相手方吉良《きら》殿は無事と承《うけたまわ》る今日に於《お》いては、臣たる某共《それがしども》には、自決の途《みち》はあるはずにござりますが、ただ、内匠頭《たくみのかみ》の弟大学《だいがく》が控えておりまするままに、しばらく生を竊《ぬす》んで、やがての御恩命をひたすら待ち奉る微衷《びちゅう》の他ござりませぬ。先に、戸田采女正《とだうねめのしょう》殿の手を通じて、嘆願の儀、何とぞお取《とり》なしありまするよう、その一縷《いちる》の望

みだにかのうなれば、吾々《われわれ》共一統、亡主の廟前《びょうぜん》に於《お》いて、人臣の義を果し、公儀を初め奉り、ひろくは天下万民に罪を謝して、泉下《せんか》に無用の骨を埋《うず》めて已《や》むの所存。ひとえに、御憫察《ごびんさつ》を仰ぎ奉りまする」

彼が日頃の念願を打ちこめて云《い》った。

「…………」

二人の使者は、黙然《もくねん》と、眼を見あわせたきりで立った。

間数を踏んで大広間へ来た。

陽炎《かげろう》のような陽影《ひかげ》が、黒い格子《こうし》天井にうごいている。それを仰いでいる荒木十左衛門《あらきじゅうざえもん》の足もとへ、内蔵助《くらのすけ》はふたたび平伏して、

「御覧《ごろう》ぜられませ、小藩ながらこの本丸にも、三世の年月が古《ふ》りおりまする。徳川家《とくがわけ》の藩塀《はんぺい》として、ここに一城を築きまするにも、一朝一夕《いっちょういっせき》のことではなく、藩祖浅野采女正《あさのうねめのしょう》の勲功《くんこう》、以後代々の忠誠に依《よ》り、御恩遇を蒙《こうむ》りましたこと、亡君内匠頭《たくみのかみ》に於《お》いても、夢寐《むび》のまも忘れおらず、常に、臣らを勉め励まし、ただ御奉公一途に専心いたしおりましたに、不測の不調法、残念至極《しごく》にござります。あわれ、いささかなりとも、御寛恕《ごかんじょ》の一片を、大学《だいがく》様に、御垂徳《ごすいとく》くだし置かれますれば、地下万代御高恩を仰ぎ忘れは仕《つかまつ》りませぬ。諄《くど》くも懇願申し奉ること大罪と恐れ入りますなれど、何とぞ、お心のうちにおとめ置き賜わり

ますように」

あたりに附添《つきそ》って、手をつかえている藩士達は、内蔵助《くらのすけ》の静かなその声に打たれて、泣くまいとするほど、瞼《まぶた》が支えきれなかった。

依然として二人の使者は無言を守っている。歩みだしてから、

「内蔵助《くらのすけ》の申し条、臣として、余儀《よぎ》ないことに思われる」

と低く一言洩《も》らした。

だが――その夜、十左衛門《じゅうざえもん》から内蔵助《くらのすけ》へ招きがあって、

「御心底、篤《とく》と、今日拝見しました。諸事、お見事であった。帰府の上は、上聞にも及ぶでござろう」

と云《い》った。

大学《だいがく》の名は口にしなかったが、十左衛門《じゅうざえもん》の心は動かし得た。

翌十九日は、いよいよ、城との別れの日である。荒木十左衛門《あらきじゅうざえもん》の旅舎を出た内蔵助《くらのすけ》は、すぐ城へ引っ返した。持ち持ちの場所に夜を明かして、警備している藩士たちへ、

「こよい一夜は、まだ亡君のお城でござるぞ。御門、火気、おぬかりあるな」

と励《はげ》まして廻《まわ》った。

やがて夜も明け方に近いかと思われる頃、遥かに貝の音が聞《きこ》え渡《わた》った。

天守閣にのぼって見ると、満天の星が冷々とまたたいている。城下はまだ暗く屋根も浮いて見えなかった。その漆《うるし》のようなひろい闇を縫って、鷹取峠《たかとりとうげ》から千種川《ちぐさがわ》をこえて城下へ流れて来る一列の炬火《きょか》がある。いうまでもなく、この数十日前から、国境に筒《つつ》をかまえて或《あ》る場合に備えていた姫路《ひめじ》、岡山の諸藩の兵だ。

なおよく見ると、城下に迫って、近々と陣をそなえているのもある。今日の城受取《うけと》りの正使、播州龍野《ばんしゅうたつの》の脇坂淡路守《わきざかあわじのかみ》の隊伍であろう。

更に、一転して海の方をながめると、そこはすでに、白々と、細《こま》かい波が光っていて、鯨《くじら》の群のように、各藩の兵船が、水軍の陣線をひいて、赤穂《あこう》領のうしろを抱いていた。

鬢《びん》の毛に、冷々とふれる風を感じながら、内蔵助《くらのすけ》は立っていた。いつまで立っていても立ち飽かない気がするのである。自分の一代のうちにこういう夜明けを待とうとは思ってみない事だった。ふかぶかと心を掘り下げて見ておかなければならない闇だと思うのであった。心に怠りが生じてきたら、いつでも、瞼《まぶた》をとじてこの闇を想起しようと思う。

いたずらな仏説を信じるのではない。しかし彼は信念をもって思った。このいこの城には亡君内匠頭《たくみのかみ》の魂も必ずや来て在《おわ》すに違いないということを。そして、その主君の魂は、今自分の肩に手をかけられて、共に、この痛恨そのもののような天地をじっとみつめているであろうように考える。

二の丸の森から、鴉《からす》が翼を搏《う》って群立《むれだ》った。その啼《な》き声《ごえ》までが、意味ありげに胸を打つ。貝が鳴る。やがてまた、太鼓の音が受城使《じゅじょうし》の陣でながれた。海と空が、一瞬ごとに、白々と二つのものにわかれて来て、やがて、真っ赤な太陽の放射が、海を走り、石垣を染め、樹々にかがやき、城の屋根の角々《かどかど》にきらきら光った。

今朝、人手に渡す城の何という美しさだろう。

「そうだ、卯《う》の刻《こく》」

開かれた大手門《おおてもん》の濠端《ほりばた》には、もう正使の通路を守る兵の一隊が列を作りかけていた。

（さらばだぞ、赤穂《あこう》の城——）

胸のうちにこう告げて、内蔵助《くらのすけ》はもう一度四方を見まわした。せめてもの爽々《すがすが》しさは、見るかぎりのところ、心ゆくまで清掃の届いていることであった。

萌黄《もえぎ》唐草《からくさ》

釣りでも垂れているよりほか今のところはする事もないのである。これで高禄《こうろく》を食《は》んでいる身かと考えると、主人へ対してよりも、野良《のら》に年貢米の植付《うえつ》けをしている百姓に対して、済まないいような気恥《きはず》かしさを時に覚える。

清水一学《しみずいちがく》は、今日も黙然《もくねん》と、雲母川《きららがわ》堤《づつみ》から、一竿《いっかん》を伸ばしていた。

菜の花が黒くなって、田も山も渥美《あつみ》平野も、こうしている間に、すっかり青くなった。この三州《さんしゅう》横須賀村《よこすかむら》へ着いた三月中旬からおよそ二ヵ月。ここでは、暦《こよみ》のほかは何の変化も見られない。

ただ、江戸表《おもて》の事変当時、華蔵寺《けぞうじ》におられた主人上野介《こうずけのすけ》の奥方富子《とみこ》の方《かた》が、此地《ここ》を即刻に立ったことと、領主の危難に激昂《げっこう》した村民が一時動揺してその抑えに手を焼いたくらいなものであるが、それとて、浅野家《あさのけ》の処分がわかると自ら鎮《しず》まってしまった。一学《いちがく》はもう江戸表《おもて》へ帰っていい筈《はず》の体なのであるし、自身も、帰心に駆《か》られているが、吉良家《きらけ》とは、一心同体の関係にある、米沢《よねざわ》の上杉弾正大弼《うえすぎだんじょうたいひつ》の江戸家老千坂兵部《ちさかひょうぶ》から書面があって、それに、

――近習番《きんじゅうばん》木村丈八《きむらじょうはち》事、やがて其地《そのち》に立寄《たちよ》り申す可《べく》に付《つき》、領内にて相待ち、同道にて帰府のほう都合宜《よろ》しかる可《べし》――という指令なのであった。

同役の木村丈八《きむらじょうはち》が、いったい何の用事で、何処《どこ》へ向《むか》って、何日頃《いつ》ここへ立ち寄るのか、一学《いちがく》にはとんと見当がついていない。――しかし、それまで領土にとどまっておれという千坂兵部《ちさかひょうぶ》の意嚮《いこう》はほぼ推察がつかないでもない。あの経世的な緻密《ちみつ》の頭が、事変の推移をどう眺めているか、大なり小なり、その反動が襲《や》って来るに違いない事は、一学《いちがく》にも当然に考えられるからだ。

「……あっ、引いてる! 旦那、食っていますぜ」

うしろで、誰か不意に云《い》う。

荷物を背負った町人の影法師が、堤《どて》の上から魚籃《びく》の側へ落ちている。

一学《いちがく》は、沈みこんでゆく水面のウキに気がついて、ひょいと、竿《さお》を上げた。

餌《えさ》は、取られている。

糸のしずくが、キラキラと手もとへ伝わってくる。鉤《はり》を掬《すく》って、餌《えさ》をつける。——そして風に乗せて水面へぽんと投げる。

「——釣れますか」

と、町人は、側へしゃがみこんだ。

「…………」

蘆《あし》と蘆《あし》との間の静かなさざ波を切って、水馬《みずすまし》や川海老《かわえび》が小さな波紋を縦横《じゅうおう》に描いている。白い魚の腹も時々川底を光って潜《くぐ》った。

「——居るなあ」

町人は、煙草《たばこ》を吸いつけて、魚籃《びく》の中をのぞきこんだ。魚籃《びく》の底には、魚の鱗《こけら》もなかった。

「旦那、ウキ下が、すこし長すぎやしませんか」

「…………」

うるさい奴だと云《い》わぬばかりに一学《いちがく》は黙っている。——町人の燻《く》ゆらしている煙は西国《さいごく》煙草《たばこ》らしい。それも阿波煙草《あわたばこ》や薩摩煙草《さつまたばこ》ではなく中国産《もの》だ——。そんな事を考えたりして、釣糸《いと》に心は措《お》いていないのだ。

「ア、引いている！」

町人がまた、首をのばした。一学《いちがく》は舌打ちをして肩越《かたご》しに眼を向けた。三十四、五の旅《たび》商人《あきんど》にしては陽焼《ひや》けの浅い男である。眸《ひとみ》がぶつかると、急に世辞笑いをして、

「旦那、もうすこし、早めに糸を上げてごらんなさい。少し遅すぎますな」

一学《いちがく》は、独り言のように、

「戻ろう」

するりと竿を上げると、餌《えさ》を銜《くわ》えた小さな鮠《はや》が一尾《いっぴき》ぶら下がっていた。

町人がまた笑う。

一学《いちがく》は可笑《おか》しくもない顔つきで、草むらに落ちた鮠《はや》をそのまま、糸を巻いて、起《た》ち上《あ》がった。

そこから遠くないところに、彼の老いたる両親のいる実家がある。この横須賀村《よこすかむら》に古い代々の土着農で、二棟の大きな母屋や、茅葺門《かやぶきもん》や、生樹垣《いけがき》や、欅《けやき》の防風林や、すべて彼の幼少の頃から少しも変《かわ》っていない。

植付《うえつ》けに忙しいこの頃なので、家の者はみな田へ出ている。ただ一人、縁先《えんさき》で孫の縫物《ぬいもの》をしている老母が、一学《いちがく》の姿を見ると、

「四郎《しろ》べ。今日はすこしゃア、釣《つ》ったけ?」

と云《い》った。

四郎平《しろべい》というのは、一学《いちがく》の幼名だった。この母は、百姓の肚《はら》から百石扶持《ぶち》の侍を生んだことも、さして誇りとはしていないらしく、幾歳《いくつ》になっても、洟垂《はなた》らし時代のまま、四郎《しろ》べ、四郎《しろ》べで通している。

一学《いちがく》もまた、田舎《いなか》言葉で、

「駄目ださ。根っから釣れんで、くそ面白くねえで帰《け》えって来た」

「ぬしゃあ、剣術はうめえが、釣《つり》は洟垂《はなた》れ頃から下手《へた》ずら」

「ははは。そうだっけな」

「気みじかでのう、野馬を駆《か》っとばしたり、棒なぐりは好きだが、気永《きなが》なことは向かんて、死んだ爺《とっ》さんも云《い》いおっただ」

「餓鬼《がき》の頃と、今たあ、だいぶ違っているはずだが、おっ母《かあ》には、まだそう見えるけ」

「抑えているだけのこっちゃがな。生《うま》れ性《しょう》は生《うま》れ変《かわ》らぬ限り変《かわ》るもんでねエ」

「すると、困ったもんだちゅうことになるだな」

「侍奉公《さむらいぼうこう》の体は、よけい気をつけん事には、なるめえずら。浅野内匠頭《あさのたくみのかみ》がええ手本じゃ」

草履《ぞうり》の足痕《あしあと》がつく程、縁の先の大地には、青白い柿の花がいっぱいにこぼれていた。一《いち》学《がく》は釣竿《つりざお》を納屋の横へ置いて来て、

「おっ母《かあ》、これは誰のがじゃ」

と、腰をおろした側の包みを手に取った。

三、四冊の帳面をくるんだ萌黄唐草《もえぎからくさ》の小風呂敷で、結び目に、手古びた矢立《やたて》が一本差しこんである。

秘客往来《ひかくおうらい》

「あの糸屋が忘れて行ったのずら。今、針を買ったで」

「旅商人《たびあきんど》け」

「そうよ」

「くだらねえこと、喋舌《しゃべ》りはしめえな」

「たれがあ」

「おっ母《かあ》がよ」

「莫迦《ばか》こけ、だれが云《い》うぞいな。ぬしから口止めされている事あ、村の衆にも、云《い》うたことはねえだ」

家の横の防風林の外を、ちらちらと人影が透《す》いて門の方へ廻《まわ》って来る。菅笠《すげがさ》の白さに、一学《いちがく》は堤《どて》で会ったあの糸屋が忘れ物を取りに来たな——と頷《うなず》いていた。

門の外から、菅笠は中を覗《のぞ》いている。やはり旅商人ではあるが、先刻《さっき》の男とは違っていた。道中差《どうちゅうざし》を一本落《お》とし、背が短くて、眼が鋭い。

「おっ、此家《ここ》か」

と、その男は、一学《いちがく》の姿を見かけて大股《おおまた》に入って来た。ちょっと彼も見違えていたのである。

「なんだ、木村丈八《きむらじょうはち》か」

「何を驚いているのだ」

「その姿は？」

「これか」

と、丈八《じょうはち》は、自分の木綿縞《もめんじま》の着物に、眼を落《おと》して、

「――ちと仔細《しさい》があって」

「無論、仔細《しさい》はあるのだろうが、突然では貴公とも見えぬ」

「見えては困る。……とにかく、汗を拭きたい、井戸は何処か」

「あれだ」

指さすと、木村丈八《きむらじょうはち》は、縁先の草履《ぞうり》一足片手にさげて、

「ついでに足を洗って来る」

笠や振分《ふりわけ》をそこに置いて、庭の隅にある石井戸のほうへ歩いて行った。

裏の田から田植歌《たうえうた》がながれてくる。老母は糸屑《いとくず》を袂《たもと》にたからせて、暗い茶の間で湯を沸かしにかかった。車井戸の釣瓶《つるべ》が元気よく幾たびも庭の隅できりきりと鳴る。

一足ちがいに、先刻《さっき》の糸売りの旅商人がひょっこり入って来た。そこに、堤《どて》で会った一《いち》学《がく》がいたので、糸屋はちょっと意外な顔をしたが、小腰をかがめて、

「どうも相済《あいす》みません。手前の矢立《やたて》と帳面包みを置き忘れましたが、そこらに、ございませんでしたでしょうか」

「これか」

「有難《ありがと》うぞんじます」

背負《しょ》っている包みの中へ、その小風呂敷を包みこんで、喉《のど》に結び目を作りながら、出て

行こうとすると、ちょうど石井戸から足を洗って戻って来た木村丈八《きむらじょうはち》が、筋肉を緊《し》まらせて、

「やっ？」

足を竦《すく》めてしまったのである。すると糸屋も、

「あっ？」

と云《い》って、身を翻《ひるがえ》すなり、不意に門の外へ駈《か》け去《さ》った。

「畜生っ」

すさまじい血相で丈八《じょうはち》が追いかけて行ったので、一学《いちがく》は何事かと驚いて草履《ぞうり》に足を乗せた。彼が垣の外へ立った時には、もう彼方《かなた》の畷《なわて》で追い着いた丈八《じょうはち》と糸屋とが、道中差を抜き合って、烈しい刃《は》交《ま》ぜを見せているのである。

田植えの女や男たちが、田から驚きの声をあげている。一学《いちがく》は腕拱《うでぐ》みをして眺めていた。吉良家《きらけ》の近習《きんじゅう》のうちでも、槍《やり》とか太刀とか把《と》って、何家《どこ》へ投げ出しても侍一人前で通用する人間は、そうたんとはいない。

しかし、木村丈八《きむらじょうはち》と、小林平八郎《こばやしへいはちろう》の二人だけは、むしろ吉良家《きらけ》には過ぎ者といってよい程、これは江戸の剣客仲間に肩を並《なら》べさせても群を抜いている。

(丈八《じょうはち》のことだ――)

十分大丈夫と見て、彼のすることを見すまして笑いながら戻って来るのを待っていたのであるが、その丈八《じょうはち》が、勢いに乗って追い捲《ま》くってゆくうちに、不覚にも、畷《なわて》のそばの畦川《あぜがわ》へ、飛沫《しぶき》をあげて片足を踏み辷《すべ》らせていた。

「あっ……」

一学《いちがく》はもう遅いことを知って動かなかった。

糸屋は、斬れば斬れたであろう丈八《じょうはち》を見向きもせずに捨てて、まっしぐらに彼方《あっち》へ逃げてしまった。丈八《じょうはち》が、沼泥《どろ》だらけになって上がった時には、もうその姿は遥かなものになっていた。

忌々《いまいま》しげな唇を結んで、丈八《じょうはち》は、諦めたように戻って来た。

すこし可笑《おか》しいのを怺《こら》えながら一学《いちがく》が訊《たず》ねると、

「何者だ、あれは？」

「赤穂《あこう》の士《さむらい》だ」

と、丈八《じょうはち》はそのままた、井戸の方へ行く。

「ふウむ、赤穂《あこう》の者か……」

「たしか、馬廻《うままわ》り役の近松勘六《ちかまつかんろく》だったと思う。あの顔は、慥《たし》かに覚えているのだが、よく思い出せない。もう此方《こっち》の懐中《ふところ》も油断がならん」

「先でも知っていたようだな」

「知っている筈《はず》だ。この二月程《ふたつき》は、赤穂《あこう》の町中でも、よくぶつかっているし、家中《かちゅう》の邸《やしき》へも、道具買いに入っているから」

「では、貴様は赤穂《あこう》へ行っていたのか」

「そうだ」

「誰の吩付《いいつ》けで」

「千坂兵部《ちさかひょうぶ》様からの内命で」

「さすがに、お早いことだなあ……」

柿の花を踏みながら、一学《いちがく》は家のほうへ行って、母屋から自分の浴衣《ゆかた》を抱えて来て丈《じょう》八《はち》に与えた。

それを着更えに纏《まと》いながら、

「惜しい事をした。——しかし敵ながら一《ひと》かどの男という気がした。何か、当家へ来ている書面でも掠《かす》められはしないか」

「そんな事はあり得ない。しかしあの分では、赤穂《あこう》にも小骨のある人間がいるらしいな」

「いるぞ」

唇をひき緊《し》めて、丈八《じょうはち》は、じっと一学《いちがく》の顔を見つめた。一学《いちがく》は縁へ足をのせながら、

「ま、落着《おちつ》いて話そう。腹ぐあいはどうだ」

「すいている。蕎麦《そば》が食いたい」

「たのんでおこう。――母上、蕎麦《そば》を打ってくださらんか。江戸表《おもて》の友達が食べたいというのです」

そう云《い》って一学《いちがく》は、亡父《ちち》が隠居部屋にしていた裏の一室へ、丈八《じょうはち》と共にかくれた。

村《むら》の四郎《しろ》ッペ

「赤穂《あこう》一藩の開城離散は、無事に落着《おちつ》くと聞いたが、その後の浪人共の動静は？」

坐《すわ》るとすぐ、一学《いちがく》が訊《たず》ねた。

丈八《じょうはち》は、道具買いになって入り込んだ当初からの見聞をこまかに話して、

「受城使《じゅじょうし》の脇坂淡路守《わきざかあわじのかみ》の手へ、城を明け渡して後は、江戸上方《かみがた》へ上るもあり、近郷の縁類を頼って退去するもあって、赤穂《あこう》の始末は一段落とも云《い》えるが、お家に取っては、むし

ろこれからが戒心《かいしん》の秋《とき》ではあるまいか」

「やはり、世上の噂《うわさ》のように、彼等《ら》は、何かたくらむつもりか」

「俺は、そうと見た。——表面、服従を装《よそお》うてはいるが」

「だが、藩地を召上《めしあ》げられ、利害をも離れた後まで、その結束が続くかどうか？」

「後は、人間と人間の結びだけだが、今度の開城の手際《てぎわ》を見ると、あの三百余名の浪人中に、ひとりの偉《おお》きな人物のいることが分《わか》った。それが存在する以上、内匠頭《たくみのかみ》は死んでも、藩地は召上《めしあ》げられても、赤穂《あこう》は滅亡したとはいえぬ」

「赤穂《あこう》での人物といえば、奥野将監《おくのしょうげん》か、大野九郎兵衛《おおのくろべえ》か。——それとも原惣右衛門《はらそうえもん》」

「誰もが、そう思っていた。ところが結果を見ると、すべてが、常々凡物といわれていた大石内蔵助《おおいしくらのすけ》という者の力で動いて来たことがわかる。あれは、千坂兵部《ちさかひょうぶ》様も、気をつけておれと云《い》われたが、確かに、これから眼の離せない人物だと思う」

「して、その内蔵助《くらのすけ》は、どこへ退去いたしたか」

「やがて、京都の山科《やましな》とかへ移るつもりで、荷拵《にごしら》えまでしているが、先月頃から、左の腕に疔《ちょう》を病《や》んで大熱を発したらしく、まだ、赤穂《あこう》の城下から少し離れた尾崎村《おざきむら》の八助《やすけ》の家で療治しておる。——で拙者も、ここらで一先《ひとま》ず千坂《ちさか》様へ復命しておこうと考え、赤穂《あこう》を引き揚げて来た途中なのだ」

室《へや》の外で、その時、老母の声がして、

「四郎《しろ》べ。蕎麦《そば》がぶてたが、そこへ持って行くけの」

一学《いちがく》は、振り向いて、

「あに、炉部屋《ろべや》へ置いてくらっせ、そっちへ食べにゆくでの。おっ母《かあ》も客人と一緒に食《や》らんせ。ちっとも、気がねは要らんおらの友達じゃやげな」

「酒はよ、飲むのけ、飲まんのけ」

「飲む飲む」

と、それだけは木村丈八《きむらじょうはち》が答えた。そして一学《いちがく》と共に部屋の中で大きく笑っていた。

翌《あく》る朝。

朝餉《あさげ》に向かう時は、もう丈八《じょうはち》も一学《いちがく》も旅装をしていた。いちど町人髷《ちょうにんまげ》にした月代《さかやき》を無理に武家風に直した丈八《じょうはち》の頭は、すこし可笑《おか》しかった。

食事がすむと、清水一学《しみずいちがく》は、仏壇のある部屋へ入って暫《しばら》く坐《すわ》っていた。そこから出て来たとき、老母の眼は濡《ぬ》れていた。

「四郎《しろ》べ。おらは、この年じゃで、いつ死ぬかわからねえが、おらが病んだからというて、殿様の御用を欠いてまで、あにも、来ることは要らねえだ。殿様の御恩を、ぬしゃあ、忘れるでねえぞ」

草鞋《わらじ》をつけている息子を見ながら老母は鼻をかむのであった。

木村丈八《きむらじょうはち》は先へ出て、

「御厄介になり申した」

一礼して、笠の緒《お》を結ぶ。

ふたりの姿が、青田の畦《あぜ》を歩いてゆくと、田植えの人々が、腰をあげて手を振った。一学《いちがく》も笠を高く上げた。

姪《めい》だの、甥《おい》だの、従兄弟《いとこ》だの、田にいる者は皆、何かの縁でつながる人達だった。吉良家《きらけ》という一つの家長の下にいるこの善良な家族たちの為にも、彼は、自分のなすべき任務を感じるのだった。

その吉良家累代《きらけるいだい》の菩提所《ぼだいしょ》である華蔵寺《けぞうじ》の下にかかると、二人は笠を脱《と》って、石段へ礼をした。一学《いちがく》には、わけて思い出の深い寺なのである。

彼がまだ、とんぼ頭をして、蟬捕《せみと》りに夢中になって夏を真っ黒に遊《あそ》び暮《くら》していた少年の頃、よくこの寺へ避暑がてら来ていた貴人がある。領主の吉良上野介《きらこうずけのすけ》夫妻であった。

上野介《こうずけのすけ》は吉良家《きらけ》の初祖と、中興《ちゅうこう》の祖と、自分との三つの像をその頃作らせて、此寺《ここ》に納める宿願を立てていた。中央にある彼という人間と、郷里に帰ってこうしている時のかれとは、まったく別人の観があった。その上野介《こうずけのすけ》が、いつ見知ったのか、よく境内や裏

山を駈《か》けずり廻《まわ》っている「四郎《しろ》ッペ」に眼をつけて、

（あの小僧、見どころがある。江戸へ連れて行きたいが）

と、住職に洩《も》らした。

村の四郎《しろ》ッペが、侍になったのは、それが動機であった。清水一学《しみずいちがく》となってから、これで四度目の帰郷であるが、或《ある》いは、これが最後かも知れないような気がどこかでする。

――とにかく、主人の身が、このまま、安穏無事であろうとは考えられないからである。

万一の場合に、身をもって敵に当《あた》る人間として、彼は自分の存在をこの頃見出していた。

同じ吉良家《きらけ》の郎党でも、木村丈八《きむらじょうはち》のほうはまた、やや生い立ちが違う。

彼は、根からの侍だ。米沢《よねざわ》の上杉家《うえすぎけ》の臣だった。藩主の息女である富子《とみこ》の方が上野介《こうずけのすけ》の室へ嫁《とつ》いだ後に、吉良家《きらけ》へ臣籍《しんせき》を移された者なのである。従って、里方の上杉家《うえすぎけ》へは絶えず出入りしているし、また、上杉家《うえすぎけ》の千坂《ちさか》か、千坂《ちさか》の上杉家《うえすぎけ》か、と世間でいう譜代家老《ふだいがろう》の兵部《ひょうぶ》の息《いき》も十分にかかっている人間なのだ。

（吉良《きら》に、この二人がいる以上――）

と、二人はひそかに自負していた。まだ江戸には小林平八郎《こばやしへいはちろう》がいた。赤穂《あこう》浪人がどう立《た》ち廻《まわ》ろうと、主人の側近を、この三羽烏《さんばがらす》で囲んでいる以上は、指も触れさせる事ではないと、暗黙のうちに誓いを固め合っていた。

石《いし》は喋《しゃべ》る

江戸はもう六月の暑さだった。品川宿《しながわ》から高輪《たかなわ》へかかると、海の風も生温《なまぬる》く感じられてくる。街道は白く旱《かわ》き上《あ》がって、牛車や荷駄馬の通るたびに、蠅《はえ》が胡麻《ごま》のように埃《ほこり》を追う。

「暑い！」

と、木村丈八《きむらじょうはち》は、真っ赤に焦《や》けた顔を扇子《せんす》で煽《あお》ぎ立てながら、

「清水《しみず》――」

と、後ろを見た。

一学《いちがく》は、路傍《ろぼう》の井戸で絞って来た手拭《てぬぐい》で、胸毛を拭きながら、追いついて来た。

「しばらく田舎《いなか》にいたせいか、ばかに暑さがこたえる」

「今日は、わけても酷《きび》しい。――ところで、このまま、千坂《ちさか》様の所へ行くか」

「お待ちかねだろう」

「だが両名共、この汗くさい体では」

「かまうまい、身ぎれいにして、のろりと参上するより、今着きましたと云《い》ってまいれば、お心もちが違う」

「では――」

と、高輪街道《たかなわかいどう》を真っ直ぐに向けていた足を回《めぐ》らして、伊皿子坂《いさらござか》へ上りかけると、角の石屋の仕事場から鑿《のみ》に弾《はじ》かれた石の粉が飛んで来た。

四、五人の石屋職人がわき目もふらずに働いている。その中で、一人の職人はもう碑に成った石の面《おもて》に、チコチコと鑿《のみ》を入れていた。

ふと、一学《いちがく》は、その前に足を止めた。

丈八《じょうはち》も、じっと、職人の彫《ほ》る文字を見つめてしまった。立派な碑だと心のうちで思う。

「…………」

職人の仕事ぶりを見てもただの石碑を彫っているのとは違って見える。

冷光院殿《れいこういんでん》 前《さきの》 朝 散《ちょうさんの》 太夫《たゆう》吹毛玄和《すいもうげんわ》大居士《だいこじ》

逆さにこう読める文字を二人とも不思議な気持《きもち》で見入っているのだった。いうまでもなく、これは浅野内匠頭《あさのたくみのかみ》のやがて墓標となるものである。思いあわせてみると、泉岳寺《せんがくじ》はすぐそこだし、この月二十四日は、ちょうど殿中刃傷《にんじょう》後百ヵ日に当《あた》る。

「石屋」

「へい」

びっくりした眼をあげて、石屋は鑿《のみ》をやすめた。

「その碑――どなた様からの依頼か」

「今井町《いまいちょう》の浅野式部少輔《あさのしきぶしょうゆう》様のご註文《ちゅうもん》でございますが」

「む……。内匠頭《たくみのかみ》様の御後室、瑶泉院《ようぜいいん》様のいらっしゃるお屋敷だの」

「左様《さよう》でございます」

「使いには、誰が見える」

「御用人《ごようにん》様で」

「ほかには」

「御浪人なすった堀部《ほりべ》様や、奥田《おくだ》様、そのほかのお方も、時々、お立ち寄りなさいます」

「そうか。皆、元気かな？」

「旦那様は」

「拙者も、実は赤穂《あこう》の者だが、江戸に身寄りがおるので、国元からやって来たのだ。江戸に足を入れるとすぐ、御主君の石碑にお会い申しあげるのも、尽きせぬ縁かと、思わず涙を催《もよお》してしまったわけじゃ」

「そうですか、旦那方も、赤穂《あこう》のお方ですか――」

と、石屋は遂《つい》に打ち解けた言葉づかいで、

「そこじゃあ暑うござんす。こっちへお入《へえ》いんなすって、麦湯《むぎゆ》でも召し上がっておくんなさい」

「かまうな、仕事の邪魔になろう」

「なあに、旦那方の御苦労を思やあ、あっしらあ、暢気《のんき》すぎて、勿体《もったい》ねえくらいなもんでさ。おい、勝公《かっこう》」

「へい」

「薄荷糖《はっかとう》の菓子があったろう。婆さんに云《い》って、茶を入れて来いと云《い》ってくんな。旦那、そこにある井戸水あ冷とうがすぜ、お肌でも拭いておくんなさい。汝《てめえ》たちも、一服しろ」

「では、涼ませて貰《もら》おうか」

縁先の葭簀棚《よしずだな》の下に、腰をかけて、清水一学《しみずいちがく》と木村丈八《きむらじょうはち》は、赤穂《あこう》の士《さむらい》になりすましていた。

石屋職人の辰蔵《たつぞう》は、江戸者の気質《かたぎ》をまる出しに持っている。二人の床几《しょうぎ》の前に、自分も煙草《たばこ》休みの腰をすえて、

「ご苦労でござんすね、赤穂《あこう》からこの炎天に長道中じゃあたまらねえ。あちらの噂《うわさ》もずいぶん伺っておりやすが、大石様《おおいしさま》というお方は、城明渡《あけわた》しのお使者に、見事な扱いをなすっ

て、赤穂《あこう》武士の肚《はら》のあるところをお見せなすったそうでございますな」

「江戸でも、そう申しておるか」

「正直なとこ、中にゃあ、悪口を云《い》ってる奴もありやすがね。——なあ勝公《かつこう》、銭湯《せんとう》で汝《てめえ》が聞いて来たっていうじゃねえか。何て云《い》ったけな、あの狂歌は」

職人たちは憚《はばか》って答えなかったが、石辰《いしたつ》は首をひねって、

「そうそう。——大石《おおいし》と足を踏まえて受取《うけと》れば、思いのほかな飛んだ軽石——というんでさ。……だが、あっしゃあ、そう思わねえ、幕府《おかみ》の使者を相手に戦《いくさ》をしたって何になる。犬死《いぬじに》だ。そんな馬鹿な真似をなさる大石様《おおいし》でもあるめえし、他にも、智者はいる筈《はず》だ。きっと、今にというお心にちげえねえ、そう来なくっちゃあ嘘《うそ》だと、まあ、町人の考えですが、そう祈っているんでさ」

「堀部《ほりべ》や、奥田《おくだ》なども、ここへ参って、そう申しているか」

「どう致しまして。おくびにもそんな事をお口から洩《も》らしゃあしません。……だが、この先の網船屋《あみぶねや》から、堀部様《ほりべ》を初め、時には七、八人、時にゃあ十人以上も、船を借りて沖へ出なさる事があるから、それなども、何か下相談でもしているんじゃねえかと、お噂《うわさ》しているんですが、旦那方も、いずれは、この分じゃあ済まさねえお考えでしょうが、どうか、お体を大事にしておくんなさい」

「ははは、其方《そち》はなかなか、浅野家《あさのけ》の肩持《かたもち》だな」

「浅野家《あさのけ》たあ限らねえ。あっしらあ、真っ直ぐで、弱い方につくんだ。……殊《こと》に、お石碑の註文《ちゅうもん》をうけて、内匠頭様《たくみのかみ》のお墓標《しるし》を彫っているってえと、彫っているうちに、殿様のお心だの、瑶泉院《ようぜいいん》様のお気持《きもち》だの、また、赤穂《あこう》藩の大勢様が、どんな気がしてるかと口惜《くちお》しくって、涙が出て、思わず鉄槌《つち》で手を打っちまう事せえあるんで……」

さっきから、苦りきった色を顔にあらわして黙っていた木村丈八《きむらじょうはち》は、もう耐えられなくなったように、

「清水《しみず》っ――」

思わずそう呼んでしまって、

「出かけようじゃないか」

と、先に軒先《のきさき》を離れた。

伊皿子坂《いさらござか》を、大股に登って行く木村丈八《きむらじょうはち》に後から追いついて行って、一学《いちがく》は笑いながらたしなめた。

「不覚だぞ、木村《きむら》」

「なぜ」

「清水《しみず》などと呼んだではないか」

「わかるものか」

「それはまだしも、冷光院殿前朝散太夫《れいこういんでんさきのちょうさんのたゆう》のお石碑《せきひ》の上へ、貴様あ、汗くさい笠を脱いで置いたじゃないか。俺が、すぐ他《ほか》へ取って置きかえたからよいようなものの、あの石屋に、少し頭があれば、赤穂《あこう》浪人とはどうしても受けとらないところだ」

「そうか。それは失策だった」

「よくそんな事で、無事に、赤穂《あこう》の始末が見届けて来られたな」

「江戸へ帰ったと思う気持《きもち》が——つい気のゆるみになったと見える」

「江戸は、猶更《なおさら》、油断がならない筈《はず》だ」

「先の動静は、此方《こちら》で探るし、此方《こちら》の行動は先でも探っていよう。吉良《きら》、上杉《うえすぎ》、浅野《あさの》の三家を例えれば、ちょうど——蟷螂蟬《とうろうせみ》を窺《うかが》えば、野鳥《やちょう》蟷螂《とうろう》を狙《ねら》う——というようなものだ。分《わか》らば分《わか》れ、俺たちにも備えはある」

千坂兵部《ちさかひょうぶ》

この百日足らずのうちに、われながら白髪《しらが》の殖《ふ》えてきたのが分《わか》る。朝ごとの手洗《ちょうず》の折に、鏡を見るのも、この頃は怖《おそ》ろしい気がする——。

千坂兵部《ちさかひょうぶ》は、人知れぬ嘆息《といき》をついて、

「——浅野家《あさのけ》の老臣とて、これほどの苦悩は持つまい。すでに主人のしてしまった事を受けとったほうが、どんなにか気が軽いか知れぬ」

沁々《しみじみ》と、彼は、彼独りの心のうちで、そう思う。

もう六十に近い老軀《ろうく》に、この春からの心痛は、余りにも、重くて負い難い気もされる。

しかし上杉家《うえすぎけ》にとって、遠祖上杉謙信《うえすぎけんしん》このかたの大難とも思えば、かぼそい老骨の挫《ひし》げるまでも、それを負って、太守憲綱《のりつな》を援《たす》け、米沢《よねざわ》三十万石の社稷《しゃしょく》を、この際は、石にかじりついても護《まも》り通《とお》さなければならない。

太守の弾正大弼憲綱《だんじょうたいひつのりつな》は、二歳の時、吉良家《きらけ》から養子にもらわれて、上杉家《うえすぎけ》の嗣子《しし》に坐《すわ》ったのであって、上野介《こうずけのすけ》は実父にあたる人であるし、母の富子《とみこ》の方も、同族の上杉《うえすぎ》播磨守《はりまのかみ》から出ているので、血においても、義においても、また世間の十目十指が、吉良《きら》と上杉家《うえすぎけ》とは、断《た》っても断《た》たれない関係に結ばれているのだった。

その実父が招いた殿中での大事変である。当の上野介《こうずけのすけ》がうけたかすり傷や恐怖以上に、あの時、大きな衝動をうけたのは上杉家《うえすぎけ》だった。またその磐石《ばんじゃく》の社稷《しゃしょく》を担《にな》っている老臣千坂兵部《ちさかひょうぶ》だった。

変を聞いて米沢《よねざわ》から出府する時、兵部《ひょうぶ》は、総身の毛穴をよだてて、

(謙信公《けんしんこう》以来の御名家も、これまでか)

と、さえ思った程である。

倖《しあわ》せにも、上野介《こうずけのすけ》の立場は、受け身にあったたし、島津《しまづ》だの酒井《さかい》だのという大藩とも親戚の関係にあるので、裏面からの策も功を奏して、此方《こっち》側は「おかまいなし」という決着にはなったが、それが少しも、兵部《ひょうぶ》の安心にはならなかった。むしろ、上杉家《うえすぎけ》にとっては、事件を将来に大きく残してしまったと考えている。

「困った御老人ではある……」

今も、兵部《ひょうぶ》は、沈湎《ちんめん》とした面《おもて》を、夕方の打水に濡《ぬ》れた樹々に向けて、もう仄暗《ほのぐら》くなりかけている茶室の端に坐《すわ》って思わず呟《つぶや》いた。

「……とんでもない事だ。この白金《しろがね》のお下屋敷《しもやしき》へ、あの御老人を引き取って、匿《かくま》うなどとは、戸を開けて、われから焔《ほのお》を呼び入れるにも等しい」

今し方、江戸家老の沢根伊兵衛《さわねいへえ》が、桜田門《さくらだもん》外の上屋敷《かみやしき》から来て、持ちかけた相談なのである。

(上野介《こうずけのすけ》殿の身辺が実に心もとない。いつ襲うやも知れないものが感じられる。万一の備えに、この白金《しろがね》のお下屋敷《しもやしき》へお身を移して、穴蔵の間道《かんどう》でも作って、安全を計ってはどうだろうか。——御老人自身もそれをお望みのように見えるが)

という話なのだ。

兵部《ひょうぶ》は、それを、

「相成るまい」

と、一言《いちごん》の下《もと》に退けて、たった今、沢根伊兵衛《さわねいへえ》を帰したばかりのところだった。——伊《い》兵衛《へえ》の発案ではなく、それが上野介《こうずけのすけ》の意中から出たものであることは十分に知りながら——また、情として忍び難いものをじっと抱きながら、はっきりと、断ったのだ。

が……苦しい。兵部《ひょうぶ》も人間である。

主人の憲綱《のりつな》が、子として、殆《ほとん》ど、三十万石にもかえ難いほどな焦躁《しょうそう》に駆られて、上野《こうずけの》介《すけ》の一身を遠い米沢《よねざわ》の地で心配している容子《ようす》も、こうしている兵部《ひょうぶ》の瞼《まぶた》には、明瞭に描くことができる。

「冷酷《れいこく》といわれてもよい。鬼と思われてもよろしい。むしろ、そう思わるることが、兵部《ひょうぶ》が江戸へ来た使命とせねばならぬ……」

蚊ばしらが、夕闇の軒ばに、湧いてきた。

うしろで、小襖《こぶすま》が開く。——

小侍が手をついて、

「御家老様」

「なんじゃ」

「清水一学《しみずいちがく》殿と、木村丈八《きむらじょうはち》殿が、おそろいで、お越しなされましたが」

「戻って来たか。——通せ」

待ちかねていたらしい。その響きが言葉にあふれた。

「書院がよい」

すぐに立って行く。

彼が席に着くと間もなく、一学《いちがく》と丈八《じょうはち》は、通されて前に坐《すわ》った。邸内の井戸で手足を洗って、埃を落《お》してはいるが、顔にはまだ炎天の火照《ほてり》が、赤くのこっている。

「両名とも、大儀だった。——三州《さんしゅう》の御領地は、何事もないかの」

「平穏にござりまする」

次に、丈八《じょうはち》へ、赤穂《あこう》方面の状勢をいろいろ訊《たず》ねだした。しかし、丈八《じょうはち》の齎《もたら》した大部分のことを、すでに兵部《ひょうぶ》は知っていた。彼が敵方として最も重視している内蔵助《くらのすけ》が、山科《やましな》の西野山《にしのやま》の茶園《さえん》に、土地や住居《すまい》を買う契約をして、すでにその手金は渡し済みになっているという情報まで入っていた。

「疲れたであろう。ゆるりと、休息するがよい」

「どう仕《つかまつ》りまして、赤穂《あこう》の者共の悲惨な実状《さま》を見て来た眼には」

「そうとも云《い》える。――ところでじゃ、明日《あす》はまた早速、米沢《よねざわ》へ立ってもらいたいが」

「御用向きは」

「先に、書状は出してある。しかし、容易に埒《らち》があかぬゆえ、督促《とくそく》に参ってもらうのじゃ。吉良《きら》様の御付人《おつけびと》として、米沢表《よねざわおもて》からおよそ二十名ほどの腕利きを選《よ》りぬいて寄越すように申し遣わしてあるが、とこう、運ばぬところを見ると、世評のかんばしからぬを耳にして、国表《くにおもて》の若者共も、吉良《きら》様へ付人《つけびと》たる事は、潔《いさぎよ》く思わぬらしい」

「左様《さよう》でもござりますまいが」

「いや、そうある事は、少しも不審でない。武士として、情として、この際は、浅野《あさの》方のほうに、誰の心も加担するのが自然でもある。したが、その考え方は正しくない。吉良《きら》様を守ることは、上杉家《うえすぎけ》の社稷《しゃしょく》を護《まも》ることなのだ。その旨をよく説いて、八月半旬《なかばごろ》までに、是非《ぜひ》とも、確かな剣客共を連れて来て欲しいのじゃ」

「八月半旬《なかば》に、何事かあるのでござりますか」

千坂兵部《ちさかひょうぶ》は口をつぐんだ。庭面《にわも》や廊下先に、人の気配《けはい》がないかあるかを、耳を澄まして確かめるためだった。やがて、ずっと低い声でこう云《い》った。

「——吉良《きら》様がお更地《かえち》になった。呉服橋《ごふくばし》のお邸《やしき》を引き払って、八月二十日までに、本所《ほんじょ》の松坂町《まつざかちょう》へお引越《ひっこ》しをせねばならぬのじゃ。どうしても、その折には、警固《けいご》が要る」

生《い》きてる古武士《こぶし》

二、三日前に石辰《いしたつ》の職人は、泉岳寺《せんがくじ》へ石碑を曳《ひ》きこんで、礎石《したいし》から碑の組立《くみた》てを済ましていた。

六月の二十四日は、内匠頭長矩《たくみのかみながのり》の百ヵ日目に当《あた》る。早朝に、質素な女駕籠《おんなかご》と幾人かの供人が、忍びやかに参詣《さんけい》して行った。内匠頭夫人《たくみのかみ》の、今は髪も切って変《かわ》り果《は》てた姿が、駕籠《かご》へ忍ぶ時ちらと見えた。

芸州家《げいしゅうけ》の代参、戸田家《とだけ》の者など、交〻《こもごも》に午前のうちに見えては帰って行ったが、まだ浅野大学《あさのだいがく》も謹慎中であるし、幕府に対する憚《はばか》りがあって、五万石の大名ともある人の百ヵ日としては寂《さび》しいものであった。

だが、やがて七刻《ななつ》近く。

読経《どきょう》と参拝をすまして、粛然と、本堂を出て来た二十余名の浪士の一団があって、初めて、浅野家《あさのけ》の百ヵ日らしいものが感じられた。

堀部弥兵衛《ほりべやへえ》、安兵衛《やすべえ》父子《おやこ》の顔が見える。村松三太夫《むらまつさんだゆう》父子《おやこ》もいる。倉橋伝助《くらはしでんすけ》、奥田孫太夫《おくだまごだゆう》、磯貝十郎左《いそがいじゅうろうざ》、赤埴源蔵《あかばねげんぞう》、高田郡兵衛《たかだぐんべえ》、田中貞四郎《たなかさだしろう》と——順々にあらわれて来る顔は、浪々の後も、決して剛毅《ごうき》を衰《おとろ》えさせてはいない。いや、むしろ以前にも勝《まさ》る軒昂《けんこう》たる意気が誰のすがたにもあった。

「またと、何日《いつ》これだけの顔が会えるか、浪人すれば萍《うきぐさ》じゃ、このまま別れるのもさびしいて」

と、片岡源五右衛門《かたおかげんごえもん》がいうと、

「どこぞへ、立ち寄ろうか」

と村松喜兵衛《むらまつきへえ》が堀部弥兵衛《ほりべやへえ》へ、

「老人――」

と呼ぶ。

弥兵衛《やへえ》は振り向いて、

「老人が老人を呼ぶに、老人とはちとおかしい」

「ははは。老人嫌いが、この頃は、わけて気にしなさるの」

「若返ろうと思うているのじゃ」

「大きに」

さも同感らしく頷いて、

「ところで、その若返りに、どこぞへ立ち寄って、御法事を営もうという議があるが」

「よかろう。どこで」

「俗な茶屋では困る」

「海辺を歩いたら、かっこうな料亭があろう。若い者のおとなしいのは可憐《いじら》しい。亡《な》き殿も、平常《ふだん》は御謹厳《ごきんげん》であったが、御酒《ごしゅ》でもくださるとなれば、若侍には、お咎《とが》めなく何事もゆるされた。きょうは、御酒《ごしゅ》をいただこう」

「あれ見なさい。そんな事を云《い》うと、後ろの若い連中が、手具脛《てぐすね》ひくように欣《よろこ》んでおる」

「それが、供養《くよう》じゃ」

「御老人」

田中貞四郎《たなかさだしろう》が後ろから、

「――で、勘定《かんじょう》の段はどうなりますか」

「頭割りじゃよ」

「ははは。老人の御施主《ごせしゅ》でないので」

「浪人すると、細《こま》こうなる」

誰が眺めてもこの人々が、逆境の者とは見えなかった。なおさらのこと、仇討《あだうち》などを考えているとは微塵《みじん》見えない。磊落《らいらく》に身を落《おと》して、明日《あす》は明日《あす》の風としているように、泉岳《せんがく》寺《じ》の僧侶たちにも眺められた。

そして、山門を出てゆくと、彼方《かなた》からただ一人で、弓のような腰には似合わない朱鞘《しゅざや》の大きな刀を横たえて、せかせかと、息を喘《き》って来る老武士があった。

「おう、無人殿《ぶにんどの》だ」

みな、視線を送る。

もう七十に近い年頃。総髪《そうはつ》にして野袴《のばかま》に草色の革足袋《かわたび》をはき、汗をこすりこすり近づいてくる。浪宅は本所中之郷《ほんじょなかのごう》という事だから、そこからここまでは近い道程《みちのり》ではない。かくしゃくとしているのだ。内蔵助《くらのすけ》には遠縁にあたる者で、大石無人《おおいしぶにん》という人物なのである。

「もう、お済みか」

無人《ぶにん》は一同へ云《い》って、

「惜しいこと致した。もう一足早ければ、末席に加えてもらうことが出来たのに」

「いや、遅いことはない。御法事はこれからじゃ。お待ちしよう、御墓拝をすまして参られるがよい」

「それでは相済《あいす》まぬ。どうぞ、お先へ」

「いや、休息する家もこれから見つけることじゃ。誰か、探して来る間、どうせ待たねば相成らん」

「左様《さよう》かの。では行って参ろうが……。安兵衛《やすべえ》殿」

「はい」

「すまんが、御墓所まで、案内してくださらんか」

「承知しました。立派なお石碑が出来ております。ご案内いたそう」

無人《ぶにん》を導いて、堀部安兵衛《ほりべやすべえ》はふたたび墓地へ引っ返した。

新しい石の前に坐《すわ》って、無人《ぶにん》は、長々と額《ぬか》ずいている。蟬《せみ》の音が無数の墓に沁《し》み入《い》るように啼《な》きぬいていて、樹蔭《こかげ》にはやや涼風がうごいて来た。

「安兵衛《やすべえ》殿」

やがて顔をあげると、無人《ぶにん》は、肩を四角く張って、

「そこへ坐《すわ》ってもらおう」

と、自分の前の大地を指した。

「なんでござるか」

「ちと話したい儀がある。——君前で畏《おそ》れ多いが」

「承《うけたまわ》りましょう」

「例の事だ」

無人《ぶにん》はきびしい眼光をじっと安兵衛《やすべえ》の顔に射向けた。満々たる不平が、すこし茶いろな眸《ひとみ》の底から燃えている。

「——赤穂《あこう》に人間はいないようだな。もうきょうは亡君の百ヵ日だぞよ。おぬしら、よい若い者が、あんなにも、首を揃《そろ》えておりながら、いったい何をしているのか」

「…………」

安兵衛《やすべえ》は、首を垂れた。鬢《びん》の短毛《みじかげ》が二、三本、風におののいて立っている。

「一頃《ひところ》は、安井《やすい》、藤井《ふじい》、などの卑怯者は顧《かえり》みずに、五名でも十名でもやって見せるという意気じゃったが、どうしたか、あの元気は」

「決して、一日とて、忘却している次第ではございませぬ。――しかし、お国許《くにもと》の始末、また、内蔵助《くらのすけ》殿のご意志と、吾々《われわれ》の間には、大きな距《へだ》たりもあって、容易に、存念も運び難い事情にありまするため――」

「それや当然じゃ。奥田《おくだ》老人から伝え聞けば、赤穂《あこう》表《おもて》では、百二十名からの者が、内蔵《くらの》助《すけ》を中心に、盟約したとか承《うけたまわ》ったが、どうして、そんな大人数が、一つの纏《まと》まった目的に結束してかかれるものか。衆を恃《たの》むほどなら、やめたがましじゃ。必ず、途中で崩れる。挫折《ざせつ》する。内蔵助《くらのすけ》のやり口は手ぬるい。あれはあてにならんぞ」

老人の意気はすさまじかった。元禄《げんろく》の江戸にもまだこんな古武士型が残っているかと思われるのである。左の膝《ひざ》に鉄扇《てっせん》を突いて、頭からこの炎天の陽《ひ》を浴びながら責めるのだった。

「世間のわらい声を聞くのがわしは辛い。わしは浅野《あさの》の臣ではないが、武士として傍観はなし難い。なぜ右顧左眄《うこさべん》をするか。きょうの御法事に、上野介《こうずけのすけ》の首級《しるし》を供えぬのか。――時期の何のと、小賢《こざか》しいことをいうているような事で、成就がなろうか。上野介《こうずけのすけ》を討つのに、なぜ、日を選ばねばならんのか、わしには分《わか》らん。一日のびれば、一日だけの要害が先に加わるのじゃ」

「仰せどおりの意見を、奥田《おくだ》、高田《たかだ》、拙者の連署を以《もっ》て、内蔵助《くらのすけ》殿のほうへ幾度となく申しやってはござりますが、大学様《だいがく》のお取立《とりた》てを懇願する方に、今の内蔵助《くらのすけ》殿は全力のように見うけられる」

「ばかな事をする男よ。たとえ、原封《げんぽう》五万三千石、そのまま、御舎弟へ下し置かれるとあっても、上野介《こうずけのすけ》をあのままにおいて、大学様《だいがく》が安閑《あんかん》と家名をついでおれようか」

「てまえも、左様《さよう》に心得まする。いつも、内蔵助《くらのすけ》殿のぬるい書面を見ては、あの奥田《おくだ》老人でさえ、歯がゆがっておるくらいでござる。さればと云《い》って、小人数にて、吉良《きら》へ斬り入りましたところで、万が一、仕損《しそん》じでも致しては、それこそ、末代までの不覚、赤穂《あこう》の血迷い者がと、よい物笑いにもされましょう。――それやこれやについ日を過《すご》して参りましたが、国元組の意向はともあれ、どうあろうと、年内には、初志を貫かずには措きませぬ。老人にも、どうか御案じなく、先《ま》ず暫《しばら》く、見ていて下さい」

「それ聞いて、安心した。だが、なんぞよい機会《おり》でも心当《こころあた》りがあるか」

「さ。それがです……」

「あるぞ、安兵衛《やすべえ》殿」

無人《ぶにん》は片膝《かたひざ》をすすめて、

「吉良《きら》の邸《やしき》がの、お替地《かえち》を命じられたが、知っておるか」

「えッ、呉服橋《ごふくばし》から他へ移りますので」

「これは、確かなすじから聞いたことだ。本所松坂町《ほんじょまつざかちょう》の旗本松平登之助《まつだいらのぼりのすけ》の屋敷跡へ引移《ひきうつ》ることに極《きま》ったと申す。こんな折がまたとあろうか。——その途中を——いやでも上野介《こうずけのすけ》が邸外へ出ねばならぬその千載一遇《せんざいいちぐう》の機会《おり》を——」

「無人《ぶにん》殿、それは、間違いのない事ですか」

「日まで聞いた。——松平家《まつだいらけ》へ出入りの者から聞いたのじゃ。吉良家《きらけ》の引移《ひきうつ》りは八月の二十日までと申す」

「ありがとう存じます」

墓地の雑草へ安兵衛《やすべえ》は手をつかえた。何か、彼の満身が血で膨《ふく》れた。無人《ぶにん》は、自分たちの旺《さか》んだった時代の気骨を、そのまま持つ若者を見いだしていることが欣《うれ》しいのであった。

「やれ。やろうとして、やれぬことがあるか。一夫奮《ふる》い起《た》てば万夫を起《た》たしむ。江戸に何人の同志がおろうと、やるのは、貴公、奥田《おくだ》、高田郡兵衛《たかだぐんべえ》、こう三名のほかにはない」

「何かと、忝《かたじけの》うござります」

「こんどの機《しお》を外《はず》すと、その次には、上野介《こうずけのすけ》の隠居願いが聞き届けられて、世上の噂《うわさ》どおり、彼の身は上杉家《うえすぎけ》に引取られて、遠く、米沢城《よねざわじょう》の奥まったところへ死ぬまで匿《かくま》われてしまうやも計り難いぞよ。そうなったが最後、もう、百人はおろか、千人でも手は届かぬのだ。よしまた、左様《さよう》なことがないにしても、あの年齢《とし》、ふと風邪でもひかれて死なれて見さっしゃい。おぬしらは、何の面目あって、白日《はくじつ》の下《もと》を歩けるか。いや、この御墓前へ二度とまみえ奉る顔《かんばせ》があるか」

その時、余りに長いので様子を見に来たのであろう。連れの二、三名が、樹蔭から顔をだして、

「堀部《ほりべ》。――無人《ぶにん》殿はまだそこにおられるのか」

と、呶鳴《どな》った。

「すんだ、いま参る」

無人《ぶにん》は、やっと立って、

「一同が、待ちかねています」

「だから、待たんでもよいと、断っておいたではないか」

飽《あ》くまで剛骨な老人ではあった。

高田郡兵衛《たかだぐんべえ》

半弓《はんきゅう》

赤い弁慶蟹《べんけいがに》が一匹、悠々、橋の上を横にあるいている。外濠《そとぼり》の水は、ぶつぶつ沸き立って、午過《ひるす》ぎから日盛りの間の一刻《いっとき》は、呉服橋《ごふくばし》の往来も暫《しばら》く休みのようなすがたになる。いつも極《きま》って、その刻限というと、片手に小桶《こおけ》を提げた蒲焼屋《かばやきや》の若い者が、溶《と》ける物でも運んで行くように駈《か》けて、呉服橋《ごふくばし》内の吉良家《きらけ》の台所門へ入って行った。

「泥鰌《どじょう》を持って参りました。花木《はなき》さん、泥鰌《どじょう》を、何処《どこ》へ置きますか。——また、猫に取られたって知りませんぜ」

こう呶鳴《どな》ると、台所足軽《あしがる》の花木市兵衛《はなきいちべえ》が、襷《たすき》がけで、中で働いていたが、

「こらこら。そんな所へ置いて行ってはいかん、今、この荷物を外へ出すのじゃ」

「たいへんな混雑ですね、お引っ越しですか」

「ご不用なお道具を蔵《くら》へ仕舞《しま》うのだよ」

「嘘《うそ》ばかり云《い》っている。世間じゃあ、本所《ほんじょ》の松坂町《まつざかちょう》へ、お屋敷替《やしきがえ》になるんだと云《い》っていますぜ」

「もう知れているか」

「きのうも、伝馬船《てんません》で十ぱいもお荷物を廻《まわ》しているじゃありませんか」

「黙っとれ、そんな事」

「泥鰌《どじょう》は、幾日までお入れしますか」

「そうだな?」

「空家へ持って来たってしようがねえでしょう」

「勿論《もちろん》、そんな代金はお下げにならんが。……お引移《ひきうつ》りの日取りは、口外できぬ事に俺たちも申しつかっているんじゃ。一存《いちぞん》で云《い》うわけにゆかぬから、ちょっと、待っておれ」

と、市兵衛《いちべえ》は棚の道具箱を下ろしていた踏台から下りて、台所役人の中里仁右衛門《なかさとじんえもん》の部屋を覗《のぞ》いた。

仁右衛門《じんえもん》と、何か、囁《ささや》いていたが、やがて出て来て、

「蒲焼屋《かばやきや》」

「へい」

「其方の店は、多年、実直にお出入りをいたした事ゆえ、必ず、口外するような事はあるまいな」

「お屋敷のためにならないような事を、喋《しゃべ》ったところで、何も得のゆくわけじゃなし……」

「左様《さよう》であろう。実は、当お屋敷も、今日かぎりお移りと相成るのじゃ。従って、泥鰌《どじょう》も、明日《あす》からは、御不用である」

「へ、……そんな急なんですか」

「他の商人共へは、黙っておれ」

「何で云《い》うもんですか」

「ついでに、その泥鰌《どじょう》を、お池の鍋鶴《なべづる》へやってくれんか。われわれは日暮れ前に、すっかりお台所の物をまとめて、船へ積まねばならんし、襷《たすき》がけで、この恰好《かっこう》じゃ」

「お庭へ廻《まわ》ってもようがすか」

「今日だけは、かまわぬ」

蒲焼屋《かばやきや》は、泥鰌《どじょう》の桶《おけ》を提げて、中門を入って行った。庭にも送るばかりになっている長持棹《ながもちざお》だの、梱《こり》だのが、莚《むしろ》の上に山と積んである。贅《ぜい》を凝《こ》らした燈籠《とうろう》や庭木にも、藁塵《わらごみ》がたかっていた。もう去りゆく家の寂しさが雑然と漂《ただよ》っているのである。

「——誰だッ」

池の縁から不意に鋭い声で、こう呶鳴《どな》って来た者がある。蒲焼屋《かばやきや》は、ぎょっとして、桶《おけ》を下へ置いた。

「毎日、鶴の餌《え》を持って上がる、お出入りの鰻屋《うなぎや》の雇人《やといにん》でございますが」

「誰に断って入って来たかっ」

庭下駄をはいて、鶯茶《うぐいすちゃ》の袴《はかま》に、上布の小袖を着ている貴公子然たる若侍だった。どこか病弱らしい細面な顔に、ぴりっと、眉《まゆ》をつりあげ、手に半弓と箭《や》を握って、睨《ね》めつけているのだった。

蒲焼屋《かばやきや》の男が、とたんに、ぺたッと坐《すわ》ってしまったのは、もしやこの人が、上野介《こうずけのすけ》の嫡男《ちゃくなん》の左兵衛佐《さひょうえのすけ》ではあるまいかと、すぐ感じたからであった。

「ならん!」

と、厳《きび》しい声で、その若者は、また云《い》った。

「去れっ。——胡散《うさん》な奴じゃ」

「へ、へい……。では、鶴の餌《え》の泥鰌《どじょう》は、これへ置いて参ります」

「泥鰌《どじょう》？　それも要らん、持って帰れ」

「左様《さよう》でございますか」

怪訝《けげん》な顔をして――つい、起《た》ち惑《まど》っていると、左兵衛佐《さひょうえのすけ》は、家の中へ向《むか》って、

「孫兵衛《まごべえ》、孫兵衛《まごべえ》っ。胡散《うさん》な奴が、お庭へ入り込んでおる。早《はよ》う、たたき出せい」

と、大声で呼び立てながら、自身は、持っている半弓に箭《や》を番《つが》えて、こっちへ向けた。

蒲焼屋《かばやきや》は、跳び上がって、中門の外へ転げて行った。

鶴《つる》を追《お》う

「何事ですか」

「若殿」

家老の左右田孫兵衛《そうだまごべえ》が来る、近習《きんじゅう》の松原多仲《まつばらたちゅう》や岩瀬舎人《いわせとねり》も駈《か》けて来る。

左兵衛佐《さひょうえのすけ》の顔をみると、蒼白《あおじろ》いので、人々は驚いた。それに、半弓を番《つが》えているので、

すぐハッとしたように庭の樹蔭《こかげ》を見まわした。

「もう、去《い》んでしもうた。……もういい」

「どのような人態《にんてい》でございましたか」

「鶴の餌《え》を持って来たと云《い》うた」

「では、お台所へ毎日見える蒲焼屋《かばやきや》でございましょう。あれなら、仔細《しさい》はございませぬ、御安堵《ごあんど》なさいませ」

「そうか……」

肩を落《おと》して、左兵衛佐《さひょうえのすけ》は、大きく息をついた。持っていた半弓を、

「多仲《たちゅう》」

と、呼んで、近習《きんじゅう》の一人へ、手渡した。そして、

「多仲《たちゅう》、これで、あの鍋鶴《なべづる》を射てしまえ」

と、池の向《むこ》う側に屈《かが》みこんでいる三羽の鍋鶴《なべづる》を、顎《あご》で指した。

「え。鶴をですか」

「そうじゃよ」

「なんで鶴を射てしまえと御意《ぎょい》なさるのですか。一応は大殿へもお伺いしてみなければ」

「父へは、わしから告げるからよい。今、自身で射殺してしまおうと思うていたところな

のだ」

「今度、お引移《ひきうつ》りになる本所《ほんじょ》のお屋敷にも、かなり広い泉水《せんすい》があるそうですから、鶴も、それへ移せば仔細《しさい》はございますまいが」

「この鍋鶴《なべづる》は、縁起《えんぎ》がようない。支那では、不吉な鳥というそうだが、ほんとに不吉だぞよ。どこの大名か、この厄介者を音物《いんもつ》に担《かつ》ぎこんで来たのが、今年の正月の十四日じゃった。それから、浅野内匠頭《あさのたくみのかみ》めが、父へ、殿中で斬りつけたのが、三月の十四日。――また、こん度、お屋敷替《やしきがえ》の沙汰《さた》が下ったのが九月十四日だったではないか」

「偶然、そういう日が、重なったのでございましょう、何も、鶴のせいでは……」

家老の左右田孫兵衛《そうだまごべえ》が、わざと、笑い消すと、

「いや！」

と、左兵衛佐《さひょうえのすけ》は、かぶりを振って、

「生き物は、元来、父上もお嫌いなのじゃ。これを貰《もろ》うたときから、欣《よろこ》んではおられなかった。殊に事変以来は、鶴どころじゃない。こんなもの、見るのも憂《う》い気《き》がする。夜など、時々大きな羽搏《はばた》きをして驚かしておる」

「左様《さよう》なれば、鶴だけ、ここへ残しておいて、何処様か、ご親戚のうちへでも、お贈りなされてはどうですか」

「こんなもの贈られたら、またその屋敷は、不祥事が起《おこ》るぞよ。射てしまうがいい」

「おまかせ下さい。何とか、お気に障《さわ》らぬようわれわれで計らいまする」

孫兵衛《まごべえ》になだめられて、

「こんどの屋敷では飼わんぞ」

と、左兵衛佐《さひょうえのすけ》は、書院へ上がった。

懸軸《かけもの》も、花瓶《かびん》も、書架も、すべての調度は取片《とりかた》づけられて、そこもがらんとしていた。

左兵衛佐《さひょうえのすけ》は、まだ木口の新しい長押《なげし》や天井を見上げて、父の上野介《こうずけのすけ》が、これを建築する時の種々《いろいろ》な凝《こ》り方《かた》だの、普請《ふしん》の予算が不足しては、上杉家《うえすぎけ》から、五千両、一万両と、大口に金を借りるたびに、母が辛い立場にあった事などを思い出して、憮然《ぶぜん》としていた。

象嵌《ぞうがん》の釘隠《くぎかく》し一個が、何両につくとか、中門の如鱗木目《じょりんもく》の一枚板は何十両だとか、小判で張り詰めたような馬鹿げた豪奢《ごうしゃ》が、すべて皮肉な歯を剝《む》いて人間を嘲笑《あざわら》っているように見える。

「——ここへは他人が住むのだ」

と思うと、左兵衛佐《さひょうえのすけ》は堪《たま》らなくさびしい、腹立たしい。

（——わしが老後を娯《たの》しんだ後で、おまえがまた、一生住める邸《やしき》だ。思いきって、金をかけて置こうよ）

父の上野介《こうずけのすけ》が、母へ気がねしては、口癖《くちぐせ》にこう云《い》っていた邸《やしき》である。その父の気持《きもち》を考えると、左兵衛佐《さひょうえのすけ》は、耐えられなくなる。貪欲以外に何もない冷血鬼のように、父を非難する世間が憤《いきどお》ろしくなって来る。

「――誰が、何といおうと、わしに取っては、絶対な父だ。家庭にいても、毒口をたたくのはあの通りだが、腹の中は、案外さっぱりした江戸前の御性質なのだ。すべて、野暮《やぼ》ッたい人間を軽蔑《けいべつ》するクセはあるが、洗練された文化人ごのみの父としては仕方がない。その特性は、出入りの茶道《さどう》の師でも、植木屋でも、魚屋までが、より知っている所だ。我がつよい、欲がふかいと云《い》っても、それは老人の共有性だ。殿中や、勅使《ちょくし》の折に、偉ぶるとか、権柄《けんぺい》ぶるとか云《い》われたが、それも、父の経歴や、吉良家《きらけ》の格式からいえば、当然なことではないか。浅野家《あさのけ》ばかりに、威張ったのじゃない。それを、柳営《りゅうえい》の大役らしい大役もしたことのない内匠頭《たくみのかみ》が、狭い侍根性から、親ほども年齢《とし》のちがう父へ、楯《たて》をつくから、父もつむじを曲げたまでじゃ。……父の気質をよく知っているわし達の眼から見れば、浅《あさ》野《の》の怒った理由がわからぬ。また、世間が、何で、わし達父子《おやこ》ばかりを眼のかたきにするのか、それも分《わか》らぬ……」

左兵衛佐《さひょうえのすけ》は、そう呟《つぶや》きつつ絶えずまた、或《あ》る不安に襲われていた。父の方はまだどこかに、老成した人間の自然に到る所の図太《ずぶと》さを見せることもあるが、彼はまだそういう大きな世間というものと闘った経験がない。それに、高家衆《こうけしゅう》という世襲の嫡男と生《うま》れているので、夢にも、こんな境遇が、自分の生きている間に巡《めぐ》り合《あわ》せて来ようなどとは思ってもいなかった。

「あっ、そっちへ逃げた」

庭では、松原多仲《まつばらたちゅう》と岩瀬舎人《いわせとねり》が、足軽《あしがる》をよんで来て、大きな籠へ鶴を入れてしまおうとするらしく、追《お》い廻《まわ》していた。

左兵衛佐《さひょうえのすけ》は、舌打ちをして自分の部屋のほうへ向《むか》って行った。しかし、そこでも用人《ようにん》達が道具を片づけているのに気がついて、橋廊下をわたって、二戸前《ふたとまえ》の土蔵の後ろになっている仮の奥の間へ入って行った。

土蔵脇《どぞうわき》の小部屋にも、後の縁端《えんばた》の左右の部屋にも、ここには、常に七、八名の侍が刀の鯉口《こいぐち》に心をとめて坐《すわ》っているのだった。左兵衛佐《さひょうえのすけ》が橋廊下をこえて来ても、すぐその跫《あし》音《おと》に、刀を握った男共が、幾つも首を出した。

「…………」

気味のわるい目礼に送られて、左兵衛佐《さひょうえのすけ》は、老父母の起臥《きが》している二重枡《にじゅうます》の中みたいな暗い一室へ入った。北向きの狭い軒から青葉の影が陰気にさしている十二畳の一部屋である。

そこに、憂鬱《ゆううつ》な顔を突き合せて、黙然《もくねん》と、意気地もなく坐《すわ》っている老父の薄べったい肩と、老母の曲《まが》った背を見出すと、左兵衛佐《さひょうえのすけ》は、胸が塞《ふさ》がった。どうして、こんな意気地のない父が、殿中で他人からあんな激怒を買うような行為をしたり、世間から我意傲慢《がいごうまん》な人間に視《み》られているのか、わからなかった。毎年、領地の三河《みかわ》から初穂《はつほ》を持って出てくる郷里の領民からは、氏神のように、尊敬されている父でもある。その人々の仰ぐ父と、江戸の市民たちがそしる父と、べつな人間でもないのに——と、子である彼には、世界が懐疑されてならなかった。

この家庭《かてい》

「左兵衛佐《さひょうえのすけ》か」

人の気配に、上野介《こうずけのすけ》はすぐ気づいた。老妻の富子《とみこ》に向けていた深刻な陰のある顔を、そのまま、

「ちと、混み入った話があるのじゃ。お汝《こと》は、彼方《あっち》へ行っておれ」

また何か、両親同士で、争論《いさかい》をしているらしいのである。左兵衛佐《さひょうえのすけ》は、父にあの事変があって以来、六十歳にもなるこの両親の間にまで、一つの大きな亀裂《ひび》が入ったことを何よりも残念に思った。子として、親の前に、面《おもて》を背《そむ》けるような場合が、屢〻《しばしば》あった。

「……私がいては、お邪魔ならば――」

「何も、邪魔という理《わけ》ではないがな、聞いて益のない事じゃから」

「では……」

起《た》ちかけると、

「お汝《こと》、身のまわりの整えは、済んでおるか」

「何時でも、移れまする」

「そうか。……何も、心配すなよ」

「はい」

「気丈におれ！　心配する事は少しもない！　母も、お汝《こと》の血色が悪いと云《い》うて、案じておる。わしなど、いずれにせよ、老先《おいさき》の乏しい身じゃが、お汝《こと》は、この吉良家《きらけ》を継ぐ身じゃないか。大事にせい、二十歳《はたち》そこそこの若人が、左様《さよう》な病弱でどうするか。つまらぬ世間の取沙汰《とりざた》などに、心を病むな」

「はい」

「この父は、左様《さよう》な弱い精神ではおらぬ。誰が何と云《い》おうが、わしは、わしの職分を忠実に尽《つく》したまでだ。お公儀《かみ》が、ご存じじゃ。十九歳から四十年間の御奉公振りは、堂上衆《どうじょうしゅう》も、知っておられる。……あ、あんな物識《ものし》らずの小大名に、高家《こうけ》筆頭が愚《おろ》かにされては、この先とも、高家衆《こうけしゅう》の役儀が勤まるものでない。大名を顎《あご》で使うからこそ、年毎の儀式が、どうやら公卿《くげ》方に落度《おちど》もなく済んでゆくのだ」

こういう弁解は、近親へも、家臣へも、知己《ちき》へも、もう何十遍繰返《くりかえ》しているか知れない。根は正直で小心な人物とみえ、何かにつけて、すぐそれが出るし、出れば、上野介《こうずけのすけ》は今でも、語気を昂《たか》ぶらせて、ただならぬ顔色を作るのだった。

だが、彼自身、近頃のその異常心理に気がつくと、さすがにやや恥じるように、

「ま……そんな事は、今更云《い》っても、どうもならぬ。ただ、お前だけは、わしを信じてくれるだろうと思う。……それで云《い》うのだ」

「はい」

「やはり、子だ。……左兵衛《さひょうえ》、夜になったら、一つ船で、新居へ移ろう。居《きょ》は気を移すという、気をかえて、暮《くら》そうぞよ」

子には、いつもこの通りな父なのである。左兵衛佐《さひょうえのすけ》は、こぼれかけた涙の眼を反《そ》らして、

辞儀をして起《た》った。左兵衛佐《さひょうえのすけ》がそこを出てからも老夫婦は依然として黙り合っていた。香炉《こうろ》に蚊遣香《かやりこう》が一本立ててある。二人の感情のように、ほそい線が、二人を縛る。

「富子《とみこ》」

やがて、上野介《こうずけのすけ》からこう云《い》いだした。

「――どうしてもそちは上杉家《うえすぎけ》へ戻ると云《い》うのか、わしをさし措《お》いて」

「帰らせて戴きます」

「六十歳にもなった夫婦が、みっともないと、思わぬか」

「みぐるしい事は存じております。……けれど、それ以上、耐えられないものがございますから」

「何が」

「もう、申し上げても、無駄でございます。あなた様に、御諫言《ごかんげん》はいたしません。お側にいる以上は、つい、言葉の端にも出ます故、今日かぎり、私は、里方へ参りまする」

「行けっ」

云《い》い放って――。

「上杉家《うえすぎけ》の血をひく奴は、どれもこれも、よくよく薄情に出来ておるとみえる。千坂兵《ちさかひょう》部《ぶ》といい、其方《そち》といい……」

「兵部《ひょうぶ》は、家臣でございまする」

「あの男が、米沢《よねざわ》侍の冷たい特質を、よう現《あら》わしているのじゃ。嘘《うそ》か、見い！　米沢《よねざわ》侯は、さすがに骨肉、赤穂《あこう》の浪人共に、不穏な謀《たくら》みがあると聞けば、すぐこの身を思うて、白金《しろがね》の下屋敷《しもやしき》へお匿《かくま》い申そうとか、米沢《よねざわ》の本城へお越しあれとか、遥々《はるばる》、遠い国許《くにもと》から心を寄せて案じてくれるのに引換《ひきか》えて、その主君のことばを、いちいちヘシ折って、お匿《かくま》いも相成らぬ、米沢《よねざわ》へお引取《ひきとり》も以《もっ》ての外《ほか》と、事毎に、わしを危地へ曝《さら》すようにと、仕向けているのは、あの千坂兵部《ちさかひょうぶ》ではないか」

「…………」

「それはまだよい」

声は、努めて平調にしているが、呼吸はあらくなっていた。茶を一口ふくんで、

「――兵部《ひょうぶ》の態度は、情においては、憎いが、道理はある。だが、四十年も添うてきた其方《そち》までが、この年齢《とし》にもなって、里方に帰るとは、何たる事じゃ。察するところ、それも、兵部《ひょうぶ》の入《い》れ智慧《ぢえ》であろうが」

「…………」

「よいわさ！　夫婦《みょうと》も、縁類も、かような時には、頼みにならぬが世の常じゃった。行け！　行け！　上杉家《うえすぎけ》とは、これ限り絶縁してくれる。兵部《ひょうぶ》に、そう伝えい。それで家

来の分が立つかと」

「殿様」

富子《とみこ》は、膝《ひざ》と膝《ひざ》がつく程に摺《す》り寄《よ》って、じっと、良人《おっと》を正視した。上杉家《うえすぎけ》から嫁《か》して来た二十歳《はたち》の頃から、この夫人は、上野介《こうずけのすけ》より厳《きび》しい性《さが》を持っていた。才気と羽振《はぶり》にまかせて、随分あぶない利得を窺《うかが》ったり、気は弱いくせに、傲岸《ごうがん》に人を見たり、世間を弄《もてあそ》ぶ質《たち》の良人《おっと》を、程よく締めて来た内助だった。従って、上野介《こうずけのすけ》も、この夫人に対しては、猫のように頭が上がらないのである。——この三月以前までは、少なくも、夫人と啀《いが》み合《あ》う事などはなかったと云《い》ってもよい。

「なんだ?」

上野介《こうずけのすけ》は、今も、大きな敵にでも対《むか》うような顔いろで、そう云《い》った。

「これ限りでございます。もいちど、最後にお諫《いさ》めいたして参ります。どうぞわが子が可《か》愛《わい》いと思召《おぼしめ》したら、御思案をお決めくださいませ」

「ば!　ばかをいえ!」

「どうあっても、お覚悟はなりませぬか」

「死んで、堪《たま》るか。わしが、自決する筋がどこにあるか」

「理《り》を責めるのではございませぬ。情《じょう》にお訴え申すのでございます」

「情に？　……。これっ、自分の良人《おっと》に向《むか》って、自決をすすめる妻が、情にとはどうして云《い》える」

「子の為には、云《い》えまする。万が一にも、赤穂《あこう》の浪人共のために、不慮の刃《やいば》でも酬《むく》われたなら、左兵衛佐《さひょうえのすけ》は、どうなりましょうか。吉良家《きらけ》は、安泰に続きましょうか。また、米沢《よねざわ》の当主にも、悪うすれば、累《わざわい》がかからぬとは限りませぬ。今では、養子に遣わして、他藩の太守となっていますが、あの弾正大弼《だんじょうたいひつ》様も、血においては、私たち夫婦の実の子ではございませぬか。吉良家《きらけ》といい、上杉家《うえすぎけ》といい、あなた様のお心一つでは、潰《つぶ》れるかも知れませぬ、助かるかも分《わか》りませぬ」

「……もういい、繰言《くりごと》は止《よ》せ」

「いいえ、これ限《ぎ》りです。申すだけ申します。世上の喧《やかま》しい取沙汰《とりざた》を、妻なればこそ、聞いてはおられませぬ。口汚い誹《そし》りを浴び、起臥《おきふし》にも、風の音にも、心を脅《おびや》かされながら、短い老先《おいさき》を生きのびたとて、それが、何の余生の楽しみとなりましょう。もう、人生《ひとのよ》の定命《じょうみょう》を生き越えている私たちではありませぬか、両家の為に二人の子のために」

「うるさいっ……」

「…………」

「死ぬなら、其方《そち》だけで死ね」

「私の生命で済むものならば、笑って死んで参ります」

「世間が誹《そし》るとあれば、なお死なぬ、赤穂《あこう》の浪人共が、狙《ねら》うとあらば、意地でも生きてみせる。わしは、元来が、そういう依怙地《えこじ》に出来ている人間じゃ。自害などしたら、奴らが、こぞって、手を打《う》って嘲笑《わら》おう。それが、いやだ、無念だ」

「御卑怯《ごひきょう》でございましょう」

「なにっ」

ぴしっと、頰《ほお》でも打ったような音がした。富子《とみこ》の低い嗚咽《おえつ》が、その後で、いつまでも、啜《すす》り泣《な》いている。

もう部屋の中は暗かった。燭も、今夜は点《つ》かないのである。仮面《めん》のように硬《こわ》ばっている上野介《こうずけのすけ》の顔の周《まわ》りで、蚊ばしらが唸《うな》っていた。

部屋の外から明《あか》りが流れて来た。提灯《ちょうちん》を持った近習《きんじゅう》の者と、家老の左右田孫兵衛《そうだまごべえ》とが、静かに膝《ひざ》をついて云《い》う——。

「それでは、お移居《わたまし》あそばすように」

十一《じゅういち》の影《かげ》

外濠《そとぼり》の暗い河面《かわも》に、伝馬船《てんません》が一艘《いっそう》、提灯《ちょうちん》の明《あか》りをまたたかせて、繋《もや》っていた。すぐ河岸《かし》に近い吉良《きら》家《け》の通用門から駈《か》け出《だ》して来た侍が、岸から小声で、

「お出まし」

と云《い》うと、艫《とも》にかたまっていた四、五名の侍たちが、一せいに起《た》って、両河岸を見廻《みまわ》した。

通用門から船までの僅《わず》かな間に、忽《たちま》ち、二十名ばかりの家臣が立って、人影の垣を作った。その中を、上野介《こうずけのすけ》と左兵衛佐《さひょうえのすけ》の父子《おやこ》が、目立たない服装をして歩いて来た。富子《とみこ》の姿は、見えなかった。左兵衛佐《さひょうえのすけ》は、父の手をとって、渡り板から伝馬船《てんません》のうちへ導いた。武士たちが目礼する中を、父子《おやこ》は、胴の間に設けてある席へ坐《すわ》った。

「では……」

「では」

と、船と陸《おか》とで、小声を交わし合って、家臣たちはすぐ散らかった。伝馬船《てんません》は、もう幅の狭い濠《ほり》の底をゆるやかに辷《すべ》ってゆく。

上野介《こうずけのすけ》は、陸《おか》の灯や星を仰ぎながら、

「外の風に吹かれたのは、幾日ぶりじゃろう」

と、つぶやいた。

左兵衛佐《さひょうえのすけ》は、今夕《こんせき》、上杉家《うえすぎけ》の方へ戻った母の事ばかり考えていた。母の言い条を聞けば、母のほうが正しいように思われ、父の主張を聞けば、それも尤《もっと》もな気がするのである。

──しかし、どう正しくても、母が主張するような事には子として従えないと思った。彼は、どこまでも、この孤立な父の側に在《あ》ろうと心の裡《うち》で固く思う。

「やっ？」

舳《みよし》にも艫《とも》にもいる警固《けいご》の家臣が、突然こう口を辷《すべ》らせたので、父子《おやこ》は、ぎくとした眼で、すぐ船の前後を見廻《みまわ》した。

「なんじゃ？」

と、上野介《こうずけのすけ》が云《い》う。

家臣の一名が側の者に囁《ささや》いて、やがて左兵衛佐《さひょうえのすけ》にそっと耳打ちした。

「不審な浪人が、十名ほど、この船に添って、河岸《かし》を歩いておりまする。……御油断をなさいますな」

「ど、どこに？」

家臣は無言で左側の岸を顔で指した。――成程《なるほど》歩いている。六人が先に、五人は後になって行くが、その二組が一つ連れであることは、暫《しばら》く挙動《ようす》を見ているとわかった。左兵衛佐《さひょうえのすけ》は、急に落着《おちつ》かない眼をして、自分たちの伝馬船《てんません》に尾《つ》いて漕《こ》いで来る二艘《そう》の艀《はしけ》をふり向いてばかりいた。万一の場合にと、その二つの艀《はしけ》には、家臣のうちのしっかりした者が四名ずつ乗って従《つ》いて来る。すべてを併せて、約二十名ほどの人数なのだ。それに対して、陸《おか》の怪《あや》しげな人影は、はっきり、十一名の数が読まれるのである。

「大丈夫であろうか」

家臣の者へ囁《ささや》くと、

「お案じなさいますな。陸《おか》と河、滅多《めった》には、寄れませぬ」

「でも……」

左兵衛佐《さひょうえのすけ》の鬢《びん》の毛が、川風にそそけ立っていた。赤穂《あこう》の浪人のうちには、かなり豪《ごう》の者がいると聞いている。槍術《そうじゅつ》の達人としては、高田郡兵衛《たかだぐんべえ》の名はひびいているし、剣道にすぐれた者としては、堀部安兵衛《ほりべやすべえ》などもいる。二十名と十一名とでも、所詮《しょせん》、対等には戦えまい。殊に、彼等《ら》は主《しゅう》を失い、禄《ろく》に離れて、いわゆる捨身《すてみ》になれる体である。

「はやく漕《こ》げ」

左兵衛佐《さひょうえのすけ》が、櫓《ろ》の者へ、小声で急《せ》くと、

「なんの」

と父の上野介《こうずけのすけ》は首を振って云《い》う。

「――この辺で、かかって来たら、川番所の下《しも》へと漕げ。大川《おおかわ》へ入ったら、先に一名上がって、邸《やしき》の者を呼べばよい。しかし、そうまでは急迫しまい。彼奴《きゃつ》らも、仕損《しそん》じたならば、内匠頭《たくみのかみ》の舎弟大学《だいがく》がどうなるか、浅野《あさの》一族の芸州《げいしゅう》や土佐《とさ》などにも、どういう累《るい》を及ぼすかくらいは、考えておる筈《はず》じゃ」

父の側にいて、父を護《まも》る覚悟でいた左兵衛佐《さひょうえのすけ》は、却《かえ》って、父に護《まも》られている心地がした。そういう父の落着《おちつ》きぶりをながめてから、彼もやや心がすわった。

父は俗吏中の俗人のように、一般から見られているが、十九歳から公卿《くげ》や貴紳《きしん》との交際に立ち交じっているので、歌道もやれば香道の嗜《たしな》みもある。初老頃からは仏法にも観照の眼を向けていたし、近頃では、殊に茶道に傾倒して、茶禅《さぜん》一味などということをよく口にしている――そういう自《おのずか》らな修養がやはりこんな場合には役立つのであろう――と子の眼から観《み》る父は、どこまでも強く頼母《たのも》しく見えた。

やがて、

大川《おおかわ》へ漕ぎ出ると、河岸を尾行《つけ》て来た人影は、どこへ散ったか、見えなくなった。上《こう》野介《ずけのすけ》は、初めて、笑った。

「飼主《かいぬし》のない、痩《や》せ犬どもに、何ができる。どう働いたところで、禄《ろく》が上がるではなし、おのれの首が飛ぶだけの事。川風にふかれて歩いているうちに、頭が冷めて、馬鹿馬鹿しさに、気づいたのじゃよ」

——と。

だが、
程なく彼の船と、警固《けいご》の艀《はしけ》とが、両国下《りょうごくした》の横堀へ入ると、そこの一つ目橋の上に、先刻《さっき》の十一名が、欄干に姿を並べていた。そして、

(来たな)

と、見ると、ばらばらと橋を越えて行く様子——。

ちょうど、一つ町と二つ目橋の間にあたる松坂町《まつざかちょう》の裏河岸のあたりに、その十一名が、ずらりと影を揃《そろ》えて、立ち塞がった。

躍起組《やっきぐみ》

それよりも前。——まだ西陽《にしび》の照りつけている頃だった。

大汗をかきながら、せかせかと、胸に扇の風を入れながら、

「ゆるせ」

と、箔屋町《はくやちょう》の蒲焼屋《かばやきや》「宮戸川《みやとがわ》」の門口へ入って来た浪士がある。堀部安兵衛《ほりべやすべえ》だった。

「いらっしゃいませ」

「見えておるか、一同は」

「お待ちかねでございます」

二階へ上がる。

中庭の女竹《めだけ》の葉が、裏の欄干越《らんかんご》しに青々とうごいている。

もうそこの一室で、十数名の話し声がする。

奥田《おくだ》、片岡《かたおか》、赤埴《あかばね》、村松父子《むらまつおやこ》などである。武林唯七《たけばやしただしち》、矢田五郎右衛門《やだごろうえもん》などもいる。

「おう、堀部《ほりべ》」

と、高田郡兵衛《たかだぐんべえ》が、正面から見つけて云《い》う。

「遅くなって、申し訳ない」

安兵衛《やすべえ》が、座に着くと、

「まだ、磯貝十郎左《いそがいじゅうろうざ》も、富森助右衛門《とみのもりすけえもん》も見えん」

「その磯貝《いそがい》からは、言伝《ことづ》てを頼まれた。西瓜《すいか》を喰《く》うて中《あ》てられたとか、下痢《げり》いたして、昨日から寝ておる。助右《すけえ》は、旅立ちじゃ、両名とも、よろしくという事だった」

「磯貝《いそがい》のような若い者ですら、その通り、いつ病気を罹《や》るか分《わか》らぬ。――ましてや」

と、高田郡兵衛《たかだぐんべえ》は、声をひそめて、

「上野介《こうずけのすけ》のような老体は、何時、病で斃《たお》れるかも知れぬ」

奥田《おくだ》老人も、うなずいた。

「その段は、こころもとない」

郡兵衛《ぐんべえ》は、槍術家《そうじゅつか》らしい肩に、瘤《こぶ》を作って、

「やろうじゃないか、これだけの者があれば……」

と、座中の顔を見まわした。

安兵衛《やすべえ》は、懐中《ふところ》から、一札を取り出して、

「山科《やましな》の大夫《たいふ》からでござる、いつぞやの御返書だ。廻覧《かいらん》して下さい」

奥田《おくだ》老人が、黙読して郡兵衛《ぐんべえ》に渡した。郡兵衛《ぐんべえ》から田中《たなか》へ、片岡《かたおか》へ、武林《たけばやし》へと巡読してゆくうちに、

「堀部《ほりべ》ッ」

と、郡兵衛《ぐんべえ》が云《い》った。どこか激しい語気だ。書面から受けた不快なものに耐え難くなって、日頃の鬱憤《うっぷん》と共に吐き出すような口吻《くちぶり》なのである。

「上方組《かみがたぐみ》との打合《うちあわ》せはよいが、一体、いつまで、このような同じ文句の遣取《やりと》りを交わしているのだ。内蔵助《くらのすけ》殿の手紙といえば、毎度決まって、公儀の御憐憫《ごれんびん》にお縋《すが》り申し奉る事だ。大学《だいがく》様お取立《とりた》てを第一義に考えている事だ。また、時期尚早《しょうそう》だ。軽挙妄動《けいきょもうどう》を慎《つつし》めとある事だ」

「うむ」

と、安兵衛《やすべえ》が顎を引く。

側の村松三太夫《むらまつさんだゆう》が、

「一つ」

と、その手へ杯《さかずき》を持たせた。

郡兵衛《ぐんべえ》も杯《さかずき》を取って、

「今日の書状を見れば、またしても、大学《だいがく》様お取立《とりた》ての運動のために、遠林寺《おんりんじ》の祐海《ゆうかい》とやらが、柳沢家《やなぎさわけ》に伝手《つて》を求めているとか、大奥の縁引へ奔走しているとか、その結果を見た上でとか何とか、まるで女人《にょにん》のするような陋劣《ろうれつ》な策に大事を恃《たの》んでいるのじゃないか。優柔不断も甚だしい。大石《おおいし》殿の心事はこれで見え透いていると云《い》ってもよい。既に、大事を共にする人物じゃないと俺は思う……」

背を屈《かが》めて、蒲焼の串《くし》を解《ほぐ》していた奥田孫太夫《おくだまごだゆう》が、

「江戸と上方《かみがた》、手紙では埒《らち》があかん。いちど誰ぞ遣《よこ》されればよいにな」

「原惣右衛門《はらそうえもん》殿が、近々《ちかぢか》に下向《げこう》なさるとこの前の書面にあったが」

と、片岡源五右衛門《かたおかげんごえもん》が云《い》う。

郡兵衛《ぐんべえ》は、嘲殺《ちょうさつ》するように、

「それも、泣く子に飴《あめ》を舐《ねぶ》らすように、われわれを鎮撫《ちんぶ》に来るというのだ。俺たちが、君家の名を重んじ、武士の第一義に殉《じゅん》じようとするのが、大石《おおいし》殿には、ただ、無謀な血迷い事と見えるらしい。所詮、武士道に対する見解の相違なのだ。いくら書面を取り交わして論じてみたところで果てしはつくまい。この上は、上方組《かみがたぐみ》を差し措いても、われわれは、初志を貫くまでのことだ」

郡兵衛《ぐんべえ》の憤《いきどお》る気持《きもち》は、誰も等しく持っているところだった。この男は、酒気に駆られ

てものを云《い》うような底の浅い人間とは見えない。槍術《そうじゅつ》の達人で、人も許し自身も許している。小笠原家《おがさわらけ》から転じて浅野家《あさのけ》に高禄《こうろく》で抱えられたのも、その槍術《そうじゅつ》の有名を買われたのであった。郡兵衛《ぐんべえ》は、常にその恩遇《おんぐう》を口にしていた。内匠頭《たくみのかみ》に凶変があって以来は、郡《ぐん》兵衛《べえ》は、在府派の急先鋒《きゅうせんぽう》だった。是が非でも、亡君の百ヵ日までに、意志を決行しなければ、往来は歩けぬという一点張りなのである。

彼と、心を同じゅうしている者に、堀部安兵衛《ほりべやすべえ》と奥田孫太夫《おくだまごだゆう》の二人があった。この三名がいわば江戸に残っている旧藩士の在府組の牛耳《ぎゅうじ》を執っている者たちであり、即時断行を、持論としていた。

国許組《くにもとぐみ》のほうにも、いろいろな異心者を出したように、江戸のほうでも、無造作に結束する者が結束されたわけでは決してない。藤井又左衛門《ふじいまたざえもん》だの、安井彦右衛門《やすいひこえもん》だのという家老重職の多くは、いつのまにか、顔を見せなくなって、殊に急激な堀部《ほりべ》、高田《たかだ》などとは、気まずい仲にさえなっている。しかし、そういう脱盟者などには、眼もくれないのが、ここにいる人々の特質でもあった。

（いやな奴は脱《ぬ》けろ、躊躇《ためら》う奴は見ておれ。一人になってもやって見せる）

というのが意気であった。

また、背後にあって、

（そうなくちゃならん）

と、若い者に元気づけている老人もあるのだ。ここに顔を見せていない堀部弥兵衛《ほりべやへえ》老人が先《ま》ずそうだし、本所中之郷《ほんじょなかのごう》にいる浪人の大石無人《おおいしぶにん》などは、それでもまだ近頃の若い者は分別過ぎて実行力が乏しいと酷評しているくらいなのである。

「もう、議論は飽いたな。憤慨《ふんがい》もよそう。要するに、やるかやらないかだ」

安兵衛《やすべえ》のやがてのことばに、

「無論やるさ」

郡兵衛《ぐんべえ》が受け取って、

「日は、迫っているのだ」

と云《い》った。

「いつ？」

急に、声をひそめて、武林唯七《たけばやしただしち》がいう。

「……しかと、わからんが、もう移転《ひっこし》の荷を、ぼつぼつ本所《ほんじょ》へ送っているのは事実だ。しかし吉良《きら》父子《おやこ》が移った様子はまだないらしい」

「すると、遅くも、ここ三、四日のうちだな」

「前原伊助《まえばらいすけ》が、絶えず、あの附近を見張っているから、やがて、分《わか》ればすぐに知らせて来よう」

「移る時には、昼か、夜かだ？」

「世上を憚《はばか》って、一歩も他出《たしゅつ》しないという上野介《こうずけのすけ》の事、必ず夜を選ぶだろうと思う」

「しかし、意表に出ぬとは限らぬ。前原《まえばら》一人で、いざという時、間にあうか」

「ここ四、五日は、必ず各〻《めいめい》一定の居所にいる事。その他、急場の要意お含みあるように」

いつか誰の声も低声《こごえ》になっていた。内匠頭《たくみのかみ》の百ヵ日を過ぎても、一向に煮え切らない内蔵助《くらのすけ》の態度や、また、上野介《こうずけのすけ》が来春は米沢《よねざわ》へ移るだろうなどという途上の説に、こう急激に決行へ焦心《あせ》って来たこの人々は、もう一日も猶予はならない気がして、吉良家《きらけ》の屋敷替えという絶好な機会を摑《つか》んで、宿志《しゅくし》を遂げようとするものらしく、密々《ひそひそ》と、それから半刻も、何か諜《しめ》し合《あ》っていた。

――と。席を立って、階下《した》の厠《かわや》へ行った田中貞四郎《たなかさだしろう》が、いつまで経っても見えないので、お互に、警戒の念を抱き合っている人々の眼が、すぐ、その空席へ不審を抱いて、

「田中《たなか》は、どうしたろう」

「厠《かわや》にしては、ちと長いが……」

赤埴源蔵《あかばねげんぞう》が起《た》って、

「見て参ろうか」

と、階下《したた》へ降りて行った。

陸《おか》の付人《つけびと》

バタバタと蒲焼を焼く煙の中で団扇《うちわ》をたたく音が板場でする。鰻《うなぎ》を裂いたり、蒸したり、忙《せわ》しげに男達がそこで働いているのだった。田中貞四郎《たなかさだしろう》は、梯子段《はしごだん》の下に立って、板場の見える窓のそばに、きき耳を欹《た》てていたのである。

源蔵《げんぞう》が、声をかけると、

「叱《しっ》……」

と、胸に当てている扇子を横に振った。

出前持と、板前との、大きな話し声が手にとるように聞《きこ》えてくる。それへ、帳場の者の横口も交じって、

「じゃあ何か、今日置いて来た泥鰌《どじょう》は、勘定《かんじょう》はとれねえのか」

「何しろ、要らねえと云《い》うもんですからね」

「要らねえものなら、持って帰ればいいじゃねえか」

「それがですよ。多分、吉良《きら》様の若殿にちげえねえと思うんですが、半弓をこう持っていて、あっしの方へ、きりっと、向けたもんだ。射殺《いころ》されちゃ堪らねえから置いて逃げて来たんでさ」

「あの屋敷と来ちゃあ、横柄《おうへい》で、払いは汚ねえ。揚句《あげく》の果てに、半弓を向けて、出入り商人を脅かすなんて馬鹿にしてやがる。勘定《かんじょう》をもらって来い」

「俺あ、もう嫌だ」

「嫌だって、お屋敷は、今日限り、本所《ほんじょ》の方へ、移ってしまうというんじゃねえか。今日を過ぎると、またわざわざ、松坂町《まつざかちょう》まで貰《もら》いに出なけれやならねえ。勘定《かんじょう》を下げてくれなかったら、泥鰌《どじょう》を取っ返して来い」

「誰か、行ってくれ」

「意気地なしめ」

「おれだって、生命《いのち》は惜しいや」

「べら棒め、泥鰌《どじょう》の代を貰《もら》いに行って、まさか、生命を奪《と》られる奴があるもんか。その若殿だか何だか知らねえが、汝《てめえ》に弓を向けた侍ってのは、おおかた、気狂いか何かだろう」

「どうして、人品のいい、立派な若様さ。顔の面長なところが、どこか上野介《こうずけのすけ》に似ていた」

「忌々《いまいま》しいな、吝《しみ》ったれ屋敷め」

「まあ、いいや、くれたと思えば」

「主人の物だと思って大風《おおふう》に云《い》うな」

「その代《かわ》りに、台所足軽《あしがる》の花木《はなき》さんから、口どめされた事を喋《しゃべ》りちらしてやるからようがす」

「なんだ、口止めされたというなあ」

「何ネ、例の一件があるんで、大殿様や若殿が、本所《ほんじょ》へ移る日を、ばかに、世に秘し隠しにしているんで」

「ふム、成程《なるほど》」

「ほかの出入り商人には、まだ、四、五日こっちにいるように云《い》っているが、ほんとは、今日限りであの屋敷の者はすっかりいなくなるんですぜ」

「馬鹿め、そんな事をいくら喋《しゃべ》り歩《ある》いたって、何の腹癒《はらい》せにもなりゃしねえじゃねえか。泥鰌《どじょう》のほうは、はっきり損をしちまわあ。誰か、頭を下げて、取って来い、取って来い」

源蔵《げんぞう》の眼と、貞四郎《さだしろう》の眼とは、梯子段《はしごだん》の途中と下でじっと結びついていた。女中の来る気配がしたので、二人は、無言のまま、二階へ戻って行った。

間もなく、手を鳴らして、

「おい、飯にしてくれい」

と二階でいう。

その飯が二階へ運ばれて行く時、倉橋伝助《くらはしでんすけ》が、眼いろを緊張させて、ここへ訪ねて来た。

とかくするうちに、往来は黄昏《たそがれ》ていた。

「じゃあ、いずれまた」

「御家内によろしく」

などと、一同は、「宮戸川《みやとがわ》」の門口で、わざと挨拶《あいさつ》を交わしてちりぢりに別れて行ったのであるが、それから家へ帰った者は一人もなかった。

砂利場のところてん屋、空地《あきち》の草叢《くさむら》、橋の袂《たもと》、夕涼みでもしているように、ぶらついていた人影がみなそれであった。そして――やがて、上野介《こうずけのすけ》の家臣が、吉良《きら》家の通用門の見える外濠《そとぼり》の岸へ、そっと、伝馬船《てんません》を横に着けたのを見届けていた。

そのうちに、倉橋伝助《くらはしでんすけ》が、

「――扇を落《おと》した」

と、そこらに、散らかっている人々の背《うしろ》を通った。

「——扇を落《おと》した」

その呟《つぶや》きを聞くと、闇から、幾つもの眼が、向《むこ》う河岸へ光った。上野介父子《こうずけのすけおやこ》の姿が見えたのである。その影も見えない程な家臣に囲まれて船へ乗った。

伝馬船《てんません》は、やがて、ぎいと、岸を離れて行く——。

空地《あきち》へ、さっと、一同は集まった。

風のような行動を起《おこ》しかけたのである。約束は決まっている。ただ、場所だ。相手が船で行くことは、予期しない事だった。

「先へ廻《まわ》ろう」

これは、赤埴源蔵《あかばねげんぞう》の言葉だった。

「松坂町《まつざかちょう》か」

「船から上がるとすれば、二つ目橋の辺り」

「よしっ」

と気は逸《はや》っている。

「だが待て」

これは、奥田《おくだ》老人の注意である。

「うかとも、先廻《さきまわ》りは出来んぞ。松坂町《まつざかちょう》ばかりが、上野介《こうずけのすけ》の行く先とは限らん——上杉《うえすぎ》家《け》の中屋敷《なかやしき》、下屋敷《しもやしき》という策《て》もある」

「大きに」

村松三太夫《むらまつさんだゆう》がうなずく。

「然《しか》らば」

と、郡兵衛《ぐんべえ》が、

「船を尾行《つけ》て、河岸を歩もう」

「それも、人目につく」

「いや、ちりぢりに」

「至極《しごく》」

と、異議はなかった。

すぐ、河岸を追った。一人——二人——三名ぐらいずつに別れて。

ところが、そうして四、五町ほど歩くと、忽然と、自分たちの前に、これは堂々と団結して、吉良上野介《きらこうずけのすけ》の船に尾《つ》いて陸《おか》を歩行してゆく一群《ひとむれ》の人影が現れた。十一名の人数である。足拵《あしごしら》えは、草鞋股立《わらじももだち》、大刀に反《そり》を打たせて、中の二、三名は、槍《やり》を横に抱えている。

「やっ？」

「何者だろう？」

安兵衛《やすべえ》も、郡兵衛《ぐんべえ》も、いぶかった。

味方である筈《はず》はない――。

また、吉良家《きらけ》の家臣にしてはおかしい扮装《いでたち》でもある。草鞋《わらじ》、負包《おいづつ》み、埃っぽい野袴《のばかま》など、どう眺めても田舎《いなか》武者だ。のみならず、十一名の一人一人、一歩一歩、怖《おそ》ろしく力がある、隙がない。石火矢を撃《ぶ》ちこんでもみぐるしい狼狽《うろた》えはしそうもない緊張が見える。鉄の塀が徐々と船に添って行くように見えるのである。

「清水一学《しみずいちがく》がいる！」

堀部安兵衛《ほりべやすべえ》のそばへ来て、郡兵衛《ぐんべえ》がささやいた。

「…………」

安兵衛《やすべえ》は、冷烈《れいれつ》な眼をかがやかしているのみだった。

「――後《あと》の者は？」

と、これは奥田《おくだ》老人。

誰ともなく、

「読めた。清水一学《しみずいちがく》が米沢《よねざわ》へ出向いていた。上杉《うえすぎ》藩から選《よ》りぬいて来た国許侍《くにもとざむらい》！　そうだ……そうに違いない」

「米沢《よねざわ》の剣客か」

「隠居の付人《つけびと》に連れて来た者たち」

低く——しかし、つよい語気で、誰かが、

「くそっ」

と呟《つぶや》いたのが風に流れた。

庭木鋏《にわきばさみ》

千坂兵部《ちさかひょうぶ》の命をうけて、米沢《よねざわ》の国許《くにもと》から、十名の剣客を選《よ》りぬいて、清水一学《しみずいちがく》が江戸表《おもて》へ帰って来たのは、つい今朝の事だった。

（御隠居のお引移《ひきうつ》りまでに）

と、兵部《ひょうぶ》から云《い》われていたので、今日という日取りを、急ぎに急いで来たのである。

兵部《ひょうぶ》から、その通知があったので、上野介《こうずけのすけ》父子《おやこ》は、すぐ新居へ身を移す事になったので、その一行は、旅の装いを解く間もなく、清水一学《しみずいちがく》に従って、着府早々、今夜の任務に就き、そのまま松坂町《まつざかちょう》へ止まるようにという旨を兵部《ひょうぶ》から受けていた。

「——さすがは、兵部《ひょうぶ》様、いながらにして、ご明察だ。案《あん》の定《じょう》、赤穂《あこう》の痩《や》せ浪人が、ちらほら、後から尾《つ》いて来るわ」

一学《いちがく》は、こう云《い》って、付人《つけびと》の剣客達へ誡《いまし》めた。

「構《かま》えて、後ろを振り向くな」

と——。

云《い》われた通り、付人《つけびと》達は、歩いていた。一足一足が生命《いのち》がけであった。はりつめている背中を持つ。

「——あの中に、きっといるのは、堀部《ほりべ》と、高田《たかだ》だ。この二人が、すこし手強《てごわ》い。かかって来たら、俺が、名をさすから、どっと、その二人へぶつかれ。横から背中からかかる相手があっても、その二人を、先へ斃《たお》してしまえ、一時に」

しかし、そういう機会は来なかった。

赤穂方《あこう》では、勿論《もちろん》、逸《はや》り立っていたが、決して米沢《よねざわ》侍が相手ではない。清水一学《しみずいちがく》が敵ではない。

両国《りょうごく》を越えて、一つ目の角地の原までは行ったが、奥田《おくだ》老人が、そこで、

「いかん」

と、云《い》ってしまった。

村松喜兵衛《むらまつきへえ》もまた、

「ああ！　……。まだ、時は来んのじゃ」

と、嘆声を放った。

高田郡兵衛《たかだぐんべえ》一人が、

「老人が、手が出せぬなら、われわれで上野介《こうずけのすけ》が船から上がるところを衝《つ》こう。——何の清水一学《しみずいちがく》が」

と肯《き》きそうもない語気で云《い》ったが、いつも激越な安兵衛《やすべえ》が、何と考えたか、

「高田《たかだ》、思いとまろうよ」

と、宥《なだ》めるのであった。

「なぜ、貴公までがここへ来て、二の足を踏むのか」

郡兵衛《ぐんべえ》は、憤然となじって、

「赤埴《あかばね》、片岡《かたおか》、各〻《おのおの》は」

「御老人に従おう」

と、殆《ほとん》どが、思い返して、もう帰りかけるのだった。郡兵衛《ぐんべえ》は、戻ってゆく同志の背《うしろ》を、

蔑《さげす》むような眼で睨《ね》めつけていた。

「堀部《ほりべ》、帰るのか」

「やむを得ん」

「貴公と、奥田《おくだ》老人には、ちょっと、待ってもらおう」

二人の袂《たもと》をとらえて、

「話がある」

「なんだ」

「すくなくとも、われわれ三名だけは、ここを去ってはすむまい」

「どうして」

「約束がちがうじゃないか。おれ達は、当初に何と誓いを立てたかっ。――他の者達が、この瀬戸際《せとぎわ》に、意気を欠いたのは、是非《ぜひ》もない。だが、われわれ三名だけは、たとえ最後の一人になっても、吉良《きら》が、鉄壁の固めをしようと、斬り入ろうと、誓った筈《はず》ではないかっ。忘れたのか、もうその言葉を」

安兵衛《やすべえ》と、老人の腕くびを、両方の手に固く握って、揺り動かしつつ郡兵衛《ぐんべえ》は云《い》うのだった。情熱から湧く怒りが、瞼《まぶた》に、涙さえ光らせている。さすがに、安兵衛《やすべえ》も老人も、心を揺すぶられる心地がした。その情熱は尊いものだと思った。自分にだって負けない程なものはある。しかし、この男の剝《む》き出しな一徹は、より美しいものだと思う――。

「高田《たかだ》。……まあ落着《おちつ》け、そう怒るな。決して、われわれが、今夜のこの期《ご》に臨んで、怯《ひる》んだわけじゃない」

「いや、臆したと云《い》われても、弁解の余地はあるまい。昼間の言葉をもう……」

「まあ聞け。――貴様、死ぬことばかり急いでいるが、上野介《こうずけのすけ》の首級《しるし》を貰《もら》わずに、笑って死ねるか」

「俺には、自信がある。清水一学《しみずいちがく》の腕も、およそは計っているつもりだ」

「一学《いちがく》が敵《かたき》か」

「――でないにしても」

「今夜、一気に、かかりたいのは、拙者でも、御老人でも、変《かわ》りはない。しかしああ敵が備えていては、どう衝いて出ても、勝目《かちめ》は見えない。少し、兵法というものを知っている者なら、すぐ感じることだ。付人《つけびと》や、家来は、幾人でも斃《たお》せようが、上野介《こうずけのすけ》が、討てるか否《いな》かとなると、拙者にも、誰にも、勝算は見えないのがほんとだ。――第一、地の理を見ても、吉良《きら》の邸《やしき》に近いし、この河岸筋《かしすじ》には、小番所があり、人家も多い。一声喚《わめ》けば、雑人《ぞうにん》がわっと殖《ふ》える。おそらく、飛道具《とびどうぐ》を用いても、難《むず》かしかろう。仕損《しそん》じたら、あれ程、諄々《じゅんじゅん》と書状を以《もっ》て、われわれに苦言をよこしている大石《おおいし》殿を初め、国許組《くにもとぐみ》に、笑いをうけるばかりか、大石殿《おおいしどの》の云《い》っている通り、天下の笑われもの、君家へも汚辱《おじょく》のうわぬり……。我慢せい、今夜のところは、黙って帰ろう」

奥田孫太夫《おくだまごだゆう》も、口を酸《す》くして宥《なだ》めるので、やっと、郡兵衛《ぐんべえ》は、不承不承に歩みだしたが、ひどく不機嫌だった。むっつりと、口もきかずに、両国橋《りょうごくばし》を戻って行くのだった。

まだ、宵ではあるし、親しい友と、このまま解けない感情を抱いて一夜でも過《すご》すには耐え難い気がして、安兵衛《やすべえ》は、郡兵衛《ぐんべえ》の肩を叩いた。

「高田《たかだ》、いつもの茶屋へ寄って、口直《くちなお》しに一杯やろうか」

「飲みたくない」

膠《にべ》もなく、首を振った。

「まあ、そう云《い》わんで」

奥田孫太夫《おくだまごだゆう》も共に、

「わしも参ろう、交際《つきあ》いなさい」

と云《い》う、老人らしい笑い半分に。

駄々《だだ》ッ子をあやすように伴《つ》れて行った。落着《おちつ》いて、酒になると、郡兵衛《ぐんべえ》は漸《よう》く機嫌が直った。その代《かわ》りに、捨てる生命を、今夜も無事に寝るばかりと、肚《はら》をすえたせいか、ひどく飲む。飲んでの気焰がまた凄じかった。片岡《かたおか》、武林《たけばやし》、村松《むらまつ》の徒は、まだ真に復讐《ふくしゅう》の一心が固まっていないと罵《ののし》る。しかし、俺たちは飽《あ》くまでやろうぞと、老人と安兵衛《やすべえ》の手を握りしめて声涙をしぼるのであった。そして、

「ご両所、近日のうちに、鎌倉《かまくら》へ行こうじゃないか」

と、彼の方から云《い》い出《だ》した。

いちど、遊山《ゆさん》の態《てい》にして、江《え》ノ島《しま》から鎌倉《かまくら》へゆき、鶴《つる》ケ岡八幡宮《おかはちまんぐう》の神前に、復讐《ふくしゅう》連判の血誓を立てて、それを基礎に、同志の盟約を作ろうという下話は、以前から三人の間に交わされていたが、つい、その遑《いとま》もなく、肚《はら》と肚《はら》との黙契《もっけい》で今日まで来たのであるが、郡《ぐん》兵衛《べえ》からその希望が出たのは、要するに、ことばの上だけでは、この両名に対しては、十分な信が持ち得ないのかも知れない。安兵衛《やすべえ》は、言下に、

「よかろう、是非《ぜひ》参ろう」

その場で、行く日までを、約束して別れた。

数日たつと、早朝に、

「堀部《ほりべ》、支度《したく》はよいか」

と、彼の浪宅へ、郡兵衛《ぐんべえ》が誘いに来た。

庭で、鋏《はさみ》の音がしている。もう一朝ごとに花の小さくなり出した朝顔の垣越しに植木《うえき》鋏《ばさみ》を持った白髪の老人が、

「よう、高田《たかだ》さんか、お入り」

と、庭の方を開けて云《い》う。

安兵衛《やすべえ》の父の堀部弥兵衛《ほりべやへえ》なのである。奥へ向《むか》って、

「幸《さち》。茶を持って来い」

と、植木鋏《うえきばさみ》を、縁側へ置いた。

鎌倉《かまくら》血判《けっぱん》

お幸《さち》は、敷物をすすめて、

「こんな、端近《はしぢか》では」

と、郡兵衛《ぐんべえ》へ、挨拶《あいさつ》しながら、父の顔を見ると、

「なに、縁先は、却《かえ》ってよいものじゃ、それに、草鞋《わらじ》を解かんでも済む」

「まあ、お勝手な事ばかり……」

「浪人礼儀。のう、郡兵衛《ぐんべえ》どの、そうじゃないか」

「いつも、面白い事を仰《お》っしゃる」

郡兵衛《ぐんべえ》は、茶を掌《て》に上げて、

「安兵衛《やすべえ》殿は、まだでござるか」

「何、とうに起きている。幸《さち》、伜《せがれ》は、何しておるか」

「恐れ入りますが、今朝ほど、奥田《おくだ》様もこちらへお立寄《たちよ》り下さいますそうですから、少々お待ちくださいませ」

「それにせよ、伜《せがれ》にはやく来ぬかといえ」

「あの……。ちょっと、唯今《ただいま》、いつもの日課をしておりますので」

「ああそうか。郡兵衛《ぐんべえ》どの、では少し、ご猶予下さい」

「日課とは、何をおやりですか」

「なにの、つまらん事を……」

何につけ、伜々《せがれせがれ》で持ち切るこの老人は、そう苦笑しながらも、どこかに得意そうな色をうごかして、

「あいつめ、浪人以来、閑《ひま》に体を持ち扱って、この夏は、法帖《ほうじょう》を出して、毎日夏書《げがき》をしておるのでござるよ、手習いをな。はははは」

「ほ、習字を、日課にやっておられるのか」

「されば」

郡兵衛《ぐんべえ》は、心のうちでいぶかった。やがて、秋の蟬より遅いか早いかには死ぬ身と覚悟している身に、何で文字を習う必要があるのだろうかと。

「やあ、お先であったか」

そこへ、奥田《おくだ》老人が、軽い旅装で、これはしげしげ訪れる仲なので、庭木戸を押し開けて入って来た。

そして弥兵衛《やへえ》に、

「其許《そこもと》も、参られぬか」

と、すすめると、

「いや、わしは行かんでもよい」

弥兵衛《やへえ》はまた、植木鋏《うえきばさみ》を持って、ぱちぱちと、土用茂りの庭木を鋏《はさ》んでいた。その姿も、復讐《ふくしゅう》を一念にしている人とは受けとれなかった。離散と共に移って来たこの借家にしろ、家庭の整い方や、安兵衛《やすべえ》の妻の幸女《さちじょ》の顔の明るさや――どこにも、暗いとか悲壮とかいう影はないのだった。郡兵衛《ぐんべえ》は、

（はて？　……）

と、惑わずにいられなかった。

まだ、妻というものを知らない郡兵衛《ぐんべえ》なのである。やがて、安兵衛《やすべえ》が挨拶《あいさつ》に出て、奥の部屋で、お幸《さち》の手から、小袖を着せ掛けられたり、旅の持物《もちもの》の細々《こまごま》とした心づかいを受け取っているのを見ると、何か、軽い羨望にとらわれて、自分の生涯を、心で独りさびしんだ。

「お待たせした」
四、五日の留守を云《い》いおいて、安兵衛《やすべえ》は、新しい草鞋《わらじ》を足につけた。笠を持って、お幸《さち》は、戸外《そと》へまわる。弥兵衛《やへえ》も、門まで見送って――、
「道中薬《くすり》は持ったか」

「矢立《やたて》は」

と、細やかな心づかいが、この父娘《おやこ》の日頃の家庭を偲《しの》ばせる。

郡兵衛《ぐんべえ》は、その日の旅に、妙に、人妻が眼についてならなかった。また、街道から覗《のぞ》かれる百姓の家や、商い屋や、さまざまな階級の家庭が、妙に眼についた。そしてその家毎の団欒《だんらん》を思ってみたり、人生を考えたり、また自分にかえってみたりして、言葉かず少なく歩いた。

翌々日、鶴《つる》ケ岡八幡《おかはちまん》へ参拝した。

奥田孫太夫《おくだまごだゆう》は、自分で紙を継《つ》いで表具したという一巻を懐中して来た。約束である。神前で、三名は、自署したうえ、血判をした。

「高田《たかだ》」

「ウム……？」

大銀杏《おおいちょう》の前を降りながら、安兵衛《やすべえ》がたずねた。

「疲れたのか……。顔いろが、少しわるいが」

「水あたりかも知れん」

「それはいかん」

印籠《いんろう》を割って、薬を掌《て》にこぼし、

「これを、服《の》んでおくといい」

郡兵衛《ぐんべえ》は、掌《て》へうけたが、服《の》むふりをして、薬はこぼしてしまった。江《え》ノ島《しま》へ廻《まわ》る予定である。しかしそれも郡兵衛《ぐんべえ》は気がすすまないらしく見える。

「帰ろうじゃないか」

と、茶店で云《い》い出《だ》した。

「折角《せっかく》、ここまで来た道ついでを」

と、奥田《おくだ》老人は云《い》う。そう云《い》われればまた、引きずられてゆく郡兵衛《ぐんべえ》であった。

島を巡って、鮑《あわび》とりの海女《あま》を見ていたのである。——と、貝細工を売っている土産物屋の軒先からじっと、三名の背をながめている若党連れの武家の父娘《おやこ》があった。

「はてのう」

「よう似ておりまする」

特に郡兵衛《ぐんべえ》へ注意を向けているのである。やがて、三名が、浪飛沫《なみしぶき》の巌頭《がんとう》から足をめぐらして、土産物屋の前を通りかかると、先刻《さっき》から眸を放たずにいた武家とその娘が、

「おお」

と、声を弾ませた。

郡兵衛《ぐんべえ》も、その声に、顔を向けて、

「あっ……。これは」

と、立ちどまった。

秋《あき》の残《のこ》り香《か》

「珍しい所で会ったな。どう召されたの、その後は？」

と、仲間《ちゅうげん》と娘をのこして、その武家は寄って来た。

「ご無沙汰《ぶさた》仕《つかまつ》りました。いつも、お変《かわ》りもなく」

「わしは、この通りだ。しかし、尊公は、えらい目に遭《あ》ったのう。破格な高禄《こうろく》で、浅野家《あさのけ》へ招かれたは、今思えば、却《かえ》って、不幸じゃった。小笠原家《おがさわらけ》におれば何のこともなかったのに。さてさて、人間の吉凶はわからぬものじゃて。——お小夜《さよ》も、あの大変以来、噂《うわさ》のみして、案じておったところじゃ」

お小夜《さよ》というのがその娘であろう、父の側から挨拶《あいさつ》をする。話は、頻《しき》りと弾《はず》むらしいのである、相当な身分の者らしいし、娘も縹緻《きりょう》のよい方だった。

先に、ぶらぶらと、ゆるい足どりで歩いていた堀部《ほりべ》と奥田《おくだ》は、容易に郡兵衛《ぐんべえ》が来ないので、路傍へ寄って竹立《たたず》んでいた。

やっと、来たと思うと、郡兵衛《ぐんべえ》は、

「いや、弱ったよ」

と云《い》った。しかし、鶴《つる》ケ岡《おか》からむっつり沈みがちだった顔いろは、明るく解《ほぐ》れていて、

「――話し好きな年老《としより》でな、それに五、六年ほど、無音《ぶいん》のまま会わなかったのだから、離さぬのだ。済まないが、一足先《さ》きに行ってくれないか、宿を定《き》めておいて、晩方《ばんがた》、落ち合おう」

「誰だ、あの仁《じん》は？」

「兄も世話になっているし、拙者も、以前、小笠原家《おがさわらけ》へ推挙をうけたことのあるお旗本の内田勘解由《うちだかげゆ》殿だ」

「そうか、では、先に参っておる」

定めた宿へ、二人は先に草鞋《わらじ》を解いていた。

とっぷりと暮れてから、もうみえないかと思った郡兵衛《ぐんべえ》は元気に、戻って来た。

食事は、内田父娘《うちだおやこ》の者とべつな宿でして来たという。しきりとそれからは、郡兵衛《ぐんべえ》の雑談が弾《はず》んだ。旅へ出て、初めて旅らしい快活な晩を三名とも味わった。

江戸までも、その明るさはつづいた。しかし、江戸へ帰ってからの郡兵衛《ぐんべえ》は、それ限《き》り誰にも顔を見せなかった。

山科《やましな》にいる内蔵助《くらのすけ》の旨をうけて、原惣右衛門《はらそうえもん》が下向《げこう》したのは、それから間もない後の事である。

勿論《もちろん》、惣右衛門《そうえもん》の下向《げこう》は、主家没落以来の憤恨《ふんこん》の火の手を、いちど、消し伏せるためだった。在府組の激越な気勢を、遠くから眺めている内蔵助《くらのすけ》は、その火があぶなくて、放って措けない危惧《きぐ》を感じだしたのである。その火消し役も、なみな者では、却《かえ》って火を大きくしてしまうか、収拾のつかない結果にしてしまう惧《おそ》れがある。老巧穏健《ろうこうおんけん》、そして、人望もある惣右衛門《そうえもん》を、そのために、選んでよこしたものらしい。

堀部《ほりべ》から、高田郡兵衛《たかだぐんべえ》へ、すぐ使いをやった。病気という返辞なのである。やむなく奥《おく》田孫太夫《だまごだゆう》と二人で惣右衛門《そうえもん》の宿へ訪ねた。

「どれほど、大石殿《おおいし》が、各〻方《おのおのがた》の血気に逸《はや》ることを心配しておられると思われるか――」

惣右衛門《そうえもん》のこの言葉は、最も強く、二人の胸を打った。

惣右衛門《そうえもん》だけでは、まだ、心許《こころもと》なく思ったのか、山科《やましな》からは、後を追って、さらにまた、大高源吾《おおたかげんご》と、進藤源四郎《しんどうげんしろう》の二人が、下って来た。

場所を変えては、幾度となく、会合が行われた。高田郡兵衛《たかだぐんべえ》が顔を見せないために、原《はら》惣右衛門《そうえもん》や、大高源吾《おおたかげんご》などの鎮撫《ちんぶ》の使者に、正面から自分たちの主張をのべて当《あた》る者は、堀部安兵衛《ほりべやすべえ》になっていた。

しかし、独り安兵衛《やすべえ》のみでなく、復讐《ふくしゅう》の即行《そっこう》を主張して退《ひ》かない硬骨が、実は、堀部《ほりべ》弥兵衛《やへえ》とか、奥田孫太夫《おくだまごだゆう》とか、村松喜兵衛《むらまつきへえ》とかの長老に多いことがわかって、これは単に、血気とか過激とかではなく、江戸表《おもて》という政治的な実際下に触れている者と、上方《かみがた》の空気から大勢を眺めている者との相違も多分にあると惣右衛門《そうえもん》は気づいた。

その手から、情報が飛脚されると、内蔵助《くらのすけ》からは間もなく、

（十月中旬、自分も一度、江戸表《おもて》へ出向く）

という返札《へんさつ》が一同へ宛てて来た。

「大石《おおいし》殿が来る！」

という声は、さすがに、議論や焦躁《しょうそう》に暮れていた在府組の意気を、粛《しゅく》と、引《ひ》き緊《し》めた感じがある。

「ともかく、大夫《たいふ》のお下知《げち》を待って」

と、何もかも、それに期待していた。

程なく、十月二十日には、山科《やましな》を発ったという手紙。つづいて十一月二日頃には、江戸へ着く予定という道中からの先触《さきぶ》れ。

また、滞在中の宿として、以前、浅野家《あさのけ》の日傭頭《ひようがしら》をしていた芝松本町《しばまつもとちょう》の前川久太夫《まえかわきゅうだゆう》の宅を借りうけるつもりで、一札《いっさつ》出しておいたが、なお、念のために、在府の者から、訪れ

ておいてもらいたいという手紙。

冬が訪れかけて、時々、霜《しも》を見る朝もあったが、忘れられた庭の隅や、往来の籬《まがき》に、まだ秋の残り香のように、菊の遅咲《おそざ》きが匂っていた。

二《ふた》つの道《みち》

明日《あす》は誰か三、四名、品川口《しながわぐち》まで、大石《おおいし》殿を迎えに出ようと相談して別れた夜である。

堀部安兵衛《ほりべやすべえ》が家に帰ってみると、妻のお幸《さち》が、夕方から客が来て奥で待っていると云《い》う。

「誰だ」

「高田《たかだ》様でございます」

「郡兵衛《ぐんべえ》が？」

すぐ会おうという気になれなかった。

今日の寄合《よりあい》の通牒《つうちょう》も出してあるのに、その席へは顔を出さないで、ここに来て長々と待っていることも解《げ》せない。その他、鎌倉《かまくら》の連判以来、彼はどうかしている。

「茶をくれい」

居間に坐《すわ》りこむと、

「でも、だいぶ永《なが》い間、じっと待ちあぐねていらっしゃいますが……」

「まあよい。後で会う」

じっと、ひとりで、茶を喫《きっ》しているうちに、安兵衛《やすべえ》は、何かうっすらと、郡兵衛《ぐんべえ》の用向きが感じられて来た。

(そうか)

と、思うだけだった。

静かに起《た》って客間の襖《ふすま》を開けた。沈湎《ちんめん》と、灯りを横に、坐《すわ》りくたびれていた郡兵衛《ぐんべえ》の顔が、

「やあ……」

と仰向《あおむ》いて、席をひらいた。

常のように、笑えないものが、すぐ二人の面《おもて》をつつんでしまった。射るように向けた安《やす》兵衛《べえ》の眸の光に、彼は、俯向《うつむ》いてしまっている。

いつまでも言葉がない。安兵衛《やすべえ》も、無言に任せている。お幸《さち》の袂《たもと》が、静かに畳へ触《さわ》って、

茶をおいて去っただけである。

ぱら……という涙の音が郡兵衛《ぐんべえ》の顔の下でした。はっとしたように、彼の拳《こぶし》は顔へ行っている。

肩の中へ、顔はだんだん埋まってゆくのだ。

「堀部《ほりべ》っ！……。ゆ、ゆるしてくれ」

肱まで、べたっと畳へついて、郡兵衛《ぐんべえ》は訴えた。

「――実は、ここへ来て、会わせる顔もないのだが、仮面《めん》を被《かぶ》ったような気持《きもち》で、閾《しきい》を跨《また》いで来た。世の中に、義理ほど辛いものはないというが、俺は、進退《しんたい》きわまった。何をかくそう、いつぞや江《え》ノ島《しま》で会ったあの内田勘解由《うちだかげゆ》から、すっかり見込まれて、兄や叔父までも抱きこまれ、この俺に、聟《むこ》になってくれというわけだ……」

「…………」

「勿論《もちろん》、俺は断った。断乎《だんこ》として、強情を張って来たのだ。しかし、兄や叔父に、その理由《わけ》を云《い》えと迫られると、何と云《い》い抜《ぬ》けようもない。わけて、兄は、内田家《うちだけ》に恩義があり、俺に、相談する前に、弟に異論のあるはずはない。あったにせよ、兄が説服《せっぷく》して――とまで、ひきうけてしまっているじゃないか。切腹ものだと泣きつかれるのだ……。それでも、拙者としては」

「暫《しばら》く」

安兵衛《やすべえ》は、眼を反《そ》らして止めた。

聞いているほうが彼以上に胸ぐるしい。血をもって結んだ友達のこんなあらい呼吸《いき》から吐く声を長く聞いていられる程、安兵衛《やすべえ》は残忍になれなかった。

「わかったよ、高田《たかだ》」

「ま、聞いてくれ」

「いや！」

その拒《こば》みは厳《きび》しかった。

「それ以上、聞く要があるか。もういい。奥田《おくだ》老人にも、明日、伝えておく」

「……察してくれ、俺の立場を」

「長年の友達だ。貴公と、俺とは、共に、浅野家《あさのけ》に仕官しない前からの知己《ちき》だ。槍《やり》の郡兵《ぐんべ》衛《え》と貴公はいわれ、俺は、赤鞘《あかざや》だの、呑《の》ンべ安《やす》だのと云《い》われた頃からの仲間だった」

「…………」

「しかし、友達だから一緒に終《おわ》らなければならないという道義はない。ここまでの友達だったのだ。折角《せっかく》貴公が行こうと思った道を、俺が何で止める——。また、くどくどと、よけいなことを訊《き》かないでも、貴公の気持《きもち》ぐらい、分《わか》らないでどうするか」

「……………」

「他の、連判の者へ、披露《ひろう》すれば、おそらく、中には貴公を刺せという者が出るかも知れない。けれど、それも、俺がいる以上は、決して、させないつもりだ。ただ、友達甲斐《がい》に、連判に関《かか》わることは、他言を守ってくれ」

「何で、この上、皆の者に、不利なことを洩《も》らすものか。それを洩《も》らしていいくらいなら、拙者は、この辛い立場に立ち到りはしない」

「お別れだな、一杯つけようか」

「いや」

あわてて、腰を起《た》てた。

「失礼する。いずれまた」

「そうか……。幸《さち》、お帰りだぞ」

玄関まで、行燈《あんどん》を提《さ》げて、安兵衛《やすべえ》は送って出たが、

「そこまで――」

と、草履《ぞうり》に足をのせた。

「もう、どうか」

「せめて、そこの辻《つじ》まで送ろう」

安兵衛《やすべえ》は、肩を並べて戸外《そと》へ出た。宇宙というものを改めて思わすように星が美しい。黙然《もくねん》と草履《ぞうり》の音が夜露にそろう。

郡兵衛《ぐんべえ》は、安兵衛《やすべえ》の左へ左へと、身を寄せてゆく。まるで、弦《つる》を張ったように硬くなっている体だった。体じゅうに眼をつけて、刀を待っているような気構えが戦慄している。

彼が槍術《そうじゅつ》を以《もっ》て天下に鳴るくらいな腕の持主《もちぬし》でないのならば、安兵衛《やすべえ》は、

(そう心配するな。おまえなぞ、斬る気はありはしない)

と云《い》って、早く、気を楽にさせてやりたいと思ったが、彼も、一流の兵法者なのである。達人槍《やり》の郡兵衛《ぐんべえ》ともいわれている人間なのだ。そうまで、蔑《さげす》んではやりたくない。

霜の白い雑草の原と、もう戸を卸《おろ》している片側町の辻《つじ》まで来た。安兵衛《やすべえ》は、足をとめた。

「じゃあ高田《たかだ》、ここで――」

「済まない」

虫けらのように背を屈《かが》めた。その肩を打って、達者で暮《くら》し給えと云《い》うと、郡兵衛《ぐんべえ》はその顔を上げ得ないように、

「よそながら、御本望を遂げる日を、祈っておる。御一同にも……」

――よろしく、という言葉は出《だ》し難《にく》かったものと見え、語尾は消して、頭ばかり下げた。

そして、前かがみに、暗い町を急ぎ足に戻って行く。

「気の弱い男だ」

安兵衛《やすべえ》は、しみじみ、槍《やり》とか、剣とか、武道とかいうものが、人間を強くする何の足しにもならないことを痛感した。多少なり、その剣道に、自負を持っていただけに、他人事《ひとごと》でなく、反省された。いや、これが人間ありのままのすがたなのだと、彼方へ、小刻みにゆく後ろ姿が、ひと事ならぬものに見えた。

しかし――。

ひえびえと澄みきった夜気を仰ぎながら、独り、家へ向《む》かって足を戻してゆく間、安兵衛《やすべえ》の胸には、多年の友を失ったような寂しさに代《か》わる、もっと強固なものが、道連れになっていた。そして、むしろ、

「彼は彼でいい。自分にとっては、むしろ脆《もろ》い者が一人退《の》いた。それだけ、後の質は本当なものになる」

と、つぶやいた。

明日は内蔵助《くらのすけ》が江戸に着く。今にして思えば、その内蔵助《くらのすけ》が容易に起《た》たない心も、うっすら、安兵衛《やすべえ》にも、分《わか》りかけて来たような気がするのである。

至難《しなん》なのは、目的の達成ではない。見透《みとお》し難い人間の心のうごきだ。

山《やま》科《しな》普《ぶ》請《しん》

紫《むらさき》ずきん

これが、まだうら若い女性《にょしょう》の住む局《つぼね》だろうか、華やかな香《にお》いとか、紅《あか》い色とかいうものは何もない。また、あらゆる世間の物音というものは全くしない。

十一月の半旬《なかば》である、今朝の寒さはべつだった。

さなきだに寒い鳥の子の白襖《しろぶすま》に小堀遠州風《こぼりえんしゅうふう》の簡素《かんそ》な床壁と、小机と、そして一輪の山茶花《さざんか》を投げ入れた蕎麦《そば》の壺《つぼ》と。

——それだけであった。

この実家方《さとかた》の——赤坂南部坂《あかさかなんぶざか》にある浅野土佐守《あさのとさのかみ》の邸《やしき》の奥ふかくへ籠《こも》ってから、瑶泉院《ようぜいいん》は、亡《な》き良人《おっと》内匠頭《たくみのかみ》との在りし日の頃の楽しかった追憶に、終日《ひねもす》を、仏間に端坐《たんざ》しているか、机に向《む》かって、法華経《ほけきょう》を写経していることを、何より心の慰めとしているらしかった。忍びやかな塗駕《ぬりかご》を閉じて、ただ一度、泉岳寺《せんがくじ》へ参詣《さんけい》したほか、外へ出たことも殆《ほと》どない。

「御後室様、御後室様」

いつになく、小走りな跫音《あしおと》が、仏間と茶室との中廊下にして、鉄砲洲《てっぽうず》の上屋敷《かみやしき》からずっと侍《かしず》いているお妙《たえ》が、寒さに、白い息を見せて、仏間の裡《うち》へ云《い》った。

「大石様《おおいし》がお越しあそばしました。あの、いつもお噂《うわさ》していらっしゃる内蔵助《くらのすけ》様が」

「オ……。内蔵助《くらのすけ》が、見えましたか」

「はい」

妙《たえ》も、欣《うれ》しそうなのである。

書院の次《つぎ》の間《ま》に、内蔵助《くらのすけ》は平伏していた。この月の三日に出府して、江戸にいる旧藩士の人々と幾度か会合を重ねていた。勿論《もちろん》、堀部《ほりべ》、奥田《おくだ》などの急激派を極力宥《なだ》めるためだった。ちょうど今日は月の十四日なので、亡君の墓参を済まし、かねて、国表《くにおもて》の始末やら、藩士離散の折のお手当《てあて》のお礼やらを述べた上、独り遣り場《やば》もない惨心《さんしん》のうちに、切髪の初冬をどんなに寒く傷《いた》ましくお生活《くらし》であろうかと、その慰問も永《なが》らく胸にだけ思っていたので、今日は——と、その宿志を果すために、泉岳寺《せんがくじ》からその足でここへ訪れて来たのであった。

「何から云《い》おうぞ……」

瑶泉院《ようぜいいん》は、唇をわななかせた。さすがに女性《にょしょう》である。内蔵助《くらのすけ》の姿を見ただけで、涙が怺《こら》えきれなかった。

「ゆるしてたも」

暫《しば》く、泣いておられるのだった。内蔵助《くらのすけ》も、顔を上げ得なかった。森閑として、二人の主従は、涙の中に自分をまかせていた。無言のうちに、言葉にも尽《つく》せない感慨を語《かた》り尽《つく》しているのだった。

やがて――

「内蔵助《くらのすけ》、寒かろう」

「はい」

「もそっと、火鉢のそばへ、寄られたがよい」

「では、御意《ぎょい》にあまえまして」

「そなたは、この夏の初め、病《わずろ》うていると風の便りに聞いたが、もうよいのか」

「軽微な腫物《はれもの》をわずろうたに過ぎませぬ。お案じ下されますな、この通りに、ただ今では頑健でござりまする。それよりは、御後室様のお心、おからだ、離藩の家来共も、よそながらお案じ申しあげております。殿の在《おわ》した頃と違うて、日常、お伺いもかないませず、また、人間はいつのご対顔がいつの別れとも限りませぬ。どうぞおん自らご大切に遊ばしますよう」

「欣《うれ》しゅう思います。したが、内蔵助《くらのすけ》……」

「はい」

「人と生《うま》れたら、男と生《うま》れたいものじゃ。そればかりを、沁々《しみじみ》と思います」

「…………」

「男なればと思うことが、朝に夕に、心から去りませぬ。さむらい達の道もくるしかろうが」

「わかりまする、内蔵助《くらのすけ》には、お心のそこまでを、ご推量申しあげることができまする」

「――そなたを、ただ、力に恃《たの》んでおりますぞ。国表《くにおもて》の事ども、噂《うわさ》を聞くにつけ、ようしてたもったと、遠く、掌《て》をあわせておりました」

「勿体《もったい》ない」

「いいえ、それは、この身から云《い》うことじゃ。主従の縁も、はや薄らいで、ちりぢりに、行方も知らぬ人すらあるに――いやそうした事が世の常なのに――。内蔵助《くらのすけ》、そなたとは、まだ、主従と思うておりますぞ」

「おことば、辱《かたじけの》うございます。御奉公も、まだ、済んだとはぞんじませぬ。ふつつか者でございますが、内蔵助《くらのすけ》もまた、あの世まで、内匠頭《たくみのかみ》様の御家来で通る所存でございます」

「それ聞いて、この身も、生きがいを覚える。亡《な》きわが良人《つま》にもさぞお欣《よろこ》びでありましょう」

妙《たえ》を呼んで、瑶泉院《ようぜいいん》は、何か取り寄せられた。内蔵助《くらのすけ》の前へ、妙《たえ》の手からさし置かれたのは、紫縮緬《むらさきちりめん》の丸頭巾《まるずきん》であった。

「——遠路、事多い中を、よう訪ねて賜《た》もった。これは、徒然《つれづれ》にわが身が縫うたもの、そなたは、いとど寒がり性であるそうな、夜寒《よざむ》をふせぎ、よう身をいとうて下され」

そう云《い》って、内蔵助《くらのすけ》に与えた。

或《ある》いは——いや怖《おそ》らくは——これ限りのお別れとなるかも知れないと、内蔵助《くらのすけ》は、沁々《しみじみ》と、瑶泉院《ようぜいいん》の寒眉《さむまゆ》を見あげた。

「では……。お暇《いとま》を」

そう云《い》いだすのが、苦しい気がする。しかし永居《ながい》が何の慰めにもなるのではない。内蔵《くらの》助《すけ》は、土佐守《とさのかみ》の屋敷を出た。うしろ髪をひかれるここちで——。

元とはちがって、駕《かご》や供も持たない一介の浪人である。から風の吹く南部坂《なんぶざか》の途中に立って、内蔵助《くらのすけ》は、町駕《まちかご》を眼で求めていた。

すると、風に奪《と》られて往来の者の菅笠が、彼の前を、坂の下へ吹かれて転がって行った。土佐守《とさのかみ》の屋敷の台所門の下に、用もなげに佇立《たたず》んでいた男の笠だった。あわてて、笠を追おうとしたが、内蔵助《くらのすけ》の眼が、男の額《ひたい》を射ると、ついと背を向けて、彼方《むこう》へ行く振りを見せた。

「――駕屋《かごや》」

内蔵助《くらのすけ》は、通りかかった町駕《まちかご》へ身を入れている。気にもかけないふうであった。笠を飛ばした男は、小づくりで逞《たくま》しい町人だった。坂の下へ沈んで行く駕《かご》の影を追って、彼の足は急に迅《はや》くなった。

隠密行《おんみつこう》

吉良家《きらけ》の人間か、上杉家《うえすぎけ》の家来か、千坂兵部《ちさかひょうぶ》の扶持《ふち》を食っているのか、木村丈八《きむらじょうはち》は、自分でもわからない程、このところ、不思議な出没に忙しかった。

（数寄屋門《すきやもん》から、中庭を通って、いつでも黙って居間の縁先へ通って来い）

と、兵部《ひょうぶ》から自由をゆるされているので、彼が、そこを無断で出入りすることは頻繁《ひんぱん》だった。——殊に大石内蔵助《おおいしくらのすけ》が、江戸表《おもて》へ東下《とうげ》して来て以来は。

今も、脚絆草鞋《きゃはんわらじ》のまま、沓石《くつぬぎ》にいて、縁先に腰をかけている旅商人かのような町人が、部屋の内の兵部《ひょうぶ》と声をひそめて話している。それが、南部坂《なんぶざか》で笠をとばした男だった。つまり、兵部《ひょうぶ》の命をおびては、昼夜、伊賀者《いがもの》のような飛躍をしている木村丈八《きむらじょうはち》なのである。

「昨日、内蔵助《くらのすけ》は泉岳寺《せんがくじ》から、瑶泉院《ようぜいいん》の住居《すまい》を訪れ、その足で、御目付《おめつけ》の荒木十左衛門《あらきじゅうざえもん》殿の屋敷へ駕《かご》を向けました。恐らく、主家再興の懇願をかねて、赤穂《あこう》始末の折の御礼を述べたものと存ぜられます。同日、松平安芸守《まつだいらあきのかみ》、浅野美濃守《あさのみののかみ》へも、挨拶《あいさつ》に立ち寄りました。

いずれも、少時間でござった」

丈八《じょうはち》の報告を、兵部《ひょうぶ》は、横見しながら聞いているのであった。返辞も独り語《ごと》のように、

「——ふム、そうか、行届《ゆきとど》いておる」

敵を称揚《しょうよう》するような呟《つぶや》きである。兵部《ひょうぶ》には、内蔵助《くらのすけ》の気もちが、こうしていても実にわかる気がする。まだ会ったこともない人物であるが、大藩と小藩の差こそあれ、彼も一藩の重臣として社稷《しゃしょく》を護《まも》る人間であったし、自分は、上杉家《うえすぎけ》の存亡を負って、社稷《しゃしょく》のために粉骨しなければならない老臣の立場にあるのだ。もし地を更《か》えて、自分が内蔵助《くらのすけ》の場

合に立つならばどう動くか――どう処すか――それを思えば、自《おの》ずから内蔵助《くらのすけ》の行動と意中は、鏡にかけて映し取るように、彼には読めてくるのだった。

「――御家老」

丈八《じょうはち》は、短い体を、縁先から伸ばした。

「至急、上方《かみがた》のほうへ、七、八名ほど遣《や》っておきたいと思いますが」

「何か、事でも起《おこ》ったか」

「いや、内蔵助《くらのすけ》在府中は、べつだんの事もございませぬが、近く、山科《やましな》へ帰る気振《けぶり》が見えます。――で、彼等《ら》の一行よりは、先を越して遣《や》って置いた方が眼立たぬように考えられますが」

「すでに、五名は、山科《やましな》へ参っておる。そう大勢《おおぜい》もいかがなものか」

「では、本所《ほんじょ》のお邸《やしき》の方から、同僚共を五名ほど選《よ》り抜《ぬ》いて連れて参りましょうか」

「いや、吉良《きら》殿の手の者を、一名でも抜いてはならぬ。たとえ、内蔵助《くらのすけ》が京都へ戻っても、いつ、単身で乱入に及ぶ不所存者がないとはかぎらぬ。それは、わしの方から遣《や》るとしよう。そちは其方《そち》だけと思うて存分に働いて欲しい」

「承知いたしました。場合に依《よ》っては、このまま、お暇《いとま》も告げずに、彼地《かのち》へ発足いたすかもしれませせぬ」

「折々の事は、文書がよろしい。かえって、そのほうが目立つまい。隠密《おんみつ》は、此方《こちら》のみの働きと思うと間違うぞ。内蔵助《くらのすけ》ほどの男だ、抜け目のあろう筈《はず》はない。彼の細作《さいさく》も、立《た》ち廻《まわ》っておろう。或《ある》いは、兵部《ひょうぶ》の邸《やしき》のうちにさえ、臭い者がいるかも知れぬ、気をつけてゆけ」

路銀を与えて、兵部《ひょうぶ》はまた、云《い》い足《た》した。

「――しかし丈八《じょうはち》」

「は」

「必ずとも、赤穂《あこう》の旧藩士共に、挑戦いたすような振舞《ふるまい》は、屹度《きっと》つつしまねばならぬぞ」

「心得ております」

「要は、内蔵助《くらのすけ》の本心に、世上で取沙汰《とりざた》いたすような事実が、あるかないか、それだけを突き止めることだ。浪士共の動きも、そこに重点を置いて観れば自《おの》ずと解ろう」

「丈八《じょうはち》も、その儀と、考えております」

「露骨に、上杉《うえすぎ》、吉良《きら》の両家が、彼等《ら》を監視しておると知れては、世上の風聞もわるい、また、却《かえ》って彼等《ら》の憤激を助けて、吉良《きら》殿のお為にもよろしくない。――この兵部《ひょうぶ》がままになる身ならば、この際、内匠頭《たくみのかみ》の舎弟浅野大学《あさのだいがく》を立てて、家名再興のため、共々内蔵助《くらのすけ》に助力してやりたい程に思うのじゃが、上杉家《うえすぎけ》の老臣としてそうもならぬのが歯がゆいのじゃ。浅野家《あさのけ》の再興の事さえ成るならば、いかに、猛り立つとも、浪士共の気勢は甚だ違ってくると思う……。これは、わしだけの思い過ごしで、実際には手出しのできぬ事だが、なるべくは、そうあって、難なくこの危機が乗り越えられたら、お家のため、万歳だ」

「お気持《きもち》、よく体して参ります」

丈八《じょうはち》は、やがて兵部《ひょうぶ》の邸《やしき》を出て行った。

事変以来の昂奮《こうふん》は、吉良家《きらけ》の者もまた、浅野家《あさのけ》の浪士に負けていない。そのために、木村丈八《きむらじょうはち》を初め、腹心の付人《つけびと》たちは、明らかに、浅野《あさの》浪士へ対して、張りつめた戦意をもって、闘っている気持《きもち》なのだ。丈八《じょうはち》とても勿論《もちろん》そうである。しかし、千坂兵部《ちさかひょうぶ》という老臣の側へ寄ると、その闘志がいつも頭を抑えられてしまう。兵部《ひょうぶ》の考えは、内蔵助《くらのすけ》以下の者を、敵として迎えたくないのだ。戦闘対立は避けたいのだ。襲《よ》せて来たら、粉砕してやろうとはしていない。ただ、どこまで、この颱風《たいふう》の下《もと》にある上杉家《うえすぎけ》の屋根を、瓦一枚も損じないようにするか。あの老人が念じているのは、それだけの事なのだ。

「やり難《にく》いな」

丈八《じょうはち》は、そう思う。

「どこまでも受身《うけみ》だ――」

いっそ、なぜ、内蔵助《くらのすけ》を暗殺してしまえと命じてくれないのだろうか。堀部《ほりべ》、奥田《おくだ》、吉《よし》田《だ》、原《はら》、あのへんを討ってしまうことだって、こっちの気ぐみ一つでは至難《しなん》とも思えない。そのほうがどれほどやりよいか知れないのにと、いつも彼は思う。

しかし――。

ままになる位置ならば、浅野大学《あさのだいがく》の取立《とりた》てられるように、内蔵助《くらのすけ》と共に手伝ってもやりたい――と云《い》った千坂兵部《ちさかひょうぶ》のふかい奥行《おくゆき》を考えると、

「成程《なるほど》なあ」

丈八《じょうはち》は、いわゆる小身の臣と、大身の臣との相違を、はっきり自分にも感じて、さすがに、兵部《ひょうぶ》ほどな人物は少ないという世間の評に、外《はず》れはないと思った。

間もなく、丈八《じょうはち》は、江戸表《おもて》を去った。

彼が、山科《やましな》の附近に、ちらと姿を見せ、すぐ影を隠したのは、その月の末頃であった。

それから四日ほど措《お》いて、大石内蔵助《おおいしくらのすけ》以下、潮田又之丞《うしおだまたのじょう》、中村勘助《なかむらかんすけ》、中村清右衛門《なかむらせいえもん》、進藤源四郎《しんどうげんしろう》などの一行は帰ってきた。赤穂《あこう》退散後、内蔵助《くらのすけ》が永住の地ときめたかのように世間へ見せかけて買入《かいい》れた山科《やましな》の家に、ひとまず、旅装を解き、やがてそれぞれ、洛内の自分の住居に落着《おちつ》いたのであった。

――尠《すくな》くも表面だけは、平穏に。各〻《おのおの》が、それ自身の生活の方針に忙しいように。

鵺《ぬえ》を射《い》る

年は明けた。——元禄《げんろく》十五年へ。

池田久右衛門《いけだきゅうえもん》と名を変えて、内蔵助《くらのすけ》は、この冬を、炬燵《こたつ》に暮《くら》していた。但馬《たじま》から呼びよせた妻のお陸《りく》や、吉千代《きちちよ》や、大三郎《だいさぶろう》もそこにいた。長男の主税《ちから》が、いつも団欒《だんらん》の中心だった。明けて十六になるこの少年は、背が五尺七寸もあった。父の内蔵助《くらのすけ》よりは巨《おお》きいのである。いつも笑いの種になった。

弟の吉千代《きちちよ》が、

「凧《たこ》を張ってよ、凧を」

と、その巨《おお》きな兄にぶらさがって強乞《せが》んでいた。

「後で——。な、よい子だ」

「いや、いや！」

吉千代《きちちよ》は、駄々をこねる。主税《ちから》が、

「勉強もようせず、遊ぶことばかりしておると、叱られますぞ。お父上に、訊《たず》ねてみい」

と云《い》うと、吉千代《きちちよ》は、父の姿をさがし廻《まわ》った。

内蔵助《くらのすけ》は、邸内の畑へ出ていた。二月の陽《ひ》ざしが、そこには明るく暖かかった。畑はすっかり土をならされて、沢山な石と材木が入っていた、大工《だいく》は、墨を引き手斧《ちょうな》をふるっている。鉋板《かんないた》から走る鉋屑《かんなくず》が、いっぱいに其処《そこ》らを埋めていた。

内蔵助《くらのすけ》は、焚火のそばに腰かけて、大工《だいく》の仕事を眺めながら、頻《しき》りに、木口の鑿《のみ》をやかましく云《い》う。

「これ、そこの職人、おまえの鑿《のみ》は、ぞんざいでいかん、数寄屋普請《すきやぶしん》をしたことがないのか、面皮《めんかわ》の柱に、そんな安普請《やすぶしん》のような雑な仕事をしてくれては困る」

棟梁《とうりょう》が、駈《か》けて来て、

「どうも、相済《あいす》みません。――やい、汝《てめえ》はほかの仕事をしろ」

「棟梁《とうりょう》」

「へい」

「やかましく叱言《こごと》を云《い》ってくれ」

「ずいぶん気をつけているつもりですが、ちょっと、手前が眼を離すとこれなんで」

「日傭《ひよう》は、いくらかかっても関《かま》わぬのだ、折角《せっかく》、悠々とこれからの生涯を楽しむつもりで建てるのだからな」

「ごもっともでございます」

「材木屋から、天井板は届いたか」

「へい、着いております、御覧に入れましょう、旦那、これでございますが」

「なんじゃ、これはただの杉柾《すぎまさ》ではないか」

「柾も、これくらいな板は、少のうございますぜ」

「長押《なげし》、柱、ほかの木口に較《くら》べて、すこし、見落《みおち》がするの、十畳の間《ま》には、神代杉《じんだいすぎ》を貼《は》ってもらおう」

「神代杉《じんだいすぎ》を、……へ、左様《さよう》ですか」

棟梁《とうりょう》は、内蔵助《くらのすけ》の顔を見入って云《い》った。いくら普請《ふしん》は子孫までのものにせよ、すこし勿体《もったい》なくはないかと、始終尺金《しゃくがね》を持っている商売人でも思うのらしい。

「そうだ、十畳を神代杉《じんだいすぎ》にする、そうなるとまた、四畳半が、赤杉《あかすぎ》の並物ではうつらぬ故、吉野杉の飛切《とびき》りで貼《は》ってくれい。客に見せて、金を惜しんだように思われぬようにな」

棟梁《とうりょう》は、こういう見栄坊な普請主《ふしんぬし》が、結句、お花客《とくい》にはなるので、云《い》われる通りに、すぐ材木屋の手代をよんで板を返した。

壁もやかましい、庭石も今、紀州《きしゅう》から来ているが、半分は気に入らぬという。運賃を損をしてもよいから、もっとよい石を探せといわれているのである。どれほど、金があるのだろうか。赤穂城《あこうじょう》を明け渡す折に、家老ひとりで、一万両をよそへ隠したという世間の風評もあるから、思いきった普請《ふしん》をして、後は、何といわれようが、後生安楽にきめこむつもりだろうと、これは、大工《だいく》の下職《したじょく》や左官などが、仕事場から帰り途での噂《うわさ》であった。

「そうかなあ、俺あ、そう思わねえが」

と、左官手伝いの、辰造《たつぞう》が云《い》った。

大工《だいく》の留吉《とめきち》が、

「じゃあ、何が、どうだっていうんだ」

「あの池田久右衛門《いけだきゅうえもん》ていうのか——赤穂《あこう》の家老は、きっと、仇討《あだうち》をやる肚《はら》だろうと、おれは見ているんだ」

「えらそうに云《い》うな。仇討《あだうち》をするほどな人間が、あんな普請《ふしん》をするわけはねえ」

「そこが、反間苦肉《はんかんくにく》の計略だ」

「計略なら計略らしい普請《ふしん》をしそうなものじゃねえか。何も、あんな念入りに、やかましい事をいったり、無駄金をつかうことはない」

「そこが、裏の裏を掻《か》く、兵法というものだろうて」

「生意気なことを云《い》って、どこにそんな証拠がある」

「誰か、そんな気振りを、見たものはねえか」

「馬鹿野郎、汝《てめえ》が、云《い》い出《だ》した話じゃねえか、人に訊《き》く奴があるか」

「だからよ、俺は、そう思っただけだが、誰か、そんな証拠を耳にでも挟んだ者はねえか
と聞くんだ」

「あははは、呆《あき》れた奴だ。てめえですら分《わか》らねえことを、頑張っていやがる」

「そうかなあ……」

と、辰造《たつぞう》はとぼけた顔をして、ちらと途中の辻《つじ》へ眼をやると、

「おらあ、寄り道があるから、ここで別れるぜ。あばよ」

毘沙門前《びしゃもんまえ》の奴茶屋《やっこぢゃや》をすたすたと曲がって行く。

辻《つじ》の樹蔭《こかげ》に立っていた町人が、辰造《たつぞう》の後から尾《つ》いて行った。往来を見まわして、

「関口《せきぐち》——」

と、やがて呼ぶ。

「おお、木村《きむら》か」

左官手伝いの辰造《たつぞう》は、やはり千坂兵部《ちさかひょうぶ》の命をうけて、江戸表《おもて》から来ている吉良《きら》方の関《せき》
口作兵衛《ぐちさくべえ》だった。木村丈八《きむらじょうはち》は側へ寄って、

「何か、変《かわ》った事はないか」

「一向にない」

「訪客《きゃく》は？」

「きのうは、柳《やなぎ》の馬場《ばば》に住んでいる寺井玄渓《てらいげんけい》が見えた」

「旧《もと》の浅野《あさの》藩医だな」

「時々、病家を見舞う態《てい》にしてやってくる。内蔵助《くらのすけ》からも、一、二度足を運んでおる」

「小野寺《おのでら》、中村《なかむら》、潮田《うしおだ》などの連中は、玄渓《げんけい》の家で密会しているのじゃないか」

「それもあろうが、近頃は、洛北《らくほく》の瑞光院《ずいこういん》の境内にある拾翠庵《しゅうすいあん》を借りうけて、歌俳諧《うたはいかい》の集まりのように見せかけ、時折、そこで評議をしているらしい」

「拾翠庵《しゅうすいあん》――あの浅野稲荷《あさのいなり》の隣地だな」

「そうだ、浅野家《あさのけ》の祖先が、稲荷を祠《まつ》り、寺領も寄附しておるので、浅野《あさの》稲荷とよんでおる、あのすぐ側だから、会合のある折は、稲荷詣《まい》りを装ってゆけば近づけよう」

「近いうちに、集まりのある様子はないか」

「先月中旬、大高源吾《おおたかげんご》と、原惣右衛門《はらそうえもん》の二人が、江戸表《おもて》を立って、途中、伊勢《いせ》の大廟《たいびょう》に参詣《さんけい》し、原《はら》は大坂《おおさか》に、大高《おおたか》は京都に、各〻《おのおの》家を借りて住んでおる。――それ以来、山科《やましな》でも、拾翠庵《しゅうすいあん》でも、頻《しき》りと会合があった。どうやら、ここのところ、仲間同士で異論があって、ごたついているようにも思える」

「それはよい按配《あんばい》だ。しかし、油断はできないぞ」

「もとよりのこと」

「普請《ふしん》はどうだ——山科《やましな》の」

「やっておるよ」

「われわれの眼を欺瞞《ぎまん》する大石《おおいし》の策略だろう」

「——と、おれも、考えているのだが、時々、そうでないのかと思われる事がある。おそろしく、入念だ。それに、内蔵助《くらのすけ》自身が、普請《ふしん》好《ず》きとみえ、木口《きぐち》の好《この》み、仕事のやかましさ、職人共が弱っている程、がっしりと、土台から金をかけている」

「ふウむ……それほどに」

「若い手輩《てあい》の——例えば不破数右衛門《ふわかずえもん》、武林唯七《たけばやしただしち》などの躍起組《やっきぐみ》が——近頃、大石《おおいし》に対して疎遠になりだしたのは、あの普請場《ふしんば》を見てからだ、他《ほか》にも、大石《おおいし》の肚《はら》を、疑っている者が多い」

「その点だな、仲間割れの因《もと》は」

「時期のこともある」

「時期とは」

「すぐ、事を挙げようという組と、大石《おおいし》を取り巻いて、煮え切らないでいる仲間と」

「ウム、それもあるな。――しかし、いったい内蔵助《くらのすけ》自身の本心は。貴公の見込みで、どう思う」

「七分三分か」

「どっちへ」

「考えてみろ、内蔵助《くらのすけ》だって人間だ。世間やまわりの連中がなければ、七分は、死にたくない方へさ」

「いずれまた会おう。急用のできた場合は、毘沙門堂《びしゃもんどう》の例の額堂《がくどう》、あそこの北の柱へ、釘で目印をつけておく。書物《かきもの》は、その額堂《がくどう》の絵馬《えま》のどれかの裏へ隠しておくから、時々、柱の目印を見に来てくれ」

「心得た」

ふたりは夕闇の中で別れた。

月を越えるとすぐ、山科《やましな》の家には、急に内蔵助《くらのすけ》の姿が見えなくなった。普請場《ふしんば》へも、この五、六日顔を見せない。誰に聞いても知る者はなかった。辰造《たつぞう》の関口作兵衛《せきぐちさくべえ》は狼狽《ろうばい》して、その夕方、仕事場の帰り途に、丈八《じょうはち》の言葉を思い出して毘沙門堂《びしゃもんどう》へ寄ってみた。

額堂《がくどう》の北の柱を見ると、釘の先で、「鵺《ぬえ》を射る」と落書《らくがき》がしてある。――仰向《あおむ》いて、そこにある幾つもの絵馬《えま》を見ると、源三位頼政《げんざんみよりまさ》の図を描《か》いた一つの額がある。踏台《ふみだい》をさがして来て、手をのばしてみた。蝶《ちょう》に結んだ紙片《かみきれ》がある、解いてみると、木村丈八《きむらじょうはち》の手蹟《しゅせき》だ。

山科《やましな》のお旦那、遽《にわか》に赤穂《あこう》表《おもて》へ用ありげに出立、お供して参る。吉左右《きっそう》、後より。

十八尺
と書いてある。

「赤穂《あこう》へ行ったのか……」

関口作兵衛《せきぐちさくべえ》はつぶやいて、額堂《がくどう》を降りて来た。もう宵闇《よいやみ》の空に白い星のまたたいている頃だし、そう参詣人《さんけいにん》もない境内なので、気をゆるしていたので、彼はよけいに悧《ぎょ》ッとした。

若い浪人者が二人、じっと、此方《こっち》の挙動を下で見ていたらしいのである。

すぐ――関口作兵衛《せきぐちさくべえ》の手は自分の口へ走った。掌《て》の中に握っていた丈八《じょうはち》の手紙を、噛《か》みつぶそうとしたのだ、けれどその手が動くよりも迅《はや》く、浪人の一人が、

「此奴《こやつ》っ」

と、その腕頸《てくび》をつかんだ。

出す気もなく関口作兵衛《せきぐちさくべえ》の体から武道の練磨《れんま》が出てしまった。摑《つか》まれた腕頸《てくび》をぐっと下げて、大きな気搏《きはく》を与えると、浪人の体は、大地へ背をたたきつけていた。

「やったな」

と、抛《ほう》られた者は、すぐ、彼の脚をつかんだ。

その顔も、その声も、作兵衛《さくべえ》は普請場《ふしんば》で見て知っていた。小野寺十内《おのでらじゅうない》のせがれの幸右衛門《こうえもん》である。一方の痩《や》せ形《がた》で背のすらりとした浪人は、潮田又之丞《うしおだまたのじょう》だった。

又之丞《またのじょう》は、背から組んだ。

しまった！——と毛穴をよだてながら関口作兵衛《せきぐちさくべえ》の二度目にかけた技《わざ》は効がなかった。幸右衛門《こうえもん》に脚を刎《は》ね上《あ》げられて、どたっと、横倒れに地ひびきを打つ。いちど、投げつけられた口惜《くちお》しさに、幸右衛門《こうえもん》は、馬乗りにのしかかって、喉《のど》をしめつけた。

追討《おいう》ち

「幸右衛門《こうえもん》、そう撲《なぐ》るな、死んでしまうぞ」

「ふとい奴だ」

あらい息で——。

「ふだんから、どうも、ただの左官手伝いではないと思っていたのだ。潮田《うしおだ》、下緒《さげお》を貸し給え」

「縛るか」

「その上でだ――」

関口作兵衛《せきぐちさくべえ》の両手をぎりぎり捲きつけて、

「――やっ、今、額堂《がくどう》のうえでこいつの見た紙片《かみきれ》のような物はどうしたか」

「いや、俺が持っている」

潮田又之丞《うしおだまたのじょう》は、もうその紙片の皺《しわ》をのばして、星明《ほしあか》りで読もうとしていた。

「見ろ、幸右衛門《こうえもん》」

「ウム……これだもの」

――ぐっと、作兵衛《さくべえ》の額を睨《ね》めつけて、

「貴様、誰に頼まれて、この山科《やましな》へ参ったか」

「…………」

答えようともしない、作兵衛《さくべえ》は冷笑していた。嘯《うそぶ》いて、大地へあぐらをかいているのだ。

「云《い》わんな」

幸右衛門《こうえもん》が、足をあげて、その横顔を蹴《け》ろうとすると、

「よせ、むだな話だ」

又之丞《またのじょう》は、制《と》めた。

「吉良《きら》か、千坂兵部《ちさかひょうぶ》かにきまっている。疑心暗鬼を見るとはこの事、おかしいくらいなものだ。己《おの》れの胸に責められる為に、吾々《われわれ》が、何かやりはしないかと、御苦労にも、遥々《はるばる》探りに来たのだろう」

若いが又之丞《またのじょう》は、思慮に富んでいた。浪人後は、内蔵助《くらのすけ》と多く起居を共にしていた感化もある。内蔵助《くらのすけ》が、何を躊躇《ためら》っているか、何を危惧《きぐ》しているか、最もよく知っている者の一人だった。

「ここにある、十八尺とは、誰の仮名《かりな》か知らんが、大石殿《おおいしどの》の後を尾行《つけ》て、赤穂《あこう》まで下ったとみえる。こやつも、閑人《ひまじん》とみえ、むだな事をしているものだ、大夫《たいふ》は、赤穂《あこう》の浜方《はまかた》の者へ貸金の残余を取り立てに参られたのだ。まさか、それだけでも参られぬ故に、この三月十四日は先君の一周忌にあたる故、その法会《ほうえ》をも営みがてら行かれたのじゃ。それを……あはははは……尾行《つけ》て行った馬鹿者があるのだから、世の中は、忙しいようで、無駄飯食いも相当にあると見える」

又之丞《またのじょう》が、何でそんな事を話しかけているか、幸右衛門《こうえもん》にもわかった。

「だが、大夫《たいふ》の普請場《ふしんば》へ、身姿《みなり》を変えて、忍びこんでいるなどとは、こちらは、痛くも痒《かゆ》くもないにせよ、不快な事だ、こいつを、生かしてはおけぬぞ」

「そういうな、何を、吉良《きら》へ告げようと、そんな事は、身にも皮にも障《さわ》る話じゃない。ただ、この後、二度とこの附近にうろついておると承知せぬぞ、どうだ、左官屋」

「…………」

作兵衛《さくべえ》は、俯向《うつむ》いてしまった。

「それを、解いてやる」

「解いてやるのか」

「そうだ……。しかし、武士の礼儀だ、一応は、御姓名を伺っておこう。何といわるるか」

「――それだけは、宥《ゆる》してくれい」

と、作兵衛《さくべえ》は、呻《うめ》くように云《い》った。幸右衛門《こうえもん》は、むっとして、

「名は宥《ゆる》せ、生命《いのち》も宥《ゆる》せは贅沢《ぜいたく》だ。甘くすると、つけ上がりおる」

又之丞《またのじょう》は、飽《あ》くまで、柔和に、

「いやそれも嫌なら訊《たず》ねまい、しかし左官屋殿、一体貴公達は、雲を摑《つか》むような疑心を抱いて、何名、この上方《かみがた》へ来ているのか」

「…………」

「千坂兵部《ちさかひょうぶ》殿のさしずだろう」

「潮田氏《うしおだうじ》」

と、作兵衛《さくべえ》は初めて口を開いた。

「断じて、申すまいと思ったが、貴公の寛度に服して云《い》う。推察の通り、拙者は、米沢《よねざわ》の御家老千坂《ちさか》殿から頼まれたに違いない。同じ役目を持って来ている者は、大坂《おおさか》、伏見《ふしみ》、洛《らく》中洛外《ちゅうらくがい》、奈良あたりまで亘《わた》って、およそ二十二、三名は上洛《のぼ》っている。それ以外は何も知らん」

「よく云《い》った、放してやろう」

腕頸《てくび》の下緒《さげお》を解いて突き放した。作兵衛《さくべえ》は、残念そうに、屹《きっ》と、白い眼を後ろに向けたが、そのまま、闇の中へ姿を晦《くら》ました。

毘沙門前《びしゃもんまえ》へと、石段を下りながらも、二人は、手に入れた木村丈八《きむらじょうはち》の紙片《かみきれ》を、もういちど出して読みかわしていた。あれほど、内蔵助《くらのすけ》が緻密《ちみつ》に身辺を偽装《よそお》い、同志の工作に霧を張っていてもこうである。まして、堀部《ほりべ》、奥田《おくだ》、原《はら》、大高《おおたか》などの面々が急激に事を起《おこ》そうとしたとて成功する筈《はず》はない。却《かえ》って、上野介《こうずけのすけ》の身に急迫を感じさせて、米沢城《よねざわじょう》の奥深くでも追いこんでしまうのが落ちではないか。——沁々《しみじみ》そう感じながら、又之丞《またのじょう》が、

「幸右衛門《こうえもん》」

と、呼んだ。

「なんだ？」

「遽《にわか》に、俺は、道中先の大夫《たいふ》のおん身が案じられて来た。十八尺という男、何者か知らんが、万一、船中でも、内蔵助《くらのすけ》殿にどんな害を加えまいものでもない」

「俺も、黙っていたが、先刻《さっき》からしきりと胸騒ぎがする、虫の知らせのような気がしないでもない。まして、今訊《き》けば、この上方《かみがた》だけでも、二十名以上の密偵が入りこんでいるとすれば、奴らが、逆に此方《こっち》の先手を打たないとも限らぬからな」

「お帰りは、船だと聞いた。せめて、途中でお会いしてもよい。大夫《たいふ》のお体に、ここで万一の事があっては大変だ。御警固《ごけいご》にゆこうか」

「家まで、一緒に来てくれないか。父上に相談してみたい」

「それもよいな」

急ぎかけると、本願寺《ほんがんじ》の山科御坊《やましなごぼう》の前で、ばったり、武林唯七《たけばやしただしち》に出会った。用事があって、大坂《おおさか》から出て来たが、内蔵助《くらのすけ》の留守を知らずに、今その家を訪ねて空しく戻って来た途中だという。

「各〻《おのおの》は？」

と、唯七《ただしち》は、二人を見まもる。云々《しかじか》と、幸右衛門《こうえもん》が仔細《しさい》を話すと、

「それはいかん。なぜ、千坂兵部《ちさかひょうぶ》の息のかかった奴を捕《とら》えながら放したのか」

「放せば、江戸へもどって、ありのままに、兵部《ひょうぶ》へ告げるだろう。此方《こっち》に、復讐《ふくしゅう》の意志があれば、密偵を放して帰す筈《はず》はない、こう兵部《ひょうぶ》へ考えさせるためだ」

又之丞《またのじょう》の弁明を、唯七《ただしち》は、肯《がえん》じなかった。

「それは、一見智謀のあるようだが、有名な上杉《うえすぎ》の千坂《ちさか》が、何でそんな策に胸をなでおろすものか。また、隠密《おんみつ》を命じられて、看破されて帰る奴が、実は、云々《しかじか》と、自分の失策を有《あ》り体《てい》に報告するはずもない。却《かえ》って、吾々《われわれ》の行動を、誇大にして、兵部《ひょうぶ》の耳へ達するだろう。放したのは、却《かえ》って、情けが仇《あだ》だ。よし、拙者が、追いついて、斬ってくる」

「もう、姿がわかるものか。それに、顔も知るまいが」

「住居《すまい》は」

「左官親方の松五郎《まつごろう》の家に同居しているらしい。奴茶屋《やっこぢゃや》から西へ四、五町ほど行った所の裏町だ」

「貴公たちは、これから寺井玄渓《てらいげんけい》殿の住居《すまい》へゆくか」

「いや、父の十内《じゅうない》の家へ」

「では一足後から訪ねる」

「どうしても斬るつもりか」

又之丞《またのじょう》は、なお唯七《ただしち》の考えを翻《ひるがえ》させようとするらしかったが、同志の誰でも知っているように、云《い》い出《だ》すと肯《き》かないことを、又之丞《またのじょう》も知っていた。

「拙者の耳に入った以上、そんな奴を、見逅《みのが》すことは出来ない。十内《じゅうない》殿の家で待っていてくれ、後で、首を見せる」

闇へ向《むか》って、迅《はや》い草履《ぞうり》の音が、消えて行った。潮田《うしおだ》と小野寺《おのでら》は、その背を見送ってから、町の灯を遠く見て歩きだしたが、武林《たけばやし》の考え方が正しいか、自分達の執った処置がよかったか、確乎《しか》と、判断が持てなかった。

水《みず》調《ぢょう》子《し》夜《よ》船《ぶね》話《ばなし》

寺《てら》町《まち》裏《うら》

「なに？　武林唯七《たけばやしただしち》が、そう聞いて、吉良《きら》の隠密《おんみつ》とやらを、後からまた追いかけて行ったのか……馬鹿なっ……」

若い者二人を次《つぎ》の間《ま》に措《お》いて、小野寺十内《おのでらじゅうない》は、灯りのない狭い部屋で羽織を着ていた。紐《ひも》を結びながら出て来ると、

「――なぜ、止めんのじゃ」

と、細い膝頭《ひざがしら》を尖らせて真四角に坐《すわ》った。

息子の幸右衛門《こうえもん》が、

「いや、止めたのですが」

と言い訳すると、

「何にもならん」

聞く父ではない。頑固《がんこ》に首を振って、

「平常《ふだん》、大石《おおいし》殿から、篤《とく》と申しおかれてあるに……。つまらん腕立《うでだ》て」

幸右衛門《こうえもん》と共に立ち寄った潮田又之丞《うしおだまたのじょう》も、一緒に叱られている気がして、面目なさそうに、俯向《うつむ》いていた。

十内《じゅうない》は、どこかへ外出するところらしかった。妻女の出す紙入れ、懐紙《かいし》、莨入《たばこい》れなどを、きちっと、襟元《えりもと》の緊まった懐中《ふところ》に収めて、

「この浪宅の横丁へも、やれ紙屑屋の、膏薬売《こうやくう》りの、傘張《かさは》りのと、いろいろなものに化けおって、胡散《うさん》くさいのが絶えず覗《のぞ》きに来るが、そういう手輩《てあい》に、いちいちかまっていた日には限《き》りがない。――いや、却《かえ》って、彼奴《きゃつ》らの策《て》に乗るようなものじゃ。われ不関焉《かんせずえん》であればよい。柳に風と横向いているに限る」

「ですが父上」

幸右衛門《こうえもん》は、又之丞《またのじょう》が気の毒だった。で、つい、慎《つつし》んでいた口を破って、

「そうばかりもなりますまい、彼奴《きゃつ》らは、あわよくば、大石《おおいし》殿を初め、同腹の主《おも》なる者を、

闇討ちしてしまおうという企みさえ抱いておりますのに」

「たれが、吉良《きら》や千坂《ちさか》の廻《まわ》し者《もの》などに、闇々《やみやみ》、討たれる奴がわれらの中にいる。よけいな心配だ」

「しかし――潮田氏《うしおだうじ》と私とで、今宵《こよい》、手に入れた書付《かきつけ》によれば、亡君の御一周忌の法要に赤穂《あこう》へ参られた大石殿《おおいし》のうしろには十八尺とか申す男が、尾《つ》け狙《ねら》っているらしいのです。

――で、これから又之丞《またのじょう》殿と二人して、大石殿《おおいし》のお旅先へ、警固《けいご》のため、お迎えに行こうと、途々《みちみち》相談して来たところですが」

「行かんでもよい」

膠《にべ》なく云《い》って、後を、口の裡《うち》で、

「――そんな不覚な大石殿《おおいし》か」

と、呟《つぶや》いた。

同時に、十内《じゅうない》は立っている。これから、寺井玄渓《てらいげんけい》の家へ、碁《ご》の約束があるから出かけるというのだ。妻女が、出口へ草履《ぞうり》をそろえた。それへ十内《じゅうない》が足を乗せて格子戸へ手をかけると、軒下に人影が見え、

「小野寺《おのでら》様」

と、訪れた者がある。

「おう、主税《ちから》殿か」

何か急用でも起《おこ》ったのか、山科《やましな》から来た内蔵助《くらのすけ》の子息の主税《ちから》だった。一通の飛脚状を持って、父が旅先であるから父に代《かわ》って開封していただいたらよかろうと、母のお陸《りく》に吩咐《いいつ》けられて使いに来たのですと云《い》う。

「どれ……」

と、十内《じゅうない》は書面を受け取って、

「おお萱野三平《かやのさんぺいち》父、七郎左衛門《しちろうざえもん》とある。はてな？」

小首をかしげながら、

「幸右衛門《こうえもん》、行燈《あかり》を――」

と、奥へ云《い》った。

淀《よど》川《がわ》往《おう》来《らい》

摂州萱野村《せっしゅうかやのむら》へ帰郷している三平《さんぺい》からは、その後、同志への音沙汰《おとさた》がふっつり絶えていた。おとなしい鬱気《うちき》な青年ではあるが、情熱家だった。去年主家の凶変の折に、早打駕《はやうち》の一番使者として、赤穂《あこう》に江戸の第一報を齎《もたら》したのは彼だった。それ以来、あまり健康の勝《すぐ》れない様子なので、

(すこし、故郷《いなか》へ行って、養生《ようじょう》をしてはどうか)

と、内蔵助《くらのすけ》もすすめ、友人達も気づかっていたが、

(なに、大した事はない)

と、三平《さんぺい》はつい先頃まで、何かと、地の理に明るいこの京坂の間を奔走して、同志の間の重宝者となっていた。

ところが、この一月中旬《なかば》、吉田忠左衛門《よしだちゅうざえもん》と近松勘六《ちかまつかんろく》が、江戸表《おもて》へ下るについて、萱野三平《かやのさんぺい》も同行する事になり、或《ある》いは、復讐《ふくしゅう》の実を挙げるまで、そのまま、江戸へ留まること

になるかもしれない話なので、三平《さんぺい》は、いちど、郷里へ行って、それとなく、両親にも別れを告げて来たいというので、

（それはよい、是非《ぜひ》、参られい。一両日の延引は、都合を変えても待っていよう）

忠左衛門《ちゅうざえもん》や勘六《かんろく》もすすめて、摂州《せっしゅう》へ立たせたのである。そのままなのだ。一月以来、音も沙汰《さた》もなくなってしまった。或《あ》る者は、

（三平《さんぺい》も、高田郡兵衛《たかだぐんべえ》流に、うまく、加盟から外《そ》れたのだろう）

と云《い》ったが、

（いや、あの男に限って）

と、小野寺十内《おのでらじゅうない》なども、首を振った方だった。

しかし、吉田《よしだ》、近松《ちかまつ》の二人が、やむなく、江戸へ発足してしまった後も、三平《さんぺい》からは、なんの便りがない。いよいよ、彼も変心組の一名として、もう同志の頭から抹殺されかけていた頃だ。

「……しまった」

書面を読《よ》み終《おわ》ると、十内《じゅうない》は、悲痛な顔いろを行燈《あんどん》の下から上げて、呻《うめ》くように云《い》った。

「惜しい若者を、あたら死なした」

「えっ」

主税《ちから》も、幸右衛門《こうえもん》も、唾《つば》をのんだ。潮田又之丞《うしおだまたのじょう》は、十内《じゅうない》の手にある書面のかすかな顫《ふる》えを見ながら、

「萱野《かやの》が、死にましたと？」

「ウーム、自害したと書面《これ》にはある」

「どうして？」

「事情は、いっこう認《したた》めてない。ちょうど今夜は、玄渓《げんけい》の宅へ、片岡《かたおか》その他の者も寄るはずだから、披露《ひろう》しておこう。……そうだ、おぬしら二人は、すぐ、摂州萱野村《せっしゅうかやのむら》の三平《さんぺい》の父、七郎左衛門《しちろうざえもん》殿をたずねて行け。お哀悼《くやみ》のことばを申しあげ、香奠《こうでん》も用意いたして」

「はい」

「では、私はこれで」

と、大石主税《おおいしちから》は帰ってゆく。

十内《じゅうない》は、追いかけて、

「そこまで、御一緒に」

と、従《つ》いて行った。

その影を見送って、

「……萱野三平《かやのさんぺい》が死のうとは思わなかったなあ」

「とにかく、出かけよう」

幸右衛門《こうえもん》は、家へ入って、老母に何か告げていた。摂州萱野村《せっしゅうかやのむら》といえばそう遠くはない。これから夜どおし歩けば明日《あした》の午頃《ひるごろ》には着く。

空は、なま暖《あたたか》く曇っている。念の為に、雨合羽《あまがっぱ》に笠を持った。そして二人が、二条通りの寺町の浪宅を出てゆくと、

「おう、潮田《うしおだ》」

と、誰か呼びかける。

振り向いてみると、先刻《さっき》、本願寺御房《ほんがんじごぼう》の前でわかれた武林唯七《たけばやしただしち》。

「見ろ、これだろう」

摑《つか》んでいるまるい物を、闇の中にさしあげて見せた。まだ血しおの滴《したた》っている生首だった。又之丞《またのじょう》がいちど見遁《みのが》してやった千坂兵部《ちさかひょうぶ》の隠密関口作兵衛《おんみつせきぐちさくべえ》の首なのである。

「手強《てごわ》かった、さすがに、千坂《ちさか》が選《よ》りぬいてよこした隠密《おんみつ》、おれも、ここへ薄傷《うすで》を負った」

唯七《ただしち》は、肱《ひじ》をめくって見せた。潮田《うしおだ》も、小野寺《おのでら》も、眉《まゆ》をひそめた。

「つまらぬ真似をいたすなと、たった今、十内《じゅうない》老人から叱られたところだ。寺の藪《やぶ》へでも抛《ほう》ってしまえ」

「十内老人《じゅうない》が？　……あの老人は、何事にも、若い者より先立って、気概の強いのでは負《ひ》けをとらぬ方だのに」

「だが、こう昨今のように、うるさく敵が尾《つ》き纏《まと》うては、それに対して、いちいち手出しは却《かえ》って不得策と老人は云《い》うのだ。以後、慎《つつし》めと、貴様の分まで叱られておいた」

「ふム……、そうか」

急に、摑《つか》んでいる生首が重くなったように、唯七《ただしち》は、捨て場所をさがした。寺の破《や》れ垣《がき》からそれを竹藪《たけやぶ》へ抛《ほう》り込《こ》むと、がさっと、闇が鳴った。

「ところで、貴公達は？」

「急に、旅立ちだ」

「大石《おおいし》殿をお迎えにか」

「いや、萱野三平《かやのさんぺい》が自害したという書面が参ったので」

「萱野《かやの》が？　……あの三平《さんぺい》がか？」

唯七《ただしち》は、事情を聞いて、自分も共に行こうと云《い》う。そのままの姿で一緒に淀《よど》まで急いだ。ちょうど、夜の仕舞船《しまいぶね》に間にあって、三名は、苫《とま》を被《かぶ》った。揺《ゆ》り起《おこ》されたのはもう朝だった。予定よりもすこし早めに、萱野村《かやのむら》の萱野七郎左衛門《かやのしちろうざえもん》の邸《やしき》へ着く。

「元浅野家《あさのけ》の家来、ご子息三平《さんぺい》殿の旧友共でござる。不慮《ふりょ》の御凶事を承《うけたまわ》って参りました。

三平殿《さんぺい》の厳父七郎左衛門殿《しちろうざえもん》まで、お取次《とりつぎ》をねがいたい」

玄関に立って、こう各々《おのおの》の姓名を告げる。

家のうちは、何か、取りこんでいるらしかった。——後で聞けば、折も折、その日は、三平《さんぺい》が死んで百ヵ日目であった。

「どうぞ」

と、奥へ通される。

旧家の郷士《ごうし》という家構え、うす暗い小座敷に、悄然《しょうぜん》と、肩を落《おと》している窶《やつ》れた老武士があった。七郎左衛門《しちろうざえもん》である。三名の姿を仰ぐと、途端に、

「かねて、伜《せがれ》から御尊名は伺っておりました。何と、お話し申そうやら、親として、面目次第もござりませぬ」

七郎左衛門《しちろうざえもん》は両手をついて、わが子を失いながら、他人の三名へ、両手をついて詫《わ》びるのだった。

落涙《らくるい》しながら、

「ちょうど、一月の十四日でござった。年暮《くれ》に参って、この家で正月を越し、何事もなく見えました伜三平《せがれさんぺい》が、自刃《じじん》いたしましたのは——」

と、語り出した。

その前から、三平《さんぺい》は、気鬱症《きうつしょう》にでもかかったように、書斎にのみ閉じこもって、食事の時でなければ、滅多《めった》に、家人とも言葉を交わすことがなかったという。

その原因は、同志の盟約《めいやく》を守って、江戸表《おもて》へ下向《げこう》の目的を、父母にも、家族にも、一言も洩《も》らすまいと固く秘して、ただ、仕官の口を求めに行くというので、その言葉を信じた七郎左衛門《しちろうざえもん》が、

（今更、仕官いたす程なら、老いたる父母の許にいて、郷士《ごうし》の家督をなぜつがぬか）

と、彼の出府を許さなかったところから起《おこ》ったらしい。

三平《さんぺい》は、煩悶《はんもん》した。

大事を打け明ければ、同志との盟約を裏切る。父に背《そむ》けば、不孝。

虚弱な体質で、清廉剛直《せいれんごうちょく》な三平《さんぺい》だった。ふたつの義を、いずれも重く考えすぎて、適当に生きる思慮を計らなかった。黄昏《たそがれ》の頃、独りで裏山の亡母《はは》の墓前へ行って、好きな横笛を吹いていたと思うと、その笛の音が途切れた頃、彼は、草の上に坐《すわ》って、割腹《かっぷく》していた。

「残念なことをいたした」

三名は繰返《くりかえ》した。やがて七郎左衛門《しちろうざえもん》の案内で、裏の墓山へ登って行った。親しい友の墓には、百ヵ日の香華《こうげ》が煙っていた。

「いや、三平殿《さんぺい》は、まだ死んでおられぬ。吾々《われわれ》の逝《ゆ》く日に、三平殿《さんぺい》も真《まこと》の死を遂げるというもの。……この純情な精神《こころ》は、拙者たちが血の中にうけて、屹度《きっと》、御子息の薄命を犬死《いぬじに》にはおさせ申さぬ。――今、詳しくお打明《うちあ》けのできないのは残念でござるが」

又之丞《またのじょう》や唯七《ただしち》は、こもごも、孤独な老父を慰めてそこを辞した。しきりと、ひきとめたが、皆、胸が傷《いた》んで長居ができなかった。芝村《しばむら》の腰かけ茶屋へ来て、昼飯《ひる》をつかい、淀《よど》の上舟《のぼり》の時刻を聞いて、それまで、奥の床几《しょうぎ》で一眠りしていた。

大坂《おおさか》から京へ遡《のぼ》る三十石船は、夕凪《ゆうなぎ》の明るい川波を縒《よ》って、守口《もりぐち》の船着きへ寄っている。他《ほか》の旅客に交《ま》じって、潮田《うしおだ》、小野寺《おのでら》、武林《たけばやし》の三名も、乗りこんだ。

「――おやっ？」

と、小野寺幸右衛門《おのでらこうえもん》は、艫《とも》へ坐《すわ》りこむとすぐ、口走った。

「大石殿《おおいし》がいる！　大石殿《おおいし》が」

「叱《し》っ……黙っておれ」

潮田《うしおだ》は、顔を横に振って、幸右衛門《こうえもん》の驚きをたしなめた。

武林《たけばやし》も、気付かないのではない、早くもちらと眼を向けていたのだが、乗合《のりあ》い客の多い胴の間に、その内蔵助《くらのすけ》は居ることであるし、また、姓名も池田久右衛門《いけだきゅうえもん》と変えていて、他《ほか》に、ふしぎな道連れが多いので、言葉をかけず、黙って見ていたのである。

「知らぬ顔をしていたがよい。……大夫《たいふ》も眼を反《そ》らした、声をかけてよいなら、大石殿《おおいし》から何とか云《い》おう」

又之丞《またのじょう》は、横を向いて、囁《ささや》いた。

唯七《ただしち》は、舌打ちして、

「あの妓《おんな》たちは、みな、大夫《たいふ》の連れだろうか」

「そうとみえる……」

「大夫《たいふ》の側に、へばりついている、女とも男ともわからぬ奴は何者だ？」

「歌舞伎若衆《かぶきわかしゅう》」

「歌舞伎者《かぶきもの》はわかっているが……」

「京芝居で有名な瀬川竹之丞《せがわたけのじょう》ではないか。乗合《のりあ》いの者が、眼をそばだてて囁《ささや》いておる」

「あれが、陰間《かげま》の竹之丞《たけのじょう》か。大夫《たいふ》も、ちと、憚《はばか》りがない！」

唯七《ただしち》はペッと水面《みずも》へ生唾《なまつば》を吐いて、苦々しく、見ぬ振りを装っていた。

酔《すい》大《だい》尽《じん》

内蔵助《くらのすけ》がこの頃、伏見《ふしみ》の撞木町《しゅもくまち》へ足を運ぶとか、島原《しまばら》へ遊びに通うているとかいう噂《うわさ》は、もう最近の事ではなく、去年江戸表《おもて》へ下向《げこう》して帰って来ると、間もなく、酒の量が上がり出して、

（大夫《たいふ》は近頃、ちと前とは人間がお変《かわ》りになって来たのじゃないか）

などと、同志の間でも、云《い》い交《か》わしていた。

（あれもよかろう……）

と、小野寺十内《おのでらじゅうない》とか、寺井玄渓《てらいげんけい》とか、老人連は、むしろ吾《わ》が意を得たりといわないばかりに笑って見ていた。

しかし、大高源吾《おおたかげんご》とか、富森助右衛門《とみのもりすけえもん》とか、潔癖家で、そして若い者は、

（家は普請《ふしん》する、傾城買《けいせいが》いはする、それで、復讐《ふくしゅう》の相談といえば、いつも煮え切ったためしがない。とんと、大夫《たいふ》の肚《はら》はわけがわからぬ）

彼の乱行を見て、慨然《がいぜん》と、時には不満を洩《も》らす者もあった——潮田《うしおだ》、武林《たけばやし》、幸右衛門《こうえもん》など、勿論《もちろん》、その派の者だったので、口もきかずに、苦り切って、艫《とも》の一と所に、顔を反《そ》向《む》け合《あ》っていた。

——しかも、内蔵助《くらのすけ》は、先頃の三月十四日が、ちょうど亡君の一周忌にあたるので、その法要を営むために、赤穂《あこう》の華岳寺《かがくじ》へ遺臣一同を代表して帰国し、今は、その帰り途なのではないか。

何処で、その旅装を解いたのだろう。まだ、山科《やましな》にいる家族も、京都の誰も知らぬ間に、旅装はどこかへ解きすてて、黒縮緬《くろちりめん》の羽織に、利休茶《りきゅうちゃ》のやわらか着衣《もの》、けばけばしく金のかかった帯や持物《もちもの》を身につけて、ぞろりと、納まり返っているではないか。

それも、隠れ遊びでもすることか、こういう往来同様な三十石船のなかであるのに、胴の間に席を占め、大坂《おおさか》の曾根崎《そねざき》あたりから連れて来たのか、五人の妓《おんな》と、陰間《かげま》の瀬川竹之丞《せがわたけのじょう》と、仲居妓《なかいおんな》と、人目をそばだたせるような派手な一座に取りかこまれて、

「おっと……酒杯《さかずき》の酒がゆれると思うたら……なんじゃ、船が揺れだしたのか。ははは、岸が遠くなって行くのか、船が遠くなってゆくのか、この答え、お艶《つや》、どうじゃ、解いて見い」

内蔵助《くらのすけ》の舌はもう縺《もつ》れているのだった。仲居のお艶《つや》が、膝《ひざ》へこぼれた酒を拭いてやりな

がら、

「船が遠くなるのか、岸が遠くなるのか。――それは、謎でございますか」

「そうじゃ、この謎、解いた者には、酒杯《さかずき》をとらせよう」

妓《おんな》の一人が、

「酒は、もうたくさん」

と云《い》うと、

「それなら、抱いて寝てやろ」

「ま！　人なかで、いやな浮様《うきさま》でございますこと」

「なんの、人中で云《い》うてわるいか、世の中に、女ぎらいの男、男ぎらいの女は、無いはずじゃ。あるというなら、そやつは、嘘《うそ》つきに違いない。……ちがいない……」

いつから飲み初めている酒か。

すこし、つかれ気味。

指で、頭《つむり》をささえながら、舷《ふなべり》へ倚《よ》って内蔵助《くらのすけ》が俯向《うつむ》いていると、

「浮様《うきさま》」

「お大尽《だいじん》さま」

「お気持《きもち》でもおわるいのでございますか」

「そんな事では、伏見《ふしみ》へ上がっても、すぐ酔いつぶれてしまいましょうに」

竹之丞《たけのじょう》は、自分の膝《ひざ》へ、内蔵助《くらのすけ》の頭《つむり》をのせて、

「お水は……」

「イヤ、酒、酒」

「もう、お毒でございまする」

「酒が毒とは、誰がいうた、百薬の長とは誰かが云《い》うたが、毒と歌うた詩人はない。――長生きして、金蓄《た》めて、この世を長く生きるのも一つの考え。また、したいことして、美しい女性《にょしょう》に囲まれて、美酒の酔《え》いにこの世を過《すご》すもまた一処世。どうせ、生きている間が現世……後世は空《くう》」

「さ……それでは、お起きなされませ。ほかの乗合《のりあい》のお客たちが、迷惑でございます」

「な……なる程……この船には、まだ、よその客衆が居たはずじゃったな。……これは、失礼」

と、しどけなく、膝《ひざ》を横坐《よこずわ》りに起き直って、

「――伏見《ふしみ》はまだか」

「まだでござんす」

「さてさて、待ち遠い。水の上では、舞いも歌いもならぬじゃないか。伏見《ふしみ》よ、早く近う

なれ」

「何を仰《お》っしゃります」

「ゆるせ。旅の間が、この久右衛門《きゅうえもん》の実は極楽、山科《やましな》の家へ帰れば、女房子の気鬱《けうと》い顔、借金取《しゃっきんとり》のうるさい訪れ、やれ何だのかだのと、伸々《のびのび》と、骨伸ばしもならぬのじゃ」

「ご冗談を……ホホ」

「いや、真《まこと》じゃ。されば、この度、播州赤穂《ばんしゅうあこう》から帰るさには、鞆《とも》の津《つ》では、港屋の花漆《はなうるし》、浪華《なにわ》では、曾根崎《そねざき》のお艶《つや》、伏見《ふしみ》では笹屋《ささや》の浮橋《うきはし》と、遊びあるき、酔《え》い明《あ》かして、一日も遅く京へ着きたいものと願うているのじゃ。……ああ口に出したら急に会いとうなった。浮《うき》橋《はし》はさだめしこの身を待ちこがれておろう。兵庫から、会う日を飛脚でいうてあるのに」

「また、おのろけでござんすか」

「のろけにては候わず――ほんまの事にて候」

「ホホホ、手放しな！」

「竹之丞《たけのじょう》」

「はい」

「肩がつまってきた。すこし、揉んでおくりゃれ」

「こうでございますか、お大尽《だいじん》様」

「うむ……そこじゃ……ああよい気もち……遊びも肩の凝《こ》るものじゃ」

乗合《のりあ》い客の中には、明日《あした》の米の買えない者もいた。暗い顔を持って京の女衒《ぜげん》の家へ娘を売りにゆく者もいた。その日その日、木賃宿《きちんやど》で疲れては眠る旅商人も交じっていた。

先刻《さっき》から、羨《うらや》ましげに、内蔵助《くらのすけ》のほうを眺めていたが、やがて、内蔵助《くらのすけ》が歌舞伎者《かぶきもの》の竹《たけ》之丞《のじょう》の膝《ひざ》にふたたび酔《え》いつぶれてしまったのを見ると、急に、ひそひそ噂《うわさ》をし始めた。

「いったい、あれやあ、何処《どこ》のお大尽《だいじん》なんで？」

「さあ、よく知らないが、山科《やましな》とか云《い》いましたよ」

「山科《やましな》？　じゃあ、赤穂《あこう》浪人の大石内蔵助《おおいしくらのすけ》という男じゃありませんか」

「そうかも知れない」

「島原《しまばら》でも、よく遊ぶ」

「そんなに、金があるんですか」

「何しろ、元は、一国の家老職、どさくさ紛《まぎ》れに、ずいぶん金を匿《かく》してもおいたろうしさ」

「だが、ああいう御家老様じゃ、赤穂《あこう》の潰《つぶ》れるのも当《あた》りまえだ。呆《あき》れたもんじゃありませんか」

「いや、この頃の武士は、あの家老ばかりでなく、昔とはまったく変《かわ》って来ましたな。衣裳や刀のこしらえに派手ばかり競って、浪華《なにわ》でも島原《しまばら》でも、豪奢《ごうしゃ》な遊びといえば、大名のお留守居《るすい》か、蔵役人か、町方与力などで、なかなか町人の金持《かねもち》も及ばないのがありますよ」

「しかし、これでは、吉良家《きらけ》では、大安心でございましょう」

「そうそう、おかしな噂《うわさ》があったが、あれも、この調子じゃあ……」

竹之丞《たけのじょう》の膝《ひざ》に、鼾《いびき》をかいて眠っている内蔵助《くらのすけ》の顔をみて、皆、くすくすと笑うのだった。

「…………」

じっと、狭い肩身を竦《すく》め合《あ》ったまま、潮田又之丞《うしおだまたのじょう》、小野寺幸右衛門《おのでらこうえもん》、武林唯七《たけばやしただしち》の三名は、顔も得上《えあ》げずに、暗い川面《かわも》を見つめていた。

――純情な三平《さんぺい》の死だの、幾多の同志の艱苦《かんく》などを、頭の隅にえがきながら……。

自《わが》作《つくり》唄《うた》

「浮様《うきさま》、お大尽《だいじん》さま」

「うるさい。……もうすこし、ねかせておけ」

「お起きなされませ。伏見《ふしみ》へ着いたのでございます」

「いやじゃ……わしは眠たい」

「では、このまま、京都までのぼりますか。夕霧《ゆうぎり》さんに、お会いなされませぬか」

「なに……夕霧《ゆうぎり》が来たか」

「いいえ、伏見《ふしみ》でございまする」

「伏見《ふしみ》か、それは一大事、こんど、夕霧《ゆうぎり》に顔を見せねば、わが身は殺されるかも知れぬ。

……行こう」

「あ、あぶのうございます」

「竹之丞《たけのじょう》、負うてくれ」

「負えませぬ。肩へ、おすがりなされませ」

「お艶《つや》、そちは、左へ来い」

「まあ……船が揺れる。お船頭さん、よく抑《おさ》えていて下さいよ」

両方の腕を援《たす》けられて、内蔵助《くらのすけ》は、やっと陸《おか》へ上がって行った。

「なんじゃ」

「あの態《ざま》は」

口々に、船のうちに残った者は、嘲笑した。そして、後の空席に、伸々《のびのび》と、座をひろげて、

「これで、爽々《せいせい》しましたよ！」

「だが、曾根崎《そねざき》の芸妓《げいしゃ》だけは、残して置いてくれてもよかったな」

「はははは」

すると、ぷいと、その笑い声の中から突っ立った町人があった。旅合羽《たびがっぱ》に手甲脚絆《てっこうきゃはん》、きびきびとした素草鞋《すわらじ》、どこか、抜け目のない様子、旅稼《たびかせ》ぎの遊び人かとも見える。

「あ、つい寝てしまった。ここは伏見《ふしみ》だな。船頭さん」

「そうだよ。伏見《ふしみ》だ」

「降りるぜ」

合羽《かっぱ》を翻《ひるがえ》して、陸《おか》へ跳びあがった。

それと前後して、潮田《うしおだ》、武林《たけばやし》、小野寺《おのでら》の三名も、

「降りるか」

「降りよう」

眼くばせして、陸《おか》の人《ひと》になっていた。

撞木町《しゅもくまち》の升屋《ますや》の提灯《ちょうちん》をさげた若い者が、駕籠《かご》を連ねて、迎えに出ていた。妓《おんな》たちは、それへ乗ったが、内蔵助《くらのすけ》は、酔眼《すいがん》をみはって、

「何……駕籠《かご》へ乗れとか。……よそう、夕霧《ゆうぎり》の顔見るまでの途中が、申さば待座敷《まちざしき》の娯《たの》しみ、まして、このよい春の宵《よい》を」

と、扇子で、手拍子をとりながら、よろよろと、歩み出して行く。

仲居と、竹之丞《たけのじょう》と、そして升屋《ますや》の提灯《ちょうちん》が一つ、彼の影を囲んで、

「浮様《うきさま》、お徒歩《ひろ》いなされますか」

「知れたこと、この酔《え》い心地と、この朧夜《おぼろよ》を、窮屈《きゅうくつ》な駕籠《かご》などとは勿体《もったい》ない。……竹之《たけの》丞《じょう》、口三味《くちざみ》をせい」

「何か、おうたいなされますか」

「隆達節《りゅうたつ》かな」

「それよりは、浮様《うきさま》のご自作、里げしきは」

「ウム、稽古《けいこ》しようか。……暗やみ稽古《げいこ》じゃ」

竹之丞《たけのじょう》が、口三味線で、合《あい》の手《て》を入れると――

ふけて廓《くるわ》の
よそほひ見れば
宵のともし灯うちそむき寝の
夢の花さへ
散らすあらしの誘ひ来て
閨《ねや》を連れだすつれ人男
よそのさらばも尚《なほ》あはれにて
裏も中戸も開くる東雲《しののめ》
送るすがたのひとへ帯
とけて解《ほど》けて寝みだれ髪の
黄楊《つげ》の――黄楊《つげ》の小櫛《をぐし》も
さすが涙のばらばら袖に

「浮様《うきさま》」

「ちゃっと、そこの調子が、紘《いと》にのりませぬ。まいちど、黄楊《つげ》のから」

「なんじゃ竹之丞《たけのじょう》」

お艶《つや》が側から、

「いいえ、お大尽《だいじん》様のお歌よりは、竹之丞《たけのじょう》さんの紘《いと》がわるいのでござんす。お艶《つや》が、こんどは、口三味線でのせてみましょう」

「オオ、そちが弾《ひ》くか——いや、三味線申すか。歌うぞ、後を」

こぼれて袖に
露のよすがの憂きつとめ
こぼれて袖に——
つらきよすがの

浮身《うきみ》か憂身《うきみ》か

「よう！　出来ましたあ」

竹之丞《たけのじょう》が、手をたたいて、賞《ほ》めそやした時に、先刻《さっき》、船を上がった時から、絶えず物蔭《ものかげ》から物蔭《ものかげ》を伝わって尾《つ》けて来た旅合羽《たびがっぱ》の男が、するりと、側へ、からむように寄り付いて来たかと思うと、いきなり、合羽《かっぱ》の下に潜ませていた匕首《あいくち》を向けて、どんと、内蔵助《くらのすけ》の体にぶつかった。

「あっ！　滅相《めっそう》な……」

と、よろめきながら、内蔵助《くらのすけ》は、男の手頸《てくび》を確乎《しか》とつかんで、

「――誰じゃ、粗忽《そこつ》なお人は」

無言で、男は、その手を振り払った。升屋《ますや》の若い者は、提灯《ちょうちん》をすててもう逃げだしているし、竹之丞《たけのじょう》とお艶《つや》とは、途端に、きゃっと、悲鳴を投げて道ばたへ俯《う》ツ伏《ぶ》した。

それと見て、やや遠くから尾《つ》いて歩いていた武林《たけばやし》や潮田《うしおだ》は、

「やっ、何奴《なにやつ》」

駈《か》け出《だ》して、

「汝《おの》れッ」

と、三方から、合羽《かっぱ》を取り囲んだ。

男は明らかに狼狽《ろうばい》したらしかった。小野寺幸右衛門《おのでらこうえもん》の顔へ向《むか》って、匕首《あいくち》を、抛《ほう》り投げた。

そして、怖《おそ》ろしい迅《はや》さで、近くの露地から何かの社《やしろ》の森へ駈《か》けこんでしまった。

「ううい……。お艶《つや》、お艶《つや》」

並木の桜に凭《もた》れかかって、内蔵助《くらのすけ》は、ぐんにゃりとしていた。あんな危機を遁《のが》れた生命《いのち》であることも、まだはっきりと知らないように――。

「どこへ行ったか、お艶《つや》。……今出たのは、なんじゃア……追剝《おいはぎ》か……」

だが、竹之丞《たけのじょう》もお艶《つや》も、まだ、路傍《みちばた》から起き上がらなかった。内蔵助《くらのすけ》の前には、合羽《かっぱ》の男よりは、むしろ凄《すさま》じい血相をした三名の浪人が、鐺《こじり》をそろえて、睨《ね》めつけているのだ。

「大夫《たいふ》！　……」

潮田又之丞《うしおだまたのじょう》が、まず云《い》った。

「内蔵助殿《くらのすけ》」

と、つづいて唯七《ただしち》が呶鳴《どな》る。

「大石殿《おおいしどの》」

幸右衛門《こうえもん》は、叱咤《しった》した。

やっと、内蔵助《くらのすけ》は、よく見えそうもない眼を、三名のすがたのある方へ向けた。

「ほう……」

と、笑うのである。

「誰かと思うたら、又之丞《またのじょう》、唯七《ただしち》、幸右衛門《こうえもん》……。いつの間にお越し？」

「おわかりでござるか」

「かなしいことを云《い》う、まだ眼は見える」

「今、あなた様の身に、短刀を持って突いてかかった町人ていの男は、あれや、千坂兵部《ちさかひょうぶ》のまわし者、十八尺と仮名しておる屈強な隠密《おんみつ》の一名でござりまするぞ。いかに、御気散じとはいいながら、あなた様のご一身が、どれ程、大事なお立場にあるか、また、自身の身であっても、或《あ》る時節までは、自身の身でないものとはお考えになりませぬか！」

「なんじゃ、又之丞《またのじょう》、おぬしはこの内蔵助《くらのすけ》に、叱言《こごと》を申しに参ったか」

「偶然、三十石船のうちで、お姿を見かけ申したのは、亡君のお導きでござりましょうわい。――赤穂《あこう》表《おもて》の御一周忌にはお出《い》でなされたのでござるか」

「行った」

と、内蔵助《くらのすけ》は、首を垂れて、

「華岳寺《かがくじ》でな、いと、盛大な御供養《ごくよう》であった。……元を忘れぬ領下の町人やら浜方やら百姓までが、香華《こうげ》を携《たずさ》えて、参拝に来てくれたには、この身も思わず、涙がもよおされた」

「その御一周忌に御参拝ありながら、まだ、山科《やましな》へお帰りもないうちに、この遊興沙汰《ざた》は何事でござりますか。余りにも、醜《みぐる》しい」

又之丞《またのじょう》の尾について、唯七《ただしち》も、

「とにかく、一度、吾々《われわれ》と共に、山科《やましな》までお帰りあっては、どうでござる。お留守のうちに、種々《いろいろ》とお耳に入れねばならぬ事や、協議いたさねばならぬ事もたまっております」

「これこれ、若いの、そう不粋《ぶすい》なことを云《い》うものではない。……そこらには、わしが贔屓《ひいき》の竹之丞《たけのじょう》もいる、また、曾根崎《そねざき》のお艶《つや》もいる。ここまで、一座を連れて来て、なんで遽《にわか》に帰れようぞ。今宵《こよい》は、何は措《お》いても、升屋《ますや》まで行かねばならぬ」

「升屋《ますや》が、それほど、お大事か」

「遊びにも、見得《みえ》もあり、義理もある。山科《やましな》の浮大尽《うきだいじん》ともいわれて見れば……」

「ちっ！」

と、唯七《ただしち》は、唇を歯でかみしめて、

「浮大尽《うきだいじん》とは、誰の事。――大石殿《おおいし》には、廓《くるわ》の義理が大事か、われらとの固い誓いが大事か」

「これ」

と、大きく唯七《ただしち》へ眼を向けて、

「何を云《い》うぞ。固い誓いは、夕霧《ゆうぎり》にしたことじゃ。こんどの旅の戻りには、かならず、訪れようぞ、赤穂《あこう》土産を見せようぞと、飛脚を出しておいたのが、いま思えば、不覚不覚。みんな、その土産も曾根崎《そねざき》でとられてしもうた。――せめて、顔だけでも、見せてやらずばなるまい」

「よいほどに、仰《お》っしゃりませ！　左様《さよう》なたわ言《ごと》を、よく、吾々《われわれ》に申されたものだ」

「遊びの味というものは、常々、じめじめと心のうちに隠している腸《はらわた》をかくの通り、誰様にも、割って見せるおもしろさにある。そう不粋を云《い》わずに、どうじゃ唯七《ただしち》、わしと共に、これから、撞木町《しゅもくまち》へ参ろうず」

「お断り申す！　われら三名は、たった今、亡友萱野三平《かやのさんぺい》の墓参をいたして来たばかりの体、彼の死を思えば涙がこぼれる。かような有様《ありさま》では三平《さんぺい》も、あの世で、犬死《いぬじに》したと悔《くや》んでいましょう」

「三平《さんぺい》が……その三平《さんぺい》が死んだとはいかがいたして？」

「酒くさいあなた様に、しかも、路傍の立ち話などに、云《い》えた事ではござらぬが、一言お耳に入れる。不愍《ふびん》や、純情一徹の萱野《かやの》は、同志の盟約と、老いたる親との間に立《た》ち挟《はさ》まって、割腹して相果てました」

「………」

朧《おぼろ》な夜の雲を見ているのか、桜花《はな》の梢を見つめているのか、内蔵助《くらのすけ》は、背を樹にもたせかけ、顔を仰向《あおむ》けたまま、いつまでも、眸を下に落《お》とさない。

——露のよすがの
うきつとめ
こぼれて袖に
辛きよすがの憂きつとめ

こうまた、手拍子で口誦《くちず》さむと——

「若い生命《いのち》さえ、そのとおりみじかい人の世、又之丞《またのじょう》も、唯七《ただしち》も、幸右衛門《こうえもん》も、すこしは、知らぬ世界を見ておいたがよかろうぞ。——さ、来ぬか、内蔵助《くらのすけ》が、こよいは遊蕩《あそび》の手ほどきいたそう、万事は、そのうえで。いや、杯《さかずき》の底まで深く夜を更《ふ》かして……」

蹌踉《そうろう》と先へあゆみ出しながら、竹之丞《たけのじょう》とお艶《つや》の影へ、扇子でさしまねいた。

解説

『忠臣蔵』のメッセージ

木村耕一

1 江戸城を揺るがした刃傷事件

ちょっとした行き違いや誤解が、取り返しのつかない事態に発展する

『忠臣蔵《ちゅうしんぐら》』は、日本人に大人気である。

江戸時代から人形浄瑠璃《にんぎょうじょうるり》や歌舞伎《かぶき》で大ヒットし、現在も、映画やドラマ、バレエ、オペラなど、あらゆるジャンルで人気を博している。

なぜ、これほど時代を越《こ》えて、多くの人の共感を呼ぶのだろうか。

実はこれ、「江戸時代に起きた大事件」ではあるが、本質的には人間が二人以上集まれば、どこでも起こりうる悲劇だからであろう。

時は、元禄十四年（一七〇一）三月十四日。

江戸城、松の廊下《ろうか》に、赤い血がほとばしった。

三十五歳の浅野内匠頭《あさのたくみのかみ》が、突然《とつぜん》、

「おのれ！　この恨《うら》み……」

と叫《さけ》んで、六十一歳の吉良上野介《きらこうずけのすけ》に斬《き》りかかったのである。

「ここで刀を抜《ぬ》いたら、わが身は切腹、家名は断絶が掟《おきて》」とは、百も千も承知していたが、内匠頭《たくみのかみ》は、やってしまったのである。

なぜ、怒《いか》りを抑《おさ》えることができなかったのか。ここまでの経緯《けいい》を、『新編忠臣蔵《しんぺんちゅうしんぐら》』（吉《よし》川英治《かわえいじ》著）を基《もと》に見てみよう。

まず、浅野内匠頭《あさのたくみのかみ》とは、どんな人物なのか。

赤穂藩《あこうはん》五万三千石の大名である。わずか九歳で三代藩主《はんしゅ》となり、「殿様《とのさま》」としての教育を受けてきた。常にトップであり、他人に頭を下げることなど、ほとんどない境遇《きょうぐう》で育ってきた。

刃《やいば》を向けられた吉良上野介《きらこうずけのすけ》のことを、時代劇では「高家筆頭《こうけひっとう》」と呼んだりする。「高《こう》家《け》」とは、幕府の儀式《ぎしき》・典礼を司《つかさど》る役職である。

上野介《こうずけのすけ》は、高家《こうけ》のトップで、高い官位を持っていた。しかも、吉良家《きらけ》は鎌倉時代《かまくらじだい》から続く名門であり、気位の高い人物であった。


江戸城では、毎年三月に、京都から朝廷《ちょうてい》の使者（勅使《ちょくし》）を迎《むか》えて盛大な儀式《ぎしき》が行われる。

二人の衝突《しょうとつ》は、浅野内匠頭《あさのたくみのかみ》が、この年の「勅使饗応役《ちょくしきょうおうやく》」に任命されたことに始まる。

饗応役《きょうおうやく》とは、一行の出迎《でむか》え、食事、宿泊《しゅくはく》などの接待係だ。名誉《めいよ》ともいえるが、一切の経費は担当する大名が負担することになっていた。しかも、粗相《そそう》があっては幕府の威信《いしん》にかかわるので、絶対に失敗は許されない。大名にとっては、実に頭の痛い任務であった。

内匠頭《たくみのかみ》は、一度は、幕府に対して、

「私は格式や儀礼《ぎれい》を、よくわきまえておりません。まして若輩《じゃくはい》の身です。何とぞ、この任務は、別の者に任命していただけないでしょうか」

と辞退を申し出た。

しかし、次のように諭《さと》されている。

「その心配はいらぬ。毎年、饗応役《きょうおうやく》に命じられた者は、皆《みな》、吉良上野介《きらこうずけのすけ》の指南を受けて、滞《とどこお》りなく務めておる。そなたも、すべて、上野介《こうずけのすけ》の指図に従えばよいのだ」

つまり、吉良上野介《きらこうずけのすけ》は、浅野内匠頭《あさのたくみのかみ》が、ミスをしないように、指導、監督《かんとく》する立場にあったのだ。

「自分は正しい」という思いが強いと悪意はなくても、相手を怒らせる

早速、浅野家《あさのけ》から吉良家《きらけ》へ、家老が挨拶《あいさつ》に出向いた。

こんな時、手ぶらで来る者はいない。上野介《こうずけのすけ》は、大きな期待を抱《いだ》いて待っていたのだが、それはすぐに落胆《らくたん》に変わり、素っ気なく追い帰してしまった。進物が、あまりにも少なかったからである。

「何じゃ！　五万三千石の浅野家《あさのけ》ともあろうものが、この程度の手土産《てみやげ》とは。人をばかにするのも甚《はなは》だしい。あんな田舎者《いなかもの》に、饗応役《きょうおうやく》が務まるものか！」

上野介《こうずけのすけ》は腹が立った。「軽く見られた」「ばかにされた」としか思えなかったのである。

しかし、内匠頭《たくみのかみ》には、少しも悪意はない。彼は、こう弁明するだろう。

「私は、清廉潔白《せいれんけっぱく》な武士道の君主を目指している。幕府の高官である吉良殿《きらどの》に、まるで賄賂《わいろ》のように金品を贈《おく》るのは、かえって失礼だろう。この大任を果たした後で、しっかりとお礼をするつもりだ」

ところが、饗応役《きょうおうやく》を命じられた大名は、指南料として、それ相応の金品を、前もって贈《おく》るのが、当時の常識になっていた。それが、高家《こうけ》の役職に付随《ふずい》した収入とみなされていたのである。

内匠頭《たくみのかみ》は、「自分は正しい」という思いが強く、少しも疑っていないが、世間に疎《うと》かったといわれてもしかたがない。

ちょっとした行《い》き違《ちが》いや誤解が、怒《いか》りの心を生み、取り返しのつかない事態に発展することは、よくあることである。

悪い感情を抱くと、ささいなことでも、悪いほうへ、悪いほうへと考えてしまう

間もなく、内匠頭《たくみのかみ》自身が吉良家《きらけ》を訪れ、師匠《ししょう》に入門する弟子のように、慇懃《いんぎん》な礼をとっ

て指導を仰《あお》いだ。

上野介《こうずけのすけ》は、

「こいつは、それほど愚鈍《ぐどん》な男とも見えない。もしや指南料のことは知っていながら、口先でごまかして、出さずに済ませようというずるい手口かもしれない」

と、かえって邪推《じゃすい》するようになった。

一度、悪い感情を抱《いだ》くと、ささいなことでも、悪いほうへ、悪いほうへと考えてしまうから恐《おそ》ろしい。

2 吉良上野介

笑いながら人を責め、偉そうに批評する態度が、相手を傷つける

三月十一日。いよいよ勅使《ちょくし》一行が、江戸に到着《とうちゃく》する日を迎《むか》えた。

浅野家《あさのけ》の家臣にも緊張《きんちょう》が走っている。

接待初日の朝、昼食の準備をしているところへ、吉良家《きらけ》から使いが来て告げた。

「しかとは分からぬが、本日は、勅使《ちょくし》にはご精進日《しょうじんび》のように承《うけたまわ》っておるゆえ、料理には魚鳥類、お用いなきように……」

内匠頭《たくみのかみ》は、愕然《がくぜん》とした顔色になった。

料理は、三日も前から厳選し、丹誠込《たんせいこ》めて作ってきたものばかりだ。今さら変更《へんこう》できるわけがない。時間がない。

それでも大急ぎで、精進料理《しょうじんりょうり》の支度《したく》を始めた。台所には、戦場のように包丁が光る……。

「精進日《しょうじんび》というのは真《ま》っ赤《か》なうそだ！」と判明したのは、勅使《ちょくし》の行列が到着《とうちゃく》してからであった。

「吉良《きら》の狸《たぬき》め、何か含《ふく》むところがあるに違《ちが》いない」と、浅野《あさの》の家臣は怒《いか》りをぶつける。

内匠頭《たくみのかみ》は、予定どおりの料理を出すことができ、ほっとして、常と変わらない表情で勅使《ちょくし》に挨拶《あいさつ》を述べていた。

三月十二日。浅野家《あさのけ》は、増上寺《ぞうじょうじ》の掃除《そうじ》を行《おこな》った。勅使《ちょくし》の参詣《さんけい》に備えるためである。壁《かべ》、障子、襖《ふすま》、天井洗《てんじょうあら》いなど、夕刻までに、すべてやり終えた。

ふと、誰《だれ》かが、「畳《たたみ》は？」と言った。

すると家老が答える。

「畳替《たたみが》えをすべきか、どうか、吉良殿《きらどの》にお伺《うかが》いしたところ、『正月に替《か》えたばかりだから、そこまでしなくてもよい』というお指図であった」

昨日の、精進料理《しょうじんりょうり》の一件もある。不安を感じた家臣が、別の大名の持ち場へ行ってみると、青畳《あおだたみ》のにおいが、ぷーんとするではないか。すべて新しく替《か》えられている。

寝耳《ねみみ》に水を浴びせられた内匠頭《たくみのかみ》は、

「またしても、上野介《こうずけのすけ》め、だましおったか。今宵《こよい》のうちに、手配せい」

と命じた。

家臣たちは、「こんな時は、金の力だ」と、現金を懐《ふところ》に入れて、畳職人《たたみしょくにん》を集めるために江戸中を走り回った。畳《たたみ》は二百数十枚もある。武士も職人も区別はなく、夜を徹《てっ》しての涙《なみだ》ぐましい努力が続けられた。

明けて三月十三日。増上寺《ぞうじょうじ》の検分に来た上野介《こうずけのすけ》は、

「かねて、内匠頭殿《たくみのかみどの》は裕福《ゆうふく》だと聞いていたが、一夜のうちに、これだけの畳《たたみ》を替《か》えられたとは、さすがだ。何事も、金銀さえ惜《お》しまなければ、物事は、うまく運ぶものでござるよ」

と、皮肉交じりに褒《ほ》めたてた。

果たして、上野介《こうずけのすけ》の嫌《いや》がらせだったのか、言《い》い間違《まちが》いだったのか。

それとも浅野家側《あさのけがわ》の聞き誤りだったのか……。

いずれにせよ、徹夜《てつや》で作業した人たちが、目の前にいるのだ。なぜ、一言でも、労をねぎらう言葉が出ないのだろうか。こういう思いやりのなさが、ますます人間関係を悪化させていくのである。

内匠頭《たくみのかみ》は、怒《いか》りと憎《にく》しみがわいてきて、夜も眠《ねむ》れない。眠《ねむ》ろうとすれば、吉良《きら》の顔が浮《う》かんでくる。笑いながら人を責め、偉《えら》そうに批評する声が、耳鳴りのように聞こえてくるのであった。

3 浅野内匠頭

吉良を「虫けら」と見下げ、心の中で切り刻む行為は、恐ろしいタネまきだ

三月十四日、江戸城で、将軍と勅使《ちょくし》が対面する大事な日を迎《むか》えた。
浅野家《あさのけ》の家臣たちは、目に涙《なみだ》をためて、登城前の内匠頭《たくみのかみ》に進言する。

「あと三日のご辛抱《しんぼう》でございます。
何とぞ、ご堪忍《かんにん》あそばされますように……」

「よう言ってくれた。案じてくれるな。吉良《きら》は、取るに足らぬ俗人《ぞくじん》じゃ。人だと思うから腹が立つ。虫けらと思っているのじゃ。赤穂《あこう》の城には、まだまだ多くの愛すべき家臣がい

るのに、何で、吉良《きら》の老いぼれと、それとを、取《と》り替《か》えようぞ。分かっておる、もう言うな」

内匠頭《たくみのかみ》は、上野介《こうずけのすけ》のことを「虫けら」と言った。

相手を見下さないと心が楽にならないのだろう。だが、これを「堪忍《かんにん》」とか「忍耐《にんたい》」と呼べるだろうか。

吉良《きら》を「虫けら」と見下げる心は、「自分だけは誠を尽《つ》くしている」と、うぬぼれている心である。そんな状態で、うまくいくはずがない。

心の中で、相手を切り刻む行為《こうい》は、恐《おそ》ろしいタネまきだ。

因果応報《いんがおうほう》。

その悪いタネ（因）は、どんなに小さなものであっても、必ず悪い報い（果）を引き起こす。

上野介《こうずけのすけ》には、上野介《こうずけのすけ》のタネまきに応じた結果が、厳然と現れるに違《ちが》いない。だが、そんな他人のことを気にする前に、自分に目を向けるべきだ。

確かに相手が悪い。しかし、そんな相手の言葉や態度に反応《はんのう》して、怒《いか》りや恨《うら》みの心を起こしたら、どうなるか。そのタネまきの結果は、自分が刈《か》り取《と》らねばならないのだ。

内匠頭《たくみのかみ》自身が、

「これ以上、怒《いか》りの心を燃やしたら、どんな悪果が現れるか分からない」

と恐《おそ》れ、少しでも慎《つつし》む心を持つことができていれば、浅野家《あさのけ》、吉良家《きらけ》を不幸のどん底に突《つ》き落《お》とす大悲劇は、起きなかったであろう。

4　江戸城　松の廊下

恥辱に耐えられず、浅野の怒りが爆発
他人の前で叱ったり、
バカにしたりしてはならない

さて、場面は江戸城。間もなく勅使《ちょくし》が玄関《げんかん》に到着《とうちゃく》する時刻になって、浅野《あさの》内匠頭《たくみのかみ》は、礼儀《れいぎ》作法《さほう》に迷いが生じた。慌《あわ》てて吉良《きら》上野介《こうずけのすけ》を探し、

「お迎《むか》えする時、玄関《げんかん》の中でお待ちして礼をすればよろしいでしょうか。それとも外で礼をすればよろしいのでしょうか……」

と尋《たず》ねた。

上野介《こうずけのすけ》は、冷ややかな目つきで、

「この期《ご》に及《およ》んで何を言い出すのか。そんなことさえ知らずに大任が務まると思っている

のか。あきれたうろたえ侍《ざむらい》だ」

と言い捨てて、向こうへ行ってしまった。質問には答えないのだ。

内匠頭《たくみのかみ》は、全身の血が煮《に》えくりかえる思いがしたが、場所柄《ばしょがら》をわきまえて、ぐっと抑《おさ》えていた。

そこへ、大奥《おおおく》からの使者・梶川与惣兵衛《かじかわよそべえ》が、

「浅野殿《あさのどの》は、いずこにおわしますか」

と言って駆《か》けてきた。儀式後《ぎしきご》の、打ち合わせのためである。

すると、横から上野介《こうずけのすけ》が声をかけた。

「梶川殿《かじかわどの》、大事な用件ならば、私に言ってもらいたい。手違《てちが》いばかり起きて困っているのじゃ。作法一つわきまえぬ田舎侍《いなかざむらい》に、何が分かろうか」

正装した諸大名が集まっている所で、あざ笑ったのである。内匠頭《たくみのかみ》は、これ以上の恥《ち》辱《じょく》に耐《た》えられなくなった。突然《とつぜん》、脇差《わきざ》しを抜《ぬ》いて、

「おのれ！　上野《こうずけ》っ」

と斬《き》りつけた。

「わっ！」

額《ひたい》を両手で押《お》さえ、松の廊下《ろうか》に、上野介《こうずけのすけ》はうつ伏《ぶ》せに倒《たお》れた。だが、すぐに必死に立ち上がり、逃《に》げようとする。

そこを内匠頭《たくみのかみ》の二の太刀《たち》が、肩《かた》から背にかけて浅く斬《き》り下《さ》げ、赤い血が霧《きり》のように噴《ふ》き出《だ》した。

しかし、そこまでだった。

内匠頭《たくみのかみ》は、背後から、梶川与惣兵衛《かじかわよそべえ》に抱《だ》き止《と》められたのである。

「誰《だれ》だ、放してくれ！」

「なりませぬ！　ご乱心めされたか」

「ああっ、仕損じたわ、残念じゃ。内匠頭《たくみのかみ》、乱心はいたさぬ、それがしも、五万三千石の城主、乱心はせぬ！」

午前十一時頃《ごろ》の、突発的《とっぱつてき》な出来事《できごと》であった。

これが、江戸城を揺《ゆ》るがした、刃傷事件《にんじょうじけん》のあらましである。

「怒《いか》り」の心を、消すことができれば、どんなに楽だろうか。

ちょっとした言葉や態度が気に障り、カリカリする。

我慢《がまん》できるうちはいいが、爆発《ばくはつ》すると大変だ。

人間関係だけでなく、一生を台なしにするほどの、恐《おそ》るべき破《は》壊《かい》力《りょく》を持っている。
だが、我々は、その恐《おそ》ろしさに気づいていない。

5 不公平な裁決

将軍・徳川綱吉の怒りが、赤穂浪士の怒り（義憤）に火をつけた 怒りの連鎖を止めなければ、不幸は拡散する

浅野内匠頭《あさのたくみのかみ》は、落ち着いていた。

事件直後の取り調べに対して、一切、言い訳をしていない。

「上野介《こうずけのすけ》に、いかなる恨《うら》みがあったのか」

と問いただされても、

「何の弁明もございません。重大な不始末を犯し、恐《おそ》れ入《い》っております。このうえは、定められた処罰《しょばつ》をお受けする以外に、お詫《わ》びの言葉もございません」

と言うだけであった。上野介《こうずけのすけ》の悪口は、一言も語らなかった。

りっぱである。やはり大石内蔵助《おおいしくらのすけ》ら、四十七士に慕《した》われるほどの人物であったのだ。そんな人格者でさえ、怒《いか》りの炎《ほのお》に焼かれると、身を滅《ほろ》ぼしてしまうところに、人間の危うさがある。

吉良上野介《きらこうずけのすけ》の傷は浅かった。

しかも、尋問《じんもん》に対して、立て板に水を流すように答えた。

「内匠頭《たくみのかみ》が、私にどんな恨《うら》みを抱《いだ》いたのか、全く身に覚えはありません。今度の役目では、私が指南役として示した好意に、礼を言われる覚えこそあれ、刃物《はもの》で斬《き》りつけられるとは夢にも思いませんでした。内匠頭《たくみのかみ》は、驚《おどろ》くべき乱暴者です。私は、場所柄《ばしょがら》をわきまえて、一切、抵抗《ていこう》せずに避《さ》けようとした結果、背中にまで傷を負いました。面目もございませんが、不慮《ふりょ》の災難と申すものは、まことに避《さ》け難《がた》いものでございます……」

まさに、世渡《よわた》り上手《じょうず》な弁舌である。

将軍・徳川綱吉《とくがわつなよし》は激怒《げきど》した。

勅使《ちょくし》を招いた大切な儀式《ぎしき》を、ぶち壊《こわ》されたのである。

しかも、犯人は、自らが饗応役《きょうおうやく》に任命した人物であった。怒《いか》りに燃える綱吉《つなよし》は、ろくに調べもせずに、浅野内匠頭《あさのたくみのかみ》に、即日《そくじつ》、切腹を命じた。もちろん、御家断絶《おいえだんぜつ》、赤穂《あこう》五万三千石は没収《ぼっしゅう》である。多くの家臣が路頭に迷う結果となった。対する吉良上野介《きらこうずけのすけ》には、何のおとがめもなし。「大切に傷の養生《ようじょう》をするように」といたわって自宅へ帰すという寛大《かんだい》な処置であった。

この不公平な裁決は、綱吉《つなよし》の「怒《いか》り」が生み出した過《あやま》ちであった。武家社会のルール「喧嘩両成敗《けんかりょうせいばい》」を、完全に無視したため、批判が続出。中でも、浅野《あさの》の旧家臣が、黙《だま》って従うはずがない。

赤穂城《あこうじょう》は、騒然《そうぜん》とした。

城代家老・大石内蔵助《おおいしくらのすけ》の元に事件の第一報が届いたのは、三月十九日の明け方であった。内蔵助《くらのすけ》は、藩士《はんし》に総登城を命じた。非常事態の中で、約二百人の藩士《はんし》を激昂《げっこう》させたのが、「上野介《こうずけのすけ》が生きている」という事実であった。

「なんと不公平な！」

「亡君の無念を晴らさずして、武士といえるか」

「仇討《あだう》ちだ！」

激しい怒《いか》りがぶつかり合う。

そもそも、この事件は、ささいなプライドを傷つけられた吉良上野介《きらこうずけのすけ》の「怒《いか》り」が発端《ほったん》だった。それが浅野内匠頭《あさのたくみのかみ》の「怒《いか》り」を誘《さそ》い、江戸城《えどじょう》で刃《やいば》を抜《ぬ》かせたのだ。今また、将軍・綱吉《つなよし》の「怒《いか》り」が、赤穂浪士《あこうろうし》の義憤《ぎふん》という名の「怒《いか》り」に火をつけた。

「怒《いか》り」は連鎖《れんさ》する。誰《だれ》かが、どこかで止めなければ、不幸は拡散し続ける一方である。

6 その後の、吉良上野介

罪を免れた吉良は、得をしたのか
まいたタネは、必ず生える。
遅いか、早いかの違いだけである

では、徳川幕府《とくがわばくふ》の裁決によって罪を免《まぬが》れた吉良上野介《きらこうずけのすけ》は、何か得をしたのか。

「おとがめなし」と聞いた時は、ほっとしただろう。

しかし、それは人間の裁きである。

人間が、どう言おうが、因果《いんが》の道理《どうり》は曲げられない。

まいたタネは必ず生《は》える。

それが善《よ》いタネ（行為《こうい》）ならば善《よ》い結果、悪いタネ（行為《こうい》）ならば悪い結果が、自分の身の上に現れるのだ。遅《おそ》いか、早いかの違《ちが》いだけである。

松の廊下《ろうか》の刃傷事件《にんじょうじけん》は、広く世間に知《し》れ渡《わた》った。

上野介《こうずけのすけ》は、自分を悪者のように言う声が多いことに腹が立ち、「高家《こうけ》」を辞職。家督《かとく》も孫の義周《よしちか》に譲《ゆず》り、自宅に引きこもるようになった。

そのうえ、「赤穂《あこう》の浪人《ろうにん》は、必ず、主君の敵《かたき》を討つだろう」といううわさが、まことしやかに流れていた。世間中が「吉良《きら》を、早く殺せ！」と叫《さけ》び、芝居《しばい》でも見るように、「まだか、まだか」と成り行きを楽しんでいるようにさえ感じる。これは、実に恐《おそ》ろしい。

上野介《こうずけのすけ》にしてみれば、いつ自宅に殺人鬼《さつじんき》が刃物《はもの》を振《ふ》りかざして襲《おそ》ってくるか分からない、という心境だ。

一時として、心の安まることのない日々が一年九カ月も続いたのである。

ついに赤穂浪士《あこうろうし》の討《う》ち入《い》りの日が来た。元禄十五年（一七〇二）十二月十四日。大石《おおいし》内蔵助《くらのすけ》はじめ四十七人が、吉良《きら》の屋敷《やしき》へ向かったのである。

戦闘《せんとう》は二時間近くも続き、吉良方《きらがた》は十七人が斬《き》り殺《ころ》され、二十数人が負傷した。上野《こうずけの》介《すけ》は、がたがた震《ふる》えて、台所の近くの炭部屋《すみべや》に隠《かく》れていた。しかし、明け方になって発見され、首を斬《き》られたのである。

赤穂浪士《あこうろうし》は、数人が軽傷を負っただけで全員無事だった。上野介《こうずけのすけ》の白髪首《しらがくび》を、槍《やり》の柄《え》に結びつけ、意気揚々《いきようよう》と隊列を組んで引き上げていく。

それを見て江戸の人々は、

「やった！」

「ついに、やってくれた！」

と拍手喝采《はくしゅかっさい》し、赤穂浪士《あこうろうし》の快挙に沸《わ》き立《た》ったという。

上野介《こうずけのすけ》にとっては、これほど残酷《ざんこく》な最期《さいご》はないだろう。まさに、自業自得《じごうじとく》というべきか。

それだけではない。

吉良家《きらけ》は、幕府の命によって取りつぶされた。赤穂浪士《あこうろうし》の襲撃《しゅうげき》を防げなかった責任を問われたのである。吉良家《きらけ》の当主・義周《よしちか》は流罪《るざい》に処せられ、間もなく病死。浅野家《あさのけ》に続いて吉良家《きらけ》も、断絶したのである。

吉良上野介《きらこうずけのすけ》は、映画やドラマでは悪人の典型のように描《えが》かれているが、領地の三河《みかわ》（愛知県）では、必ずしもそうではない。

江戸城で、上野介《こうずけのすけ》が斬《き》られたという知らせは、いち早く三河《みかわ》へ伝えられた。

『新編忠臣蔵《しんぺんちゅうしんぐら》』には、領民が、驚《おどろ》きと悲しみで、上野介《こうずけのすけ》の容態を案じる場面がある。

「人は知らず、わしらが御領主は、わしらにとっては親のように思うているのじゃ。（中略）矢作平《やはぎだいら》の水害を治せられたり、莫大《ばくだい》な私財を投じて、鎧《よろい》ヶ淵《ふち》を埋《う》め立《た》てて良田と化し、黄金堤《おうごんづつみ》を築いて、渥美《あつみ》八千石の百姓《ひゃくしょう》を、凶作《きょうさく》の憂《うれ》いから救い、塩田の業《わざ》をお奨《すす》めあそばすなど、どれほど、民の生活《たつき》に、心を労せられたお方か知れぬのじゃ。その他、上野介《こうずけのすけ》様の御代《みよ》になってからは、寺の荒《あ》れたるは繕《つくろ》い、他領のような苛税《かぜい》は課せず、貧しきには施《ほどこ》し、梵鐘《ぼんしょう》を鋳《い》て久しく絶えていた時刻《とき》の鐘《かね》も村になるようになった程《ほど》じゃ……」

このように、領民が上野介《こうずけのすけ》を慕《した》う気持ちから生まれたのが、愛知県に江戸時代から続く民芸品「吉良《きら》の赤馬《あかうま》」であるという。上野介《こうずけのすけ》は、治水事業や新田開発に力を注《そそ》ぎ、領内を巡回《じゅんかい》していた。その時に乗っていた赤毛の馬をかたどったものである。

世間中が悪人と非難しようが、地元では、「赤馬《あかうま》」のいわれを語《かた》り継《つ》ぎ、今も、上野介《こうずけのすけ》を「名君」とたたえている。

「あんな悪いことをした吉良上野介《きらこうずけのすけ》には、悪い結果ばかり起きるはず」と決めつけるのは間違《まちが》いである。善《よ》い行為《こうい》があれば、それ相応の善《よ》い結果が現れて当然であろう。反対に、世間中から善人だ、りっぱな人だといわれている人でも、もし人知れず悪い行為《こうい》があれば、やがて、それ相応の悪い結果が現れるはずだ。

因果応報《いんがおうほう》である。

一つ一つの行為《こうい》に応じて、善、悪、それぞれの結果が、寸分の狂《くる》いもなく、私たちの身の上に現れる。

幸せをつかむには、少しでも悪を慎《つつし》み、善《よ》いことをしようと努力していくことが大切である。

『人生の先達に学ぶ　まっすぐな生き方』より

本文組版・校正　大西寿男（ぼっと舎）
伊与田麻理萌　賀内麻由子
装幀・デザイン　遠藤和美
地図製作　小川恵子（瀬戸内デザイン）
装幀写真提供　アマナイメージズ

本書の本文は吉川英治歴史時代文庫（講談社）を底本としました。

本文中に、いわゆる差別表現が出てくることがありますが、文学作品であり、かつ著者が故人でもありますので、底本のままにしました。

ご了承くださいませ。


底本の誤りと思われる、以下の部分について、編集部で修正いたしました。

＊229ページ	千種川	底本では「千穂川」
＊244ページ	江戸表へ	底本では「江戸城へ」
＊258ページ	村松喜兵衛	底本では「松村喜兵衛」
＊260・273ページ	矢頭右衛門七	底本の振り仮名は「やこうべ」

〈著者略歴〉

吉川 英治（よしかわ　えいじ）

明治25年（1892）～昭和37年（1962）

神奈川県生まれ。本名、英次。

家運の傾きにより、11歳で小学校を中退。さまざまな職を転々とし、社会の辛酸を舐める。

18歳、苦学を覚悟して上京。

29歳、東京毎夕新聞社に入社。翌年、初の新聞小説『親鸞記』の連載を開始。

31歳、関東大震災に遭遇したことをきっかけに、作家活動に専念。『剣難女難』『鳴門秘帖』などで、たちまち人気作家へ。

43歳、朝日新聞に『宮本武蔵』の連載を開始。爆発的な人気を得て、国民文学作家の地位を不動にする。

『新書太閤記』『三国志』『新・平家物語』などの長編大作を次々に執筆し、幅広い読者を獲得。

69歳、『新・水滸伝』の連載中に健康悪化により中断、絶筆となる。翌年、70歳で、この世を去る。

新編忠臣蔵　上巻

平成28年(2016) 10月24日　第1刷発行

著　者　吉川 英治
発行所　株式会社　1万年堂出版
〒101-0052　東京都千代田区神田小川町2-4-20-5F
電話　03-3518-2126
FAX　03-3518-2127
http://www.10000nen.com/

印刷所　凸版印刷株式会社

ISBN978-4-86626-015-0 C0093
乱丁、落丁本は、ご面倒ですが、小社宛にお送りください。送料小社負担にてお取り替えいたします。定価はカバーに表示してあります。